なずな

堀江敏幸

集英社文庫

なずな

I

　女の人の声が聞こえたように思ってぐるりと周囲を見まわすと、前後左右どこも白い闇だった。夢ではない。異臭もあるし、この町なかで靄《もや》や霧はないからまちがいなく白煙だと、そこまで頭が働いたときにはもう半身をひねりながら立ちあがっていた。一面の白のなか、とくに太い房がもくもくつらなって低い天井に当たっているらしいことが、色の差でわかる。なにが起こったのか理解できぬまま、障害物があるわけでもないのに両腕を前に突き出してその煙の発生地点まで進むと、電熱器にのせておいた安いアルミのやかんが空焚《からだ》きになって底が焼け焦げ、大きな穴があいて、入り込んだ熱気が蓋のつまみのプラスチックを完全に溶解させていた。溶けたプラスチックが熱い円盤に落ち、それがまた焦げついて悪臭を放っていたのである。あわてて火を止め、流し台に水をため、トングで取っ手を摑《つか》むと本体をそこに投げ入れた。じゅわっと蒸気があがったその上から水をかけて一気に冷やそうとすると、歪《ゆが》んだ側面で水滴が大きな球《たま》になって跳ねあがり、四方八方に飛び散った。窓を開け放ち、向かいの雑居ビルとのあいだの細い路地のなかほどに眠っている空気を引き入れたところで、身体中《からだじゅう》の血の気がさあっと引いていく。

あの子は、どうした？

隣の部屋、つまり玄関に近いほうの部屋との境をなすドアを震えながら開けてみると、奇跡的にというべきか白煙は入り込んでおらず、赤ん坊はベビーベッドで静かに寝息を立てていた。やわらかい胸を包む肌着の上に掛けたガーゼケットが、かすかに上下している。膝をついて、メッシュの布をめぐらしたベッドの側面から小さな真っ白い顔を覗《のぞ》く。両手は顔の横に半開きの状態で置かれていた。指の一本一本が、指と指のあいだの影が、いつもよりくっきりと見えるのはなぜだろう。似ているようで似ていない。似ていないようで似ている。閉じられたまぶたの細い皺《しわ》までが、なぜか胸を打った。赤ん坊というのは、こんなにやわらかく目を閉じられるものなのか。力が入っているのかいないのか。なにものをも拒まない閉じ方だ。光さえも、声さえも……。

ともあれ、大事に至らなかったことをよしとしようとひと息ついたとき、どんどんとドアを叩《たた》く音が聞こえた。ずいぶん前から呼び鈴が壊れているのだが、なかなか修理を頼まないものだから、こちらの無精を知っているなじみの配達員たちはドアを叩く。しかしそれとは音がちがっていた。もっと強く、もっと遠慮がない。抜けてくるかすかな声で誰だか見当がついた。片足ずつ膝に手を置いてバランスをとりながら立ちあがり、開けてみるとやっぱり友栄《ともえ》さんが立っていて、その後ろに彼女とほぼおなじ背丈の黄倉《おうくら》さんが心配そうに半身で控えていた。

「タイヤが焦げてるみたいな臭いがしたから、変だなと思ったんですけど」友栄さんがまん丸の目で言った。「何回ノックしても返事がないし、なかで倒れてたりしたらどうしようと思って、管理人さんを呼んで来たんですよ。あ、かなり臭ってる。なんだか、部屋のなかがもやってるみたい」

「ちょっと、台所で焦がしたものがありまして」

正直に話すのがためらわれた。目を覚ました瞬間のことを思い出すと、まだ身体のどこかが震えそうになる。あと数分で、隣の食器棚に引火していたかもしれない。自分が先に煙を吸って意識をなくしていたら、取り返しのつかないことになっていただろう。声は、なんとか震わせずに出すことができた。ふだんどおりの、ふつうの声で話している、と思っていた。ところが、私の受け答えを聞いて、菱山《ひしやま》さん、喉やられてませんか、と黄倉さんが急に身を乗り出してきたのである。

「まずは身体が大事だけれど、食べもの焦がした程度じゃないんだったら、住人の方みんな困りますからね。警報は鳴らなかったんですか？」

「と、思います」

「火災報知機が作動しないってことは、それほどでもなかったってことか、あるいは装置の具合が悪くて鳴らなかったかのどっちかですな」黄倉さんは諭すように言った。

「近いうちに、業者さんに診てもらったほうがいいですよ。ふつうは五年ごとに付け替えろって言ってくるんだけど、ここはそれ以上取り替えていないんじゃなかったですか？　どうせレンタルで、そう高価なものじゃないから」

はあ、すみません、と私は頭を下げて、しかたなく、なにがあったのかを簡単に話した。いつもどおり換気扇を回していれば、煙はそれほど出なかったかもしれない。昨日、一昨日みたいに蒸し暑い日だったらそうしていたはずだ。ところが今日は、春にしては妙に肌寒くて、暖房を入れるほどではなかったものの、窓はきちんと閉めておきたくなるくらいの気温だった。だから、珈琲《コーヒー》を淹《い》れるついでに、湯沸かしの熱で部屋を暖めてやろうという魂胆だったのである。いや、寒いのは外気ではなくて自分の身体のほうだとわかって、いま風邪をひくわけにはいかない、とにかく身体を冷やさないようにしよう、珈琲を飲もう、という順序だったか。なにしろ数時間おきにミルクをやらねばならず、このところは細切れにしか寝ていない。まとめて眠らないと体力がもたない年になってきているから、それなりに気をつけてはいたのだ。換気扇の音であの子が目を覚ますかもしれないという意識も働いていただろう。なにかにつけて勝手気ままに生きてきた私が、自分のことを後回しに考えるようになって、まだそれほどの時は経《た》っていない。

「なずなちゃんは？」

「寝てます。そこに」

ちょっと失礼しますね、と彼女はナースシューズなのかそれに類したものなのか、白いオーソドックスな形の、適度に崩れたサンダルを脱いであたりまえのように上がり込むと、部屋の調度にそぐわない空色のベビーベッドまで行って上から覗き込んだ。

「うん、よく眠ってる。でも、こんな臭いのするところに寝かせておくのはよくないですね。臭うってことは空気が流れてきてる証拠だし、心配はないと思いますけど、生後二ヶ月の子どもの肺なんてまっさらの消毒済みのガーゼより清潔なんだから、どうせ汚すのならいい汚れにしてあげないと」

いい汚れ、という言葉に心地よい驚きを感じて、震えが収まっていくような気さえする。汚れにいいも悪いもない、汚れは汚れであって、落とせるものは落とし、落とせないものはそのまま放っておくか捨てるかのどちらかでいい。私はそんなふうにしか考えてこなかった。もちろん、赤ん坊の隣でたばこを控えるくらいの常識なら持ち合わせてはいたけれど、この子が来てから自由に外に出られなくなったので、どうしても我慢できないときは換気扇の下で吸うようになったし、まめに掃除機をかけて家具や書籍の天に埃《ほこり》が降り積もり床に白いマリモができる状態を脱した。しかしそれは汚れを取り除くためにしていたことで、上手に汚すためのものではない。汚れたものをきれいにするか、きれいなものを上手に汚すかは見方次第であって、やっていることに変わりはないだろう。しかし、そういう視点を持ちうるかどうかで人生のなにかが決定的にちがってしまうような気もするのだった。まっさらで汚れるしかないものに対しては、たしかに悪い汚れよりもよい汚れをつけてやったほうがいい。

「菱山さん、ちゃんと寝てます？」友栄さんが顔を右に傾けながらたずねた。「顔色悪いですよ」

「たしかに」と黄倉さんが賛意を表した。「あんまり籠もりすぎないで、外に出なきゃ」

「正直、昨日は、いえ、昨日も、あまり寝てないんです」

それ以上の説明はいらなかった。赤子がいれば、それも独り身の男のところにいれば、暮らしの混乱ぶりは容易に想像できる。

「よかったら、臭いが消えるまでうちで預かりましょうか。父に診てもらったほうが安心でしょう」

「そりゃあ、先生が診てくださるなら心強いですが……」

「わたしが預かるってほうは心配なんですね」

「そういうわけじゃ……」

友栄さんがようやく笑みを浮かべた。彼女のほうもいくらか緊張していたことにいまさらながら気づかされた。

「少しでもお休みになれれば、いいでしょう？　片付けもやっておかないと」

「そう、ですね……では、お言葉に甘えて」

さっきまで赤ん坊が大事と思っていたのに、もし面倒を見てもらえるならわずかでも仮眠できると考えた自分が情けなくなる。とはいえ、こちらが倒れたらなんにもならない。世の常識はどうあれ、いま必要なのは睡眠なのだ。「もしおなかを空かせたらミルクはうちにあるもので代用してよろしいですね？　そうだ、使い慣れた哺乳瓶があったら貸してください。午後の診療が終わった頃に、迎えに来ていただけますか。菱山さんも診察させていただきます」

「いや、それはまたべつの話で……」

「問診だけですよ。以前の検査結果はご存じですよね」

「先生は、《要観察だが異常なし》っておっしゃいましたが。眠らせてもらえれば大丈夫です」

「大丈夫かどうか判断するのは、医者の仕事です」

　この機会を利用して、私をまた「主治医」としての先生に、つまりジンゴロ先生に向き合わせるつもりらしい。じつは赤ん坊を預かる前からずっと言われてきたことだった。このマンションの一階に入っている《美津保《みづほ》》で飲んだとき、しばらくは上向きだった体調がまた不安になってきた、どうも疲れがたまって抜けないと冗談交じりにジンゴロ先生に話したところ、じゃあうちで血液検査だけでもやっておきなさいと言われてその気になったのが昨年の夏だったろうか。案の定、かんばしい結果ではなかった。もうちょっと数値が悪かったら大きな病院に紹介状を書くところだねえ、エコーをやればすぐわかるけれども、こいつはたぶん脂肪肝だなあ、とジンゴロ先生はにんまりして、しかしね、こういう数値は数値、許容範囲内でどれだけ人生を楽しめるかが問題なんだよ、職業柄休みなさいとは言うがね、好き放題やって元気な人もいればそうでない人もいる。

そうでない人をわれわれは守り、ぎりぎりセーフの領域で楽しく生きられるよう祈りながら表向きはきつい台詞《せりふ》を言うんだ。しかたなく言うんだよ。――これがジンゴロ先生の、酒が入ったときの十八番のひとつだった。素面《しらふ》のときの先生とは、体調のことなどほとんど話さない。

友栄さんが傘の軸みたいに細い身体を曲げて、ケットごとくるむようになずなを抱きあげている。プラスチックの焦げた臭いはもうほとんど外に流れていたのだが、窓を開け放しておくには、やはりまだ肌寒かった。あの、これは、いらないんですか、と私はあわててリュックサックの上下に穴をあけたみたいな品を指さす。赤ん坊を抱いて外出するときうまく重さを分散させるもので、それをつけて必要な品を買い出しに行くのだが、いまだに正式な名前が覚えられない。あ、徒歩一分ですからそれは、と友栄さんはラベルに書かれているカタカナの商品名を口にしたものの、私の顔をしばらく見つめて、じゃあ、使わせていただきます、とまた笑みを浮かべて協力を求めた。子どもを扱うとはいっても、ふだんは室内での移動ばかりだから、この手のものは必要ないのだ。患者のお母さんたちの手助けはしても、自分で装着したことはないのだろう。友栄さんは出戻りだが、子どもはいない、とジンゴロ先生は言っていた。

たがいの距離を詰め、ベルトの長さを彼女の細い身体に合わせて前面から調節すると、赤ん坊を抱くというより、防具でもつけているような恰好になる。その様子を眺めていた黄倉さんが、こうして見てると、なんだかおふたりの子どもみたいですな、とさも感じ入ったような口調でつぶやく。友栄さんは聞こえないふりをして留め具の締まりを確認し、つんつんとひっかけるようにシューズを履いて、壁に片手をついて身体を安定させてから、もう一方の手を使って、持ちあげたかかとにへたったベルトをきちんと掛けた。洗っておいた予備の哺乳瓶を手渡そうとすると、彼女はまた、あ、と立ち止まり、すっかり忘れてた、と看護師の声から急に女性の声になり、玄関のドアの外に置きっぱなしになっていたらしい紙袋を黄倉さんに取ってもらうと、どうぞ、これ、食べてくださいさい、と差し出したのである。

「なんですか」

「どら焼きです」

「……はあ」

さっきまでの緊張がまだ残っているのだろう、どら焼きなんて言葉そのものがぶしつけではないかという気がして、胸のなかで複雑な風が舞った。もしかすると、少しむっとしていたかもしれない。友栄さんには、なんの悪気もないのに。

「お好きなんでしょ？」と彼女は屈託なく言った。「菱山さんはどら焼きダース食いだって、父親経由で聞きましたよ、《美津保》のママさんが言ってたって。このあいだ頂戴した子どもの本のお礼です。待合室に置かせていただきました」

「あれは、処分するよりと思って先生にお話ししたら、持ってこいと言われたのでそうしたまでですが。不要品を貰《もら》ってくださったんですから、お礼を言うのはこちらのほうです」
「とにかく、食べて、元気をだしてください。で、申し訳ないんですけど、その紙袋、譲っていただけません？　哺乳瓶用に……」
　ドアを閉める寸前、報知機の件、お忘れなく、と黄倉さんがなずなを抱いた友栄さんの向こうから釘《くぎ》を刺した。それにしても、どら焼きを箱でか。たしかに好物は好物だが、いわゆるまとめ買いはしたことがない。一度そういうことをやってみたいと話したのをコンビニのレジの近くに置いてあるのをひとつふたつ買うくらいがちょうどよくて、いれば、誤解されてもしかたのないことだった。包みを開けてみると、左右に六個ずつど《美津保》のママが大袈裟《おおげさ》に伝えたのだろう。もっとも、食事のたびに甘味を添えてい
ら焼きが詰まっている。いまのいままでぶしつけだなんて考えていたくせに、無性に食べたくなってひとつ頂戴し、冷蔵庫に冷やしておいたミネラルウォーターを取り出してラッパ飲みした。猛烈に喉が渇いているのに、これもまた緊張のあまり、飲むまで気づかずにいたらしい。口もとから幾筋も垂れるくらいの勢いでごくごく飲み、ようやくひと息ついたところで、あらためて台所の惨状を検分した。耐熱ガラスのポットの上のドリッパーに、珈琲の粉が入ったままになっている。水道を出しっぱなしにしたときに跳ねた水が粉を湿らせていて、これは捨てるしかなかった。わずか珈琲二杯分のお湯を沸かしているあいだに寝入ってしまったのだ。いくら古いアルミ製だったとはいえ、やかんの底が焦げて穴があくほどの高熱が電熱器から出ているなんて想像もしなかった。火

事を起こしたり事故に遭ったりするときは、わずかの差で明暗がわかれるのだろう。哺乳瓶はプラスチックケースに入れて隣室のベビーベッドの横に移してあったから心配はない。火のある場所から離しておいたのは正解だった。

事故の残骸をビニール袋に投げ入れ、飛び散ったものをきれいに拭き取ってから、流し台の周りにとりあえず台所洗剤の原液を撒《ま》き、窓を開けたまま換気扇もまわしてしばらく置く。さて、たばこを一本、と動かしそうになった手を、すんでのところで抑えた。いまは悪い臭いを消している最中だ。焦げくささよりも洗剤の臭いのほうが勝るくらいになっているのだが、なずなをまた寝かせるにはこちらの臭いも始末しておかなければならない。異臭を消すのに異臭を発する液体に頼る矛盾は、この際大目に見よう。

窓は台所もどきのコーナーが隅のほうにあるリビングと、玄関脇の部屋の二箇所にある。自分のベッドが置いてあるだけの四畳半の洋室には壁しかなかった。越してきた当初はそこに机と書棚を置いて仕事部屋にしていたのだが、あまりに窮屈だったので半月もしないうちに配置換えをし、以来、仕事も食事も、場合によってはなずなのおしめ替えまでなんでもダイニングテーブルの上で済ませるようになっている。甘い便のにおいが籠もることもあるけれど、やはりそれは「いい汚れ」のうちに入るのか、外の空気を入れてやればすぐに消える。きれいに、あっというまに消える。流れてどこかへ行ってしまうのではなくて、空気そのものに溶けるのだ。

窓の下の道路は、大通りからこのマンションの裏手の、ジンゴロ先生の診療所へと抜ける短い一方通行の道で、普通車なら楽に通れる幅はあるのだが、つきあたりに「バーバー・マルヤ」という理髪店があるため、ババ道と呼ばれている。バーバー・ロードとでもしておけばさまになったところを、近くの小学校の子どもらがふざけてそう言っているうち、大人も影響されてしまったのだそうだ。理髪店は二代目の主人がもう七十近くで、跡取りはいない。その三軒隣、ババ道からは見えないところに佐野《さの》医院がある。位置関係が逆だったら、この道はなんと呼ばれていただろうか。

そもそも、ジンゴロ先生にしてから、先の小学校の健康診断を担当しているうちに歴代の生徒の誰かが付けた呼び名であって、本名は佐野甚五郎《じんごろう》というのである。年は、六十五歳。看護師をしていた奥さんの千紗子《ちさこ》さんは六十歳前に引退し、いまは仲間の奥様方と毎日どこかの習いごとに通っているそうで、私も数えるほどしか会ったことがないのだが、背筋のしゃんと伸びた美しい人である。友栄さんはひとり娘で、ジンゴロ先生としては、跡を継ぐのでなければ婿養子をと思っていたらしい。しかし彼女には医の道に進む気も、婿を迎える気もなかった。地元の四年制大学を出て小さな企業に就職し、同僚と結婚したものの三年で破綻して実家に戻り、それから看護学校に通って看護師の資格を得た。数年のあいだ県境の私立病院で修業をして、父親の診療所を手伝うことにしたのだという。行き場がなくなって親に泣きついたってことだがね、とジンゴロ先生は茶化すのがつねだった。単純に計算すると、友栄さんは三十代の半ばくらいになるだろう。仕事柄かとても冷静なところがあって、年上の私より精神面では明らかに上である。しかもよく笑う。子ども相手に笑顔を見せるのが習慣になっているせいかもしれないけれど、玄関口での笑みは仕事を離れた笑みだった。

先に知り合ったのは、しかし彼女の父親のほうである。私はジンゴロ先生がなぜ先生と呼ばれているのか当初まったく理解しておらず、ただの愛すべき酔っぱらいの爺《じい》さんのあだ名くらいにしか思っていなかった。このマンションの一階に長屋のように並んでいる間口の狭い店舗のひとつ《美津保》は、昼間は喫茶店で夜は酒も出すバーになるのだが、引っ越してきた直後、疲れ切って大通りの先のファミリーレストランに行く力さえなく、やむをえず入ったその店でいきなり先生につかまってしまったのである。ママは瑞穂《みずほ》さんと言って年齢不詳だが、商売の比重はどちらかといえば夜のほうにあり、立ち居振る舞いや言葉遣いから察するに、そちらの方面を渡り歩いてきた人のようだった。いつもたっぷりした胸をさらに強調するような服を着ているので、彼女がカウンターのなかに立ち、私が向かいに座ると、顔を見て話していても、飲みものを手にとるときどうしたって目がその谷間を通過してしまう。彼女が見られることを意識しているのは明らかだったし、礼儀としては見て見ぬふりが正しいのだろうけれど、その日私は、越してきたばかりの町の、はじめての店で、それもたまたま借りた部屋の下にあって、顔を覚えられるとかえって面倒なことになるかもしれない、と都会暮らしの癖が抜けずにいくらかおびえながら、しかし腹が減ってまったく頭が働かなくなっている状態で応対していたのだった。お勧めはカツカレーだと言われてなにも考えずにそれを注文し、黙々と食べた。ほとんど手を休めずに食べ続けた。カツも自家製よと前置きがあったのに、味もわからず、褒めることもできなかった。すると、ひとつ席を置いて座っていた人が、そんなに急いで食べちゃあ胃に悪い、ゆっくり急がずに食べなさい、と陽気な声で話しかけてきたのである。

「すみませんねえ、放っておいてください。ただの酔っぱらいですから」ママが洗いものをしながら割って入った。「ゆっくり急がずに食べている人がいたらいたで、こう言うんですよ。あんまり丁寧に噛《か》んで食べると満腹中枢が刺激されてすぐおなかがいっぱいになる、八分目なんて気にせず、ばしばし食べなさい、って。ね、先生」

先生と呼ばれた老人は、失礼しました、ま、この方に、生《なま》をひとつ差しあげてください、と私にビールをおごってくれた。断れる雰囲気ではなかったから素直にそれを口にしたのだが、水もあまり飲まずに食べていたせいで辛さに焼けた喉にはじつにありがたい恵みとなって、遠慮したわりにごくりごくりうまそうに飲んだものだから、初対面で失礼だが、やけっぱちなのか礼儀正しいのか、よくわからないお人だねえ、このあたりにお住まいですか、と先生はまた語りかけてきた。

「この上です」と私は応えた。嘘《うそ》をついてもしかたがない。「この上に、越してきたんです、今日の午後」

「上に?」

先生はママといっしょに声をあげ、じゃあ、お隣さんじゃないですか、いや、そうでしたか、とさらに親しげな口調になって、結局店が閉まるまで付きあわされることになった。なにを話したのか、ほとんど記憶にない。ただ、先生がやたらとくろかみ、くろかみ、とつぶやいていたことはひどく印象に残っている。頭の黒髪のことだとばかり思っていたのだが、どうもかみあわないのでよくよく聞いてみると、私が以前東京に住んでいて千代田《ちよだ》区にある会社に勤めていたと遠まわしに言ったからだろう、先生は国会議事堂の話をしているのだった。議事堂の外壁に用いられている御影石《みかげいし》は徳山《とくやま》にある黒髪《くろかみ》島《じま》という岩だけの島で採れたもので、固い岩しかないところにどうしてこんなにやわらかい名を付けたのかとぶつぶつ言い、女房とふたり、墓石にはここの御影がいいらしいと将来のことを話し合ってたら、国の施設に使われてるっていうんで熱が冷めたんだ、石は熱を冷ますものなんだよ、とおなじことを何度も繰り返すのでさすがに疲弊して帰る口実を探しはじめたそのとき、ママの胸もとから肌色の虫がびろんと飛び出しているのに私は気づいたのだった。びっくりして声をあげ、そこに、なにかいますよ、と指を差すと、ああ、これはね、バンドエイド！　と彼女は大笑いした。

「この人はね」と先生が横からまた口を出した。「新しい下着で、汗かいて、かゆくって、谷間の汗を拭こうとしたら、そこにティッシュの丸めたのがあったからつと手にとってね、乱暴に拭いたんだよ。そうしたら、なかに朝食べたシリアルのかけらが入ってた。貧乏性でしょう？　どうして大事な身体を拭くのに、使用済みの、丸めたティッシュを使うんだろうね」

と応じた。

「箱がちょうど空で、新しいのを取り出すのが面倒くさかったからですよ」ママは堂々と応じた。

「それは言い訳にならんよ。とにかくあんまり力入れて拭いたもんだから、ざあっと切っちゃったわけだな。わたしは見ちゃいないが、かなりの傷だそうだ」

「先生が外科医なら喜んでお見せしましたけどね」と彼女は返したのだが、私はその冗談の意味をまるで理解できなかったのである。

東京の大学を出て、いっとき官庁街にある大手の商事会社に勤めたものの、どうしても性にあわず、派遣会社に登録して短いサイクルでいろんな仕事をこなしているうち、だんだん都会の生活そのものに耐えられなくなってきた。やりたいことが見つからないという、そんな高級な悩みも焦りもなかった。働くことじたいはとても楽しかったからである。なにがどうずれているのかがわからなかっただけのことだ。いちばん長続きしたのは学習塾の講師で、三十代半ばから四十を超える頃まで働いていた。そこでの同僚を通じて、郷里に近い伊都川《いとがわ》の地方紙に教育問題に関するコラムを書く仕事を紹介され、定期的に寄稿していたのだが、真面目にこなしているうち社主に気に入られて、いっそ当地に腰を据えて、健筆をふるっていただけまいかと口説かれた。思いがけない申し出ではあったけれど、決断は早かった。形式だけの面接のためにやってきたその日のうちに、社までバスで一本の、杵元町《きねもとちょう》の部屋を勧められて仮契約を済ませた。それがもう、五年ほど前のことになる。

いまでもよく覚えている。《美津保》の夜から二週間ほど経ったある朝、出社直前に、私は左胸に強い痛みを感じた。仕事が立て込んでくるとよく出る症状なので、しばらく胸に手を当てて休んでいたのだが、なかなか治まらない。それどころか、自分のではないてのひらで押さえつけられているような圧迫感もあった。前の晩、いや、その前の晩もだったか、眠れぬ夜が続いて熱っぽくもあった。痛みをこらえてでも間に合わせなければならない仕事があったわけなのだ。当時はまだ、そういう無理がきいたのである。それで、念のため、マンションの角の電柱に内科・小児科と看板が出ていた医院で診てもらおうと、ゆっくりゆっくり、のちにババ道という名を教えられる通りを徒歩で抜けて立ち寄ってみた。入り口のドアを開けたときのばつの悪さを、どう表現したらいいだろうか。壁にはキリンやライオンの貼り絵が大きく飾られていて、横長の絵本の棚がひとつ、図書館の児童書のコーナーのように置かれている。どうやら小児科が主のようだった。お母さんたちに連れられた、つらそうな表情の子どもたちが何人かいた。診療はまだはじまっていなかった。どうなさいましたかと受付で訊ねられて、胸が痛いんです、と応えると、うちは、内科・小児科というより、小児科内科ですけど、よろしいでしょうか、と言う。いいもなにも、診ていただけるのでしたら、と私はかろうじて応えた。

すると、胸の一語が効いたのか、子どもたちより先に入ってくださいと言われ、恐縮しながら診察室のドアを開けてみたら、そこにあの夜の酔っぱらいの爺さんがいたのである。

「……先生は、先生でいらしたんですか?」と私は頓珍漢《とんちんかん》なことを口走った。「《美津保》でごいっしょした……」

「ああ、あのときの。これはまた。わたしの失態はどうか忘れてください。ご覧のとおり、先生は先生です」

一瞬、胸の痛みを忘れるほど、激しい笑いがこみあげてきそうになった。しかし先生はそれを無視して、ふだんは子どもを診てるがね、大人の診察ができないなんてことはありゃせんよ、胸が痛いんだね、ちょっと音を聴かせてもらおうと聴診器を当てた。過去に経験のある痛みかね? そうか、じゃあ、隣の処置室のベッドで、心電図を。

そのときの若い看護師さんはのちに辞めたそうだが、アルコール消毒した器具を両手両足首、それと心臓周辺にいくつか取り付けてほんの数秒、はい、おしまい、と子ども向けの声で私に言い、おしまいです、とあわてて大人向けの声で言い直した。これで、終わりですか? ええ、あとは先生に。あらためて診察室の椅子に腰掛けると、先生は渡された横長の紙にさあっと目を通し、特段の異常なし、とおごそかに言った。

「あなた、スポーツは?」

「ハンドボールをやってました」

「わたしが知りたいのは、いまなにか身体を動かしているか、ということだ」

「歩くくらいです」胸を押さえながら、しかしふつうの声で私は応えた。

ふむ、と先生はつぶやくように息を吐き、私の左肩を触った。

「肉類は食べるかね？」

「はい。このあいだは、あのお店でカツカレーを」

味わいそこねたカツカレーが記憶のなかで胃に重くもたれかかった。

「そうだったな。よく食べる？」

「ふつう、だと思います」

「ふつうとは？」

「週に何度かは、食べます」

「アルコールは？」

「このあいだは、先生に生ビールを……」

「そうだったな」先生は顔色ひとつかえずに言った。この人の話はほどほどに聞いておいてね、ただの酔っぱらいだから、というママの声が耳もとで響いた。

「睡眠は？」

「このところ、あまり寝てないんです」

そのあいだにまた看護師さんが先生の命で、糖尿の検査だと言って人差し指の先から採血してくれた。

「歩いたり階段をのぼったりするとき、息切れはするかね？」

「ここまで歩いてきましたが、息は切れませんでした」

うん、繰り返すけれども、心電図には異常がないんだ、と先生はこちらの顔をじっと見つめて、利き腕は、といきなり問いの方向を変えた。

「右です」

「シュートを打つときも？」

「シュート？」

「ハンドボールのだ」

「それはむかしの話で」

「まさにむかしの話をしてるんだよ。利き足は左かね？」

「いえ、右です」

「それはおかしい」と先生は大真面目に反論した。「右利きなら、踏み込みは左でないと打てないはずだ」

「左で踏み込むのがふつうですが、右で踏み込んで倒れ込みながら打つこともできます」

「なるほど。しっかり話せるじゃないか。ちゃんと言葉も出る。頭のほうは問題なさそうだ。さてと、まだ胸は痛むかね」

素人の知識で、心筋梗塞ではないかと気が気ではなかったのだが、このときの問診の不自然な自然さ、自然な不自然さは、《美津保》の夜とおなじくらい鮮明に焼き付いている。雑談しているうちに痛みが消えればたいしたことはないと先生は言うのだ。あなたはほんとうに痛いって顔をしてなかった、とこれはずっとあとで解説してくれたことである。もしこの次、ほんとうに痛くなったら、ここじゃなくて設備の整った県立病院に駆け込みなさい、と言い添えて。

「たぶん神経性のものだろう。リラックスしなさい。いや、いまじゃなくて、お宅に帰ってからだ。仕事はほどほどにしてな。そういえば、あなた、菱山さんかね、お仕事はなにをなさってる？」

「記者をしてます、伊都川日報の」

「ほう、世間は狭いね。あそこの社主は高校の同級生だ。新聞は一度も読んだことないがね」と先生は笑った。「今日は横になっていなさい。休ませろとわたしからも言っておこう。睡眠が大切だ。よく眠りなさい……」

そこでぴくん、と身体が反応する。白ではなく、黒々とした正真正銘の闇のなかに、私はいた。プラスチックの焦げたあのえぐみのある臭いはもう消えて、洗剤の臭いも鼻を近づけなければわからないくらいに薄れている。ベッドでゆっくり休むつもりが、またダイニングの椅子で寝入ってしまったらしい。こんなこととの繰り返しだ。疲れはいよいよたまっているけれど、幸い胸は痛くない。電熱器の汚れをもう一度洗い落とし、スイッチをまわしてみる。壊れてはいないようだった。なずな、と名前を呼んでみる。隣の部屋の小さなベッドにバスタオルの束よりもはかなげな彼女の姿がないことを確認して驚き、もう顔を見たくてたまらなくなっている自分に驚きながら時計に目をやる。午後の診療が終わるまで、あと十数分。ずいぶん眠った。シャワーを浴び、煙を吸った服を洗濯機に放り込むと、私はなずなを引き取るために、ババ道に出た。

2

軽く開いた黄色いカーテンから、ベッドに横になって点滴をしている女の子の姿が見えた。あと十分ほどで終わるのに、途中で用があると言い残したまま外に出た母親がまだ迎えに戻らないのだという。喉が腫れていて相当に痛むらしく、前日からなにも口にしなくなり、水さえ飲まなくなった。好きなジュースで誘ってみたものの頑として言うことを聞かず、やがて顔色が青くなり、トイレにも行かなくなってしまった。水を飲まないと死んじゃうよ、どうしても嫌ならジンゴロ先生のところで点滴を打ってもらうからね、大きな針を腕に刺して、そこからお薬を入れるんだからねと母親が脅かしたところ、飲むよりそのほうがいいとのたまったのだそうだ。それで、三時間かけてゆっくり水分補給のための点滴をやっていたというわけである。

「頑固ちゃんだよ、この子は。まだ四つなのに、たいしたもんだ」ジンゴロ先生は、わが子のことのように自慢げに言う。「ついこのあいだまでは注射が大嫌いで、泣き叫んでたんだがな。たしかに喉は腫れていたよ。でも、そうひどくはない。喉の痛みっていうのがどんなもんか、うまく言葉にできなかったんだろう。脱水症状というほどでもなかったし、涙もちゃんと出ていた。で、あんたの肋間《ろっかん》の痛みは、その後どうかね？」

　最後の台詞《せりふ》を口にしながら、そこに座りなさい、とジンゴロ先生は丸椅子を指さした。そこに座りなさいというのが口癖のひとつで、その気もない者をすんなり座らせてしまう不思議な抑揚がある。酒が入っているかいないかだけのちがいで、節くれ立った長い人差し指の出し方などはいつもとおなじだ。

「突き刺すような痛みはありませんが、重く感じるときはまだありますね、ぜんたいに」

「じわあっと？」

「ええ、まあ、じわあっと……ですね」

「いっとき悪かった肝臓の数値はまあまあだから、無理せずやることだな。酒、たばこは控えめに。わたしに付きあわないことだ」

「誘うのは先生のほうですよ」

　私の言葉をあっさり聞き流してジンゴロ先生は電話を取りあげ、内線で、そろそろお帰りだ、と告げた。友栄さんを呼んだのだろう。どこか目の届くところに寝かせてあるのかと思ったのだが、考えてみれば、今回は患者として来たのではないから、診察室や処置室にいるはずはなかった。便の色がおかしいと即断して、証拠品のおむつを持って夜に駆け込んだときは、いま点滴の女の子のいるところで診てもらい、先生と話をするあいだずっと寝かせておいたのだ。明らかに風邪とわかるような子どもがいたら院内に置くわけにいかないよと、たずねもしないのに教えてくれる。

「見かけによらず心配性だからな、あんたは。それが友栄にも多少伝染するんだろう。煙の件は診ておいたよ」ジンゴロ先生は診察室の古い事務椅子をきしませながら言った。「実際に煙をどれだけ吸ったかなんてことはわからんがね、聴診器で肺の音を聴いてみたかぎりでは、なんの異常もない」

　居住スペースに通じるドアが開いて、友栄さんがなずなを抱いて現れた。防具の端から三味線のバチみたいな手足がぴょこぴょこ飛び出ている。雰囲気がどこかちがうと思ったら、彼女は白衣を着ていたのだった。さっき部屋を訪ねてくれたときは、履きものだけそのままで、薄いベージュのワンピースだった。いい子にしてましたよ、と笑みを浮かべながら、友栄さんは私の部屋でしたようにややぎこちなく身体を寄せ、防具ごとそっとなずなをパスしてよこした。ベルトが肩にかかる瞬間の重み。そしてやわらかいものが胸にぺたっと張り付いてくる瞬間のあたたかみ。裸で猫を抱いても、こんな感覚は味わえない。

「あんたがはじめてうちに来たのは、いつだったかね」座ったままで先生が言った。

「もう五、六年になるかな」

「そのくらいになりますね。じつは、さっき、おなじことを考えてました。杵元町に来て、先生にお会いしたときのこと」夢で見ていたなどとは言わなかった。

「ふん。過去を振り返るのは、年をとった証拠だな。四捨五入すりゃあもう五十だろう？」

　先生も四捨五入で七十ですよ。そうまぜかえそうとしてやめた。私の父はジンゴロ先生より年上で、今年七十二歳になる。この何年か痛風の持病が出てあまり元気がなかったのだが、長年頼ってきた二つ年上の母が体調を崩してからは逆にしっかりして面倒を見るようになり、郷里の彦端《ひこはし》でまだ他人の助けを借りずに暮らしている。彦端は伊都川の上流にある小さな町だ。私が高校生の頃に整備された高速道路のインターに近いこともあって、県外に出るにはむしろ動きやすい。いまの仕事に転じたのは、高速を使えば一時間弱で実家に戻れるからでもあった。

「とにかく、ストレスになるような仕事はよしなさい。酒なしでも与太話は聞けるもんだ。たくさん飲みたいときは《美津保》に来ればいい。わたしがいるとき倒れてくれれば、仮の処置くらいはしてあげられる」

　患者の健康を本気で考えているのかいないのか、先生は大きくひとつ伸びをして左右の肩を上下に揺らし、ゆっくり立ちあがってなずなの手をそっと握った。

「胸が痛いだの、目の奥が痛いだの、喉にぐりぐりができただの、特別にいろいろ診てやったけれど、まさか赤ん坊を連れてくるとは思わなかった」

「こちらもです」

「なずな、とはよく言ったもんだ。その辺の、道ばたに生えているぺんぺん草を娘の名に付けるとはな。ババ道にだって、探せばあるかもしれん。謙虚でよろしい。せり、なずな、ごぎょう、はこべら……」

「お父さん、それはもういいの。何度も聞かされてるから」

「いいじゃないか。なずなには仲間がいっぱいいるってことだ。どこまで行ったかな。これは途中で切るとわからなくなるんだよ。せり、なずな、ごぎょう、はこべら、ほとけのざ、すずな、すずしろ、これぞ七草。ほとけのざにしなかったところが味噌《みそ》だな」

「子どもにそんな名前を付けるはずがないでしょ」友栄さんが呆《あき》れた顔でため息をつく。

「でも、わたしだったら、すずしろ、にするかな。大根なんて、健康的にすぎるかもしれないけれど」

「名前を考えたのは、父親なんだそうです」友栄さんには直接答えずに私は言った。

「撫《な》でたいくらいの菜だから、撫菜《なでな》といったのが転じて、なずなになったんだとか講釈してましたね。妙に雑学のある奴《やつ》で」

「弟さん、いつ戻ってらっしゃるの？」

「それが、まったくわからないんです」私は正直に話した。なずなの頭のてっぺんから、かすかな熱がもわんとのぼってくる。顎の下にそれが伝わって、胸もとに薄い汗がにじみ、身体が火照り出す。

「義妹《いもうと》のほうもまだはっきり先が見えなくて……」

　そのとき、本日の診察は終了致しました、というプレートが内側から掛けられた扉を押し開けて、ジーンズ姿の若い女の人が、申し訳ありません、遅くなりまして、と入ってきた。

「どうもご迷惑おかけしました」

「いいえ」点滴の残りをすばやく確認しながら友栄さんが応じる。飲み水拒否の女の子のお母さんだった。「よく寝ていて、手間はかかりませんでしたよ。顔色もずいぶんよくなりました」

そうですか、と学校で成績でも褒められたみたいに頰を染めて、若いお母さんが隣のカーテンのなかを覗き込む。ほんと、唇の色がさっきと全然ちがう、ありがとうございます、ユメ、お母さんよ、と明るい声が聞こえた。ユメちゃんと呼ばれた女の子も目を覚ましたようだが、点滴のあいだずっとそこにいてくれたような感じでお母さんに話しだした。

「あたし、ユメ見た」

ユメが彼女の名前なのか夢のことなのかわからなくて一瞬、混乱する。

「どんな夢見たの？」

「鼻くそをほじった夢」

「いやだ」お母さんが恥ずかしそうに笑い声をあげる。友栄さんも、ジンゴロ先生も思わず笑みを浮かべる。声も少し出る。私も、また。

「すみません、育ちが悪くって。元気になるとすぐ地が出るんです」顔がもう真っ赤だった。

「鼻くそをほじって、どうなったのかな」ジンゴロ先生がするするとベッドに寄っていって女の子の額と首筋に触れ、それとなく様子を診ながらたずねた。

「鼻くその骨が取れて、すっきりした」

「ほう。そいつはたいしたもんだ。ずいぶん長くお医者さんをやってきたけれどね、鼻くその骨は見たことがないな。それはとてもめずらしいものだぞ、きっと。どんな形だった？」

「内緒にしてくれる？」

「ぜったい、内緒にする。大発見かもしれないからね」ジンゴロ先生は真面目な顔で誓いを立てた。「ここにいるのはみんな味方だ。秘密は漏らさない」

「じゃあ、言う。鼻くその骨はね、丸いの」

「丸いのか？」

「丸いの」

「なるほど……それは、内緒にしておかにゃあならんな」

　ジンゴロ先生は心底感心してつぶやくように言い、それ以上は突っ込まなかった。わかったようなわからないような不思議な会話を聞きながら、なずなとこんなふうに言葉を交わすことができるようになるまで、あとどのくらいの時間が必要だろうかと思った。いまはもちろん私が一方的に話しかけるだけで、それに対する反応はない。ほんの小さな手足の動きを言葉に対する反応と見なして勝手に喜ぶこともあるのだが、彼女がなにを考えているのかはわからないのだ。もちろん、いきなり返事があったりしたら、混乱するにちがいない。しかし、鼻くその骨が丸いと言われれば言われたで、意味はわからなくてもきっと嬉《うれ》しいことだろう。ただ、赤ん坊としては、男の声と女の声で、耳から得る安心感もずいぶんちがうのではないか、いつもおなじ声を聞いているより、何人かの声に刺激されているほうが精神的にもいいのではないかと不安になることもある。いっそ彦端の実家で父母に預けて、なんでもいいから愛情のこもった言葉をかけてもらおうか。いや、現在の睡眠と授乳のリズムを考えると、病を抱えている年寄りに負担はかけられない。それは、わかりきったことだった。

「じゃあ、そろそろ。友栄さん、ありがとう。お手数をおかけしました。それから、どら焼き、おいしかったです」

「え？　もう、ぜんぶ食べちゃったんですか？」

「まさか。二つだけです」

「それならよかった。でも二つは食べたんですね」

「ところで、いつまで家にいられるのかね」友栄さんの返しに口ごもっていると、ジンゴロ先生がついでのように言った。「あんたのは産休でも育児休暇でもないだろう？　ほんとの親の場合にしか適用されないはずだから」

「休んでるわけじゃありません。仕事は家でしてます」

「そうか。宅業状態ってだけか。社内に託児所はないのかね？」

「そんな規模の会社じゃありませんよ。どこかに委託することを考えている節は、あるみたいですけどね。市の託児所はどこも満員で、順番待ちですし」

ほんとうは預けたくないのだ、という気持ちは曝《さら》さなかった。心身にこれだけ負荷がかかっているのに、なぜか可能なかぎり自分で世話をしたいと私は感じはじめていた。

「あの、もしかして、伊都川日報の方ですか？」

夢で鼻くその骨を取った女の子のお母さんが、横から声をかけてきた。

「ええ、そうですが」

「やっぱり。どこかでお見かけしたことがあると思って。去年の夏、鹿間《しかま》町に取材にいらしたでしょう？　わたし、あのとき町議会主催の勉強会で日報さんにお世話になった谷萩《やはぎ》の妻です。ご挨拶はしませんでしたが、会場におりまして」

「谷萩さんの。そうでしたか。たしかそのあと懇親会で、おいしい山菜の入ったうどんをご馳走《ちそう》になって」

「そうです、そうです！　記事に、そのうどんの話がなかったって、裏方の女の人はみんなさみしがってました」

「それは、失礼いたしました……」

「あたしもおうどん食べる」

話を聞いていた女の子が急に割り込んでくる。ユメは優芽と書くそうだ。友栄さんは針を抜き、小さな消毒済みガーゼのついた正方形の絆創膏《ばんそうこう》を腕に貼ってひととおりの処置をしてから、優芽ちゃんが起きあがるのを助けた。

「喉痛くなくなった。おうどん食べたい！」

「食欲が出てきたなら、もう安心かな」

「うん。どんどん食べなさい。うどんどんどん」ジンゴロ先生が言うと、友栄さんはまた困ったような顔をしたが、優芽ちゃんのほうは、うどんどんどん、うどんどんどん、と笑いながら繰り返す。結局のところ、ジンゴロ先生は《美津保》で正体をなくしているときも、こうして素面で子どもと話をしているときも、基本的には変わらないのだった。乳幼児の診療は、遺伝病や難病の可能性も視野に入れなければならないから、大病院との連繫はもちろん、先端医療の知識を得るための勉強も欠かせない。ジンゴロ先生も年に何度かはどこそこで学会があるといって出かけていくことがある。しかし、医師としての力量は、かならずしもそうした正当な探求心と比例するわけでなくべつのところにあることも、この人を見ていると納得できるような気がするのだった。威張っているとかいないとか、性格がいいとか悪いとか、そういうこととともちがう。そのわずかなちがいをうまく言葉にできないのだが、たしかなのは、知り合ったばかりの頃のジンゴロ先生と、いま目の前にいるジンゴロ先生は、おなじであってしかも別人だということである。わずか数年分ではあれ、年をとったことも関係しているだろう。しかし、こちらの目線が変わったと考えたほうがより自然かもしれない。小さな子どもがひとり身近にやってきただけで、ものごとを見る心の寸法は変わってしまうのだ。

「その節はどうも。うどん、ほんとうにおいしかったですよ。また食べたいくらいです」谷萩さんの奥さんだと判明した、鼻くその骨の優芽ちゃんのお母さんに言った。「失礼ながら、勉強会の本題より、うどんで町おこしをしたほうがいいんじゃないかと思ったくらいで。あ、これはご主人には内緒にしておいてください」

　内緒にしてあげる、と優芽ちゃんが口を挟む。ありがとう、と私は彼女に向かって言い、お母さんのほうにも頭を下げた。

　帰りがけにきれいな哺乳瓶を友栄さんからもらって、なずなといっしょにゆっくりババ道を帰った。《お望みのカットに、バーバー・マルヤ。お急ぎの方に超特急十五分カット、バーバー・マルヤ》。商工会議所のお偉方との夕食会に出ろと突然命じられたとき、あまりにむさくるしい頭だったので、看板の文言を信じて後者のカットをお願いしたことがある。可もなく不可もなくの仕あがりだったが、こんな目立たない場所にある理髪店にお急ぎの方が来るのだろうかとの疑問を、自分自身で解決する結果になって苦笑したものだ。その辺の道ばた、とジンゴロ先生は表現したけれど、脇道にほんのわずか生えている雑草のなかに、ぺんぺん草は見あたらなかった。

　杵元グランドハイツの入り口は、大通り沿いの歩道に面した店舗から見えない、ババ道の側にある。通いの管理人である黄倉さんの姿はもうなかった。なずなの頭に当たらないよう、郵便受けの扉を慎重に開けて中身を取りだす。雑誌、請求書、新築マンションの広告。こんな町にも需要があるのか、若い女性の裸身と電話番号を記した名刺大のチラシが数枚、滑り込ませてあった。東京に住んでいたときと、郵便受けの中身に変化はない。私信が入っていることなどめったになかった。捨てるべきものを選《よ》り分けて共同のゴミ箱に投げ入れていると、あら菱山さん、と声をかけられる。《美津保》の左隣に入っている、美容院カメリアの與田《よだ》さんだった。

「大変だったんですって？　黄倉さんに聞いたわよ。火事にならなくてよかったわねえ」

與田さんは《美津保》のママの中学時代からの友人で、一階店舗の真上の部屋を、事務と物置と着替えのために借りている。なにかを話すと右から左にすぐ流してしまうので用心しなければならないのだが、地域の噂話《うわさばなし》にはめっぽう強く、裏の裏を取るのに必要な人を的確に紹介してくれることもある。生まれたときから菜食主義者だったというような贅肉《ぜいにく》のない身体つきで、そこは瑞穂さんとは対照的だ。市販の「悪いモノ」はいっさい口にしていないと自慢するわりに肌の荒れがひどく、夕方にこの薄暗い玄関で会うと、顔が真っ黒に見える。そして、目だけが白く光る。どうもご心配おかけしました、とだけ私は応えて、なんとかうまく別れた。彼女の部屋は二階だから、エレベーターではなく階段を使うのだ。こちらは四階の角部屋。入るとすぐ、なずなを寝かしつける。あの嫌な臭いはもうまったく残っていない。やかんが使いものにならなくなったので、なずな専用と決めていたミルクパンを借りてお湯を沸かし、珈琲《コーヒー》を淹《い》れる。注ぎ口からお湯がじゃばじゃば出そうになるのを、なんとか調整しながらドリップした。お湯を見ると条件反射みたいに、人肌の温度という言葉を思い浮かべてしまう自分が奇妙に思えてくる。

集合住宅といえば二階か三階の、エレベーターのない低層マンションや木造二階建てのアパートが主体のこの地域で、六階建ての杵元グランドハイツは最も高層な部類にはいる建物だ。築三十年と聞けば相当くたびれているように感じられるのだが、一戸建てへの信仰がまだ根強く残っている土地で、当時これだけの規模のマンションを建てるのは、かなり勇気のいることだったろう。裏手の家のテレビ電波の入りが悪くなって、ずいぶんもめたりもしたらしい。あとから建てられたもっと高い建物は、自分たちのせいで電波を遮断された区域をブースターをつけて補うという都会ではあたりまえの負担が、地域の話題としていっとき日報の取材の対象になっていたとも聞かされた。

そういえば、佐野医院で会った谷萩さんの話に出た鹿間町での勉強会も、電波障害や電磁波の影響にかかわる話だった。鹿間町は伊都川市の北寄りの山間部にある町で、そのさらに北東にのびている山々を縫って、高速道路の建設用道路が残っている。斜面を削り取って進むその道路のなかほどに、風力発電所を建設しようという話が町役場で持ちあがったのは、私がここへくる前のことだった。もともと自然のテラスのような場所で、むかしから強い風の抜け道になっていることが知られており、古老にたずねると、風神様の住むところだから、そこまで谷をのぼってはいけないと言われて育ったという。キノコ採りに入った村人が風にあおられて何メートルも宙に舞いあがり、そのまま谷底に落とされて亡くなったなどという話が、まことしやかに語り継がれてもいる。高速道路には横風注意の看板くらいしか出ていない日に、工事中のクレーン車が風で横転したことが二度あって、その記録は業務日誌にも残されていた。

ただし、年中風が吹くのか、季節によって差があるのか、それまで誰も科学的な測定をしていなかった。そこで専門家に風況調査を依頼したところ、一年を通して良い風の通ることが判明したのである。それなら風車を建てて、電気を蓄えたらどうかという声が町議会からあがり、地元の青年会議所が町おこしの一環になると賛同して、何度か勉強会を開いた。その経緯と展望を、私が記事にしたのである。建設にかかる費用、経済効果、自然環境への影響。取材時には、本体を建てるより送電線の引き回しに費用がかかり、また、最も効率のよいルート上に小学校があって、通学路への電磁波の影響が懸念されていた。ところが、この企画を持ち出した有力な町会議員の真の目論見《もくろみ》は、環境にやさしい電力確保というよりも、風車で人を集め、茶屋風のレストランを併設して町の観光スポットにすることにあって、だからその議員が提唱したのは、ウィンドファームのような巨大な風車の建設ではなく、山小屋に設置できる規模のものを数基用意し、それで施設の排水の浄化装置を稼働させる、といったものだった。ただし、そのために、現地までの道路をあらたに整備する。町長を補佐していた議員たちの魂胆はどうやらそこにあるようだった。考えてみれば、地元の経済を支えているのは、風力発電メーカーではなく、道路工事を請け負う会社なのである。

高校を卒業してすぐ上京し、四十歳を過ぎるまで都内を転々としていたので、私は通勤にも休日の移動にも車を使う必要がなかった。大学に入って最初の夏休みに、友人と語らって短期集中コースで運転免許を取得していたとはいえ、車を所有したこともなければレンタカーひとつ借りたこともない。地方に行けば、車なしではなにもできなくなる。その点はもちろん了解済みだった。十代の終わりまでは、どんな小さな買い物でも親父《おやじ》の車を使わざるをえない環境で暮らしていたし、日報の社主から誘われたときも、どうしたって車の運転はしてもらうことになると釘を刺されていた。

しかし、杵元町の部屋を借りた当初は、車を買おうにも周囲に駐車場の空きがなかった。このあたりの住人はほぼすべて、自宅に駐車スペースがあるので、月極めの駐車場の数が少ない。マンション専用のものはあるけれど、全戸に一台分ずつ割り当てがあるわけではないので、管理人の黄倉さんにもずっと頼んでいるのだが、なかなか空きは出ない。だから働きはじめには、社主の了解を得てとりあえず自転車置き場に置けるホンダのカブを買い、雨の日以外はそれを乗り回してきた。大きくない市だからたいていの用事はこれで済ませられるし、取材にも使える。彦端の親もとへも、一般道をゆっくりカブで帰った。

その後、自動車の運転のほうは、社の車で近場を走りながら練習を重ねた。なにしろ二十数年乗っていないのだ。勘を取り戻すというより、ほとんど一からのやり直しである。仕事のあいまに当時同僚だったカメラマンにコーチを頼み、三ヶ月もすると道も覚えて、ひとりで動けるようになった。それから二年ほど経った頃だろうか、大通りの向かいにあった古いタイル屋が取り壊され、駐車場ができるとの話を聞きつけ、まだ形にならない段階で貸し主を探し当てて、車はこれから買いますと仮契約を申し込んだ。更地になってほどなく現れたのは、ただ砂利を敷いてタイヤ止めにコンクリートブロックを置いただけの粗末な空間だったが、二十台分のスペースがたちまち埋まったのには、かなり面食らった。一家に一台ではもう足りないのである。贅沢とは関係なく、夫婦がそれぞれに、あるいは親夫婦が息子娘夫婦とはべつに一台車を持っていないと身動きがとれないような仕組みができあがってしまったのだ。その仕組みに、いやおうなく引き込まれてしまうということなのだろう。私もまたそうだった。

　駐車場を借りた月のうちに、県道沿いの中古車販売店で、委託品だという古いホンダのシビックを買った。一二〇〇ccである。カブに乗っていたのでおなじメーカーを、と考えたわけではない。これはむかし親父が乗っていた、つまり、子ども時代に私もそれで動き回っていた車と同型で、まずは懐かしさのあまり目に留まったにすぎない。CVCCってのは、この町ではただの中古車にすぎませんがね、熱心なファンがいて、雑誌に広告を出すと他県から注文が入るんですよ、と店主はさかんに売り込んだ。ただし伊都川市内では、まだ一台も売ったことがないという。通勤と生活の足としては、隣にあった三菱ミニカでなんの問題もなかったのだが、残念ながら色が気に入らなかった。幸か不幸か、メタリック系でない中古車は、そのダークブラウンのシビックだけだったのである。

地元住民特別価格の名目で安く譲ってもらったその車のおかげで、仕事も生活もずいぶん楽になった。実家に眠らせてあった絵本類をごっそりジンゴロ先生のところへ運んでくるのだって、車でなければできないことだったし、鹿間町の谷萩さんと最初に言葉を交わしたのもこのシビックがきっかけだったのである。彼も独身時代に、色ちがいのモデルに乗っていたのだ。くだんの風力発電所候補地に案内してもらったときだけは、舗装道の先の山道を通らねばならないので、私は役場で車を降り、谷萩さんの４ＷＤに乗り換えた。車中でもあれこれ話し込んだ風車の件は、その後完全に立ち消えになったのだろうか？　それとも、宙づり状態のまま、再開を待っているのだろうか？

珈琲を飲み終えたところで、隣の部屋のなずなが泣き出す。飲んでいる最中でなかったことに感謝しつつ、ベッドにかけつけておむつに触れる。なまあたたかい。折りたたみのクッションを床に敷き、バスタオルをひろげ、抱きあげたなずなをそっと下ろして、おむつを替えてやる。小さな目を開け、口も開けて、顔を横向きにしているから満足してくれたのかと思いきや、パチンパチンとベビー服のホックをとめたとたん、また激しく泣きはじめた。おなかが空いているのだ。おむつを始末し、薬用ハンドソープで手をよく洗う。二度洗い、心配になって三度洗い、タオルではなくティッシュで拭いて、それからミルクパンでお湯を沸かす。この子に安いアルミのやかんなんて使わなくてよかったと思いつつ、粉ミルクと友栄さんが消毒してくれた哺乳瓶を用意して、沸騰した湯が四、五十度くらいになったあたりで規定量の粉を規定量のお湯で溶かした。それを丁寧に揺らしてからボウルに入れた水で冷やす。頃合いを見て手の甲に一、二滴垂らし、適温かどうかを見る。母乳があれば、やらなくてもすむことだ。乳房のぬくもり、母親の心臓の鼓動。母乳の大切さを説く人はたくさんいる。でもジンゴロ先生は、よい母乳を与えるには、母親がよいものを食べ、生活に気を遣って、ストレスのないように心がけねばならんだろう、疲弊した身体で無理をして作った乳をやるくらいなら、定量の粉ミルクをしっかり与えてやるほうがいい、外国じゃ、母体を守るために、初乳のあとすぐ粉ミルクに切りかえるところもある、と励ましてくれた。それも、一理ある。一理あるのだが、抱かれたときいつも男のあばら骨が頬に当たるようでは、赤ん坊も落ち着かないのではないか、と私は思うのだった。

左胸に頭がくるように抱いて、ほどよい加減になったミルクをそっと飲ませてやる。乳首のサイズはちょうどいい。なずなは飲む。飲んでくれる。心配になるくらいに飲む。どんどん飲む。うどんどんどんだ。あっというまに飲み干したと思ったら、ぺんぺん草の手足からくたんと力が抜けて、もう目がとろとろしはじめている。ミルクのぶんだけ身体が重くなり、眠くなったぶんだけどこか大気中からもらったとしか思えない不可思議な重さが、こちらの肩に、腕にのしかかる。哺乳瓶を置いてまっすぐ縦に抱きなおし、肩より上に顔が出るようにして、背中をそっと叩いた。励ますように、祈るように、静かに叩き続けた。こういうとき、子守歌のひとつでも歌ってやればさまにもなるのだが、いい子だ、いい子だ、と繰り返すことしかできないのが情けない。五分、十分。なにも考えず、てのひらでなずなの背中に触れる。どんな顔をしているのだろう。こちらから彼女の表情を確かめることはできない。気持ちがいいのかよくないのか。起きているのか眠っているのか。反応のなさに不安になりかけた頃、耳もとで、がっ、と小さく湿った空気の抜ける音がした。

3

待ち受け画面の時刻表示を見ると、午前十時をまわっていた。明け方に一度ミルクをやり、おむつを替えて、夜泣きを鎮めたおぼろげな記憶がある。枕もとのノートには、朝五時半、一二〇cc、とたしかに自分の字でボールペンの走り書きがあった。ベビーベッドのすぐ横の床に布団を敷いて寝ているので、泣き声は頭上から降ってくる。これまで使ったどんな目覚まし時計よりも効果のある音だ。むかし、大手の運送会社に、仮眠している長距離トラックの運転手たちを深夜に起こす「起こし屋」がいたという話をどこかで読んだことがあるけれど、人が身体を揺すって眠りを奪うのではなく、音だけで起こそうとするなら、赤ん坊の泣き声に勝るものはないだろう。私の身体はほとんど無意識のうちに起きあがり、直立二足歩行のロボットさながらの足取りで台所に移動して湯を沸かし、ミルクを作って、そのあともあれこれ世話をしたはずだから、ふたりともに寝入ったのは六時過ぎだったろう。外はもう明るんでいた。二度寝、三度寝といった言葉を無意味にしてしまう細切れの眠り方だったが、四時間ほど眠ることができたといっても、赤ん坊のリズムに合わせすぎると彼女が次に目を覚ましたときのための準備ができず、余裕がなくなって焦るという悪循環に陥る。しかし、いま頭の芯がしびれるほど深い眠りから私を引きずり出してくれたのは、耳もとで激しく震える携帯電話だった。

「梅沢《うめざわ》だ。寝てたか？」

「……ひえ、らいじょうぶです」誰の声だろうというくらい、妙な音が出て来る。

「いま、話せる、と言ってくれると、ありがたいんだが」

「大丈夫です」今度はしっかり言葉が出た。

「昨日の夜送ったゲラ、もう手を入れてくれたか？」

あわててファクスを見る。回線はファクス専用に切り替えて、無鳴動に設定してあった。機械音を聞き逃すと、現物を見るまで受信したことに気がつかない。たしかに、七、八枚の紙が受信トレイに入っていた。送信時間は、私が、いや、私たちが寝ているあいだだった。素直に謝って枚数と印刷の状態を確かめる。

「このあいだの三本樫《さんぼんがし》インターについての要望書をめぐる話、あれを入れるつもりで進めてたんだが、いろいろあって来週以降にまわすことにしたよ。ただ、それだとちょっと足りないから、玉突きで《あおぞら教室》のコーナーを持ってきたい。送り状には、今日の夕方までと書いておいたんだが、できれば、昼までに戻してくれないか」

「いろいろって、また、環状線との関連ですか？」

「ま、詳細は、落ち着いたら話す。一面は、先週からの持ち越しの、国体の会場誘致問題、あれで行こうと思うんだ」

梅さんこと梅沢さんは、なんでもこなせるベテラン記者であり、編集長であり、ついでに言えば社主でもある。県内大手の新聞社を四十代の終わりに辞し、それから数年かけて伊都川市内とその周辺の話題に絞った地域密着型の伊都川日報を立ちあげた。ただし看板には偽りがあって、日報とはいいながら、毎日刊行されているわけではない。当初から週三日の隔日、それもB４サイズで数ページという変則的な形で、遠い将来そこまでたどり着きたいとの夢が込められた紙名だったのだが、幸か不幸か、その規模の小ささが現状では吉と出ている。つまり、夢は夢のまま健全に保たれていた。

記者は私と梅さんを入れて五人。梅さんは、土地の人々だけでなく地方の政治・経済に力のある要人の信頼も厚い。あまりに顔が広いとあちらも立ててこちらも立てて、自分の色が出しにくくなるし、中立以外の書き方ができなくなりそうなものだが、梅さんは紙面でもかなりはっきりしたことを口にする。と同時に、一読しただけではわからないやり方でうまく自説を展開する術《すべ》にも長《た》けていて、それが同業者をときに嫉妬させてきた。もともと小さな市だから、仕事の基本は単純だ。人に会って話を聞き、情報はかならず裏を取る。やっているのは、ただそれだけのことである。東京から書き送った私のコラムを梅さんが認めてくれたのは、それが抽象的な教育論ではなく、徹頭徹尾、現場の声をまとめたものだったからだという。要するに、あんたは、田舎向きじゃないかね、とはじめて電話で話したとき、彼はさらりと言ったものだった。

「もしかして、戦力不足ってことはないですか」

なずなの寝顔を見ながら私は言ってみた。右手の指が軽く開いて、ふわふわした薄紅のてのひらが覗いている。

「うぬぼれるな」と梅さんは笑った。「しかし、ま、それもあるな」

「例の件は、古参の者にしか入り込めない領域でしょうから、社にいたってなんの手助けもできませんが」

「そう言うな。手助けどころか、こっちでみんなといるときより仕事はよくやってくれてる」

たしかにそのとおりだった。外に出ないぶん、机に向かう時間が自然と長くなる。仲間に迷惑をかけたくないという気持ちもあった。

「動けるようになったら、短時間でも顔を出してくれ。こないだ、佐野がまたいろいろ言ってきてな」

梅さんはわがジンゴロ先生の、高校時代の同級生でもあるのだ。いつだって佐野と呼び捨てである。

「社内に託児所を作れとまでは言わないが、どこかに世話するくらいの情けがあってもいいだろうって、うるさかった。役所には希望を出してるんだから、あとは待つよりしかたないとは言っておいたがね」

「はあ……」私は曖昧に応えた。

「託児所が空いても、おまえに赤ん坊を預けるつもりはなさそうだとも言ってたな。あの男はむかしから矛盾だらけだ。とにかく、うまくやりくりして来てくれ。みんな、適度にさみしがってるぞ」

「適度に、ですか」

「ありがたいことじゃないか。それから、四太《よんた》のおばさんもな」

「それはそれは」

　四太のおばさんというのは、しばしば社に遊びにくる見崎《けんざき》さんのことだ。いまも続いている《里親募集》のコーナーを見て応募してきたのがきっかけで、社の面々と仲良くなった。じつを言うと、その折の募集は梅さんの奥さんが出したもので、彼女は鹿間町の山道で段ボール箱に置き去りにされていた仔犬《こいぬ》を四匹拾って世話していたのである。ぜんぶ雄だったので、身体の大きな順に、一太郎、二太郎、三太郎、四太郎と名付けて当座の母親役をつとめていたのだが、順々にもらわれていって、最後に四太郎が残った。見崎さんはその四番目を大事そうに連れ帰ったのである。翌日、四太郎じゃどうも重すぎるので、四太にしてよいでしょうかとわざわざ電話をくれた。四太郎は幼名ですから、お好きな名前を付けてくださいと笑って応えたことを、よく覚えている。

　三太郎までは里親の車で旅立った。四太だけは、自転車の前かごに乗せられて行った。というのも、見崎さんは社のある日《ひ》の出《で》町の住人だったからだ。朝夕の散歩コースに社の前の大通りを組み入れているので、夕方、私も何度か会って立ち話をしたことがある。四太は柴犬《しばいぬ》のようなそうでないような純和風の顔立ちで、しかも愛嬌《あいきょう》のある垂れ目だったから、引き取られていった犬猫たちのその後を追う企画では、二歳半になった姿を写真つきで公開し、読者の好評を得た。私は見逃したが、地方テレビ局の特番にも出たらしい。たしかに、見崎さんにはもう三ヶ月ほど会っていなかった。というより、四太に会っていないのだった。

ファクスを取り出し、まとめて送っておいた《あおぞら教室》の校正刷りに目を通す。この町で春の話題を扱うのは六回目だ。市内の学校まわりは、ほぼ私の役目になっている。着任早々、まずは市の教育委員会への挨拶からはじめて、市内の小中学校、そして高等学校をつかず離れずで定点観測してきた。ババ道の東側にある杵元小学校へも、通学路の安全問題をまとめた際に何度か出かけていって、佐野甚五郎医師を知る先生方とも面識ができた。そこで仕入れた逸話は、《美津保》でずいぶん使わせてもらっている。学校の先生方と話をするときは、東京の学習塾で得た経験も役立つことがある。ただし、それは子どもたちとのかかわり方に反映される場合のほうが多かった。

この春、なずなを預かる預からないでごたごたする直前に、私は生徒数百五十人に満たない日吉《ひよし》小学校の取材を済ませておいた。昭和初期に村の有力者の土地の一角を無償提供してもらって校舎を建てたところで、校庭にはそのお屋敷のものである立派な庭園がふくまれている。生徒たちには、庭園そのものよりも、第二次大戦後、道路拡張工事にともなって旧伊都川街道沿いから移植したソメイヨシノの人気のほうが高い。敷地内だからといって、小学校で管理できる規模ではないため、市が援助金を出して維持してきたのだが、四月上旬の土日を一般の人々に開放するようになったのは、ここ十年ほどのことだという。

杵元町にやってきた直後の花見の季節、社に通うのとおなじ路線バスで日吉小学校へ取材に出かけた日のことを思い出す。当時の校長がはじめた、「お花見給食会」なる催しに参加して記事を書くよう命じられたのだ。満開のソメイヨシノの隊列の下に教室から移した机と椅子を並べ、調理室からワゴンで運んできたあつあつの給食をみなで楽しんだその日のうちに、野菜スープに花びらが入ったけど、気にしないで食べました、という生徒の感想をリードに使って小さな文章をまとめた。初の試みが好評を博したため、翌年からは給食一食分を実費で払えば親の参加も認められることになり、恒例の年中行事へと育っていった。私は毎年参加して、その模様を簡潔に伝えてきたのである。ただ、今年の取材はさすがに無理だったので、事前に校長先生に会って話を聞いておいたのだ。

《本年は、近隣の方々に、この庭園の成り立ちや歴史的な価値をより深く理解していただくため、四年生諸君の力を借りて、手作りの案内書を作成いたしました。植物の種類と植生を調査し、それをまとめたものに、子どもたちの初々しい観察眼を生かしたデッサンが添えられています。

本校では、高学年になりますと、いわゆるＩＴ教育も行っており、パソコンで画像を取り込んだりすることも学んでいるのですが、この冊子は文字も、絵も、ぜんぶ手書きです。それをコピー機で両面印刷しました。仕上げは、予算の関係もありまして、ホチキス留めです。これがまた、味わい深いんですよ。公民館、図書館、市役所の企画広報などにも、数部ずつ配布いたしました。すでにわが校恒例の行事として定着しつつある「お花見給食会」では、参加の保護者の方々にお配りする予定です。

もうひとつ、本年の目玉として、五年、六年生からなるブラスバンドのミニコンサートが開かれます。春の空、美しい花のもとで、気持ちよく校歌を歌いませんか。一般の方々に給食のご用意はできませんが、お弁当を持参していただいて、いっしょに楽しみましょう。ただし、お昼ですから、お酒はご遠慮いただきますが（笑）。（日吉小学校・足立信宏校長談）》

そこまで手を入れたところで、仕事でいつも世話になっている気象予報士の平方《ひらかた》さんに電話をし、地域の長期予報を確認してから、「四月一二日（金）、午後一二時より。なお、当日は晴れの予報。万が一、雨の場合は、体育館での《残念給食会》に変更。ミニコンサート付」と最後に付け加えた。

なずなが目を覚ます。そして、泣く。目を覚ましてから泣くのか、泣くのと目覚めが同時にやってくるのか、どちらなのだろう。全力で泣いているなずなに向かって、おはよう、と私は呼びかける。ノートを確認し、一連の手順を踏んで、またミルクを作る。分量は、確実に増していた。子育ての本に出ている体格表に照らし合わせても順調な成長ぶりだ。あいかわらず昼夜兼行の世話でこちらの疲れは抜けてくれない。身体を痛めつけるのも、疲労を消し去ってくれるのも、この子の、なずなの表情だった。満足して寝入っているその顔を見ていると、替えたばかりのおむつに追加の便があっても、飲ませたばかりのミルクが空気といっしょに飛び出してきても、また頑張って最初からやり直そうという気になる。

ミルクが冷めるまで、抱いて、揺らして、空腹をなだめる。何時にどれだけ飲ませたか、ちゃんとメモしておきなさいとジンゴロ先生に言われて授乳日誌なるものをつけるようになったのだが、実際にやってみて、これがいかに役立つかしみじみわかった。ただでさえ時間感覚がなくなっているし、半分夢のなかという状態での作業でもあるから、放っておくと記憶がすぐに飛んでしまうのだ。どんなに汚い字でも、これを見れば一日のミルクの摂取量とおむつの取り替え回数が計算できる。夏休みの絵日記も、朝顔の観察日記も、ハンドボール部の部活日誌も、学習塾の予習ノートも、取材準備ノートも、すべて三日の関を越せずにきた怠け者には、とても考えられないことだ。

私はしずかに、もう身体に染みついている動作を繰り返す。ただ、そうはいっても、四十肩を経験済みの肩と肘が、ぺんぺん草の成長ぶりに悲鳴をあげそうになるのも否定しがたい事実だった。肩はハンドボールで鍛えてかなり丈夫なほうだと自負していたのに、ぶざまなことである。ジャンプして滞空したまま、上半身を大きくひねり、五百グラムほどのボールを掴んだ腕を思い切り振り抜く。世界でいちばん重力を感じるのは、その腕の先のボールの周辺だとかつては考えていた。重心は、だから身体の幹から手の長さだけ離れたところにあった。ところが、ミルクを飲み干したなずなは、その個人的な常識を無効にする。世界の重心はいまや赤子を抱いた腕に集中し、羽毛のような軽さが一瞬にしてブラックホールに吸い込まれる。私の腕は彼女の臀部《でんぶ》に押されて、地球のマントルを貫通していきそうなほど沈んでいくのだ。

落ち着きを取り戻し、手を入れたぶんだけまず送信する。そして、もうひとつ、読者欄への投稿がなかったときのための、予備原稿に手を入れる。こちらで語句や用字の修正を加えることを前提に採用を決めているのだが、字数オーバーだったにもかかわらずなかなか面白い内容だったので、通常、数通を組み合わせて紹介する欄をひとつにまとめ、コラム風に変えることで、梅さんの了解を得ていたものだ。これも季節にあわせた話である。

《明日はいよいよ、小学生になった息子の初めての運動会という、土曜の夜のこと。勇姿を撮影するぞと大張り切りで準備をしていた夫が、突然、声をあげました。充電中のビデオカメラが壊れて、動かなくなってしまったのです。相当古い機種でしたから、この際買い換えようということになったのですが、もう九時半を過ぎていました。お店はどこも閉まっています。朝は場所取りもあるので、早く出なければなりませんし、その時間に開いているお店もありません。

ふつうのカメラでいいじゃない、と私は慰めました。でも夫は、動画じゃなければ嫌だと聞く耳を持ちません。

「そういえば、新富《しんとみ》町に一軒、電器屋さんがあった。だめもとで、行ってみる」

言うなり、車に飛び乗ったのです。そして、三十分も経たないうちに、満面の笑みを浮かべて戻ってきました。手には、小型のビデオがありました。店は閉まっていたのですが、運よくお子さんたちが店内の大型テレビで野球中継を観《み》ていたので、ノックしてお父さんを呼んでもらった、というのです。

出てきたご主人に事情を話すと、型落ちの展示品しかありませんが、との返事でした。量販店に比べれば高かったけれど、なにしろ朝いちばんで使いたいのです。選択の余地はありません。六十分用カセットを二本サービスしてくれたよ、と夫は鼻高々でした。

夫の大胆な行動に、とても驚きました。どちらかと言えば、お金の使い道には慎重なタイプなのです。それなのに、息子のことになると……。これでまたやりくりが大変になる。でも、腹は立ちませんでした。夫の興奮が、私にも伝染してしまったようです。

ところが、試しにカセットを入れようとしたら、なんと、すでに一本入っているではありませんか。おまけにラベルが貼られています。妙だな、とふたりで顔を見合わせました。もしやと思って再生ボタンを押してみると、電器屋さんのご家族の、愉快な映像が映しだされました。展示品でお楽しみだったわけですね。すぐに返さねば、とふたりともあわてました。

すると、そのタイミングを見計らったように、電話がかかってきたのです。お客様カードに連絡先を残しておいたのが幸いしました。

「いや、まったくお恥ずかしいことです。たったいま気づいて、真っ赤になりました、なにとぞご勘弁ください。すぐお宅まで取りにうかがいますので」

玄関口で、夫と電器屋さんは大笑いしていました。翌日の撮影が大成功だったことは、言うまでもありません。だって、もう練習を積んだビデオだったんですから。

その息子も、もう中学生。残念なことに、電器屋さんは、昨年、店じまいなさいました。ビデオもどんどん様変わりしていますが、わが家ではまだ、大事に使わせてもらっています。安西和代（仮名、35歳）》

あとはそれらしいカットを頼めば形になる。字数を計算して送信すると、しばらくして梅さんから、無理を言って悪かった、これで進める、と折り返し連絡があった。しかし考えてみると、この話はもともと梅さんが記事にするはずだった環状線の建設と無関係ではないのだ。電器屋が閉店したのは、まちがいなく、県道から将来のインターチェンジへと分岐するバイパスの入り口付近にできた大手の家電量販店の影響だったからである。小さな不幸をたどっていくと、伊都川の近辺ではかならず道路の話になる。日吉小学校の庭園の手入れに一役買っているのは、その道路開発にたずさわっている土木業者の子会社だったけれど、これは例外的な幸せだろう。

記事を書いたり直したりするとき、もちろんそうした裏事情は出さない。出せないわけではないし、自主規制でもない。文章のバランスが崩れるのが気にくわないのだ。文章が崩れると、視点も崩れる。対象になった方々との関係も好ましくない崩れ方をする。つつくならば、正しいつつき方をするべきだ、と梅さんはいつも繰り返していた。正しいつつき方がどういうものかは、教えてくれずに。

伊都川市を中心に、人口六、七万ほどの、南北にのびる近隣三市の共同体が、他の地域との交通をより円滑にするため、もう二、三十年ほど前から断続的に実現にむけて協力し合ってきたのが伊羽《いは》環状線である。合意に達してから、建設は着実に進んできた。完成したあかつきには、南北の移動が劇的に変わる。これまで伊都川市から南の交通の要衝である羽間《はざま》市への移動は、一時間かかっていた。それがわずか二十分で結ばれてしまうのだ。地域活性化の旗印のもと、当初は三市足並みを揃えていたものの、実際のところ、路線の通る割合が最も大きいのはこの伊都川市で、事業関係者への土地の貸与、提供、工事で出た土砂等の処理も、かなりの程度負担してきた。ことに、インターチェンジのできる市内三本樫町の協力がなければ、とてもここまでたどり着けなかっただろうと言われている。

そのむかし、東西を結ぶ高速道路建設の際にも同様の話はよく聞かされたのだが、ただ高架ができるだけで車は素通りするという構図なら、もっと気は楽だったろう。しかし、「圧倒的な経済効果」をもたらすことが前提のインターができるとなれば、話はなまぐさくなる。周辺の土地買収も、にわかに活気づく。以前、伊都川のずっと東を並行して流れている尾名川《おながわ》一帯の、バス会社による土地買収の話が、「春片新報《はるひら》」で報道されていた。高校時代までそのバスを利用していた者として、じつに興味深かった。伊都川市で問題になっているのは、当初、三本樫インターと決定したはずのその名称が、前後に造られる市のインター名と比較して、範囲がやや限定的にすぎるとクレームがついたことである。常識的に考えれば、伊都川東インターとでもするべきではないかと、具体案まで添えて差し戻されてきたのだ。三本樫町の人々の反発、いや落胆はかなりのものだった。インターに自分たちの町の名前が付されるのを愉《たの》しみに、我慢を重ねてきたからである。命名に待ったがかかってから、私には深いところまで追いきれない難題がいくつも噴き出してきているようだった。

＊

なずなが落ち着いているので、また少し眠る。一時間寝て、また起きて、どら焼き二つと珈琲の食事。午後は、部屋の拭き掃除と仕事のための読書に費やす。二時半過ぎに、《美津保》のママが、昨日の晩特別につくってくれたハンバーグ定食の皿を下げがてら、顔を覗きに来てくれた。外に出るタイミングをはかるのが、いまは難しい。このマンシヨンに出入りしているスーパーの配達員に頼んで、最低限の食糧を確保しているとはいえ、自炊する力がなかなか湧いてこない。短時間でも赤ん坊と離れているのが心配なのと、いままでまったく気にもしていなかったたばこの煙が気になりだしたことで、このところ夜の《美津保》にもご無沙汰がつづいている。

おいしかったですと礼を述べ、洗っておいた皿をトレイに載せて返そうとしたとき、赤ちゃんの顔が見たいと彼女が言いだした。どうぞどうぞと招き入れると、彼女はベビーベッドのところで両膝を軽く折り、膝頭に手を添えたまま身体を低くして、じっとなずなの寝姿を見つめた。かわいいわねえ、としばらく眺めていたのだが、そのうち、どうしても触りたくなっちゃったから、手を洗わせて、と言う。

「ジンゴロ先生は、平気で手を握ったりしましたよ」

「だって、怖いでしょ、ばい菌が。ま、あの先生は、仕事場じゃまめに消毒してるでしょうけど。お店で酔っ払ってるときは、手も洗わないもの。洗ってもズボンのお尻で拭いたりするし。でも、あたしが子どもの頃は、たしかに外から来た赤の他人が平気で赤ん坊抱いたり触ったりしてたわね」

瑞穂さんと呼ぶべきかママと呼ぶべきか、いまも私にはわからない。他の常連客にあわせて店ではママと呼んでいるけれど、店の外でもおなじようにしていいのかどうか。都会暮らしをしていた時分は状況や親しみの度に応じて、ずいぶん細かく呼び方を工夫していた。どう呼んだらいいかなんて、本人に直接たずねてみればあっというまに解決することではあるだろう。そして、それだけでは片付かないことでもあるだろう。彼女は私の前で《美津保》のママになったり瑞穂さんになったり、《美津保》のママであるところの瑞穂さんになったりしながら、総体としてはまちがいなくひとりのおなじ女性なのだった。

赤ん坊の前で、彼女の声は、いつになくやさしく、低く、小さかった。ところが、せっかく声を落としてくれているのに、洗面所では、ごしごしじゃあじゃあ、賑《にぎ》やかな音をたてて手を洗う。そういうちぐはぐなところを見ると、なんとなく、《美津保》のママ、と言っておきたくなる。戻ってくるなり、腰だけかがめるようにしてベッドのなかを覗いた。

「手には触らないわよ。握られた指をあとで嘗《な》めたりしたら、嫌だものね。表向きはどうぞどうぞって言うけど、親はどきどきしてるものでしょ。あ、菱山さんは親じゃなかったか」

ママはこちらを見あげて微笑《ほほえ》んだ。

「血はつながってますから」

私は苦笑するほかなかった。

気配を察して、なずなが、ぼんやり目を開ける。部屋の薄い灯りを、濡《ぬ》れたガラスのような光を放つ黒い目に集めて。瑞穂さんは、いや《美津保》のママは、搾ればいまにも母乳のあふれ出そうな胸を揺らしてベッドにかがみこみ、伯母の親しさで、伸ばした爪が当たらないよう人差し指の腹を使って、赤らんだ頬を、つい、つい、とやわらかく押した。なずなは、されるがままだ。開いているとも閉じているとも言えそうな指の丸まりには、約束どおり触れずにいる。彼女となずなのあいだに引かれた糸の種類は、友栄さんとなずなのそれと、微妙にちがっていた。種類ばかりではない。糸の張り方も。瑞穂さん（と言いたくなる）は、友栄さんとはべつの意味で、赤ん坊をよく知っている人だと思ったが、それを口にはしなかった。

マシュマロ。綿。つきたてのお餅。頬の感触を、彼女がどんな言葉で表現するのか、むかし埋め草の記事を書いたときに使った陳腐な言いまわしを頭のなかに呼び出して待ってみる。けれど彼女は、結局なにも言わずに指を引っ込め、それから手を引っ込めて上体を起こした。

「どうも、お邪魔しました。顔出せるときに、出してちょうだいね。いまくらいの時間だったら、たばこ吸う客はあんまり来ないし……あ！」最後は息を吸うように彼女は発音した。「いっけない。これ持ってくるとき、サラダ忘れてた。お詫《わ》びに、今度、大盛りにしておくからね」

《美津保》のランチタイムは、カレーとスパゲッティしかない。スパゲッティはバターと明太子《めんたいこ》を和《あ》えて青じそにレモン汁をたっぷりかけたものとミートソース、カレーはカツカレーとビーフカレーのみだ。珈琲もセットにすると単品で頼むより割安になる。私はそういうセットメニューについてくるサラダの類を、いつ、どういう間合いで食べるべきか、以前から真剣に悩んできた。食欲をさらに刺激するために先に食べるべきか、味に変化を求めてあいまに食べるべきか、それとも口直しにあとで食べるべきか。考えるのが面倒だから、そういうものはかえってないほうが助かるような気もするのだった。

「二十分くらいでいいから外の空気吸わせてあげなさいよ。陽《ひ》に当てないと、できないビタミンとかあるらしいから」

　ママがそんな忠告を置いて帰ったあと、私はなずなとしばらく話をする。むろん、一方通行の会話だ。目を開いて、彼女はこちらを見ている。見ているような気がする。見ていることにする。ほどなくしてまた眠りが彼女を包み込み、部屋ぜんたいが寝息を立てる。あいだのドアを開け放したまま、私は仕事机代わりのダイニングテーブルに向かった。

4

なずなを外に連れ出すときに使うあの抱っこ紐《ひも》の名が、どうしても覚えられない。いや、覚えているはずなのに、発音しようとしたとたんわからなくなってしまう。せり、なずな、ごぎょう、はこべら、ほとけのざ、すずな、すずしろ、スナドリ、スナグリ、スグリナ。どれだったか？　砂採り、それとも砂栗《すなぐり》。甘酸っぱいすぐりの名か。そのたびに縫い付けられた商品ラベルを見直して、ああ、最初から外国語の綴《つづ》り字を記憶すればいいんだと反省するのだが、反省したことすら忘れるありさまだ。なずなは、最初からスナグリなる衣にくるまれて目の前にあらわれたのである。新生児用の抱っこ紐と彼女の関係は、赤子とへその緒のようなものだった。

一晩で、数時間で、数十分単位で、彼女は大きくなっている。ミルクを飲ませ、また時間をかけて空気抜きの儀式をする。以前、弟が買ってきてくれたスティーヴ・レイシーのCDを小音量で流し、ぎくしゃくしているのに短音でうつくしく耳に突き刺さってくる管楽器の音にあわせて、上体を揺らす。頑張れなずな。きみの伯父さんを楽にしてやってくれ。明け方に一度試してみたら、不規則なリズムがかえって効いたのか、すぐに甘い空気球《くうきだま》を出してくれた。ラッパと言ったりすると、あれはソプラノサックスだよと弟は怒るのだが、それはこの際どうでもいい。十五分以内にミルクの息が抜けてくれれば、なにも言うことはないのだ。

　おむつを替え、服を一枚余計に着せて、なずなのぺんぺん脚をスナグリの穴に通し、そっと抱いてから紐を肩にかけ、汚れたワイシャツを十数枚投げ入れたリュックを背負う。肩口が二重に盛りあがって、後ろも前も飛び出たぎこちない完全防備になり、着ぐるみに入っているようで外見は冴《さ》えないのだが、短いあいだ外に連れ出すにはこれしかないように思える。

「散歩ですか。いいねえ」

　ガラスの小さな引き戸を開け放してある管理人室から黄倉さんが声をかけてくる。最初が私に、二つ目がなずなに向けられた挨拶だ。声の抑揚と目線で、それとわかる。

「天気もいいし、あったかそうなので、ちょっとひとまわりして来ます」

「ガス抜きですな」

　たぶん、息抜き、の意味で使っているのだろう。あるいは、このあいだの火災報知機の件をほのめかしているのかもしれない。もっともあれは、ガスコンロではなく電熱器での失態だったのだが。

「この子のガスは、もう抜いてきました」

　がっ、と空気を吐く真似《まね》を音なしでやってみせると、黄倉さんは立派な乱杭歯《らんぐいば》を見せて、くくくと両肩を上げ下げした。

「うん、ありゃあ、なかなか大変みたいですな。苦労して飲ませたものがどばっと出ちまう。自分の子のことはまったく覚えちゃいませんが、孫のときは間近で見ましたよ」

「孫？　黄倉さんて、孫のいるようなお年だったんですか？」

「残念ながらね」心なしか乱杭歯が奥に引っ込むように動く。

「全然そうは見えないな」

老けているとはいえ、なんとなく係累というものを感じさせない年のとり方なのだ。建物のなかの清掃はもちろん、力の必要な資源ゴミの出し入れなども、黄倉さんは若々しくこなす。年寄りなんて言葉は、とても似合いそうにない。

「おひとり、ですか？」

「男の子がひとり。六つになるかな」

「お孫さんたちも、この町に？」

「いや、娘の子でしてね、旦那の仕事の関係で、金沢に住んでおるんですよ。赤子の時分は盆暮れに会ってましたが、ここんところは、嫁ぎ先の田舎のほうが優先で。婆《ばあ》さんがいますからな、あちらには。なにかと世話を焼いてくれる。こっちはひとりで、もてなしもできないし、いまじゃ年にいっぺん会えるくらいですか。あなたも、親御さんとこにあんまり帰ってないでしょう、遠くないのに」

「そのうちにとは思ってるんですが、親のほうも身体の調子がいまひとつでして」

「お父さん、おいくつ？」

「七十二です」

「じゃ、私とおなじだ」

「……ほんとですか？　うちの親父と比べたら、めちゃくちゃに若い」

「じつはね、管理会社との契約じゃ、七十歳までしか働いちゃいかんことになってるんです。だから、これは秘密にしといてください。公然のね！　いちおう、認めてもらってますから」

　なずなが来てから私の身に起きた大きな変化のひとつは、周りがそれまでとちがった顔を見せるようになったことだ。こんなに狭い範囲でしか動いていないのに、じつにたくさんの、それも知らない人に声をかけられる。顔は知っていて、たまに言葉も交わしている人たちも、親しさの敷居をひとつまたいだ反応をみせる。これから先、もっと長いこと連れ歩くようになったら、いったいどうなるのだろう。ご本人はただすやすや眠っているだけなのに。ただし、ものごとには間合いというものがあって、なずなをはじめて見たときも、ぼや騒ぎがあったときも、黄倉さんはこれほど自然な口調で内輪話などしなかった。それなのに、中途半端な時間帯の、短い立ち話のあいだに、たくさんのことが口をついて出てくる。知り合ってからの時間や関係の深い浅いだけではない、タイミングというものがあるのだ。

「すぐに戻りますが、荷物が来たら預かっておいていただけますか？」

はいはい、と頷《うなず》く黄倉さんに軽く頭を下げ、ババ道ではなくバス通りのほうに出て右に曲がる。どちらもBではじまるからあわせてBB道とでもしたいところだが、なぜか私のほかにはここをバス通りと呼ぶ人間がいないのだ。両手を振って歩くことができない。どちらの手も無意識のうちに胸からおなかにかけてぶら下げているものに添えられてしまう。陽射《ひざ》しはやわらかく、車の通りも少ないので空気はよかった。

通り沿いに歩いて七、八分ほどのところに、コンビニがある。その隣が、えのき商店という、十キロ以上のお米の大袋や洗剤などの生活雑貨も扱うクリーニング屋だ。正しくは汚れものを預かって、契約している工場に送るチェーン店の窓口にすぎないけれど、以前は金物屋だった隣家がつぶれてコンビニになってからむしろ繁盛するようになったらしく、私も最初は《美津保》のママに教えられて、週末の買い出しのついでにいろいろ持ち込むようになった。あそこはワイシャツなら一枚百円だし、サービスポイントだってよその店より大まかなのよ、と彼女が薦めてくれたのである。ただし、出していいのはワイシャツだけ、あとはなんだかんだ理屈をつけて仕上げを高いほうにさせられるから、という注釈つきで。このところ外回りの仕事をしていないので、背広を着る機会がほとんどなくなっている。恥ずかしいことに、疲れてずっとためていたシャツの襟首が黄ばんできてしまい、それでようやく持って行く気になったのだ。なずなを連れて動くなら、そんなもの着るはずもないことくらいわかっているのだが、ベビーカーに乗せられるようになれば、彼女のやわらかい肌に硬いボタンが当たるのではないかと気にする必要もなくなる。うん、このくらいなら落ちると思いますよ。えのき商店のおばさんは自分で洗うわけでもないのにそう請け合い、伝票に必要事項を書き込んで、千三百円、ずいぶんためたのねえ、と料金を請求しながらこちらを見もせず、男の子？　女の子？と訊《き》いてくる。

「女の子です」千円札を二枚出しながら私は応えた。

「何ヶ月？」レジの引き出しがチンと音を立てて開く。

「二ヶ月と少しです」かちゃかちゃ硬貨を拾う音がして、七百円ね、という声といっしょに預かり証とお釣りが返ってくる。

「じゃあ、まだ首はすわらないわね」引き出しが、がっちゃんと閉まる。当然ながら、私の子かどうか、彼女は確かめもしなかった。

「頑張ってはいるみたいですけど」

「そうよね。そりゃあ、頑張るわよね。また、よろしく」

言ってから、誰が頑張ってるんだろう、と自問する。私か、この子か。もちろん、この子にきまっている。胸もとを覗き込むと、色の薄いほおずきみたいに頬をふくらませて、なずなはふわふわ眠っていた。歩くときの振動が気持ちいいのだろう。部屋のなかをいくら動きまわっても、こうはいかない。上半身を揺らすのではなく、両足をしっかり動かして歩かないと、自然な揺れは生まれないのだ。コンビニに立ち寄ってＡＴＭで現金を引き出し、ミネラルウォーターを二本、かごに投げ入れる。せっかくだから日報も一部買う。日報は基本的に配達なのだが、主要なコンビニと書店にはわずかずつ置かせてもらっている。ぜんぶリュックに入れて、横道に折れ、バーバー・マルヤの前に通じるS字の坂道をゆっくりと歩く。わずか二十分足らずの道のりなのに、うっすらと汗をかいた。

「早いですなあ」と黄倉さんが笑う。「走ったりしなかったでしょうね」

「歩きですよ、もちろん」

「運動やってらした方は、やっぱりちがう」

「そうでもないです」

黄倉さんに、《運動》をしていたなんて話をしたことがあっただろうかと、一瞬、うろたえる。《美津保》のママ経由で與田さんが伝えたにちがいない。

「お届けものは、ありませんよ」

どうも、とだけ言って、郵便受けを覗き、エレベーターで自室にあがった。なずなは目を覚まさない。身体の一部を引きはがすみたいに、スナグリごとそっと小さなマットレスに彼女を下ろし、蛙《かえる》のように開いた脚を一本ずつ抜いてやる。抱きあげ、ベッドに寝かせて、おむつを替え、買ってきたばかりの水をごくごく飲みながらつけっぱなしにしていたパソコンを眺めると、鵜戸《うど》さんから「例の電器屋さん」という件名でメールが入っていた。

《じつは、友だちのお母さんの妹さんが、あの店のご主人の奥さんだったんです。もちろん、いまも奥さんなんですけれど、店がなくなった以上〈だった〉を使うしかありませんよね。菱山さんの原稿を拝読して、どうしようかなと迷っていたら、梅さんが察して促してくれました。で、いちおう確認をとりましたので、お伝えいたします。

お店を閉めたあと、ご主人は西ヶ原の大手家電ショップに職を得て、それを機に、一家で引っ越されたのだそうです。ところが、三本樫インターの開通を見込んで、去年産業道路沿いにできたショッピングモール内に、偶然その家電ショップが出店することになり、店長としてこちらに移られました。回転寿司《かいてんずし》戦争で話題のお店の隣です。電話をしたら、投書に書かれていた話はよく覚えていらして、びっくりされてました。むかしのことだし、うちのことだってばれてもかまいません、いまや楽しい思い出です、とおっしゃってました。そんなわけで、いつ使っても大丈夫です》

梅さんが嘱託として引き入れた鵜戸さんは、まだ若いのに、なんと言ったらいいのか、心と目の可動域がずいぶん広くて、話もうまいし、同僚の書いた文章に潜んでいる危険性を事前に察知する校閲能力にも長けている。すでにあるものと伸びしろの割合を見きわめる力が梅さんにはあって、私以外の同僚たちはみな、この伸びしろを買われたのではないかと思う。私も、学習塾での子どもたちとの付きあいを通じてその方面の訓練はある程度まで重ねたつもりでいたのだが、いまの段階で言えるのは、ひとりの人間がのちに、どんなふうに変化し、どんなふうに化けていくかは誰にもわからないという、じつにあたりまえのことだけだ。人を見る目なんて、そうあるものではない。現在位置を教える神の視点はあっても、私たちの変化まで予知できるような視座はどこにもない。間近にいる人間と、とにかく愚直に言葉を交わし、「いま」を見定める、その繰り返し以外にないのだ。

投書を整序している段階で引っかかっていながら流していたことを、鵜戸さんは、梅さんの名を借りて最終確認してくれた。誰が読んでも英雄的と見える行為なら匿名にする必要もないのだが、考えてみたら当時あの町には電器屋は一店しかなかったから、簡単に特定されてしまう。新聞に載ったと喜んでくれる人々がいる一方で、嫌な思いをする読者もいる。うっすら気づいていながら、ぜんたいとしてはよい話に収めて、私はひと手間はぶこうとしていたのだった。疲れのせいにはできない。要するに粗雑だったのである。

それにしても、気になるのはまたしても道路がらみの、もし私がこの土地に生まれ育ち、時代とともにその変化を目の当たりにしてきた者だったとしたら、ただあさましいと言うだけで心情的に済まされるものかどうかわからない、あのじつに微妙な話題である。つまり、回転寿司云々《うんぬん》も、町の電器屋の消滅と原因をおなじくするものだったからだ。インター候補地の近く、県道と交わる二つ目の交差点を十字に見なし、候補地に通じる上を北、下を南とすると、ショッピングモールは南東に位置している。そこに「蛇寿司」というちょっと怖い名前の、しかしその名のとおりくねくねと動いていく特注カウンターを構える回転寿司店ができた。これは「へびずし」ではなく、Jazzushi と読み、営業中はずっとジャズを流している。それがなかなか面白くて、私の担当ではなかったけれど、地域の話題としてとりあげたこともあった。そこで使われている音響機器は店の所有物ではなく、隣の電器店の売れ筋商品を販促用に置いたものだから、定期的に組み合わせが変わる。もちろん、目立たない程度に値札もついていて、「このシステムはお隣の店舗でご購入いただけます」という説明書きもあった。

　ところが、「蛇寿司」の入っているショッピングモールの北、つまり北東には、この地方での先駆けとなった「北の寿司」が、北西には焼き肉店やハンバーガーショップとおなじ建物に入っている「錨《いかり》寿司」が、そして、南西にはパチンコ店と「ななお寿司」がある。「北の寿司」以外は、すべて道路工事がはじまったあとにできたのだが、四店出揃《でそろ》ってから「ななお寿司」と「錨寿司」の客足がなぜか遠のき、車の列はほとんど東半分に傾きつつあった。週末になると他県他市からやってくる車が集まってとんでもない渋滞を引き起こし、この渋滞がバスの遅れを生んだ。脇道に入る車との接触事故も増えた。ずっと世話になっている中古車屋の主人は、わずかでも出入りの増えるのはありがたいと喜んでいたけれど、反面、在庫の車種を、いかにも家族好みのものにせざるをえなくなってつまらないと嘆いてもいた。

　味がいいのは、ぜったい錨寿司よ、と《美津保》のママが、私とジンゴロ先生に断言したことがある。北の寿司はさ、北の海のネタなんて使ってないの、あれはほとんど南のものよと、どこに証拠があるのか彼女はまるで査察に来た役人のような口ぶりで一気にまくしたてた。

「蛇寿司って、あれは都会の、おしゃれな人たちが行くような建物で、もっと気取ってやってくれてたほうがいいような雰囲気でしょ。だいたい、あの音楽がいや。うるさい。ななお寿司は、ガリが干からびてるようなとこだし、酢飯が臭い。で、あたしの結論。ちょっと高いけど、錨寿司ひとつあればよし。そうすれば、渋滞もなくなる」

「そうかねえ。人気があるのはその錨寿司の隣の、どこにでもあるハンバーガー屋のほうだろう？」とジンゴロ先生が口を挟んだ。

「あら、先生、よくご存じじゃないの。こっそり食べに行ってるんでしょ、健康に悪いって言いながら」

「悪いというなら、どっちもどっちだ」

「どうして？」

展開の読めない私は、ただ聞いているしかなかった。

「いつか、杵元小に通ってる六年生坊主が、父親と夜中にやってきたことがある。腹をこわしたらしくってな。いろいろたずねてみると、そのお宅の子は、男ばかりの三人兄弟で、上は高校生と中学生、つまり、育ち盛り食べ盛りばかりだ。寿司屋なんぞに連れていけば猛烈な勢いで食べまくる。たちまち予算オーバーだ。で、親父が一計を案じて、回転寿司には昼じゃなく、かならず夜に行くことにした。午後四時くらいにまず隣のハンバーガー屋で安いのをひとつ食べさせ、コーラを飲ませるんだそうだ。おなかをふくらませて、ハンディキャップを作っておく。そうすれば、大量に食わせずに済む」

「四時にそんなもの食べたら、おいしくないじゃないの、お寿司が」

「そのとおり。しかし、子どもらはまったく気にせず食べる。むしろそれを楽しみにしていたらしいね。嘘か真《まこと》かどこの家でもそうしてるって父親は言い張るんだよ」

「あ、道理で」と私は言った。「あの回転寿司戦争地区の渋滞のピークは、土日の午後四時くらいだそうですよ。ハンバーガーショップも満席らしい。それが目的だとしたら、なんというか、さもしいですね」

「まあ、人間なんて、みなさもしいもんだ。わたしも含めてね。で、ご一家はいつものように《前菜》を食って、本番に臨んだ。そして、いちばん年下が、《その日にかぎって》おなかをこわした」

「それじゃあ、悪いのがハンバーガーなのか寿司なのか、わかんないわよ」とママが反論する。「油がよくなかったのか、寿司ネタに菌でもあったのか。あるいはただその子の体調が悪かったのか、決められないじゃないの」

「両方悪いんだ」ジンゴロ先生はきっぱりと締めくくった。

「そういう馬鹿なことをする親のほうが悪いと思うな、あたしは。ところで、なんでこんな話になったの？」

ショッピングモールにはいろいろな店が入っているので、回転寿司屋だけが集客をしているのではない。とはいえ、半径百メートルほどの円のなかに四軒固まっているのは異様というしかなかった。道路が通じてさらに便利になった場合、市全体の雰囲気はいったいどうなるのだろうか。気がついたら、それこそなにが悪いのか特定できない状況になってはいないだろうか。ママとジンゴロ先生の与太話を聞いているあいだ、私はそんなことを真剣に考えていた。彦端周辺でも、規模はずっと小さいながら相似形の変容がはじまっていたし、あちこち飛びまわっている弟の亮二《りょうじ》が、なんだかどこへ行っても似たような町並みばかりでさ、と愚痴るのを聞いていたせいでもある。

弟はその頃まだ、学生時代からの旅好きを生かしてすんなり入った小さな旅行会社に勤めていた。国内旅行を専門にしているところで、大手の下請けのようなこともやっていたらしいのだが、大学の旅行同好会を通じてのコネがあって、弟は早くからそこに就職を決めていた。好きなことだから、知識はふんだんにある。アルバイトをしながらあちこち旅をしてまわり、結局六年がかりの卒業になったとはいえ、日本国内すべての県にそれぞれ三回ずつ足を踏み入れていた実績が認められて、三年生の段階で内定をもらっていた。単位が足りず卒業できないとわかったときはさすがに青くなっていたけれど、おまえは面白い奴だから待ってやると社長が言ってくれた。そんなわけで、バイトさせてもらいながら、仕事を覚えることもできたのである。

内定の二年間保証の話を自慢げにしてくれたとき、そりゃよかったなと言いながら、どこか釈然としない感じが残った。先輩のコネをあたりまえのように生かした仕事の見つけ方も、社長に気に入られたという理由のつけ方も。私はハンドボールを通じて得た人脈に頼るのを避けて、職探しは一からはじめたのだ。最終的に配属されたのは業務用清掃機器販売部門で、現場はとても楽しかった。しかし、仕事の中身を心の底から愛していたかといえば、おそらくそうではなかっただろう。好きなことを生かしてすんなり職にありついた弟のフットワークのよさを妬ましく感じていたのかもしれない。とはいえ、結局は弟が正しかったのだ。私がいまの仕事にありついたのは、塾の同僚の口ききと、その後の思いがけない展開で梅さんに「気に入られ」たからにすぎない。忌避していた誰かの「ひと声」の重みを、臆面もなく享受してしまったのである。

数年前、弟の会社は、海外ツアーに力を入れている大手旅行会社に吸収され、必然的に彼の活躍の場は国内から海外へと転じた。私とちがって、旅行で飛びまわる以外、身体を動かすことなどほとんどなかったはずなのに、あちこち歩くことで仕事に必要な体力をうまくつけていたらしい。見知らぬ人との出会いを通じて貴重な経験を積むと同時に、お金を払っているのだからなんでも言うことを聞けという理不尽きわまりないツアー客たちに接するうち忍耐力もつき、弁も立つようになって、そのぶんだけ丸くなった。おまけに体型も丸くなり、一時は私よりも恰幅《かっぷく》がよかったほどである。ただ、旅のあいだは元気なのだが、帰ってきたとたんに倒れたり、おなかをこわしたりしていた。それが、結婚後は、医者に通ったことなど一度もないくらい丈夫になっている。

その変身に力を貸したのが、おなじ職場で事務をしていた義妹、すなわち明世《あきよ》さんだった。ひとりっ子で、六つのとき両親が離婚して父親に引き取られ、その父親が独身を通したこともあって生活の細部に女性の知恵が入り込まなかった。母親が再婚して子どもを産んでからは、母子のあいだはさらに疎遠になり、異父妹のその女の子とは高校生になるまで顔を合わせたこともなかったという。身近に同性の話し相手がいなかったせいか、明世さんはどこか肝心なところが抜け落ちていて、無器用なくらい律儀なところが、最初、ちょっとだけ痛々しかった。おたがいに慣れて他愛《たわい》もない話ができるようになるまで、その名のとおり明るくて芯のある女性だとわからなかった。

糖尿に苦しんでいた父親のために医者の指示ではじめた食餌療法《しょくじ》が、彼女自身をも変えていったのだという。あちこちから取り寄せた、質のよい、基本的な食材を使った料理をいっしょに食べているうちいつのまにか丈夫になって、病気をしなくなったのだ。会社の帰りも、仕事がらみの集まりを除いて、極力外食を避けた。かならず家に帰って、地道に食事を作った。無農薬の野菜など、なかなか手に入らない時代だった。それを、彼女は気張らずに実行した。弟は、その恩恵をこうむったわけである。

兄貴もそう脂ぎったものばかり食ってないで、たまには淡泊で薄味のものを口にしたほうがいいなどと言うようになったときは本気で笑ったものだが、たしかに外国で不慣れなものを食べても平気な胃腸になっていた。

「ツアーには若い人だけじゃなくて、熟年のおっさんおばさん、爺さん婆さんの引率だってある。でも、コースはたいていおなじだから、どこで飯を食わせるかだって決まってるんだ。日本食はかならず何度か組み入れてある。中華料理店だって、事前にお願いして、味を薄めに抑えてもらっているからね。五泊七日なんて旅を現地の食事だけで乗り切れるのは、せいぜい四十代の前半まで。旅も終わりに近づくと、塩にぎりや素うどんだって最高にうまいと思えるようになる。そのくらいの年齢層がいちばんのお客さんなんだ。まあ、それはともかく、外国の食材でも、良いものを揃えれば、調味料に頼らなくても食べられるもんだよ」

ずっと付きあっていた二つ年上の明世さんと結婚したのは、亮二が四十歳のとき。二つ年上ということは、うちの父母とおなじ年齢差になる。こうして私は、自分とほぼ同い年の義妹をもったわけだ。なずなを産んだとき、彼女は四十四歳になっていた。

5

約束の時間にかすかなノックの音が聞こえたので、すぐドアを開けて迎え入れた。髪を下ろしているせいか、別人に見える。あの長い髪が、ひっつめるとどうしてあれほどぺたんとなるのだろう。ただでさえ小さな顔が、髪に挟まれてさらに小さくなっている。おはようございます、と友栄さんはベビーベッドのほうに目をやって、寝てます？　とたずねた。

「ええ。こないだとおなじで、ぐっすり」

「失礼します」

白いブラウスに薄いベージュのカーディガンを羽織って、細身のブルージーンズを穿《は》いている。ナースシューズではないけれど、ヒールの低い黒のパンプスをちょんちょんと脱いで彼女は部屋にあがり、なずなの顔を覗き込んだ。子どもの頃、水を飲む動作を繰り返す、ハッピーバードという不思議な教育玩具があった。いまもあるだろうか。彼女の身体の動きを追っていると、その鳥の細い上半身がかくんと折れる感じを思い出す。軽くおでこに触れ、細い手首に中指を当てる。神経を指先に集中しているときの癖なのか、閉じた両唇がすぼまりながらよじれて一方にあがる。処置室で見せる表情だ。

「熱は、ないみたい。おむつ、見せていただけますか？」

　私は丸めて捨てずにおいた紙おむつを友栄さんに差し出した。以前先生に診ていただいたのとはちがう、粘液質の便が出たんですと、電話のついでに話しておいたのだ。友栄さんはそれをじっと見つめて、鼻を近づけた。

「こういう粘っこいうんちは、新生児の便によくあるものだし、いますぐなにかおかしいと判断する材料にはならないと思います。粉ミルクのプロテインが強すぎるってこともあるから、ひとつ手前の段階のものを飲ませることもありますけど」

　便がこんなふうに、片栗粉を溶いたみたいにとろりとした感じになったのははじめてで、実際のところ私にはそれが下痢なのかどうかも判断がつかなかったのだが、いままで市販の粉ミルクでなんの問題もなかったのだから、量を減らして様子を見ましょうと友栄さんは言う。

「ぼや騒ぎの次は、粘液質の便か」

　友栄さんは私の言葉を聞き流さなかった。

「赤ちゃんの体調は大人よりバリエーションがあるし、成長の速度だっておおまかに考えておけばいいんですよ。なずなちゃん、よく頑張ってる。菱山さんも」

「だといいんですが」

「もっと大きな町だと、産褥期《さんじょくき》に助けてくれるヘルパーさんのいるところもあるんだけど……。用意、できました？」

「ええ。ミルクとか、一式そのリュックに。お湯の入ったポットは、そこです」

わたしが抱っこしていいですか、と彼女は言い、なずなの背に両手を滑り込ませるように持ちあげてスナグリに入れ、私の手を借りて細い身体にくくりつけると、こちらを見あげながら、菱山さん、ファンデーションなんて持ってませんよね、と妙なことをたずねた。

「化粧品の、ファンデーションですか？」

「そう。ないですよね」

「………」

「目の下、真っ黒。プロ野球選手がデーゲームで塗ってるような黒ですよ。お化粧品なんて、わたし持ち歩いてないからお訊きしたんですけど。あればちょっと隠すくらいのことしてあげられたのに。打撲みたいになってる」

「そんなにひどいですかね……」

洗面所に行って、鏡を見る。たしかに、太い筆で墨を塗ったような隈《くま》が左右対称に走っていた。寝不足。疲れ。ビタミン剤をいくら飲んでも取れない疲れが隈をこしらえている。とりあえず顔を洗って、気分だけはすっきりさせた。スナグリと友栄さんに挟まれてなずなは目を覚ましたらしい。そのなずなの口からいままで聞いたことのない、甘い声に似た音が出てきた。うーとか、あーとか、書き言葉に直すとそんなふうにしか表記できない音が、たしかに聞こえる。

「いま、声出しませんでした？」私は興奮気味に言った。

「わたしが？」

「いえ。この子が」

「あーっ、て言いましたよ。喃語《なんご》かな。二ヶ月半くらいになると、出ます。こういうのが。どんどん増えますよ」

あっさり「説明」されて、拍子抜けしてしまう。私にとっては、泣き声以外にはじめて耳にした奇跡のように甘美な声だったのだが、聞き慣れている人はそのつど感動しているわけにもいかないのだろう。弟たちに聞かせてやれたらと強く思う。しかしこれはめぐりあわせとして、私がふたりのぶんまで味わっておくしかない。

タクシーを呼び、いっしょに下まで降りて、友栄さんとなずなと私の三人で後部座席に乗り込む。郵便受けの前の管理人室の窓は閉じられていた。今日は日曜日なのだ。友栄さんにとっても貴重な休日で、申し訳ない思いでいっぱいになる。とはいえひとりで出かけようにも私の古いシビックに現行のチャイルドシートの取り付けが可能かどうか、まだ確認できていないのだった。中古車店の店主に電話で問い合わせてみても要領を得ない。それどころか、お子さんのことを考えるなら新車に買い換えたほうがいいんじゃないですかね、と遠まわしに諭されてしまった。男の人は、奥さんの出産を機に、ただ好きっていうだけで乗ってた車から卒業するんですよ、と。

友栄さんも、運転はできる。往診に行くときは、ジンゴロ先生の代わりにハンドルを握ることもある。ただ、その車にもチャイルドシートはなかった。私のシビックで出かけるには、友栄さんになずなを抱いてもらってごまかすしかなくなるけれど、それだって見つかれば点数が引かれるし、なにしろ危険だ。チャイルドシートを買いに行く車にチャイルドシートが必要だなんて馬鹿な話はないから、みなそういうときは子どもを家に置いていくのだろう。なずなを連れて行くのであれば、バスかタクシーしか逃げ道はなかった。

なずなと散歩に出るのは、もちろん彼女のためなのだが、私にとっても運動不足の解消にはなっていた。しかし胸に赤ん坊を抱いてずっと歩き続けるのは、暑くなるときつい。しっかりしたベビーカーがあれば、少なくとも近隣への買い物は楽になるだろう。弟は、知人から譲ってもらった軽い折りたたみ式があるから、頃合いを見て渡すと言っていた。ベビーベッドを置いただけで私の部屋はずいぶん狭くなってしまったし、新品より人の手になじんだもののほうがいいかとそのときは納得したのだが、できるだけ頑丈な作りのほうがいいように思えてきた。どうせならプレゼントのつもりで新品を買おうと、あれこれ調べてはみたものの、現物を見ないで注文するのはためらわれた。

とはいえ、なずなを預かってもらったとしても、ひとりで出かけて使いやすいかどうかを判断する自信もなかった。日報の仲間に頼むとしても、鵜戸さんは独身だし、こういうことに詳しいとも思えない。妻子ある連中もベビーカーやチャイルドシートの世話になった時代はとうに過去になっていて、最新の情報には疎かった。結局、頼りになりそうなのは、お母さん方と日々接している友栄さんしかいなかった。

「病院ですか？」と初老の運転手が心配そうに言った。

「いえ、ちょっと車の調子が悪くて。ショッピングモールまでお願いします」

「じゃあ途中まで裏道を通りましょう。あの近く、日曜は混みますからな。そのほうが速い」

　伊都川へ来たばかりの頃、私に運転を再教育してくれた専属のカメラマンは、翌年、一身上の都合で辞めてしまい、いま写真関係は嘱託になっている。記事に添える画像は、デジタルカメラで私たち自身が撮るようになって、プロに協力してもらうのは、失敗の許されない公式行事と、要人の顔を撮影する場合のみだ。その元同僚を先生に車を走らせ、かつての感覚がよみがえって支障なく動かせるようになると、きみのペダル操作は独特だねえとよく呆れられた。踏み込みのタイミングと強さが微妙にずれていて、自分が運転しているときと車の反応がまるでべつものだ、うまい下手じゃなくて、ちがう生きものみたいに走っている、と彼は言うのである。褒められているのか貶《けな》されているのか、そんな評価を下された走り方はたぶんいまも変わらないだろう。まさかハンドボールの踏み込みが影響しているとは思えないのだが、もしそうだとすれば、パイプオルガン奏者なんてきっとすばらしい足さばきを見せてくれるにちがいない。この運転手の足の使い方にも似たところがあって、車体の動きが私がシビックを走らせているときの感覚を思い出させた。

「車の故障とは、厄介なことになりましたね。小さいお子さんがいたら、大変でしょう」

「おんぼろでして」と私は言った。「もう限界かもしれません、三十年くらい前のものですから」

「じゃあ、オイルショックの頃だ」

「まさに、その頃です」

「あの車、そんなに古かったの？」友栄さんが驚く。「三十年前って言ったら、わたしは四歳か」

「いつの時代の車か、奥さんに内緒で買ったんですか」運転手が声をあげて笑った。

奥さんと言われても、友栄さんは顔色ひとつ変えず、訂正もしなかった。男女ふたりで赤ん坊を連れていれば、夫婦に見られて当然だ。あれこれ説明するのも面倒くさいので、私はなにも言わず、偶然漏らされた情報から、友栄さんとの年齢差をすばやく計算した。オイルショックなんて言葉は、彼女にとっては存在しないも同然だろう。自転車に乗った男の人が、二車線の道路を斜めに横切っていく。フロントに立派な子ども乗せが装着されている。オレンジの座面が目に鮮やかだった。あれはなずなよりずっと大きな子どものためのものだ。

「奥さんね、当時、マスキー法ってのがあったんですよ」と運転手が続けた。「アメリカの排ガス規制です。それをクリアした日本車があって、大いに売れたんですな。ホンダの車です」

「それに乗ってるんです、初期のシビックに」と私は言った。

「へえ、そりゃあまた奇特なことで。古いのがお好きなんですか？」

「三本樫の先に、中古車屋があるでしょう。そこの、即納できる車のなかで、色がまともだと思ったのがシビックだけだったんです。それに、安かった」

「色で決めたんですか。だったら、べつのを買って塗り替えてもらえばよかったのに。いくら安くても車検が大変でしょう」

「せっかちなんですよ。まあ、そのとき赤ん坊がいたら、もっと頑丈な新車を選んだと思いますけどね」

モールの角の交差点は、やはり渋滞だった。午前の早いうちに一家で買い物をして、食事をする。あるいは奥さんと子どもが買い物をしているあいだ、主は通りを渡ってレンタルビデオ屋をまわるかパチンコをするかして時間をつぶし、ひととおり終えたところで合流して、ゆっくり食事をする。日曜はそんな家族連れでいっぱいになると聞いていた。午前十一時くらいが最初のピークだ。

「あそこにベビー用品の店はあるんですか？」運転手はなかなかおしゃべりだった。

「あります」友栄さんが応えた。「都会のデパートより、かえって品揃えはいいそうですよ。スペースがありますから」

「そりゃあそうでしょうな」

　モールの駐車場入り口は、北のインター候補地から入ってくる車線に絞られる。けれどタクシーなら、エントランスの手前で降りて横断歩道を渡りさえすれば空きを待つ必要がないので、かえって速い。これは発見だった。それにしても相当な数の車である。他県ナンバーもかなりあった。

「ここの《蛇寿司》っていう回転寿司、人気があるらしいですよ」タクシーを降りると私は友栄さんにその場所を示した。「遠方から車でやってくるんです。おかげで表通りが渋滞になる」

「それ、父に聞きました。でも、人が集まるってことは、やっぱりおいしいんじゃないかな」

「でしょうね。この子と出歩く練習をしてから、例の四軒、順繰りに試してみようと思ってるんです。いろいろ考える材料になりますね」

「また、わたしに付きあわせるんですか？」友栄さんが笑いながらこちらを見る。

「お願いできれば、嬉しいですけれどね。ああいうところにひとりで入るのはさみしいものですよ。まあジンゴロ先生には叱られるでしょうけれど。大食いしないよう、あらかじめハンバーガーショップで腹ごしらえするっていう手もあるんです」

　一瞬、なんのことだかわからないという顔をして、わたしがそんなに食べると思ってるんですか？　と友栄さんは目をむいた。

大きな円柱に挟まれたエントランスの向こうは屋根付きの遊歩道になっていて、左右に巨大な張りぼてみたいな建物のファサードが迫《せ》り出している。案内図を見ながら、私たちは目的の棟までゆっくり歩いた。

「なずな、こちらにもらいましょうか」

「平気です」

言いながら、よいしょ、と荷物を持ち直すように身体を上下させる。目指す入り口に到着してフロアを確認し、エスカレーターに乗った。

「ご両親は、ぜんぶ菱山さんにお任せなんですか？」

「どっちのご両親？」

「どっちのって、なずなちゃんの。ベビーカーの色とか種類とか。気に入らないタイプだと、また買い直さなくちゃならないでしょ」

「いや、話してないんですよ。折りたたみ式の軽いのを、人から譲ってもらったので、帰ったらそれを渡すって言われてたんですが。でも調べてみると、生後三ヶ月過ぎてから使うものらしい」

「そのもう少しが、待てないわけですね」

「そういうことです。この子のためにも」

店内は天井が高く、自然光がふんだんに入る一方で、蛍光灯も最大限にともされている。非の打ちどころのないほど清潔なテーマパークに来たようで、どうも落ち着かない。

こんなに小さな町に、どうしてこんなに巨大な箱が必要なのか。しかも、どうして、と疑問を感じている当人が買い物に来ているのだ。このもやもやはうまく表現できない。

「弟さん、まだ帰れないんですか?」

二つ目のエスカレーターに乗り換えたところで、友栄さんが言った。

「いまの状態で飛行機に乗せるのは、無理なようですね」

弟の亮二は、ツアー添乗とその後の下見で出かけたドイツの地方都市で自動車事故にあい、大腿骨《だいたいこつ》骨折の大怪我《おおけが》を負って、現地の病院に入院中だった。医者の見立てでは全治三ヶ月、あるいはそれ以上とのことだが、完治するまでそこにいるのか、動けるようになったら帰国するのかはっきりしない。二週間で戻るという当初の約束は、いきなり反故《ほご》にされていた。私の日々の混乱は、そこからはじまっている。

「奥さんは?」

「あいかわらずですね。感染が怖いから、病院には連れてこないでって。もうちょっと大きくなれば大丈夫だと、主治医は言ってくれましたが」

「会いたいでしょうにね……」

ベビー用品売り場に立って、正直驚いた。色鮮やかなベビーカーがずらりと、郊外の大型サイクルショップみたいに顔を揃えている。物量投入というわがシビックの時代の言葉を思い出した。

「すごい数」

「せめてメーカーくらい絞ってくればよかったな」

まずはひとつひとつ触って、重さ、タイヤの滑り、取っ手の持ちやすさ、付属品などをざっと見ていくことにした。十五分ほど検討したあと、自分ならこれを選ぶっていうのを、三つ教えてください、と私は友栄さんに頼んだ。すると彼女は、間髪を容《い》れずに、それと、これと、あれ、と指さしてみせた。

「お好みの色は、控えめのものでしょ？」と彼女は理由を説明しはじめた。「だとすると、ここにあるなかでは黒かグレー。菱山さんのいまの車には、折りたたみじゃないと入らないから、残りは数台。生後一ヶ月から使えて、座面が平らに開くタイプで、なずなちゃんの顔が見える対面式って考えると、この三つ」

「びっくり、ですね」

「なにが？」

「こちらが選んだのと、おなじだ」

「ああ、だったら、わたしを連れてくることなんてなかったのに」

「安心感がちがいますよ。看護師のお墨付きなんですから」

ともあれ、この三つを比べましょう、と私は言って、何組かの客をじっと観察していた売り場の女性に手を挙げた。軽く頭を下げてすぐ来てくれた彼女に、機能面の説明を求めたのだが、どれもほとんど変わりはありません、あとは好みの問題です、と笑顔であっさり片付けられる。

「この三つは、お父様がお選びになったんですか?」

「いえ、そうではなくて……」

こんな返答じゃ、否定がお父様にかかるのか、選んだことにかかるのかがわからない。しかし、言い換えるための時間の余裕は与えられなかった。

「じゃあ、お母様が?」

「ふたりで選びました」

友栄さんは私の顔を見ずに応えた。

「それならよかった。こういう色合いのものはお父様のご趣味であることが多いんですよ。お母様方はもっと明るい色をお好みになられますから、よく喧嘩《けんか》になるんです。お子様は、おいくつですか?」

「二ヶ月半、です」

誰が聞いても母親のような声で、友栄さんが応じた。

「でしたら、横揺れがなくて安定性に優れたほうがよろしいでしょう。こちらのモデルは、お子様の成長にあわせてタイヤの大きさも変えられますし、片手で折りたためます。幌《ほろ》もUVカットになっておりますので、これからの季節も安心ですよ。お値段のほうは……」

友栄さんの顔を見て、私は、じゃあ、これをください、すぐ使えるようにしていただけますか、と頼んだ。売り場の女性がレジに向かうのを目で追いながら、友栄さんは、なんだか緊張しちゃった、となずなを支えながら背中をまっすぐに伸ばした。

「そんなふうに見えませんでしたよ」

「身体が硬くなったせいかな。急にこの子が重くなって。さっきまではそうでもなかったのに。いっしょに、下へ向かって落ちていくみたい。なんて言うか、重さだけ身体からはがれて」

　支払いを終えて私たちのものとなったベビーカーに、持参したバスタオルを敷いて、なずなをその場で乗せてみた。気持ちよさそうに横になっている。完璧だった。少なくとも私にはそのように見えた。大仕事を終えた気分でまたタクシーを呼び、来たときとおなじようになずなをスナグリに移し、ベビーカーはたたんでトランクに入れてもらった。杵元町に帰ってからもしばらくのあいだ、重さだけ身体からはがれていくという友栄さんのひとことが、なぜか心に染みて離れなかった。

＊

　人と人のつながりって、ほんと不思議よね、と《美津保》のママが言う。

「隣近所の人たちっていうのは、こういう狭い土地になると、誰でも知っているみたいに思うでしょ。あたしみたいなおしゃべりがいてさ。でも、なんでもかんでも漏らしちゃうなんてことはないのよ。黙ってるべきところは、ちゃんと黙ってる。あたりまえでしょ？」

「ま、あんたがそうでないとしても、床屋談義ってのは、むかしから、そういうもんだ」とジンゴロ先生が受ける。「話をするほうだって、それがなんらかの形で伝わってくのを承知してるんだから、誰が悪いというわけじゃない。このお隣さんだってね」

「カメちゃんとこは、床屋じゃなくて美容院」

美容院カメリアの與田さんの旧姓は亀山《かめやま》で、カメリアは花の名ではなくてそこから来ているのだそうだ。

「倫理ってものがあるのよ。先生だって患者のことぺらぺら喋《しゃべ》ったりしないでしょうに」

「それとこれとは話がちがう」

ジンゴロ先生は声を荒らげそうになりながら、いつもどおりの笑みで鎮めた。こういうところが、ふたりの呼吸だなと私は感心する。先生の言葉を受けて《美津保》のママが言うには、床屋や美容院や飲み屋から話が広まったとするなら、店が店としてちゃんと動いている証拠だという。客が客同士で交換した情報の一部を頭のなかに貯《た》めておくだけのことで、先生が言うように、誰かが悪いわけじゃない。

「でも、こうやってあれこれ話しているうちにできる人の輪なんて、案外小さいものなのよ。杵元の人の顔を全員知ってるなんてありえないでしょ。このマンションだって、まったく会わない人がいるもの。噂は広まるもんじゃなくて、必要なときに、必要としている人のところにめぐってくるんだと思うな、あたしは。人間関係もそれとおなじゃないの？」

「そうですね」と私は賛同した。「南の杵元町のことが、北の鹿間町から伝わってくるなんてこともありますから」

言いながら、日報の鵜戸さんの、例の電器屋さんとのかかわりがすぐ思い浮かんだ。

「もっと大きな、不思議なつながりだってあるものよ。カメちゃんがここに来たときのことだって……」

「その話はじめたら、止まらなくなるぞ」

ジンゴロ先生がこちらを向いた。

「うどんも食べたんだし、あんたは七草といっしょに、さっさと上にあがんなさい。遅くなる」

ジンゴロ先生はもうだいぶ呂律《ろれつ》がまわらなくなっていた。七草というのは、もちろんなずなのことだが、訂正したりはしない。私がここに足を運ばずにいたあいだ、ジンゴロ先生はなずなのことをずっと気にしていたらしい。ふだん病院で診ている子どもの話なんてしないのに、あの子はどうやら患者のうちに入ってないみたいよ、とママから聞かされてはいたのだ。なずなを七草と言いまちがえていることまでは教えてくれなかったけれど、これだってもう立派な噂話のうちに入るだろう。友栄さんにベビーカーを買うのを助けてもらったことをジンゴロ先生に報告しようという気持ちもあって、今回は現物をお披露目にあがったのだ。

しかし、先生の忠告には従わなかった。なずなは眠っている。昨日、一昨日と店内をたばこ禁制にしたあと、以前から欲しいと思っていたという空気清浄機の、型落ちで安く売られていたものをショッピングモールの電器店で買ってきて、昼間からずっと回しっぱなしにしていたのだとママは大きな胸を張った。

「べつにこの子のためじゃないの、あたしも、ちょっと、思うところがあってね、毎日ずっとこんな調子でいたらお客さん来なくなっちゃうけど、週に一日、二日くらいは、肺をきれいにしとこうかなって」

店内の空気は、たしかにいつもより軽い気がした。といって、私の部屋とそう大差ないようでもある。いままでが悪すぎたのだろうか。染みついたたばこの臭いがそう簡単に消えるはずもないし、これが友栄さんの言う、いい汚れでないこともまちがいなかった。

あらかじめ電話を入れて、食べさせてもらえればなんでもいいですと伝えておいたのだが、用意されていたのはあたたかい鍋焼きうどんだった。私も会ったことのある客のひとりが出張の土産に買ってきてくれた讃岐《さぬき》うどんを使ったものだ。客を帰して店を閉める前の、小腹が空いているようなときに、ママはたいていうどんを茹《ゆ》でている。寝る前に店の残りのカレーなんて食べると胃がもたれる、そういう年になったのよ、と彼女は言い訳していたものの、だし汁はちょっと高級な既製品が常備してあって、それをカレーの隠し味に使ったりしているらしかった。「あがりの一品」は、たいてい茹でた麺に卵の黄身と醬油《しょうゆ》と刻みネギを載せてかきまぜるだけで、あっというまにできあがり、あっというまに食べられる。その話を聞いて、一度食べてみたいですとお願いしてみたところ、人さまに出せるようなものではないし、ずうずう音がするから夜中にひとりで食べたほうがいっそ空《むな》しくていいと断られた。

　そんなふうに言われると逆に食べたくてたまらず、深夜、賄いみたいなそのうどんを自分で作ろうと思ったこともある。けれど、うどんの玉と生卵と薬味に使えそうなものが、なぜか一度にそろわない。食べたいと思うときにかぎって冷蔵庫にない。かならずどれかひとつ欠けているのだ。そんなわけで、どうせうどんを食べさせてもらえるのなら、彼女がいつも口にしているのとおなじものがよかったなどと思いもしたのだけれど、湯気の立つその鍋焼きを見たとたんひさしぶりに胃を刺すような空腹に見舞われて、一瞬、なずなの存在を忘れたほどだった。ネギに椎茸《しいたけ》、かまぼこ、ニンジン、鶏肉。薄い味付けだ。腹に染み渡るようなうまさだった。ママには失礼ながら、むかし、母親が作ってくれた夜食のうどんの味によく似ていた。弟が海外ツアーでお年をめした団体客に融通している和食の味も、こういうものかもしれない。

　もともと《美津保》の料理は味の濃い薄いに関係なく胃にもたれるなんてことはないのだが、私もそろそろこういうものを要所で欲する年齢になってきたということなのだろう。このあいだ佐野医院で会った谷萩さんの奥さん、つまり優芽ちゃんという女の子のお母さんたちが鹿間町の勉強会のあとふるまってくれたうどんも、東京の味に慣れた者には最初やや薄く感じられた。それなのに、汁まできれいに飲み干すと、あとからだしの香りがわき出てくるのだった。

育った家庭によって味覚は異なる。とくに汁ものにそれが出るような気がする。東京ではさんざん外飯《そとめし》を食べたし、田舎にいては口にする機会もなかったはずの食材をあれこれ試してみたのだが、私にはどれもおいしかった。いまではこの味でなければというこれ絶対の基準もなくなっている。インターの開通待ちだったはずのショッピングモールが前倒しでオープンして以後の、あの激しい回転寿司戦争は、ネタのちがいが勝敗を分けているとの意見が多い。あそこで語るべきことがあるとしたら、大多数の人が好きだと手を挙げるような味とはなにか、それを受け入れる私たちの舌の能力、抵抗力とはなにか、ということかもしれない。

ジンゴロ先生はなにも食べずにただおいしそうにカウンターでウィスキーを飲み、ママと私のほうを交互に見ながら身体をゆらゆらさせている。私はテーブル席に陣取ってすぐ横にベビーカーを置き、なずなをつねに視野に入れながら食後の熱いお茶を飲んだ。十分のつもりが十五分、ママの話を聞いているうちに二十分などすぐに過ぎてしまう。隣の美容院カメリアのカメちゃんこと與田さんが、この杵元グランドハイツに店を出すことになったいきさつも、聞いておきたかった。なずなをあいだに入れると、なぜか「はじめて」の話題が増える。これもそのひとつだった。

「先生が怒るから、かいつまんで言うと、あたし、春片に遠縁の親類がいて、その親類の小学生の孫息子に、夏休みの帰省中だけ家庭教師をしてくれてた真面目な学生さんがいたのよ。東京の私大に通っていた子なんだけど、その学生さんには付きあってる女の子がいたの」

　人物関係をいっぺんに把握できなかったが、私は黙って耳を傾けていた。

「法事でひさしぶりに親類と顔を合わせたとき、孫の話題になって、そこからそんな話になったの。先生の彼女は川崎って町に住んでるんだけど、母親が美容師で、伊都川の出だって聞いたもんだから、名前をたずねたのよ。男の子にじゃなくて、そのお母さんに。勉強中は隣の台所で話をずっと聞いてて、ぜんぶ筒抜けだから。そしたらね、與田っていうじゃない。伊都川で、與田。もしかして、お母さんの旧姓は亀山じゃないって、冗談で言ってたら、ほんとにカメちゃんだったの！」

　與田さんは、ご主人に死なれたあとも川崎に住んでいたのだが、娘の佐知《さち》ちゃんが結婚したのを機に一時こちらに帰ってきたと聞いてすぐ、ママはカメちゃんを訪ねたのだという。中学の同級生だったのだ。東京近辺では考えもしなかったけれど、夫が遺《のこ》してくれたお金もあるから、チャンスがあれば自分の店を持ちたい、とそのとき與田さんが漏らしたらしい。それでママは、隣の総菜店が大手スーパーのなかに移転すると知って声をかけてみた。ざっと内見して、家賃が安かったのと、手を貸してくれる友人たちが見つかったというので決断した。それが、十数年前のことである。

「新聞記者の取材ってどうなのかわからないけど、あたしに言わせれば、誰かと誰かを結ぶ距離って、まっすぐなのが最短なわけじゃないのよ」と彼女は私にお茶を注ぎながら言った。「二つ三つ余計な線を引いて明後日の方角に行ったりしてるうちに、そのひとつと引っかかる。でも、引っかかってみると、こうじゃなければならなかったんだって思うわけ。あいだをとりもつ人はね、身近にはいないのよ。すごく遠いところにいる人が、近くの人間関係に影響してくるの」

それがむかしの時間や思い出をいまに返してくれるのだろうか。人間関係は定規で直線を引くのとはちがうし、同心円上にきれいな輪を描くわけでもない。平面だと直線なのに、立体にするとゆがみが出てしまう航空路線図みたいなものだ。たくさん線を引くのはいいけれど、そのずれを理解していないかぎり直線のありがたさもわからなくなる。

「それで、與田さんの娘さんは、恋人だった大学生といっしょになったんですか？」

「菱山さんて、やっぱり、ちょっと鈍いのよね」とママはむしろ瑞穂さんになってため息をついた。「もしそうだったら、いまの話の途中に、ちゃんとそれを入れたわよ」

6

電話は、梅さんからだった。ミルクを準備している最中だったので、ひととおり終わったらこちらからかけますと言うと、いや、またあとでかけ直すと譲らない。観念して待っていると、一時間ほどしてふたたび電話が鳴った。あろうことか、そのときはなずなが勢いよく出してくれた大量の便を始末していてどうしようもなかった。指先と顎だけで携帯電話をうまく操作し、事情を話すと、そうか、すまなかった、という梅さんの声をしまいまで聞かずに切って、ふうとひとつ、息を吐いた。

便は色や硬さを微妙に変えて、言葉の出ないなずなの意思を伝えてくる。預かったばかりの頃、はじめて見る緑がかった排泄物《はいせつぶつ》に驚いて、あわててジンゴロ先生のところへ連れて行ったことがある。そのときちゃんと説明してもらったはずなのに、記憶とちがう色と状態に混乱して、またぞろ友栄さんに相談したりした自分が情けなかった。この手の、いわば初歩的な悩みごとは、世のお母さん方との情報交換があれば、すぐに解決がつかないまでもぐっと楽になるような気がするのだが、一方で、子育てはどんなに情報や知識があってても実際にやってみるまでわからないものだとつくづく思う。

一度のミルクの量を減らせばおなかの調子も戻るのではと、友栄さんに言われたとおりにやってみた。ところが一日の分量は少しずつ増えているので、要求する回数も増えて、疲れはそのぶん蓄積される。以前のようにパニックに襲われることはなくなったとはいえ、飲んだ回数だけ出てくる便がじつに雄弁で、それこそ雄便と表記したくなるほどだ。軟便のあと便秘気味になって苦しんでいただけに、今回は驚くほどの量だった。そういえば、むかし亮二もよくおなかをこわして、食中毒かと疑いたくなるくらいのひどい下痢と便秘を繰り返していた。親たちはあとのことよりいまの問題を解決したいと願うものだから、なんとか薬を飲ませようと躍起になっていたのだが、本人はなかなか言うことを聞いてくれない。止瀉薬《ししやく》は逆に便の出を悪くするというのである。なずなの様子は、そんな彼女の父親の幼少時を思い出させた。

おむつを広範囲に色づけするやわらかい便の話をすると、《美津保》のママは、女の子は男の子と拭き取るときの方向がちがうってこと、ちゃんとわかってるでしょうね、と疑わしげな目で私を見たものである。もちろん承知してますと言いながら、じつは不安でしかたがなかった。理解はしていても、手が動くようになるまでに時間がかかった。しかし、なにごとも慣れである。たっぷりした物量で機嫌のよろしいことをなずなは私に伝え、私もほっとして後処理をする。そして、またすぐに次が出てくるとおむつを替えておなじことを繰り返し、これでいいだろうと安心したとたん、ふたたび天使が歌でもうたうようにいきんで彼女は体内のものを外に出す。二度ならば、拭いただけで済ませたかもしれない。しかし立て続けに三度この爆裂を浴びてしまったらさすがに衛生上悪いと思って、中途半端な時間ではあったけれど、急いでお風呂に入れてやることにした。

赤ん坊専用の簡易浴槽、つまりベビーバスと称するものは持っていないので風呂を使わざるをえない。やり方は、そのつど微妙に変えている。育児書と耳学問で頭に入れた手順を、自分の仕事のリズムやその日の気候やなずなの機嫌にあわせて調整するのだ。幸い、今日はあたたかい。浴室のドアを開け放ち、彼女の姿が見えるようにした状態でまず自分がすばやくシャワーを浴びて、浴室をくまなく洗い流してからさっと身体を拭く。すぐにぬるめの湯を浅く張り、なずなを裸にしてやる。脱がせたり着せたり、いったいこれを何度繰り返していることか。抱きあげて浴室に入ると、滑らないよう最初から床にぺたんと座って、きれいなタオルを載せた膝の上に抱いたままそろりそろりと湯をかけてやる。なずなは無抵抗だ。びっくりして泣き出すようなことは、これまで一度もなかった。真っ黒な瞳でこちらを見あげて、適度に力を抜き、適度に力を入れている。下半身だけさっと洗ってやるなんてことは結局無理で、いつもこうして大がかりな入浴騒ぎに立ち至るのだが、思いついたときに勢いでやってしまうほかはない。

赤ちゃん用の石鹸《せっけん》をてのひらで泡立てて、身体中のくぼみとくびれをそっと撫でてやる。そう、洗うというよりも、撫でてやる感じだ。首や脇の肉付きがどんどんよくなっているのがわかる。洗い終わったらガーゼケットで身体を包んで、いっしょに湯船につかる。なずなはまだこちらを見つめて、目を逸《そ》らそうとしない。しばらくすると、丸く開いたさくらんぼのような口から、ほう、という声が漏れ出て、ユニットバスの壁に跳ね返った。ほう、と私も返事をする。もう一度。もう一度、ほう、と言ってくれないか。しかし彼女は、やわらかい肌だけでなく瞳まで湿らせて、満足そうに、ぼんやりこちらを見あげるばかりである。

そろそろあがろうという時に、また電話が鳴った。梅さんにちがいない。さっきの状態から風呂に入れるなんて展開は、こちらだって想像していなかった。あわてない、あわてない、あわてない、と自分に言い聞かせる。この子の安全が優先なのだ。ぜったいに滑らないこと。壁に頭をぶつけないこと。呼び出し音を聞きながら、ゆっくり外に出てバスタオルでなずなをくるみ、敷いておいたマットレスに寝かせる。そこで、電話は切れた。すばやく服を着て、頬の赤みが取れたなずなを拭いてやり、おむつを下に敷いてベビーパウダーを手にする。そこでまた電話が鳴る。どうしようかという、その一瞬の迷いを突いて、手首になまあたたかい液体がかかった。身体の力が抜けたなずなが、気持ちよく放水してくれたのだ。なんのために風呂に入れてやったのか、と嘆いてもしかたがない。よしよし、大仕事を終えてほっとすれば、誰だって力が抜けるさ、と語りかけながら、きれいに拭いて、あたらしいおむつに替える。

目の下の隈は、いっこうに消えなかった。当然だろう。眠りが中断されるばかりではなく、いっしょに眠ってしまうのがなんだかもったいないような気がして、本を読んだり仕事をしたり、なずなの顔を眺めていたり、結局、休むべき時間に休んでいない。疲れがたまっていらだってくると、それが彼女の心に影響する。ぐずって、なかなか寝なくなる。逆に、仕事を片付けてほっとしているときには、あたりまえのようによく眠ってくれる。いつかマンションでずっと猫を飼っている知人が、似たようなことを話していた。狭い空間でたったひとりの主人を相手に暮らしていると、猫はほんのわずかな気分の浮き沈みに反応する。どんなに繊細な異性でもここまで気を遣ってはくれないよ、などとしたり顔で語っていたのを思い出す。

しかし、この子はまだ歩くこともできない。頬を寄せるのは私のほうであって、彼女はじっとそれを待っているだけだ。いや、それに耐えているだけなのかもしれなかった。ともあれ、作業は終了。次のミルクの準備をするまでが自分の時間になる。正午まであと十五分。朝食をとったのかどうかも記憶にないくらいなのに、もう昼だ。水を一杯飲んでから、梅さんに電話をした。

「そんな状態だったのか」梅さんはすまなそうに言った。「メールかファクスにすればよかったんだが、昼間だからいいかと思ってな。悪かった」

「いつもは、もっといい子にしてるんですが」

「いい子か」苦笑というのは、当人の顔を見なくても、声だけでわかるものらしい。

「なんだか実の父親みたいになってきたな」

「当面は父親代わりだから、それでいいんです」

「こないだ、四太のおばさんが自分で作った野菜を持ってきてくれたんだが、そのとき、ショッピングモールで菱山が赤ん坊抱いた女の人といっしょに歩いてたのを見たって言ってたぞ」

「え？」

「あれは赤ちゃんのお母さんなのか、菱山さんの奥さんなのかって。いつ結婚したのか知りたがってた」

「参ったな。見崎さんもあそこで買い物をするんだ」

「日曜日は、四太の好きな銘柄のドッグフードが三割引きなんだとさ。悪いことはできん。小さな町だ」

「悪いことなんてしてませんよ」

女性の正体を明かし、買い物に行くまでの経緯を説明すると、佐野の娘か、なるほどな、と苦笑した。

「出戻りのな。俺は結婚式で挨拶もさせられた」

「そうなんですか？」

「むかしの話だ」

高校時代の友人なのだから、その娘の結婚式に招かれてもおかしくはないだろう。それはともかく、ほんの短いあいだ、限られた棟の限られたフロアにしかいなかったというのに、どこで見られたのだろう。ペット用品売り場はあの棟にあっただろうか。ベビーカーを買ったときにもしみじみ感じたことだが、ばかでかくて周囲の景観にそぐわない、遠方からの車で渋滞が起きる、町の小さな店がどんどんつぶれるなんて悪口が聞こえてくる一方で、あのショッピングモールは既成事実として休日の最も手軽な遊び場になりつつあった。いろいろな理由を挙げてぜったいに行くものかと頑張っている人々もいるけれど、小売り店だけでなく、大手スーパーと大型書店と家電ショップがひとつの空間に収まっているのだ。気に入らないところがあっても、愛犬の食べものを仕入れるのに便利ならば、その部分だけでも利用して悪いことはない。犬の餌で三割引きはたしかに大きい。おそらく、こういう部分的な利用を繰り返しているうち、だんだん抵抗がなくなってくるのだろう。

「で、チャイルドシートを取り付けられたら、社に連れてこられるのか？」

「そのつもりなんですが、簡単にはいかないみたいで」

「取り付けがか？　それとも連れてくるのがか？」

「取り付けのほうです。三本樫の、中古車店の人からも釘を刺されましてね。子どもの安全を考えるなら、新しい車にするべきだって」

「太っ腹だな。顧客をひとり逃しても、正論を吐く」

「新しいっていうのは、そこで扱っている中古車のなかでって意味ですよ。買うのであれば、の話ですけど」

「タクシーで中古車を買いに出かけるわけか」

すぐには冗談だとわからないような、重々しい口調で梅さんが言った。

「車は自分で選べますよ。短時間でもこの子を誰かに世話してもらえるなら、車種を絞っておいて即決してみせます」

預けるのが梅さんの言う佐野の娘になるのか、べつの誰か、たとえば《美津保》のママになるのかについては、とりあえず考えないことにした。否定はしたものの、タクシーという手はもちろん有効だった。

「ま、好きにすればいい」受話器の向こうで、なにかを啜《すす》る音が聞こえる。お昼なのだ。近くで誰かそばでも食べているのだろうか。「それでだ。その三本樫がらみでこのあいだ見送った記事のことなんだが」

三本樫にできるインターチェンジの命名をめぐって、当初の計画どおり町名を組み込んでほしいとの要望書が市に提出されてから数ヶ月が経つ。市側としては、建設時の合意にもとづき、地域全体の意を汲《く》んで案件を差し戻す、そういう手順を踏んでしかるべきなのに、一部の議員から、インターチェンジに通り名みたいなものを付けるなんておかしいとの意見が出されたのだった。市名を組み込むのが自然だと主張する一派に対し、町側が、それはもうさんざん話し合ってきたことなのだから、むしろ市の側からもそういうクレームに対して自分たちを擁護すべきではないかと食ってかかり、新たな要望書を市長に直接手渡したのである。その折の模様は極力穏やかな写真入りでまとめてあったのだが、補足記事の掲載をいったん延期すると梅さんが決定して以後、じつはまだ出ていない。なにか事情があるのだろうと察しはついていたものの、正確なことは知らされずにいた。

「たいそうな話じゃないんだが、現段階で白黒付けられんような動きがあってな。じつは、四太のおばさんが来たのは、野菜を届けるためだけじゃない。ましておまえさんが恋人と歩いてたって報告するためでもない」

「そういうんじゃありませんよ」

　梅さんは、なにも聞こえなかったかのように続けた。

「野菜っていうのは、鹿間町の山の上の、運動公園の脇からちょっとあがったところにある町営の貸し農園で彼女が栽培したものだ。あそこは、ほかとちがってひとり当たりの割り当て面積が広いらしい。風が強くて素人じゃうまく育てられないそうだが、立派なビニールハウスもある」

「そこなら知ってますよ。鹿間町の風力発電所をめぐる勉強会を取材に行ったとき、青年会議所の長をやってる谷萩さんて方に教えてもらいました。町が地主から借りてるところなんですが、その地主さん、むかし棚田を持ってた人で、畑だけじゃなくて田圃《たんぼ》もみんなとやりたいなんて息巻いてる元気な爺さんなんです。ときどき、現場の指導もしてるみたいで、風が強くてもなんとかなるのは、そのお爺さんのおかげだそうですね。そういえば、見崎さんもハウスの一部を借りたって言ってました。周りに配るほど収穫できるなんて、たいしたもんですよ」

「もう廃業したらしいが、あの人の実家はちゃんとした農家だったんだぞ。もともと土いじりはうまいんだ。馬鹿にしちゃいけない」

「それは知りませんでした」

私は見崎さんの、愛想はいいけれど、色白でどこか良家の奥様ふうのところもある顔を思い浮かべた。

「ところで、その谷萩って人には、俺もなにかの会合で会ってると思う」

「このあいだ、その奥さんと娘さんに、ジンゴロ先生の病院で偶然会いましたよ」

「なんだ、また佐野がらみか」

今度は私が苦笑する番だった。

「鹿間だったら、山ひとつ越えた砂土原《さどはら》にもいい医者がいるんだがな。そのほうが近いだろう」

「ジンゴロ先生は、ああ見えて人気あるんですよ」

「知ってるさ」と梅さんは言った。

鹿間町から杵元町まではかなりの距離があるのだが、この一帯でまがりなりにも小児科の看板を掲げて頑張っている個人医院は数えるほどしかない。ジンゴロ先生は最古参で、伊都川市と鹿間町の幼稚園や小学校の保健管理に長年かかわってきたこともあってよく知られており、気さくな人柄を慕ってくる患者も多いのだ。子どもたちの病は年中絶えることがない。年齢と体力を考えればそろそろ限界に近いのではないかと心配したくなるのだが、当人は平気な顔をしている。もともと地域医療がどうなんて上からの物言いはしない人だし、愚痴らしい愚痴もこぼさない。ただ、《美津保》であんなふうに酒をあおっているのは、やはり見えないところでストレスがたまっているからだろう。夜中に急患があったらどうするのか不安になったこともあるけれど、毎晩飲んだくれているわけではなく、家ではあまり酒を口にしないのだった。酔っているときには不思議と急患は来ないもんだよ、それにアルコール臭いのは医者の証《あかし》だなんてうそぶいているのに、どんなにひどい状態でも、夜中に助けを求められればぱっと目を覚まして風呂場に直行し、冷水をざんぶと浴びて、苦しんでいる子どもがやってくるまでにしゃきっとしてしまうのだそうだ。

ベッドのなかのなずなが、軽く身体を左右にひねったような気がする。首だってすわっているかいないか、まだはっきりしないくらいなのに、錯覚だろうか？　うつぶせにしたとき首を上にあげようとしたら、もうじきだ、三ヶ月くらいが目安だが、世の中、目安ほど目安にならんものはない、個人差があるから面白いんだとジンゴロ先生はのたまった。だとすれば、ありえない話ではない。なずなは、眠っている。細く茶色っぽい髪の生えた頭にてのひらを近づけてみると、ほのあたたかい空気がのぼってくるのがわかる。軽さと重さがこの子には等量詰まっている。この子だけではない。たぶん赤ん坊はみなそうなのだろう。突然ベッドからふわりと宙に浮いて、どこかへ飛んでいくような気さえする。風に吹かれて。いや、風に乗って。

「去年、おまえさんが書いた、《風神様の通り道》って記事の舞台、その奥の話だったな。貸し農園の脇から旧建設道のほうに入って行く……」

「ええ」

「うちの女房が犬を拾ってきたのもあの辺なんだが、四太のおばさんは、一度捨てた奴らはまたおなじところに捨てるといって、ときどき見張りに出かけてるそうなんだ」

「現場でもおさえたんですか？」

「そうじゃない。あのちょっと先が、風車を建てる建てないでもめてた場所だろう？彼女が言うには、そこに、この何ヶ月か、三本樫のあの保養所で使われてたマイクロバスがよく来てるらしいんだ」

「それが、どうかしたんですか？」

「そのバスに、土木業者の人間が乗ってるんだよ。坂村《さかむら》興業の」

「ああ、坂村造園の親会社でしょう。日吉小学校の、庭園の世話に入ってる業者ですよね」

「そうだ」

「校長さんの話では、職人の腕はいいそうですが」

「腕はこの際関係ない。大事なのは人間のほうだ。あそこの若社長を四太のおばさんは子ども時分からよく知ってて、顔見りゃすぐわかるっていうんだよ」

「話のつながりがいまひとつ把握できませんね」と私は正直に言った。「もったいぶらないで、ずばっと話してくださいよ」

「おなじ面子《メンツ》が、三本樫の保養所にも来てる」

「見崎さん、あんなところで何してるんですか？」

「そこまでは知らんよ。あの人からの情報は鹿間町に関することだけだ。保養所については、佐竹《さたけ》が見た」

佐竹さんは私より何歳か年上の、若い頃に出版社から転職してきた、十数年のキャリアがある同僚だ。口数が少なく、どちらかと言えば堅い話が得意なのだが、口下手では近づけないような人たちともうまくやって、かならず要所を押さえてくる。書くものはつねに堅実で、華美なところも辛気くさいところもない。媚《こ》びないし、心ない空疎な励ましもしない。素っ気ないけれど、それがいつも、結果的に取材先の信頼を得る要素になっていた。彼の年季の入った中庸ぶりを、私はひそかな判断基準にしているくらいだ。佐竹が見た、という言い方を梅さんがするのにはそういう背景があって、菱山が見たといったところでなんの保証にもならない。

「保養所だけじゃない。鹿間の農園も、取材にかこつけてそれとなく観察してきた」

「名目は、春野菜の収穫ですか」

冗談を言ったつもりだったが、梅さんはくすりとも笑わなかった。

「まあそんなところだ。知ってのとおり、例の風力発電の件、騒いだわりに、あれから動きなしだろう？」

「ええ」

言いながら、定期的に取材をしてこなかったことを、恥じ入りたくなる。谷萩さんからは、あれ以来なんの連絡もなかった。連絡がなければこちらから顔を出すのがいわゆる新聞屋の務めだろう。佐竹さんがやっているのも、そういう地道な活動である。梅さんだってそうだ。しかし私は、二度、三度会った相手の、その後の反応を自分からあまり追わないたちで、向こうからやってくるのをなんとなく待ってしまう。後手に回ることも多いけれど、そういうやり方でこれまでしのいできたし、梅さんもそこはうるさく言わなかった。いざ記事ができてくると、自分のやっていたことが先手だったのか後手だったのかさえわからない結果になっていることが多いからだ。残り物には福がある。待てば海路の日和あり。ただし、鹿間町の風神様については私の耳になにも伝わっていなかった。

「要するに、三本樫の保養所をつぶすかなにかして、鹿間でできなかった風力発電所でも建てるような動きがあるってことですか」

「どうかな」

「どうかなって、じゃあ、いったいなにが問題なんです」

「それがわからんと言ってるんだ」

「なんだか、刑事みたいですね」

「誰が？　嗅ぎまわってるように見えるか？」

「そういう意味じゃありませんよ。いまのやりとりが、なんだかテレビの刑事ものみたいだなと思って」

「なにがどう怪しいと考えているわけじゃないんだ。ただ、鹿間で消えた風車の羽根は、聞こえない程度に動いてたってことかもしれんな。事の進め方はおなじで、場所がちがっているだけとも言える。あそこでまた風力発電なんて話になったら、最初にやるのはやっぱり建設道路の整備だろう」

三本樫はもちろん正式な町名であって、通り名ではない。町の人たちが保養所と呼んでいる施設は、むかし小学校だった木造平屋の建物の内部を改装したもので、運動場もつぶさず、長年のあいだ集会所として使われてきた。開校時に町の名にあわせて植えた樫が、崖の上に位置する運動場の隅に三本立派に育っていて、それがよい目印にもなっている。二十年ほど前、いったん閉鎖されていたその建物を、中堅どころの保険会社が中心になって系列の数社が共同で借り受け、研修所を兼ねた厚生施設に改装した。キャンプのまねごともできるし、とにかくなんの飾りもない里山ふうのたたずまいが好評で、最初は通いだった管理人を住み込みに切り替えて再募集することになったという。その二代目の管理人夫婦のうち、数年前に奥さんが亡くなり、つい半年ほど前にご主人が亡くなった。それからしばらくは、厨房《ちゅうぼう》の手伝いをしていた土地の奥さん方を中心に運営していたのだが、不況も手伝って、いまは完全に閉じられている。

私がこうした経緯を知ったのは、日報の《おくやみ》欄で、七本樫という名前を目にしたときのことだった。三本樫の保養所管理人を務めたと補足があったので、三本樫に七本樫なんていくらなんでもできすぎではないかと思って鵜戸さんに確認してみると、まちがいありませんとの回答で、そのとき、三本樫保養所が、企業だけではなく町民にも開かれていたことを教えられたのである。利用者が減ってくると、七本樫さんの発案で、浴室を有料で町民たちに開放することにした。町から消えてしまった銭湯の代わりに、お年寄りたちがやってきてはお風呂と簡単な食事を楽しんでいったらしい。ただし、ガードレールもない狭い一本道をのぼった高台にあるため、車がなくてはたどり着けず、七本樫さんはみずからマイクロバスで希望者を送り迎えしていた。

「かりに風車を建てるとして、あそこに、良い風はあるんですかね」

「風のあるなしは、どうでもいいんだよ。隠れ蓑《みの》みたいなもんだろうからな。鹿間町の場合とおなじなんだ。ただ、ヒラカっちゃんに調べてもらったら、工事中の環状道路の東側で、風向きが以前と変わってきてるそうだ。今後どうなるかは、それこそ風神様にしかわからない」

気象予報士にはそんな細部まで読めるのか、と私は感心した。ヒラカっちゃんこと平方さんの予報はおそろしく精緻で、局地的な雨風の動きをみごとに当ててくれる。また、風況の変化とはべつに、何階建てかのビルの高さに相当する高架によって起きると予想されている近隣の電波障害については、高架下を利用したケーブルテレビ網によって完全に解決され、各家庭までの敷設工事は通常の半額以下になるというのが、開発業者の言い分だった。電磁波や低周波のことまでは予測がつかないとしても、鹿間町より三本樫のほうが電波障害は減るだろう。お年寄りの多い区域だからこれは交渉の大きな武器になるにちがいない。

「個人的には、あのまま残して置いてほしい建物ですけれどね」

「まだ壊すともなんとも決まっちゃいない。出発点が憶測なんだからな。この話はある程度分量がたまった段階で、裏がとれたらシリーズにする。そういうことだ。いまは佐竹が片手間にやってくれてるんだが、復帰したらおまえが担当してくれ。樋口《ひぐち》はあのとおり、まだ広告取りの勉強中だし」

「わかりました」

「長電話になってすまない……、ちょっと、鵜戸に代わる」

ほんの一瞬の間を置いて、こんにちは、お元気ですかあ、と明るい声が響いた。鵜戸さんはいつも、引き戸を開けるようなリズムで言葉を出してくる。言葉が、戸から半分だけ顔を出す。つまり半分は隠れているのに、とても聞き取りやすい。

「なんとかやってます」

「なんとかですか」

「ええ。日々戦ってはいますが」

「無理しないでくださいね」

このところ、そんな台詞ばかり耳にする。ありがとう、と私は言った。

「それで、菱山さんは、なにがいいですか？」

「は？」

「野菜ですよ。四太のおばさんの。春ニンジンとキャベツがお勧めです」

「それは、みんなでわけてくださいよ」

「栄養とらないと。なんなら、どれか、お届けしましょうか？」

「いや、ほんとに結構です。こちらはもう、春の菜といっしょに暮らしてますから。茹でたり炒《いた》めたりはできませんけど」

「そうですか。菱山さんが赤ちゃん抱いているところを見たかったんですけどね」

「そいつはどうも。梅さんにも言われてますから、そのうち顔見せに行きますよ」

やや間を置いて、私はたずねた。

「ところで、鵜戸さん、ずっと梅さんの隣にいました？」

「はい」

「そばか、うどん食べてませんでした？」

「……どうしてわかったんですか？」

「歯に、麺が挟まってますよ」

「え……！」

「嘘ですよ。さっき、麺を啜るような音が聞こえたんです」

あらためて梅さんには代わってもらわず、鵜戸さんの笑い声を聞きながら電話を切った。なずなは、自分の話が出たとも知らずに、やっぱりよく寝ている。ありがたい。どんどん眠ってくれ、と私は祈った。そして、祈りながらミルクパンで湯を沸かして珈琲を淹れ、六枚切りの食パンの一枚を三角形に二分してトースターで焼いてマーガリンを薄く塗り、グラニュー糖をざらざらとかけて食べた。ジャムもバターも切らしている。安いパンだが、焼けばそれなりに食べられる。一枚では足りず、もう一枚、半分に切って焼く。東京の下宿にいた頃、母親がよく庭になった杏《あんず》の実をジャムにして送ってくれた。アパートの近くによいパン屋があって、そのジャムが来ると焼きたてのバゲットを買い、バターもたっぷり塗って食べていた。しかし、そのおいしさはひとり暮らしのリズムのなかでのみ味わうことのできたものだったと、いまは思う。わずかな隙を狙って作るインスタントの珈琲も、こういう日持ちのする食パンにマーガリンを塗って砂糖をかけただけのおやつも、じつにおいしい。私は、変わりつつあるのだろうか。身体によいとか悪いとか、そんなレベルを超えて、空腹のときにありつける食べものならなんでもおいしいと感じてしまうのだ。人恋しいときは、誰と話をしても楽しいように。そして、まだ言葉も知らない赤ん坊に話しかけているだけで、幸せな気持ちになれるように。

7

五回、六回、七回、八回。もう切ろうかというところで、応答があった。痰《たん》がからんだようなしわがれ声で「は」と「あ」が混じり、小さく、あい、と聞こえる。

「秀一《しゅういち》です」

「ああ」

「調子はどう？」

「そっちは、どうだ？」

「なんとか」

いつもどおりのやりとりだ。もう二十年、ずっとこの調子である。元気かとたずねると、自分たちのことを説明せずに、かならず、そっちはどうだと切り返す。

「こっちも、なんとかだな」

「なら、よかった」

「ただ、母さんが、前よりいろんなことを忘れるようになってな。急にモノを叩いたりするから、目が離せんよ。孫の顔でも見れば、なにかいい刺激になるかもしれんが」

「近いうちに、連れて行くよ。見せたいし」

「ま、来てもらっても、心配は心配だがな。元気かね、あの子は」

「元気です」

「そろそろ首がすわるかな」

「もう、だいぶ」

私はなずなの順調な成長ぶりを、ついで彼女の両親の様子を報告した。明世さんの病状はいまのところ一進一退だ。ウイルス性感染症のため複数の臓器が傷んでいるという診断で、熱が下がらず、倦怠感《けんたいかん》がつづいて、身体が思うように動かない。明世さんに関する情報は、当初、自身もまだ体調が万全ではない彼女のお父さんから受けていて、病院でなにか感染《うつ》るのが心配だから、赤ん坊は連れて来ないでくれと言われていた。先日ようやく明世さん本人から電話があって、微熱があるだけだからじきに回復しますと話していたのだが、退院まで十日くらいという見立てはとうに外れている。仮に自宅に戻れても、通院しながらの経過観察では、子どもを抱えてどこまで耐えられるかわからない。疎遠になっている母親や義妹を頼るのはどうしても嫌だという以上、しばらくはきびしい状態がつづくだろう。親がふたりとも倒れて、しかも双方離ればなれで、生まれたばかりの赤ん坊が放り出される。いまの世にこんな作り話みたいなことってあるのかな、あるのよね、と明世さんは電話口で力なく笑った。

亮二はといえば、右の大腿骨を折っただけではなく、肋骨《ろっこつ》も数本折り、歯も欠けて、内臓の損傷もあるらしい。状況が把握できなかったときはすぐにも飛んで行きたかったのだが、現地に駆けつけてくれた彼の同僚や系列会社の知人たちの詳細な報告でとりあえず命に別状はないとわかってからは、なずなのこと、明世さんのこと、彼女の父親のこと、彦端の親のことを考え、亮二にはなんとかひとりで持ちこたえてほしいと伝えてもらって、たがいに現状を維持したまま、いまも宙づりの状態である。保険書類も社の人が一式作成してくれたし、弟を見舞ってくれた方々からは、写真付きのあたたかい手紙を頂戴していた。

ひとことで言えば、対向車の前方不注意による正面衝突である。死なずに済んだのが不思議なくらいだと医者に言われたのだそうだ。亮二の乗っていたレンタカーはマニュアル車で、気持ちよくシフトレバーを動かしているときに衝突があった。右腕もそれでやられた。人相が変わらなかっただけでもよかったと亮二は伝えてきたが、たしかにそうだろう。なずなが生まれたあと親子三人で撮った写真は、つぶれた財布のなかでかろうじて原形をとどめていた。こちらから送った写真も、横になったままで見られる病室の壁に貼ってあるらしい。

「孫くらい、いつでも預かってやると言ってやりたいんだが。すまんな」

そこまで黙って聞いていた父親が言った。

「こっちのことはいいよ。みんな、それぞれ、必死でやってるんだから。いまはできる者が、できるところを、責任持って埋めるしかないもの」

わずかな沈黙があった。奥のほうでかすかにテレビの音がする。

「いま、思い出したんだけど、むかし、うちで乗ってたシビックの調子が悪くなって、修理に出したことがあったよね。ブレーキかなにかで」

「あったかな」

「あったよ。それで、修理のあいだ代車を貸してもらった」

「だいぶ前だな。相当前の話だ」

「だから、むかしって言っただろ。小学生の頃だよ。その車が、外車だった」

「ああ、赤い車か。二、三日乗った」

「あれ、たしかアウディだったよね」

「そういう感じの音だ」

「アウディだよ。二ドアの」

あの日、家の前に停《と》まっていた、真っ赤な車を思い出しながら私は言った。

「それがどうした？　また調べものか」

「亮二が向こうで借りて、事故起こした車。アウディだったんだよ。ディーゼル仕様でね。エアバッグがしっかりしてて、側面にもあった。それで命が救われた」

「ということはドイツの車か。頑丈な」

「そう、ドイツ車」

ブレーキの調子がおかしいから整備士に診てもらうと父親が言い出したとき、私も弟も気が気ではなかった。野球の試合に行けなくなる、と思ったからだ。当時、彦端周辺の町が集《つど》って、月に二回、日曜日に、扇《おうぎ》が原《はら》にある運動場で軟式野球のリーグ戦を行っていた。町ごとに小学校低学年から高学年までの混成チームを作り、数ヶ月間、つごう二度ずつの総当たり戦をする。はじまってまだ日の浅い試みだったらしいのだが、一年生、二年生がバッターボックスに立つときはピッチャーがごく近くからトスバッティングのように下から投げ、彼らが打ち返して一塁に走り出したら、内野手は捕球したあと送球するまで最低三秒は待つ、といった地域限定の特別ルールを定めて、誰もが参加できるように工夫されていた。女の子だって、やりたければエントリーできた。要するに、テニスボールを使った三角ベースの雰囲気を拡大しただけのような催しで、どんなに下手でも試合には出してもらえたから、ぎすぎすせず、笑いもあって、とくに低学年の子たちが心から楽しみにしていた。みな野球が好きだった。いまのように小学校にサッカーチームがあるなんて、とても考えられない時代だったのだ。ただし、上級生のあいだにはもっと本格的にやりたいという不満もあったので、残り二回の日曜日は、一面分を彼らのために押さえてあった。世話係は親が、審判は近隣の野球経験者が持ちまわりで担当していた。なんだかんだいって、親たちもこの場を利用して交流を深めていたのである。

面倒なのは、その運動場までの交通の便がなかったことだ。というより、最初から自動車での移動を前提としているような場所だったのである。もとは広大な養鶏場の跡地で、それを均《なら》し、周辺の土地も市が買い取って、野球のグラウンドが二面取れる砂の運動場と陸上競技のトラックを整備した。いまの伊都川市の話ではないけれど、施設への道路だけは格別きれいに舗装された。ただ、駐車スペースが不十分だったので、試合のたびに、上り坂の道路の片側には長い車の列ができ、下のほうに停めた者たちは、結局そこから、着替えに弁当にバットにグラブにボールにスパイクまで入った重いバッグをかついで歩くよりほかなかった。それがつらかった。車を修理に出すと父親から聞かされたとき、真っ先に思い浮かべたのは、だから日々の暮らしの不便さよりも、運動場までの道のりであり、その坂道だったのだ。

ところが、翌日の夕刻、弟といっしょに学校から帰ると、シビックの代わりに、見たこともない赤い車が家の前に停まっていたのである。中を覗いてみると、かなり使い込まれている感じで、サンバイザーからは、そのすらりとした外貌に不似合いな木の通行手形がぶらさがっている。運転席が左側にあることには、最後になってようやく気づいた。しばらくふたりで窓ガラスに顔をくっつけて、外車だよ、日本の車じゃない、と興奮していたことを覚えている。家に入ると、ラフなポロシャツを着た、ひげ面の男の人が、居間で父親とお茶を飲みながら話をしていた。そのとき、息子たちに気づいた父親が、表の車、見たか、と声をかけたのだ。

「そう言ったんだよ。嬉しそうにさ」

「言ったかな」

「言ったよ。だから、買ったのかと思った」

父親はしばらく間を置いた。

「あのときは……代わりの車をどういうものにするかなんて、訊かれなかったからな。お任せして帰って待ってたら、くたびれた二ドアが来た。遊んでいる車がこれしかなかったっていうんだ……そうだ、ドイツの車とかいう話はあったな。向こうじゃ評価も高いし、ぶつかってもそう壊れないって……。左ハンドルには驚いたがね。借りた車で事故起こしたりしたら笑い話にもならんから」

「その車に荷物積んで、次の日、野球に行ったんだよ。外車で来たって友だちが騒いでね。おまえら大リーグの選手かって」

「ははあ」

「そうしたら、弁当を車のなかに忘れてさ。試合のあとの疲れた身体で坂を下って取りに戻ると、今度は鍵がなかった」

父親が、突然、大声で笑った。何年ぶりだろう。もともとあまり声を出して笑ったりしない人なのだが、これほど屈託のない笑い声を聞いたのはほんとうにひさしぶりだった。母親といるときは、つまり、「いまの母親」といるときは、笑う余裕さえないのかもしれない。

「そんなことがあったな。思い出した。鍵は運動場に持ってきた鞄《かばん》に入れてあったんだ。外車の鍵だと思ったら緊張しちまって。あの時代、こんな田舎で外車に乗ってる人間なんていなかったから。あそこは、でも、いろんな車を扱ってたよ、新旧取り混ぜて」

「あそこって？」

「高部《たかべ》モータース。県道沿いの。そのあとすぐに閉めちゃったがね」

まったく記憶になかった。自動車販売店というのは、自動車に乗れる年齢になってからしか関心を持たない空間なのだろう。

「配達してもらったときは」と父親は言った。「たしかにびっくりした」

「配達？」

「乗ってきてもらったんだよ。事故でも起こしたら危ないし、ここに預けていってくれっていうんで預けたんだ。そしたら、店主があとから車を調達して、自分で運転してきてくれた」

そうか、その手があった。私は思わず膝を叩いた。いっしょに大きな声も出してしまったらしい。驚いたのか、あるいは、おなかを空かせたのか、隣のなずなが泣きはじめた。

「ごめん。またかけるよ。たぶんミルクの催促だ」

「ああ」と父親はまた、ふつうの声で、ただ間を埋めるためだけの言葉を発した。しかしそれは私の父親でも亮二の父親でもなくなずなの祖父といった響きで、これまで味わったことのない次元の「ふつう」であるようにも思われた。

奇跡的に八時間眠ってくれた朝方、彼女は一二〇ccのミルクをわずか五分で飲みほしていた。いつもの儀式で空気を出してやっているあいだにころりと眠り、それからまた二、三時間眠った。目を覚ましているときの表情が、どんどん豊かになっていく。いや、眠っているときもだ。赤みがかっていた当初の顔はもうどこにもなく、頬はガーゼより白く透き通って、ミルクが身体に入っていくにつれて薄桃色に染まる。くわえて、このあいだからはっきり喃語《なんご》とわかる声が、頻繁に聞こえるようになった。短音で、はー、うー、というだけなのに、身体ぜんたいが風琴になってそよいでいる。昼、食事の時間に町の音がいったん引いて部屋がしんとしたとき、夜、冷蔵庫の冷却ヒーターの唸《うな》りが籠もってそれが急に停まったとき、湯船につからせていてその水面の揺れが収まったとき、そして朝、眠りから覚めたとき、なずなの声が厚くなってきた胸から鼻にかけて抜けてくると、四十年以上埋もれていて、レントゲンにも写らなかった不要な小骨を抜いてもらったような気分になる。鍼《はり》を打つ代わりに、それに類したなにかを抜く。抜いた棒状のものはすぐにとろけて空気中に霧散し、その声と私の疲れの棒があわさった瞬間、ぶりっと排泄の音が発せられる。この子は、元気だ。

パソコンを開くと、鵜戸さんから《あおぞら教室》番外の《あおぞら図書室》、やっぱり菱山さんにお願いします、というメールが入っていた。本篇《ほんぺん》のストック原稿はいくつか書いたのだが、図書室シリーズのほうは、うまくごまかしていたのだ。なにを扱ってもいいことになっているとはいえ、このところ本を読む暇がなかったので、じつはこっそり鵜戸さんに代役を頼んでみたのである。それに対する回答が、「梅さんから、否、です」だった。画面上の文字なのになぜか嬉しそうな筆跡を感じさせる。しかたがない。なずなと顔を合わせ、目を合わせ、あれこれ考える。考えを伝える。考えを伝えてもらう。なずなが、ちょっとだけ、身体をよじる。また、反対によじる。寝返り、という言葉が思い浮かぶ。嫌な意味にも使われる言葉がこんなにも肯定的に響くのは、赤ん坊だけに許された特権なのだろうか。ベビーベッドの柵に両手を組んで、顎を載せ、なずなの動きにじっと見入る。そのうち、ずきんと首筋に痛みが走った。

昨晩、寝返りではなくひっくり返りで、私は後頭部をしたたかに打っていた。椅子の後ろ脚二本に体重をかけて上体を反らせる癖があって、よく後ろにひっくり返るのだ。キャスターのない椅子に座ると、ときどきその癖が出る。日報の編集部の机の椅子はキャスター付きだが、会議室のはふつうの椅子だから、当然、そこでもひっくり返った。なずなが来てからは、万が一のことを考えて、椅子の位置だけはまちがえないようにテーブルをずらしていたのだ。昨日は妙に手もとが暗く感じられて、蛍光灯の光をもらおうと背中を伸ばし、椅子の後ろ脚でバランスをとりながら辞書を読んでいた。ページをめくった際わずかに均衡が崩れて、あっと思ったときには床に頭を打ちつけていたのである。

椅子の背に掛けてあったジャケットがずり落ちてショックをやわらげてくれなかったら、亮二どころの騒ぎではなかったかもしれない。目の下に隈《くま》。後頭部に氷。首筋に湿布。これじゃあまるで、「ギッコン・バッタンまぬけ」だなと思って、思ったことをみごとに忘れ、いま、なずなの顔を見ながら首を押さえたときにまた思い出した。その言葉がどこに書いてあったのかも、いっしょに。これなら、使えるかもしれない。私は時間を確かめてから、携帯電話を手に取った。父親と長電話をしたせいか、連鎖反応的に電話に手が伸びて、あまり違和感がない。ずいぶん待ったところで、佐野医院です、という女の人の声が聞こえた。友栄さんによく似ているけれど、明らかにちがう。

「菱山ですが、日報の」

「ああ、ああ、菱山さんね、おひさしぶり」と急に声が若やぐ。ジンゴロ先生の奥さんの、千紗子さんだった。

「ご無沙汰しております」

知らない人ではないのに、なんだかあたふたしてしまった。

「お子さん、お元気？　よく話してるんですよ。菱山さん偉いわねえって」

「ありがとうございます……」

「で、ご用は、うちの人？　それとも友栄に代わりますか？」

「友栄さんに」

しばらく間があって、はい、と応答があった。いつもより低い声に聞こえる。「ごめんなさい、ちょっとお昼寝してて」

「それは、申し訳なかったです。急ぎのお願いごとがあったものだから」

「じゃあ、遠慮なくお願いしてください」

彼女はやはり低い声で笑いながら言った。

「いつか待合室用に差しあげた子どもの本のことですけど、そのなかに、『おっとあぶない』っていう題の、白っぽい絵本ありませんでしたか？」

「ありました」

即答だった。確かめに行く必要もないという、自信に満ちた応えだったので少々驚く。

「マンロー・リーフ・さく。わたなべしげお・やく」

「それです、それです。よく覚えてますね」

「けっこう人気があって、お母さんたちがよく読まされてるんです。表紙のタイトルと、作者と、訳者のところから、ぜんぶ。わたしも手があいたとき読みました」

「そうですか。いや、じつは、仕事で必要なんですよ。一日だけ、貸していただけませんか」

「菱山さんのご本なんだから、どうぞご自由に」と彼女は言った。「どうしましょうか」

「これから、取りにうかがってもいいですか？」

「これから？　なずなちゃんは？」

「いっしょです。散歩ついでに」

「了解です」と彼女は言った。

なずなに、さっそく散歩指令を出す。雨の心配はまったくない。玄関に置いてあるベビーカーに彼女を乗せ、おむつの替えとウエットティッシュ、友栄さんに教えてもらった消毒ジェル、大小のタオル二枚を突っ込んだリュックを背負う。繰り返しだ。繰り返しが大切だ、と自分に言い聞かせる。繰り返しミルクを飲み、繰り返し便を出しているうちに、なずなは大きくなる。大人になって成長が打ち止めになった私も、地道に日々を繰り返していれば、きっとどこかにたどり着けるだろう。

エレベーターを降り、通路を抜ける。入り口の両開きになっている重いステンレス枠のガラス扉は、自動ではなく手押しなので、ベビーカーを通す場合はいったん片側を開け放さなければならない。住人たちはそのガラスにてのひらをぺたんと押し付けて、体重をかける。すると、手垢《てあか》でひどく汚れる。見た目も悪いし、掃除も面倒だからだろう、黄倉さんはその扉の取っ手に、《ガラスヲオシテアケナイデ。ココヲ、オス》と赤マジックで書いた張り紙をしていた。正直な話、こちらのほうがもっと見た目が悪い。なんとかの這《は》ったような、と言われるたぐいの書き文字だ。しかし、私はその指示に素直に従い、九十度のところで止めると、安全を確認したうえでベビーカーを外に持ち出した。管理人室の前で掃き掃除をしていた黄倉さんが、ああ、こんにちは、と例の口調で振り返る。

「乳母車ね。それがあれば、だいぶ楽でしょう?　いいねえ」

もちろん、この「いいねえ」は、私にではなくなずなに向けられたものだ。

「抱っこして歩くのとは、全然ちがいますね、疲れが」

言いながら、でも、胸にぺたりとこの子を抱き寄せることの歓《よろこ》びについては、あえて触れなかった。

「そうでしょう。抱いてばかりいると腕やられますからね。足腰も。じゃ、お気をつけて。いってらっしゃい」

くぐもった声の父親と話したばかりだったからか、黄倉さんの声はじつに若々しく聞こえる。艶と張りがあって、よく通る。どうでもいいことだが、そのよく通る声で放たれた「いってらっしゃい」も、なずなに向けられてのものであるようだった。それにしても、このところずっとベビーカーという言葉を使ってきたので、黄倉さんの口からすんなり出てきた乳母車という言葉の重さに、私はしばしとまどった。ベビーカーにも濁音がふたつ。乳母車にも濁音がふたつ。濁りがおなじ分量入っているのに、前者のほうが軽いような気がする。乳母車は押している女性が主役になる。ベビーカーは、乗っている赤ん坊のほうが主役だろうか。

時はたそがれ
母よ　私の乳母車を押せ
泣きぬれる夕陽にむかつて
轔々《りんりん》と私の乳母車を押せ

学習塾で教えていた頃、国語の授業でよくこの三好達治《みよしたつじ》の詩を扱った。車は轔々で、馬は蕭々《しょうしょう》、杜甫《とほ》の詩にあります、などとプリントに刷って、子どもたちに配ったものだ。母よ、私のベビーカーを押せ、と口にしてみる。轔々と私のベビーカーを押せ、と言ってみる。二重車輪の滑りは申し分ない。でこぼこした歩道も、道路と歩道の段差も、最小限の衝撃でやすやすとクリアしていく。粗いアスファルトの上を押していくと細かい振動がてのひらに伝わってくる。この子も、おなじ振動を感じているわけだ。

ババ道を通って、約束どおり佐野医院で友栄さんから本を受け取った。驚いたことに千紗子さんもいっしょに出てきて、あらあ、と声をあげ、爪の伸びた指を平気でなずなの頬に当てて、ほんとになずなみたいな子ね、かわいいわ、と意味不明のお愛想を言ってくださる。ジンゴロ先生によろしくとふたりに頭を下げると、公園前の道をたどってコンビニに立ち寄り、中古車情報誌と日報、亮二に送る手紙のための切手、それからビスコを二箱買った。この子に食べさせるわけではない。仕事のあいまに自分でつまむのだ。甘すぎず固すぎず、珈琲の付け合わせにちょうどいい。二十分弱の散歩を終え、管理人室に座っている黄倉さんに軽く頭を下げ、すぐに自室へあがって手を洗う。なずなをベッドに戻し、ベビーローションで軽く顔を拭いてやる。真っ黒な瞳で彼女はこちらをじっと見つめる。その瞳からなんとか身体をはがして、火災報知機の検査を早く頼まなければと思いつつお湯を沸かした。珈琲を淹れ、ビスコをつまむ。お子さまのすこやかな成長のために、という謳《うた》い文句を信じて、少しずつ囓《かじ》り、珈琲を啜り、また囓る。乳酸菌がたっぷり入ったこのお菓子で栄養補給をしておけば、疲れ切った私の乳酸も消えてくれるだろうか。

それから、絵本を開いた。三十年、いや、四十年ぶり？　買ってくれたのは母親だ。それにしても、頭を打ってもちゃんと思い出せるくらい、私はこの本を読んでいたのだろうか？

「これは　ギッコン・バッタンまぬけ。／おっと　あぶない！／このギッコン・バッタンくん　うしろに／ひっくりかえったら、でかいこぶ。／なんかい　けがしたり、ものを　こわしたり／したら、いすのあしは　四つとも　ゆかに／つけておくものだって、わかるかな。」

ギッコン・バッタンまぬけのところだけ、赤い文字で印刷されている。マンロー・リーフは、一九〇五年に生まれ、七六年に亡くなったアメリカの児童文学者だ。『おっとあぶない』の原題は、SAFETY CAN BE FUN。訳文には、なるほどなあ、と膝を打ちたくなるような、じつにあたたかいリズムがある。安全を守らない子どもがいかにその人生を愉しくなくするか。ノートの落書きみたいな絵といっしょに、それが描かれている。

「ああして　けがしたり、／こうして　けがしたり、／しかたのないときも　あるけれど、／たいてい　じぶんが　わるいから。／ばかなことして／けがした子。／それが——まぬけ」

そんなわけで、この絵本はみごとな「まぬけ大全」になっているのだった。ギッコン・バッタンまぬけはもちろん、ふろばまぬけ、かいだんまぬけ、くいしんぼうまぬけ、ぼんやりまぬけ、ひあそびまぬけ、かぶりまぬけ、いきづまりまぬけ、ぼうくわえまぬけ、てだしまぬけ等々、こんな馬鹿な真似をしてはいけませんよというやさしい教訓にあふれている。読んでいると、子ども時代のことがどんどん思い出されてくる。遊んでいるわけではなく、ちゃんと仕事をしているとはいえ、いまの私も、ここに登場する愛らしいまぬけたちとなんら変わりがないように思えてくる。とても怖くて、とてもためになる本だ。こちらが成長していないと認めるのはしゃくだから、それは言わないことにしよう。むしろ、マンロー・リーフの本は、人が町なかで生きていくために必要不可欠の教本で、大人が読むべきものだと考えたほうが精神衛生上いいだろう。

「みぎと　ひだりを　よくみないで、／どうろへ　でていく　まぬけです。」

こうあるのは、ぼんやりまぬけだ。なずなをこの腕で抱いた日まで、私は完璧なぼんやりまぬけだった。ギッコン・バッタンならまだいいほうで、バッタンバッタン転んでいるような男だった。気を抜けば、すぐにまた元に戻ってしまう。不注意の塊のような人間に、三好達治の「乳母車」なんて口にする権利はない。《あおぞら図書室》で扱うとしたらこちらのほうだなと、私はあらためてそう思った。

ところで、数あるまぬけのなかの、最大のまぬけはなにか？「スピードいはんの／おとなと　いっしょに／くるまにのる／ドライブまぬけ」だ。私はスピードを出さない。飲酒運転もしない。ただ、チャイルドシートを持たないだけの話である。絵本を閉じると、コンビニで買ってきた中古車情報誌を開き、隅から隅まで読んで、めぼしいものに付箋を貼っていく。安全第一。最新のチャイルドシートが装着できる年式の中古車だ。それからショッピングモールの売り場でもらったカタログを、あらためて検討した。好みの色、形、性能は調べてあった。あとは、適合車種をチェックすればいい。

生まれたとき、なずなは二千三百五十グラムだった。あれやこれやで、退院するときにチャイルドシートがいるなんて考えもしなかったよ、と弟は言っていたけれど、なずながが生まれてからも仕事で飛び回り、ほとんど家にいなかった。だから残された明世さんは、体調が悪くなるまで公共の交通機関を使っていたのだ。なずなを見る。まぬけにならないように、彼女の周辺を、しぐさを、しっかり見る。なんでもいい。今日は電話の日にしよう、と私は決めた。もう一杯珈琲を飲み、ビスコを平らげてから、三本樫の中古車販売店に電話し、事情を説明して、チャイルドシートのメーカーと型番を伝え、それがきちんと装着できる車種の絞り込みを頼んだ。もう現物を見る余裕がない。予算内の車があったら、チャイルドシートは直接販売店に送って、装着した状態で「配達」してもらうのだ。

「そんな妙ちきりんな注文受けたのは、はじめてですよ。大手の系列ならやりませんからね、絶対」

「じゃあ、お願いできるんですね？」

「ま、シビックに取り付けてくれなんて言わなくなっただけでも、よしとしましょうか」

顔見知りの主人は、困ったような、嬉しいような声でそう応えた。

8

きれいな汚れを志す日、と勝手に名付けた《美津保》のたばこ禁制の日は、結局なしくずしになくなって、代わりに、べつのメーカーのものだがおなじく型落ちの空気清浄機をもう一台買い足し、それをフル稼働させることでなんとかさまになったようだった。あたしも思うところがあってとママもはじめは殊勝なことを言っていたのだが、通りがかりの客が頻繁に入るような立地にあるわけでもなく、とりわけ夜は客が知人を連れてやってくるのを辛抱づよく待ち、またその客が知人を連れてくるのを期待するというのが基本の店なので、やりくりのためには好みを押し通すわけにもいかない。ヘビースモーカーが一日中居座って吸いっぱなしってわけでもないものね、と彼女は自分に言い聞かせるように店内を見まわし、朝夕こまめに空気は入れ換えるようにしてるのよ、それに、空気清浄機入れてからヤニの臭いは明らかに減ったもの、と同意を求めるようにこちらを見た。そして、私の横の、正方形のテーブルをずらして置いたベビーカーのなかのなずなにも、努力はしてるのよ、と言わんばかりに目をやった。なずなを見るとき、彼女はいつも親族の顔になる。二親等でも三親等でもない、なにか端数が出てきそうな微妙な血縁の位置から好意を寄せてくれているといった感じで、そういう気持ちと店のやりくりとがうまく合致しないことに納得がいかないのかもしれなかった。

「おかげさまで、きれいになったと思いますよ、空気は。いいんじゃないですかね。この大きさのものが二台も動いていれば」

「でしょう？」

お世辞でも嘘でもなかった。ほんとにひどいと判断したら赤ん坊なんて連れては来ない。とくに昼間、喫茶店モードになっているときの《美津保》の空気は、適度に乾いて爽快になっている。以前は仕込みのにおいや湿気が店内のあちこちに沈んでいたのだが、幸いにもそれはなくなった。ただし、清潔さと店の魅力とはべつの話で、じめっとしてその湿り気にいろんなものが溶け込んでいるここの雰囲気を、私は嫌いではなかった。むしろ好きだった。なずなの身体が、そしてたまたまこの子と暮らすようになった私の体調が、それに合わなくなってきただけのことである。

昼間の《美津保》の客層は、ある意味で、夜よりも安定していると言ってよかった。顔ぶれはそのつどかわるものの、曜日と時間が決まっている小さな団体客がついているからだ。午後、お昼の時間をずらしてやってくるのは、杵元小学校の正門近くにある公民館で習いごとをしている年配の方々だった。夜のカウンターで食事をしながら聞いてもぴんと来なかったことが、ほぼ終日この町で過ごすようになって、ようやく得心がいった。儲《もう》かりはしないけど、つぶれない程度には客があるのよ、と言っていたママの言葉は嘘ではなかったのである。

よく見かけるのは手芸教室と絵画教室のおばさま方で、週に一度、かならず四、五人の仲間でやってくる。前者はむしろおばあさまの集まりとしたほうが正確かもしれない。彼女たちがわざわざここに立ち寄るのは、すぐ近くにバス停があるからだが、通勤通学の時間帯を除くとバスは一時間に一、二本しかないので、《美津保》はその待合所としても機能していたのである。定食メニュー以外にうどんを作ったりするのも、じつは彼女たちを遇するためだった。なかには、ここでゆっくりたばこを吸うのを楽しみにしている人がいるらしい。残りの常連は、ほぼその公民館の隣にある碁会所の人たちだった。薄い緑茶やインスタントコーヒーに飽き足らなくなると、ここに飲みに来る。近隣でドリップした珈琲が飲めるのはこの店しかないのだ。もっと安くというのであれば大通りの先の、新町《しんまち》のファミリーレストランがあるのだが、そこまで行くのは億劫《おっくう》だと思う年かさの人たちが立ち寄ってくれる。女性陣とおなじく、駅までのバスの時間調整という理由もあった。

午後、なずなとの散歩の帰りに覗いて、年配の女性たちで満席になっているのを見たときは、失礼ながら目を疑ったものだ。昼過ぎから夕方までは車の通りもあまりないし、人影もまばらで典型的な田舎町の様相を呈しているのだから、これだけの客がいるとはとても信じられなかった。客席に余裕をもってベビーカーを入れられる曜日は決まっているので、ママは当初、その日をたばこ禁制と定めていたわけである。それでこのあいだから、空いている日の、さらに空いている時間帯を電話で報《しら》せてもらって、散歩のあとに立ち寄るようになった。定番のスパゲッティを平らげ、珈琲を飲みながら、私は《昼間の瑞穂さん》の話を聞いていた。酒を飲んでいるわけでもないのに、ときどき意識をあらぬほうに飛ばして。カウンターのむこうの壁にかけられた鏡に映った顔には、ますます色濃い隈がひろがっている。薄汚れた中年男の顔から目を逸らして、なずなを覗き込む。髪の色は母親とおなじで、かすかに栗色がかっていた。軽く閉じた手の、親指の下にある桜餅のようなふくらみが、前より大きくなっている。爪の形は彼女の父親そっくりだ。ということは、私の父親にも似ていることになるのだろう。親父と亮二の爪は横幅のある扇形で、母親に似て縦長の私の爪とはちがっていた。

「あのおばさんたち、みんなよく喋るしよく笑うし、肌もつやつやして病気知らずに見えるんだけど、昨日ね、手芸のリーダー格の人によくくっついてくる、お酒もたばこも大好きって感じの、元気そうなお客さんが倒れちゃったのよ……」

「ここで、ですか？」

昨日は昼夜逆転のサイクルがひとまわりしたところで、午後もなんとか起きて仕事をしていたから覚えているのだが、救急車の音はまったく聞こえなかった。それとも、また短時間のあいだうとうとしていたのだろうか。

「バスのなかで。ここで倒れたりしたら大騒ぎだったわよ。軽い脳梗塞ですって」

「じゃあ、搬送先は県立病院？」

「そう。とりあえず命に別状はなかったみたい。運転手さんが無線で正確な場所をすぐ通報してくれたのよ、県道に入る手前で。平日でほんとよかった。週末は流れないところだったから」

それはよかった、とこちらも安堵《あんど》する。ショッピングモール周辺の渋滞とはこれからもずっと付きあっていかなければならないだろうけれど、週末だけとはいえ、あの状態だったら救急車を呼ぶにもひと苦労だ。片側を全部通行止めにして走る以外に手はなくなるだろう。問題解消のために側道を整備しようなんて話の方向を変えてくる御仁《ごじん》もいるので、あまりいい加減なことも言えない。なるべく自家用車に乗らずにすむようにバスを増やしたらどうかなどと、以前は偉そうな口を利いたものだ。路線バス一本を確保するために国とどれだけ交渉し、どれだけの労力と資金が必要か、不幸にしていまの私は知ってしまっている。バス停をひとつ増やしてほしいという要望をまとめるのでさえ何年もかかるのだ。まして実現までには相当の時間が必要だろう。

もっとも、ママの言葉どおり、運転手が通報してくれたのは正解だった。携帯電話で緊急通報する場合、地域や機種によって位置情報通知のできないことがある。じじつ、伊都川市では、まだそのためのシステムが導入されていない。しかし、いまはなんだかんだと新しい機能のついたものが出てきているから、いずれ誰がどこからSOSを発しているかなんて瞬時に特定できるようになるだろう。お年寄りや子ども向けに特化して、そうした機能を持たせている機種はもうあるらしい。

こういう話は佐竹さんの得意分野で、以前、地域限定の携帯電話の使い方や問題点について、丁寧な特集記事を書いていた。要は、どんな機種を持っていようと、外でトラブルがあって緊急の連絡を入れる場合、動揺している本人ではなく、現在地をはっきり説明できる土地の人に代わって説明してもらうのが最も確実だということなのだ。周りに誰もいなければ自分でなんとかやってみる以外にないだろうけれど、集団のなかでのことなら、そのほうが後の展開も速くなる。

「あたしたちくらいの年になると、もう、いつ倒れてもおかしくないでしょ。元気そうに見えてもころりといっちゃうことがある。だから、たまに弱気になって、みんなが悪い悪いって言ってるものは避けたくなるのよ。酒、たばこ、夜更かし、偏食？　ぜんぶうちで提供してるのにさ、それでたばこ禁制だなんて、勝手だわよね」

「悪いことに救われてる人だっていますよ」

「あら、そういう言い方したら、あたしが悪いほうの代表みたいじゃない。自分で望んでることとやってることが矛盾してるの。それが嫌なだけ」

「なるほど」私は素直に引き下がった。

「ひとつ気になるのはね、手芸教室でこのところずっとやってたのが、編みものだったってことなのよ。珠算とか編みものとか、指先使うのって呆《ぼ》け防止にいいって言うでしょ？　脳にもいいって。倒れてからのリハビリなんかにも」

「言いますね、よく」

「だけど、直前までずっと指先動かしてた人が率先して倒れちゃったら、呆けはしなくても、頭のなかの血の流れを滑らかにすることに対しては、効き目がなかったってことになるじゃない」

「指を動かしてれば健康でいられるとはかぎりませんよ。脳梗塞だって原因はひとつじゃないだろうし。指先も大切だけど、喋ったり、笑ったり、笑わせたり、なにか言葉を外に出してやってるほうが、健康にはいいような気はしますね。話をしないと、やっぱり頭は鈍ります。急に喋ろうとしても、言葉が喉もとに引っかかって、出てこないことがある」

　私はなずなと言葉を交わす。といっても、いまこうしてママと会話をしているような意味での「交わし」ではなくて、一方通行の発声、もしくは独りごとに近い。対話にはなっていないから、喉の動かし方もふだんとはちがう。だから急に電話がかかってきたりすると、うまく切り替えられない。大学を出てからこの方、人に会わない日はほとんどなかった。週末に部屋に閉じ籠もったりしても、食事や買い物には出て行って、外の人間となにがしか言葉は交わしていたはずである。なずなとの散歩中にお店の人と話すようになってようやく声の調子は戻ってきたけれど、このところの疲れは、睡眠不足や俗に言う男性更年期特有の変調だけではなく、人と話すというごく基本的なことができていなかったせいでもあるのだ。

　おー、お、おー、お、と透き通るような声がする。振り返ってベビーカーを覗くと、なずなが目をぱちりと開け、口を丸くとがらせて、いつもの声を発していた。手も上下に動いている。

「かわいいわねえ」と《瑞穂さん》の語調が変化する。「そういう声にあわせてたら、そりゃあ、あたしみたいにがちゃがちゃした人間と波長が合わなくなるわよね」

「こちらが赤ん坊言葉になるんですよ。女の人が母親になってまず大きく変わるのは、話し方じゃないでしょうかね。ゆっくり諭すようなリズムになる」

「赤ん坊に喋ってるときの感じが抜けないまま、大人と喋っちゃうんでしょ？」

「ええ。ただ、こうやって赤ん坊といっしょにいると、男でもそうなりますね」

「そう？　菱山さんの話し方は、ずっと変わらないわよ。なにか変化があったって思ってらっしゃるんなら、否定はしませんけど。でも、あんまり劇的に変わったら、周りも気持ち悪いでしょう。ふつうがいいのよ、ふつうが」

話を聞きながら、なずなのおむつに手を当てる。なまあたたかい感触はなかった。まだしていない、と判断しておく。ここで取り替えるには勇気が必要だ。喃語の「お」が音引きにならないで、そのままつっかえながら「あ」に変化したら、泣きはじめの合図になる。おなかが空いたという訴えになる。そこまで至らずに、なずなは七草ならぬ七種類の声を出していた。いちいち応じたくなる気持ちを抑えて、もう失礼しよう、と思ったとき、珈琲のお代わりはとたずねられ、ついお願いしますと言ってしまった。

「いま落とすから、ちょっと待ってて」

彼女はドリップすると言わずに、落とすと言う。自分の手でやっているわけではなくて、一度に十数人分を「落とせる」業務用のマシンを使っているのだが、予備のウォーマーがないので、間が悪いと煮詰まったり、淹れ直さなければならなくなる。前後の流れを聞かず、「落とす」という一語だけ耳に入れたら、なんのことかと思う人もいるだろう。

入り口に近い席にいた二人連れの老人のうちひとりがカウンターまでやってきてママにお勘定を頼み、ついでになずなの上に身をかがめた。

「女の子？」

「ええ」

「何ヶ月？」

「じき、三ヶ月になります」

二が三になっただけで、どうしてこうも印象が変わるのかと、自分で驚く。ついこのあいだまでは二ヶ月半だったのに、三ヶ月ですと口にしたとたん、なにか大きな関を越えたような、誇らしげな気分になる。桜の季節はとうに終わって、以前準備しておいた「お花見給食会」の報告なども過去の話になってしまった。時はどんどん流れていく。二は三になり、四はじき五になるだろう。

「うちとおなじだ。ま、三ヶ月半なんですがね。このあいだ親戚中集まって、箸初《はしぞ》めをやったところですよ。そろそろ離乳食も考えにゃあならんでしょ。ところがうちの嫁は外で瓶詰みたいなのをいっぱい買ってきよるんです。ありゃあ、よくないね。せっかくばあさんと祝ってやったのに」

そうですね、と私は相槌《あいづち》を打つ。歯のないこの子になにを食べさせたらいいのか。そう考えると、二から三への変化の大きさにへたれそうになる。ぼや騒ぎを起こした狭い台所で、衛生的になんの問題もない離乳食を用意することまで私にできるだろうか。もう散歩にミルクどころの話ではなくなる。これまでの苦労はまだ序の口だったのかもしれない。

「箸初めなんて、いまどきやる家があるんだ。驚いた」

釣り銭を渡しながら、ママがさも感心したように言う。

「生後百日くらいですか。百日《ももか》って言いますよね」

「菱山さんは、なんでもご存じ」

彼女は老人に聞かせるような顔の向きで付け加えた。

「言葉の説明だけは、むかし塾でやってましたから」

しかし、内実が伴っていないんです、とまではあえて口にしなかった。

「たしかに古くさい慣習ですよ。慣習にすぎないと言われりゃ、そうだとしか答えられんですから。ただ、すぎないってところが、年寄りだけじゃなしに、若い者にも大事なんですよ。すぎない、ってのが、慣習なんです。それでみんなつながってくんだから」

最後は対話というよりぼやきに近かった。老人はなずなの上にもう一度身をかがめて、さよなら、と手を振ってから、連れといっしょに出て行った。バスの時間が近づいていた。

「箸初めって、米を食べさせるんですよね」と私は言った。「餅を食わせる真似をするところもあるって聞きましたけど」

「あたしはお米でやってる人しか知らないな」とママは一拍置いた。「でも、箸初めなんて聞いたの、どのくらいぶりかしら。いい言葉よね」

《瑞穂さん》は豊かな胸をふるわせて回れ右をしながら、珈琲を出してくれた。アルファベットの文字が打たれた、おひねりのようなチョコが添えられている。よくスーパーで売られている徳用のやつだ。夜、ウィスキーを飲んでいる客にも彼女はこれを出す。昼も夜も通っていなければ、この知的なチョコの使い回しには気づかない。

なずなは、いつのまにかまた眠っている。適度な物音。そして、はっきりとは識別できないまでも、身内だと感じられる声。赤ん坊にとっては、それもまた日々の食べもののうちに入るのだろう。どんな音楽よりも、モーツァルトなんかよりも、たぶん母親や父親の声のほうが心の成長にはいいのだ。しかし身体を丈夫に、大きくしてやるには栄養のある食べものが必要なのである。いつまでもミルクで済ますことはできない。

先日《あおぞら図書室》の載った号が送られてきたのだが、その校正のやりとりをしていたとき、鵜戸さんから、『おっとあぶない』とおなじ著・訳者で、『けんこうだいいち』という本が出ていると教えられた。健康の話なら佐野医院にまた寄贈すればいいと思って注文しておいたその本が今朝方届いて、表紙を見たら、いきなり、HEALTH CAN BE FUN とあって笑ってしまった。どんなことだって、きちんとやれば FUN になりうるのだ。しかも見返しには、《診察室用／お医者さまの診察室にも／ぜひお備えください。》と書かれている。字数が許せば、こちらもあわせて紹介するべきだったかもしれない。「じょうぶな／からだは／ふだんが　だいじ。／ときどき／きをつけてもだめ。」ときついことが記されている。原書刊行は一九四三年だが、指摘はいささかも古びていない。

「ま、丈夫な身体は、ふだんから気をつけてないと、できないですからね」と私は真面目に言ってみた。

「あたし、そんなに深刻な話したかしら」

「ええ。的を射た話でしたよ」

私は自分の台詞の出典を明かして、日報に書いた記事と前後の流れを説明した。

「それ、まだ読んでないわ。ごめんなさい。でも、ジンゴロ先生じゃないけど、あんまり考えすぎないほうがいいのよ。離乳食だってわかんなければ先生や友栄さんに教えてもらえばいいし、信用してくれるなら、あたしだってたまには作ってあげる」

「ほんとですか？」

「料理人を信じて、具体的な指示を出してくだされば ね。カロリー計算とかには疎いから。それに、さっきの話じゃないけど、健康第一って厳しくやってる人ほど早死にする。

手先も動かして、頭も使って、適度に運動する。ぜんぶ楽しんで、適当にやってればいいの」

「それがいちばん難しいんですよ。まあ、赤ん坊は適当にできないところが大変なんでしょうけれど」

ママは自分にも一杯注ぎ、ミルクと砂糖をたっぷり入れて飲んだ。チョコはつまなかった。

「さっきのおじいさんね、篠原《しのはら》さんて人だけど、碁会所の帰りなのよ、ほら、安岡《やすおか》さんとこの」

「じゃ、あのふたりは囲碁仲間？」

「そうなの。囲碁とか将棋とかって、ずっと座ってるじゃない、正座して、猫背にして。ぜったい身体も鈍るし、健康にも悪いと思ってたんだけど、あの人たち、ちゃんと運動もしてる。だから元気なわけ」

「なにやってるんですか」

「ゲートボール」

「ああ」私は数秒かけて頭のなかを整理した。「碁会所の安岡さんて、伊都川杯の主催者の、あの安岡さんのことか」

杵元町の公民館の隣に古い日本家屋があって、そこが私設の碁会所になっている。安岡さんは伊都川市の南側にたくさん畑を持っていた大地主で、そこはかつて分家の持ち家だったのだが、週に一度、公民館の教室を借りてやっているだけでは物足りないと不満を漏らしていた愛好家のなかに安岡さんの親友がいて、そういうことならと、空き家になっていたその家を開放してくれたのである。歴史はずいぶん古い。日報の人間でその成り立ちを実際に知っているのは、梅さんだけだ。伊都川市と鹿間町の愛好家を中心に、毎年、囲碁トーナメントが開かれていて、去年の秋が第二十回の記念大会だった。第十回大会の取材をした佐竹さんが、淡々とした回想を交えて報告記事を書いていた。

安岡さん、いや、安岡氏には、もうひとつ、伊都川ゲートボールクラブの会長の顔があって、じつはこちらのほうが近隣ではよく知られている。碁会所の開設より数年あとになるのだが、偶然はじめたこの日本産球技の魅力にとりつかれた安岡氏は、杵元町の南隣の新町で遊んでいた畑を均して常設のコートを一面造り、有志を募って週末に活動を開始した。その仲間に、たぶん碁会所の人たちがふくまれていたのだろう。参加者が増えるにしたがって周辺の畑もつぶし、現在では試合用が三面、練習用が一面、駐車場も整備されたなかなか立派な施設になっている。ただ、トーナメント方式の大会を開くにはさすがに規模が小さすぎるので、年一回の市内大会には総合運動場を借りての運営になった。そして、運動場の近くにも畑を持っていた安岡氏は、交通の便のいいそちらにあらたなゲートボール場を開き、活動の基盤も移したのである。一方、由緒ある新町のコートは、杵元町、新町、そしてその隣の新富町の三町の町内会の運営に切り替え、目玉として、毎年夏、暑い盛りに、ナイト・ゲームを行うようになった。子どもたちを巻き込んでの、納涼ゲートボール大会というわけである。夏の風物詩といえば盆踊りと決まっていた頃だったから、当時は結構な話題になったらしい。恥ずかしながら、私もゲートボールはお年寄りの遊びくらいにしか考えていなかった時期がある。しかし、子どもたちにやらせてみると、食いつきがよくて、たちまち夢中になる。お年寄りとも自然に交わって違和感がない。町民の理解を得て、こちらも成功を収めた。

よい場所があれば、よい人が集まる。集まった人が、べつの人を呼ぶ。それが安岡氏の信念だった。地道な活動が実って、いま市内には複数のクラブが林立し、県レベルの大会にもつながりを持っている。じつは、先だって差し替え記事に使った国体誘致の要望書も彼を中心とする集まりから出てきたもので、環状線の建設と並行して、安岡氏の人脈を使い、国体競技のどれかひとつでも誘致したい、そのためには畑をつぶすことくらい厭《いと》わないと、そういう話が進んでいたのだった。もちろん、ゲートボールが国体の正式競技として認められたあかつきには伊都川市で、という思惑もあった。

「やったことあるんですか、ゲートボール？」

「ないない。昼日中のスポーツはできないの。日焼けしないように大きな麦わら帽子かぶって、頬かむりして、そういう恰好でやるのはごめんです。肌が弱いのよ。あたしは夜の人だから。ナイターならいいけど、仕事があるでしょ？」

「公民館通いの女性陣は、参加しないんですかね」

「やってる人はいるみたい。でもあの新町コート、お手洗いはあっても着替えのできる場所がないんですって。汗かくから女の人はやっぱり大変だと思う。化粧直しするところもないわけだから」

「男性陣でも楽しんだあと、ひと風呂浴びたいって感じでしょうからね」

「そう。安岡さんだって似たようなこと考えてるらしいわよ。絵画教室の人たちが噂してたもの」

「噂、ですか」

「人と人のつながりは、遠いところから来るって話、前にしたでしょ？　噂は噂。それを噂でなくするのが新聞屋さん」

珈琲はとうに飲み干していたが、お代わりはもういらなかった。なずなを寝かせて、できれば仮眠を取りたい。カフェインが眠りの妨げにならなくなって、もうどのくらいになるだろう。眠気覚ましの一杯なんて、現在の暮らしのなかでは死語に等しい。

「三本樫の山の上に、お風呂のある保養所があったでしょ。あそこ、かなり庭が広いから、駐車場を除いても新町くらいの規模の面は取れるんですって。ゲートボール場があんな高台にあったら風も通って気持ちがいいだろうし、共同浴場を整備すればクラブハウスになるって」

眠気が、すっと引いていった。三本樫の保養所にゲートボール場？

「あの、ちょっと急な坂の上の保養所よ。知らない？」

「知ってますよ」

「ずいぶん前に一度、カメちゃんとあそこのお風呂、入りに行ったことあるの。温泉じゃないけど、なかなかいいお湯だった。管理人さんが亡くなったあと、閉められたんでしょ？」

「ええ」

「あそこが使えたら面白いって、安岡さんが言ってたんですって」

「公式の場で？」

「わかんない、それは。いい考えだなって、あたしも思ったから、覚えてるの」

「たしかですか？」

「なにが？」

「その噂です」

「さっきも言いましたけど、噂は噂。でも、その噂話は、ここで、このカウンターで聞いたんだから、聞いたことはたしか。どうかなさった？」

「いいえ」と私はうまくごまかした。「そろそろこいつをベッドに移して休ませないとな、と思って」

　店を出て、玄関ホールで黄倉さんに挨拶をしたあと、部屋にあがり、手を洗い、うがい薬で喉をがらごろやる。なずなの顔をベビーローションで軽く拭いて、たいして湿っていないおむつを替え、ごしごし手を洗って重くなった身体を抱きあげ、そっとベッドに移した。性懲りもなく、また言葉にならない言葉を交わす。今日はなんだかおとなしいな、と私は言う。いつもこんなふうに、いい子にしててくれれば助かるんだが。ベッドに寝かされて気持ちがいいのか、やや赤らんだ顔のなかで、目がとろんとしてくる。ちょんと頬に触れ、右手の指の外側で額を触ってみた。二度、やってみた。いつもと感触がちがっていた。つけっぱなしのノートパソコンの、リストパッドに触れたときの感覚に、それは似ていた。あらためてなずなの首筋に、手足に触れる。眠気が、さらに引いていくのがわかった。体温計を出して計ってみる。タオルをかけずに、しばらく様子を見る。この子はまだ変温動物だ。部屋が暑ければ身体も火照り、寒ければ冷える。念のためにもう一度体温を計る。まちがいなかった。

　喃語も出ていたから、てっきり元気だとばかり思っていたのだ。ミルクを欲しがる回数が少ないことに気づいた時点で疑ってみるべきだった。なずなは、明世さんの初乳をちゃんと飲んでいる。母親から受け取った抗体は機能してくれているはずだ。新生児があまり熱を出さないことも、知識としてはもちろん心得ていた。逆に、熱を出した場合は、すぐに医者に診せるべきだということも。

「おいしゃさんに　みせなければ／いけないときも　あります。／おいしゃさんは　びょうきの　なおしかたを／ながいあいだ　べんきょうした　ひとです。／びょうきにかかったら　どうすればいいか、／いちばん　よく　しっています。」

　マンロー・リーフの教えを俟《ま》つまでもなく、私は心臓をばくばくさせながら佐野医院に電話を入れた。往診がなければいるはずだ。友栄さんでも、ジンゴロ先生でも、千紗子さんでもいい。誰か出てくれと祈るような気持ちで呼び出し音を聞く。ベビーカーに乗せないで胸に抱いて歩いていたら、この子の体温の変化は胸ではっきり感じ取れていたにちがいない。こんなに近いのに、呼び出し音がいつもよりか細く、小さく聞こえる。まるで地球の裏側に電話をかけているかのようだ。なずな、とつとめて穏やかに名を呼んでみる。苦しくないか、と問いかける。ささやくような声で。額にてのひらを載せる。熱かった。首筋にも触れる。やはり熱かった。なずな、伯父さんが熱を吸い取ってやるぞ。電話は通じなかった。いったん切って、赤らんだりんごの顔を見ながら、もう一度かけてみる。四肢が硬くなる。震えはしないけれど、肩から腰にかけて筋肉が硬直していくのがわかる。呼び出し音は、鳴らせば鳴らすほど、私の耳もとで小さくなっていくようだった。

9

ようやく応答してくれたのは、ジンゴロ先生だった。要領をえない説明を半分ほど聞いたところで、先生は、すぐに連れて来なさいと医者の口調で私に命じた。お礼もそこそこに、先ほど散歩に連れ出したときのリュックを背負い、ベビーカーではなくスナグリでなずなを胸に抱きかかえると、ババ道を早足で移動した。頭のてっぺんから甘いにおいがいつもより濃くたちのぼってきてはいたけれど、顔を見るかぎり上気して苦しげというふうでもないのは、ぱちりと黒い目を開けているからだ。那智黒《なちぐろ》の黒。黒曜石の黒。身体は熱かった。あまり揺らしてはまずいと思って、走り出しそうになるのを抑え、すり足気味で歩いた。

休診中のドアの向こうで、友栄さんが待っていてくれた。おなじ光景を何度も見ているような気がする。頭を下げて、すぐ診察室に入る。そこまでは、まちがいなく病気の赤子を連れた保護者の顔をしていたのだった。友栄さんがなずなを受け取り、ベッドに寝かせる。ところが熱を計ろうとしたとたん、なずなはいきなり泣きはじめた。泣き方ひとつでなんでもわかってしまえば苦労はいらない。毎日いっしょにいるというだけでこちらは医者でもないし、悪い想像ばかりしてとても冷静な判断はできなかったのだが、それを差し引いても、なにか身体の不調を訴える泣き方ではなくて、いつも私から睡眠時間を奪うときに発せられる種類の声のように思えた。

脇からジンゴロ先生の節くれだった手がすっと伸びて、なずなの首筋とおなかのあたりに触れる。

「熱計ったのは、いつ？」

「ついさっき、電話をする前です」

なずなは泣き続けた。こんな場合に使っていい言葉かどうかわからないのだが、とにかく元気に、力いっぱい声をあげている。

「そのときは、泣いてなかったんだな」

「はい」

緊張からか、妙に丁寧な口調になってしまう。

「どこか痛かったり苦しかったりすれば、赤ん坊は泣いて訴える。腹が減っても泣いて訴える。でも、そんなに高くはなさそうだな、熱は？」

「八度まではあがってません。七度六分です」

体温計を手にした友栄さんが報告する。先ほど計ったときの数値と、あまりにも差がある。ジンゴロ先生は泣いているなずなの胸に聴診器を当てた。こんな状態で大事な音を聴き取ることができるのかと疑うのは浅はかというものだ。診察室にやってくれば、赤子はたいてい泣く。医者は心肺の微弱なモールス信号すら的確に聴き取らねばならない。年齢による聴力の低下も計算に入れて、あやしいところは慎重にチェックするのだ。ジンゴロ先生はおむつを取っておなかに手を当て、あちこち指先で押さえて触診した。表情から徐々に険しさが抜けてくる。威勢がいいなあ、この子は、という先生の口調は、いつもどおり、ちょっとふざけた感じになっていた。

「診た感じ、どうってことなさそうだがな」

なずなはいっこうに泣きやまなかった。おむつを手にしてみると、なんの汚れもない。濡れてさえいなかった。

「今日はあまりミルクを欲しがらなかったんです。おとなしく寝てはくれたんですが」

「熱は、さっきが九度を超えていて、いまは、七度六分か。計りまちがえたかもしれないな。しかしこのくらいの熱なら許容範囲だ。腹が減ってるんじゃないかね」

二、三ヶ月の乳幼児の発熱は尿路感染症の疑いがあります、とものの本に書いてある。私は大胆にも、医者の前で家庭の医学の知識を披瀝《ひれき》しているような発言をした。女の子向けのやり方は守っている。明世さんにも聞いていたし、《美津保》のママにも念押しされていた。お風呂だってまめに入れてやっているのだ。それでも菌は入るのだろうか。高熱が出ているのなら、採尿して、生化学検査をしなきゃならん、培養検査もする、心配ならさらに超音波で調べる、そういう手順が必要だが、とジンゴロ先生はつぶやきながら、しかしどうもこの泣き方はおかしいぞと笑みを浮かべた。

リュックに哺乳瓶は入れてきたので、友栄さんは念のため医院に常備してあるミルクを作ってなずなの口にふくませてくれた。泣き声はぴたりと止まった。そればかりでなく哺乳瓶を軽く支えるように片手を伸ばし、彼女の胸でごくごく飲みはじめた。身体を動かし、たっぷり汗をかいたあとのスポーツ選手が水分を補給するみたいに飲んだ。なんと気まずく、なんと安堵に満ちた数分だったろう。今日はあまり食欲がない、いつもよりおとなしいなんて誰が言い出したのか？　私である。「規則正しく」は原則というより理想であって、実際には時計のようにやっているわけではないから、分量と回数は全体として帳尻が合えばいいことくらい何度も確認してきたはずなのに。なずなに触れてみると、たしかに火種のような熱はなかった。火照っているのはこちらのほうだった。

「室温に左右されないように、いったん冷やして計ったんですが」

「計り方にもよるがね、とくに赤ん坊は。しかし一度もちがうようじゃ、どうも信用はできんな。まあ、これだけ飲めば、元気と言っていいだろう。こりゃあ酒飲みの飲み方だよ」

「…………」

「飲み終えて、クッハーとやったろ。なかなかこんな子はいない」

空気球もすぐに出して、なずなはたしかに満足げな表情をしている。まちがいなくミルクを飲み干したあとの、ゆるんだ顔だった。あるいは、酒を飲んだあとの顔？　私は、いったいなにを見ていたのだろうか。

「月齢からいって、高熱があったら、やっぱり連れてくるのが正解だ。空騒ぎに終わったとしても判断はまちがっていない。結果オーライでいいだろう。しかしどうもこの子のことになると、あんたはそそっかしくなる」

なずなの頬が、友栄さんの胸で、瞬時、赤く染まる。あっと思う間もなく例の爆裂音がした。私が動くより先に、すごい振動、と笑いながら友栄さんはもうなずなの半身を持ちあげるように寝かせておむつを取りはじめていた。ジンゴロ先生は出てきたものを検分し、おなかを押さえて再度の診察をする。食べて、出して、よろしい。便もふつうだ、と彼は言う。ほう、となずなが声をあげる。あーと声をのばす。恥じ入りたい気分だったが、この子が元気ならばもうなにを言われても構わないと思っていた。

「今日はうちの奴もいるから、お茶でも飲んで行きなさい。工事の音がうるさいがね、少し落ち着いてから帰るといい」

お稽古ごとでずっと飛び回っていた千紗子さんは、このところ軽い不整脈が出て、やや改心しかけているのだという。どうりでこのあいだも電話に出てくれたりしたわけだ。佐野家の居間に通されるのは、考えてみればはじめてだったが、ゆったりした革のソファーに身を沈めると、そのまま寝入ってしまいそうだった。私の目から見ても、そこそこの贅沢品といえるのはこのソファーだけで、あとはむしろ質素な調度ばかりである。カップボードにもテレビにも白いレースが掛かっているのは、千紗子さんの趣味なのだろう。折りたたみのマットとシーツを手早く敷いた簡易ベッドになずなは寝かされた。

おむつを替えてもらったあと、すぐに眠ってしまったのだ。

「さっきは電話がなかなか通じなくて、どうしようかと思いました」

「だいぶ鳴らしたかね」ジンゴロ先生が言う。

「はい」やはり、まだいつもの口調には戻れない。

じつは、隣家が古い納屋を壊してプレハブの小屋を組むことになり、その日、その時間に取り壊し工事が行われていたのである。事前の挨拶はあったものの、小屋をひとつ壊すくらいで電話の呼び出し音がかき消されるほどの騒音に見舞われるなんて、一家の誰も想像していなかった。診療時間を避けてほしいと申し入れたところ、それは業者に掛け合ってくれたらしい。隣家は真ん中が女の子の三人兄妹弟《きょうだい》で、一番上の子がこの春、高校にあがった。プレハブは、彼の部屋になる。みな赤子の頃からジンゴロ先生の世話になっているので親戚みたいなものだったが、あっというまに成長して、長男がいまや一般的な小児科の受診年齢を超えてしまったことに、ジンゴロ先生も多少感じるところがあったようだ。

「隣の親父さんも、あんたみたいに、ほんのちょっとしたことで夜中にあの子らを連れてきてたもんだ」

そうだったわねえ、と顔を出した千紗子さんも懐かしそうにその言葉に和した。

「それで、緑茶か紅茶、どちらがよろしいですか」

私は緑茶をと応えた。こういう場面ではやっぱりお茶かと思ったからなのだが、じゃあこういう場面とはなにかと問われたら、精神的にいくらか不安定な状態で、しかも周りに人がいるような状況というほかはなかった。これまで立ち会ってきた冠婚葬祭の、あのときこのときを思い出したりしたのだろうか。知人を病室に見舞ったとき付き添いのご母堂がなにも言わずに淹れてくれたお茶。町内会の集まりで畳敷きの部屋に車座になったときご近所のおばさんたちが出してくれたお茶。商社勤めの頃、出入りの業者との打ち合わせで必ず飲んだ紙コップのお茶。学習塾時代、入試の結果待ちをしていた教員室で何杯口にしたかわからないお茶。大勢の前で飲むお茶は、どうしてこうもいたたまれない記憶と結びついているのだろう。

ところが、千紗子さんのあとを追って台所に入った友栄さんが私のために運んできてくれたのは、珈琲ときんつばだった。佐野夫妻にはもちろんお茶である。

「ごめんなさい。わたしが飲みたかったから、勝手に変更しました」と友栄さんが言う。

「菱山さんも、珈琲のほうがいいでしょ？　きんつばはいただきものですけど」

「ありがたいです」と私は素直に喜んだ。選択肢に珈琲があれば、それを希望したはずだったからだ。甘いものについては、拒む理由がない。

「珈琲が飲みたければ、そうおっしゃってくださればよかったのに」と千紗子さんは不満げである。しかしその声は細いけれど艶があって、水飴《みずあめ》のように伸びた。

「でもね、それと珈琲はあわないと思いますよ」

「菱山さんは大丈夫です」友栄さんがきっぱりと言った。「前科がありますから」

るまいし」
「前例ってことかね」ジンゴロ先生が大きく伸びをしながら口を挟む。「犯罪者じゃあ
「和菓子と珈琲なんて、わたくしに言わせれば犯罪も同然です」

お茶を飲むときの千紗子さんの背筋は、なかなか美しい。茶を習ったり生け花をやったり、舞踊もできる人だからあたりまえかもしれないけれど、姿勢だけ見ていたらその場にいる面々の誰よりも若々しく見える。もちろん、なずなを除いて。ジンゴロ先生は大きな音をたててお茶を啜り、ふだんはなにものにも動じないふうなのに、肝心なときに騒ぎ立てるという意味でなら前科ありといってもまちがいじゃないな、とこちらに目を向ける。私は素直に、申し訳ありません、と頭を下げた。そして、きんつばと珈琲は最高の組み合わせのひとつだと思いながら、言葉に出すのは控えた。

ジンゴロ先生はきんつば論議に加わらず、なずなの親たちのその後についてたずねた。彦端の父親に話した内容を報告すると、千紗子さんがすぐに、でも、弟さんのとこ、行ってあげなくていいの？　と反応する。彼女のお茶の先生の息子が大学生のとき、スキーでやはり大腿骨を骨折して、それはそれは大変だったという。大学の冬期集中講義で遊びながら体育の単位が取れると聞いて、未経験者の身でありながら参加したのはよかったのだが、ちょっと上達したのに気をよくして出て行った課外の時間帯に、滑降してきた一般客と衝突した。ゲレンデに出てぶつかるまで、わずか三十秒。スキー場まではどんなに急いでも車で六、七時間の距離があり、絶対安静で身動きのとれない息子の世

話をしようにも通いでは無理だった。しかたなく入院先の近くでホテルを借り、父、母、姉と、宇宙ステーションさながら入れ替わり立ち替わり滞在して、みな心身ともに疲れ切ってしまったそうだ。大学の二年だったというから、二十歳前後、ひとりで三ヶ月も頑張るのは精神的にもきつい。なずなではないけれど、動けないのだから下《しも》の世話もある。最初は恥ずかしくて泣きたくなったそうだ。

「それは、向こうの看護師さんがやってくれますから。事故のショックやら痛みやらで、はじめは恥ずかしいなんて気持ちすら出てこなかったみたいですが」

「その子を連れていくのは無理だとしても、身内の顔を見るだけで心の安まり方がちがいますからね。息子さんと同部屋に、やっぱり事故で複雑骨折した人が入院してたそうなんですけど、誰も見舞いに来なくて、それで治りがよくなかったんですって。何ヶ月もベッドに寝てなきゃならないような怪我ではなかったはずなのに、お師匠さんの息子さんのほうが早くに治ったたって」

「あんまり脅かさないで」友栄さんがきんつばを口に運びながら言った。「そんなことはもうわかってるの。どうやりくりしてもお見舞いに行けないから、菱山さんはここにいるわけ」

「この子の母親が回復して退院できれば、光は見えてくると思うんですが」

どこが悪いと明示できないのが厄介だな、とジンゴロ先生も同情してくれた。

「入院先はどこだったかな」

「静山大の附属病院です」

「ちょっと遠いな」

「ドイツまで行くことを考えればなんてことはないでしょうが、ここからだと、丸一日はつぶれますからね。悪いものをもらうんじゃないかって心配するより先に、赤ん坊連れての道中が大変です。そう気楽には……」

「我慢するしかないだろう、いまは。母親が退院できても、すぐには楽にならんかもしれんが」

　なずなはよく眠っていた。広い部屋の、ベビーベッドやベビーカーよりも大きなマットに寝かされているせいか、なんだか小さくなったようにも見えるのだが、実際はその逆である。このところ顔立ちもしっかりしてきたし、手足のつくりも以前と明らかにちがってきていた。連れてくるのに汗が噴き出したのは、私が慌てていたというだけではなくて、彼女が確実に重くなっていたからでもある。ミルクを飲んだ直後は、そのぶんだけ体重が増す。お得意の爆裂排泄のあとは、出したぶんだけ減る。ダイエットだのなんだのといった言葉が虚《むな》しく響くほどの、あまりにわかりやすい変化だ。食べて出しての差し引き分がじつに効率よく成長にまわされていく。そして、どこで眠っていても、彼女は空間を自分中心に変容させる。なずなだけではなく、赤ん坊にはそういう力が備わっているのかもしれない。とすれば、この世界には、赤ん坊の数だけ中心があるということになる。

友栄さんが珈琲のお代わりをすすめてくれた。いただきますと言うと、彼女はまた台所に立った。

「社主はあいかわらずかね」ジンゴロ先生が話題を変えた。

「あいかわらずです。理解はあるんですよ、ああ見えて」

「ああ見えてな」

「梅沢さんのこと？」千紗子さんがすうっと会話に入ってくる。「そういえば、もうずっとお会いしてないわ。お元気？」

「このところ電話ばかりで顔は見てないんですが、元気だと思います」

友栄さんの結婚式で挨拶をさせられたという梅さんの言葉が頭をよぎる。それ以来会っていないのだろうか。梅さんから千紗子さんの話は聞いたことがない。なずなの託児所の件で、ジンゴロ先生が気を利かせて梅さんに連絡してくれたことは知らされているのだが、会って話したわけではないようだった。

「近いうちに、社に顔を出すつもりです。移動もじき楽になるはずなんですよ。車の手配をしまして」

「伊都川タクシーか。あそこは柄の悪い奴ばかりだぞ」とジンゴロ先生は笑った。「社長は、むかし、さんざん悪さしてたんで有名だからな。まあ、友だちだがね。梅沢どころの騒ぎじゃない。それこそ前科者だ。高校時代に無免許で盗難車を乗り回してたような男が、どうやったらタクシー会社を運営できるのか、理解に苦しむね」

「いや、タクシーじゃないんです」最初のひとことですぐ訂正を入れるべきだった。なんとも間の抜けた受け答えになる。「このあいだ、ショッピングモールまで友栄さんに付きあってもらったときは、チャイルドシートのことがあってしかたなくタクシーを呼んだんですが、じつは車を買い替えるんです」

「そうなんですか？」戻って来るなり私の言葉を捉えて友栄さんが声をあげた。「あの古いのはどうなさるの？　面白い車だったのに」

「車に面白いもなにもないでしょ？」

千紗子さんの言葉は、いつもどこかずれている。話が横滑りしていくようだ。

「この辺じゃ見かけない、めずらしい車ってこと。渋滞の日に道路を一日中眺めていたって、走っていないような車」

「外車かなにかなの？」千紗子さんがにこやかに問いかける。

「日本車です。もう三十年くらい前のポンコツですよ」

「それじゃあ下取りどころか、こちらから金を出して引き取ってもらうようなことにならんかね」とジンゴロ先生が言った。

「それは、覚悟のうえです」

その点についてはもう三本樫の中古車販売店からも念押しがあったし、もともと買った時点で将来の下取り価格など考えもしていなかった。チャイルドシートを取り付けるために車を替えるという成り行きそのものが想定されていなかったのである。中古車店の店主には、子どものためにとお願いしただけで、複雑な事情についてはひとことも話していない。車種の絞り込みは任せると太っ腹なことを言いはしたものの、内心、できればワゴン車は避けたいと思っていた。トランクも広くてあれこれ積めるし、彦端の親や同僚を乗せるにも便利ではあるだろうけれど、チャイルドシートといっしょになずなを明世さんと亮二に無事返した、そのあとのことを考えると、大きすぎる気もする。だから、乗り心地のいいセダンも選択肢に入れてあった。好きな型が入荷するまで待つ余裕はない。ともかく、車がやってくれば、なずなとふたりで籠もりきりにならなくてもいいのだから、私の手から離れるまでのあいだだけでも機動力がほしい。そういうことだった。


午後の診療まで少し横になる、と言ってジンゴロ先生は場を外した。友栄さんがなずなのところに行ってしゃがみ込み、髪を撫でるようにしてそっと額に手を当てる。てのひらと甲とを交互に。うん、やっぱり熱はないみたい、とこちらに顔を向けた。

「菱山さんのおっちょこちょいが証明されたってことですね」

「それはさっき認めました。お恥ずかしいことです」

「拗《す》ねることはないわよね」と千紗子さんがまた艶やかな声で合いの手を入れる。「誰にでも失敗はあるのよ。子育てはみんなゼロからはじめるんだから。どんなに知識があっても実地にやってみなきゃわからないことの筆頭が、子育て。自分が親になって、はじめて親の苦労がわかるんです」

親ではないことを前提に話してきたつもりだったのだが、千紗子さんの言葉はまた微妙な方向にずれていく。ジンゴロ先生を助けて子どもたちと接し、娘をひとり育ててきたというのに、この人にはどこかちょっと浮世離れした感じがある。しかし、親とはいったいなんなのか、とあらためて思った。いまのなずなにとって父親と言えるのは、どんなに情けなくても本来は伯父さんであるこの私であり、祖父母と言えば彦端の親たちではなく、むしろ佐野家のふたりだ。もし許されればの話だが、母親役は友栄さんに振り当ててもいい。《美津保》のママも、黄倉さんもいる。なずなの周辺にいる人たちが即席の家族になって、本来あるべき家族の代役を果たしていた。それも、ひどく自然なかたちで。要するに、基本は「近くにいる」ということではないか。遠く離れていても、心と心がつながっていさえすればよいという人もいる。遠距離恋愛、単身赴任、別居婚。伊都川のような規模でも、そんなふうにくくられる形式で一定の時間を過ごさざるをえない人々がいて、なにがあっても切れない絆《きずな》が周囲の心を動かすという事例も少なくないだろう。外側から見やすいのは、そんなふうに頑張っている家族のほうだ。しかし、父親の単身赴任を機に一家の気持ちがばらばらになって、結局うまくいかなくなるような例も私はいくつか見てきた。

いつも近くにいて顔を見るだけで感じられることが、離れているとできない。電気信号ではなく、空気の振動で伝わる生の声や気配だけで、支えられることもあるのだ。じつのところ、なずなに熱がないとわかってからのこの居間での会話は、しばらく味わったことのない括弧付きの「家庭」なるものを私に思い出させた。佐野家の三人は、本物の家族である。しかし残りの大小ふたりは彼らの親族でもなんでもないし、親と子でもない。それなのに、いっしょにいて言葉を交わしているあいだ、なんの違和感もなかった。なずなは、その雰囲気を感じ取ったのだろうか。感じ取ったからこそ安堵して、寝てしまったのだろうか。なにしろ、この私が安心して眠りそうになっているくらいなのだから。

「どうも、ご迷惑をおかけしました、そろそろお暇《いとま》を」

時計を見て立ちあがり、なずなのほうに行こうとしたら、脇からまたあの声で千紗子さんが、気持ちよさそうに寝てるじゃないの、そのままにしてあげなさいよ、と言う。「あなたもお疲れでしょ。目の隈もひどいけど、顔色もかなり悪いもの。いったんおうちに戻ってお休みになったら?」

「菱山さん、こないだとおなじでいいでしょ?」と友栄さんが賛同した。「目を覚ましたときの様子を見て、もう一回熱を計ってからお返しします」

それじゃあまりにも、と断ろうとしたのだが、身体が反応しきれなかった。寝不足でふらふらしているというより、あまりといえばあまりな失態で力が抜けてしまったらしい。横になって、ベビーカーで迎えに来たほうが安全かもしれないと思い直した。ほんとうに、いいんでしょうか、と答えはわかっているのに確かめて、顔立ちのそっくりなふたりの女性が同時に頷くのを見ながら私はまたふらふらとババ道を戻り、さっきは気づかなかった黄倉さんに挨拶して手短かに事情を話した。お出かけになるところは見ませんでしたよ、ちょうどゴミ置き場の掃除をしてたときだったのかなと黄倉さんは不思議がって、赤ん坊は難しいね、喋ってくれないから、しかし、菱山さんも、じっとしてるようでしてられない人だ、と苦笑いした。

横になる前にメールをチェックすると、手の空いたときに電話をくれという梅さんからのメッセージが入っていた。話をしたら眠れなくなるかもしれない。しかし、さっきジンゴロ先生の前で褒めたばかりの上司なのだ。しかたがない。言われたとおりにすると、おう、と梅さんは声を出し、樋口が聞いてきたんだが、と雑談ぬきですぐに話しはじめた。佐竹さんの場合は、見た、樋口君の場合は、聞いてきた、となるのが日報的な言い回しである。

「ショッピングモールに、単独じゃなくて、フロアのいくつかの店舗と共同広告を出してくれてるスポーツ用品店があるだろう」

「スポーツ用品店？」

「そこの店長が話してたそうだ、例の三本樫の保養所にかかわることをな」

保養所にスポーツ。なずなの騒ぎで、いや、私の空騒ぎで、すっかり忘れていた。

「ゲートボール、でしょう」

「……どうしてわかった？」

昼間、《美津保》のママから聞いた話を、適度に要約して梅さんに報告した。

「なるほど。しかし絵画教室の筋っていうのがわからんな。おばさまたちも旦那から耳に入れたんだろうが、いずれにせよ、安岡老が一枚嚙んでれば、総体としての腹黒さは緩和されるよ。あの人にそれほど政治的な野心はない」

「ゲートボール大会のことは、梅さん、詳しいんですよね」

「立ちあげの頃から見てきてるからな。競技そのものはよく知らんが、安岡御大《おんたい》のことはまあ、だいたいわかる。じつは、佐竹の情報では、あそこが市の買いあげになる可能性はないらしい。売りに出されるのはまちがいないんだが、買い手がどうやら決まっているようで、そこにあの人が関係してる。モールのスポーツ用品店は県レベルの大会を牛耳っている大手の支店だから、ある段階までの情報はそれとなく漏れてくるんだ。その筋の知り合いをつついてみたら、次の《議会だより》にも出る話だと認めたよ。俺がへんに勘ぐって騒いでたようなもんだな」

「つまり?」

「近々また、常設に近いゲートボール場ができるというので、用具納入の入札が告示された。形のうえではな」

「それが保養所の庭にできる」

「ということは、例の風力発電の使い道も変わってくるわけだ。たとえ道路敷設が主眼だとしても」

「まだそこに引っかかってるんですか」

「おまえはどうだ」

「わかりませんよ」と私は正直に言った。「ただ、四太のおばさんの情報とすりあわせても、つじつまは合いますよね。あそこの風で蓄えた電気をナイターの照明なんかに使うのなら文句は出ないでしょう。新町のゲートボール場では、納涼の催しを重ねてきましたから。あれを移せばいい」

「それでだ、赤ん坊といっしょに、ちょっと散歩に出るわけにはいかんかね？　校正をやってコラムを書くだけではさみしいだろう。安岡老の碁会所は杵元町だ、おまえのところからも近い。すぐに、というわけじゃない。常連の爺さんたちと、なにがしか言葉でも交わして、数枚の読みものを書いてくれるとありがたいんだが」

「三本樫の話をそこに合わせろってことですか？」

「それとはまあ、べつに考えろ。囲碁は囲碁でいい。そういう話題がちょっと少ないんでな。嫌なら樋口に頼む」

「どうしてです？」

「囲碁が趣味らしいんだ」

彼は鵜戸さんより若いアルバイトの学生なのだが、妙に老けた顔つきをして物腰もやわらかだ。とても二十歳そこそこの若者には見えない。最初は梅さんといっしょに地元の企業や商店をまわって広告取りの勉強をしていただけだったのだが、ショッピングモールに入っている、これまでなんの脈もなかったチェーン店とも涼しい顔で話をつけてくるので、梅さんはその才腕を頼りにしはじめていた。白ヘルをかぶり、リアに黒い金属ケースを取り付けたバイクで律儀に走り回っているせいか、ときどき信用金庫の営業とまちがえられる。

「だったら、樋口君に頼んだほうがいいと思いますけどね。雰囲気があるし、観戦するだけでも勉強になるでしょう」

「本格的な記事はまだ書かせたことがない」

「それはまあそうですが」

「いま、伊都川市内の碁会所といえば、杵元町のものだけだろう。ゲートボールじゃないが、年寄りばかり集まってるのか、若い奴もいるのか、そういう観点でもいい」

「若い奴もいるのかって、じゃあ、樋口君はどこで囲碁をやってるんですか？」

「大学のサークルだよ。それからパソコンでもやるんだそうだ」

「ああ……」

近場での取材というのは、こちらを思いやっているのかそうでないのか、微妙なところかもしれない。電話を切ると、急に疲れが噴き出してきた。なずなはまだ眠っているだろうか。目を覚まして親代わりの伯父さんを恋しがるなんてことがあるだろうか。あってほしい、と思う。ひとつ深々と息を吸って、起き抜けにあわてないよう散歩セット一式をベビーカーに載せ、食卓に積んである本のなかから、忘れないうちに『おっとあぶない』と『けんこうだいいち』を抜いてリュックに入れた。私は結局、まぬけ列伝に早とちりの項目を加えたことになるのだろう。午後の診療がはじまる三十分前に目覚ましをセットしてベッドに潜り込むと、あっというまに意識が遠のいていった。

一〇

右上に、穴があいていた。水平バーと垂直バーの交点を頂点とする大きな三角形。高さ二メートル、幅三メートルの長方形の一角が、さあどうぞといわんばかりに待ち構えている。前方に向かって飛んでいるから、射止めるべきものはもう目と鼻の先にあった。しっかりと右手に収まったボールを、私は冷静に、かつ渾身《こんしん》の力を込めてその穴に打ち込んだ。指先に重みを残したまま放たれたボールは完璧な軌道を描き、しかし、あと数十センチで枠のなかに達するというところでいきなり下から槍《やり》のように突きあげられたキーパーの足の先に当たって弾き飛ばされた。そこで目が覚めた。枕もとで携帯電話が鳴っていた。

「菱山さん?」

「……はい」

「わたしです。友栄です」

外は真っ暗になっていた。応じる前に待ち受け画面下の表示を確かめると、午後の診療などとうに終わっている時間だった。大騒ぎしたあとは寝坊かと、頭のなかがまた白くなる。セットしたはずの目覚まし時計は、向こうのほうに飛んでいた。アラームは解除されていなくて、裏蓋が外れ電池が抜け落ちている。腕を振りあげた記憶はもちろんなかったが、現状を見るかぎり自分でやったとしか考えられない。ボールのつもりで投げたのは、この目覚まし時計だったのだろうか？　電話を持つ手がしびれているのは、しかしその試合のせいではなくて、身体の下に手を入れてしまっていたからだ。心底疲れているとき、よくこうした変な体勢で私は眠る。

「寝てました？」

「……すみません」

「寝てらしたのなら、よかった」と友栄さんは笑った。「そのために帰ってもらったんですから」

「一時間くらいのつもりだったんですが……」

「診療時間中は母が見ててくれましたから、わたしはなにもしてませんけど、なずなちゃん、問題なしでした。さっきまた、こちらで用意したミルクを飲んでくれましたし、おむつも替えましたよ、そのすぐあとに」

最後の言葉に、軽い笑いが混じった。あの子はまた、食べて出してを豪快にやってのけたらしい。

「これから迎えに行きます」

「お願いしますね。夕食は、お寿司でいいですか？」

「はあ?」

「父が食べたいって言うので、菱山さんのぶんもお寿司を頼んでおきました。おなか空いてなかったら、持って帰ってください」

ジンゴロ先生は、なにかを食べたいなんて、自分からはあまり言わない。《美津保》で飲んでいるあいだは、ほとんど食べものを口にしないのだ。そんなわけで、私への心遣いなのだろうと察して、ご迷惑でなければ、とふたたび佐野家の好意に甘えることにした。

午後遅くの短い仮眠はあっても、夜の七時過ぎまでまとめて眠ったのはひさしぶりのことだ。これだけで全身に澱《よど》んだ鈍い重みがずいぶん取れる。それにしても、私は毎日なにをしているのか? 寝て、起きて、なずなと話して、散歩して、《美津保》のママと話をして、ジンゴロ先生のところに行って、また部屋に戻る。遠出もせず、これほど狭い行動半径のなかでさらに狭いエリアを選び、閉じこもったまま時を過ごしているだけなのか? そんなふうに考えると、さすがに負の面しか見えてこない。

みんなに迷惑をかけ、世話をしてもらっているのは、なずなではなくて私のほうらしいと、最近、認めざるをえなくなってきた。一方で、こうした引きこもりの期間を経なければ理解できないことがらが、世の中には山のようにあるのだとも気づかされたのだが、むろん引きこもって得たものは、ふたたび外に出て行かなければ、あるいは外からやってきたものと対比しなければ役には立たない。しかし、役に立つかもしれない情報を、網を張りつつ「足で稼いで」いたこのあいだまでより、むしろいまのほうが、私自身の生物学的な現在とうまく調和しているように思われた。

夢は、実際に体験したことだった。大学二年の、春の出来事。その試合を境に、私にもう出番は回ってこなかった。嫌な予感はあったのだ。初の公式戦で、後半の途中、左四十五度に入ってから数分間、右四十五度を定位置にしていた左利きの先輩と、私はどうしても呼吸を合わせられずにいた。パスのタイミングを逃し、相手にはステップを完全に読まれてシュートコースを消され、ただむやみに動き回っているだけの感覚しかなかった。負の展望を抱えてのプレーは精彩を欠く。それでも、初出場の緊張で身体が動かなかった、という言い訳は許されるだろうと思っていた。

印象をよくするための最後のチャンスは、練習でずっと組んできた同期の友人が入って来たときに訪れた。右利きであるにもかかわらず、彼は右四十五度から絶妙のタイミングで多彩なシュートを放ち、それればかりか、まるでバレーボールのセッターのように、無器用な私が打つにはそこしかないという一点に滞空するやわらかいパスを、ノールックで出してくれる。彼が中央寄りにステップを刻んでディフェンスをかいくぐろうとした瞬間、私はもう動きだしていた。放ってくれるならここだというポイントめがけて、ゴールラインの外からキーパーにぶつかっていく勢いで宙に舞うと、相方はシュート体勢のまま右腕を後ろに回し、手の甲を見せたままこちらにふわりとバックパスを出した。私が摑んだのは、そのボールだった。

彼の動きは、ある意味で型どおりのものだったが、キーパーはみごとに釣られて、右側、つまり私たちから見て左側に低く重心を移し、手足を伸ばした。襲ってくるはずのボールがべつの人間の手に渡ったのを見てキーパーはバランスを崩し、後方にひっくり返って尻餅をついていたはずである。練習でならば、当然キーパーの動きを追いながらシュートコースを詰める。しかし、私には、敵の守護神が床にほとんど尻をつきそうになった瞬間から先の動きが見えていなかった。下部リーグとはいえ、チームが優勝争いに踏みとどまるには、どうしても落とせない大切な試合である。そして、その年のうちにレギュラーになりたければ、なんとしても決めておかなければならないポイントでもあった。

愕然《がくぜん》としつつ、私は自身の非力と敵の能力の高さを素直に認めた。先のような状況であるにもかかわらず、是が非でも決めてやるという気持ちが弱かったかもしれない。試合直後はたしかに動揺していた。それでも、ボールが突然外に弾き出されるまでの経過をスローモーションのように分析してみると、記憶に刻まれているひとつひとつの画像に、むしろ励まされているような気がしてきたのである。不思議な心の動きだった。もう二十年以上前の、わずか数秒に満たない一場に、苦悩と歓喜がともども詰まっている。あのときシュート体勢からやわらかいパスを送ってくれた相棒は、大学卒業後、就職して競技を続ける予定だったのだが、内定をもらったあと、割りのいい夜の運送のアルバイトをしている最中に、事故で亡くなった。手首でもてのひらでもなく、手の甲の使い方がこれ以上ないほど巧みなプレーヤーだった。一連の流れに乗ってやってきた見えない力が、彼の場合は利き腕の手の甲に集まる。神経が指先ではなく、外側にあってボールとは無関係な甲に集中し、表情が豊かになる。極端な言い方をすると、シュートを打つかパスを出すかは、その甲の表情でわかった。

試合には、勝ち負けが、白黒つけざるをえないレベルがある。同時に、そこに拘泥してはならないレベルもある。どんな競技にも、それはある。ひとりの選手が味方に対して、いつ、どのように、どんな目的でパスを出したか。そのパスをいかに受け取って得点に結びつけたか。ずっとつながってきたボールが相手キーパーに阻まれた場合でも、そこにはひとつのコミュニケーションが生じるのだ。コースを読まれているのを承知であえてシュートを打ち、キーパーに弾かれたとしても、そこには障害なしに決めたときよりもはっきりした交感がある。キーパーの裏をかいたり、体勢を崩させておいて手足の届かないところへシュートを打ち込むのは、だから対話の拒否にもなりうる、と私は考えていた。攻撃は、止められなければ真の攻撃にならない。ならば、自分は止められるような攻めをしているだろうか。そんな自問を忘れかけた頃に、きまってこの夢を見る。ただしここ二、三年はご無沙汰していた。

ぼんやりしたまま、ミネラルウォーターをコップに一杯飲み、それからビタミンの錠剤をもう一杯の水で飲んで、寝入る前に用意しておいたリュックを背負い、ベビーカーを押して佐野医院に急いだ。千紗子さんが出てきて、すぐ居間に通してくれた。

「赤ん坊を放っておくわけにもいかんから、ここで食べよう」ジンゴロ先生は、私もいっしょに食べていくのが当然という言い方をした。「寿司なら、ソファーでも食べられるだろう」

「すみません、いろいろ気を遣っていただいて」

「どうも昼から口調が丁寧にすぎるな。不自然だ」

「い、いつも丁寧に話しているつもりですが」苦笑しながら、私は言った。

なずなが寝かされている即席ベッドにちらちら視線を投げて、この部屋における彼女の量感をあらためて確認した。数時間で大きくなっているわけはない。それでも、なんとなく成長したような気がする。そう考えることにする。しないと、なんだか気持ちが収まらない。なずなは目を覚ましていて、両腕をかくかく動かしていた。ある形からべつの形までの移行にまだ滑らかさがなく、途中でいったん止まって、からくり人形のようにまた動き出す。首がすわったと言い切れるところまでは来ていないのだが、抱いたとき身体がくたんとする恐怖感からはほぼ解放されていた。

ローテーブルには、宴会でおなじみの、大きな円形の容器と白い取り皿が並んでいた。

「ショッピングモールの、回転寿司屋のものじゃないぞ。ま、持ち帰りがあったら、買ってきたかもしれんが、これはひいきにしてる寿司屋に頼んだ。市役所の前の通りの、呉服屋の隣」

「その店なら、同僚と行ったことがあります。寿司も上等だけど、だし巻きが有名で……」

見れば、そのだし巻きもあった。千紗子さんの好物なのだそうだ。

「こいつはむかしから、いい寿司屋に連れていっても卵ばかりでね」

「ちゃんとしたお寿司屋さんなら、卵の産地や鮮度にまで気を配るはずです」

千紗子さんは目の前のだし巻きが合格であり、したがってそれを焼いた寿司屋の職人もよいと認めているわけだったが、聞きようによってはジンゴロ先生の見方が浅いとたしなめているふうでもある。菱山さんも食べますよねと私に確認してから、彼女はひときれ厚く切って皿に移してくれた。

「友栄はいらないのよね」

「遠慮しておきます」

いつもと変わらない声量で、しかしきっぱりとした口調だった。

「むかしは大好きだったんですよ」

千紗子さんが私に向かって言う。

「戻ってきてから、食べなくなったな」

ジンゴロ先生がウニを口に入れたまま言葉を継いだ。友栄さんはそれには答えず、アレルギーみたいなものです、後天的な、と複雑な言い方をしたのだが、私が愚直に卵アレルギーですかと返したものだからジンゴロ先生はくくくと笑って、《美津保》のママの指摘どおり、あんたはやっぱり、どこか鈍いところがある、とビールをあおった。

自宅で深酒をしないという原則をやぶって、ジンゴロ先生はビールを気持ちよく空けた。酒だけ飲むのは禁止だ、食べたらひと口、また食べたらひと口、お茶の代わりにする、と頼んでもいない説明を加えて。千紗子さんが作ったお吸いものも添えられていたのだが、ジンゴロ先生は、寿司、ビール、寿司、お吸いもの、寿司、ビールと順序よく口に運んだ。

「お寿司とカニのときは、うちは静かになるんですよ。食べるのに夢中で、言葉がなくなる」と友栄さんが言う。「がつがつした感じで、恥ずかしいんですけど」

「そんなことはないでしょう」千紗子さんが独特の抑揚をつけて反論する。「話をするべきときとそうでないときの、メリハリがあるだけです」

「箸を休めてるあいだは、口が動いてるわけだな」

ジンゴロ先生の酒の飲み方が《美津保》のカウンターにいるときとあまりにちがうので、正直とまどった。要は千紗子さんの目を気にしているのだ。子どもが母親の顔色をうかがっているようなものである。父親がむかし、こんな顔でかしこまって酒を飲んでいたのを覚えている。

好きなものを好きなだけ、早い者勝ち。そういうルールで、私たちは思い思いに寿司をつまみ、友栄さんの言葉を裏切るようによく話をした。ジンゴロ先生の機嫌はだんだんよくなって、ビールがいつのまにか日本酒になっている。千紗子さんはぶつぶつ言いながらも居間と台所を往復し、日本舞踊のような歩き方でお銚子《ちょうし》を運んでくるのだ。顔立ちはそっくりなのに、挙措は友栄さんと正反対である。

　隣家の取り壊し工事は無事に終わり、六畳ほどのプレハブ小屋が建てられて、その主となる高校生が挨拶に来たと千紗子さんが教えてくれる。工事前に親が来ていることは彼も知っていたのだが、「自分の部屋」のためにご迷惑をおかけしたので、そのお詫びにと言ったそうだ。

「どぶん川事件の子が、もう高校生だ」

「ほんとに」と千紗子さんが応じた。

　なずなをはじめて外に連れ出した日から散歩コースになっている、あの大通りのコンビニの横を裏通りに入ってバーバー・マルヤに出てくるまでの、ゆるいS字の坂の、下から見て左側の路肩には、十数年前まで幅一・五メートルほどの川があって、佐野医院の前にもそれは通っていた。以前はなかなかきれいな小川で、さすがに蛍はいなかったけれどメダカがいたし、わき水が合流するあたりには、蛙が卵を産んだ。それが次第に濁り、異臭を発するどぶ川に変貌していった。

　かつての清流のことは、杵元小学校の創立何十周年だったかの折、ずっとこのあたりに住んでいる卒業生から聞いた覚えがある。どぶ川と化したあとは、大雨のたびにカーブになっている土手から氾濫するようになり、有志が署名を集めて何年も市に掛け合い、分流を設けて川の流れをいったん変えたうえでU字溝を埋める、大がかりな工事をさせることに成功した。ところが、足場のつもりなのか、強度を高めるためなのか、コンクリートの梁《はり》が間遠にあるだけで蓋もなく、川に沿ってフェンスもなかったので、よく人が落ちた。散歩途中のお年寄りがよろけて落ちる。学校帰りにそのコンクリートの上を渡って遊んでいるうち、小学生たちが落ちる。車が車輪を踏み外す。自転車に乗った人が、上から来ても下から来てもS字のまがりでふらついたり吸い寄せられたりして、なぜか溝に落ちる。おっとあぶないどころか、明らかな危険箇所ができてしまったのだ。いまはもう使われなくなったが、あまり頻繁に事故が起きるので、当時は「どぶ川」の代わりに「どぶん川」と呼ばれていたという。深さはあまりないものの、角や底面で頭を打つと致命傷になりかねない。住民たちのさらなる要望が通って、コンクリートの蓋が取り付けられ、一部がグレーチングで処理されたのは、ようやく十年ほど前のことだった。

「安全のためにといえば、たしかにそのとおりだ。子どもを診てる者としては、怪我のないように、妙な菌をもらって病気になったりせんよう清潔にしてもらいたいさ。しかし、U字溝を埋めて自然の土手をつぶすと決めた時点で、判断ミスに気づくべきだったろうな」

「でも、その時分には、かなり臭ってたでしょ。家庭排水が流れ込んで、ぬるぬるした海草みたいなのが揺れてたし。わたしは、蓋をしてもらって嬉しかったけどな」と友栄さんが言う。

「お寿司をいただいてるときに、どうしてそんな話をしなきゃならないの？」

千紗子さんがきれいに整えられた眉と眉のあいだに皺を寄せる。

「もとは、お父さんとお母さんでしょ。どぶん川事件なんて持ち出したのは」

「そりゃあそうですけど。わたくしはただ懐かしく感じただけです」

「所々、ゴミが詰まってできた堰《せき》のたまりのところに、ボウフラも湧いたりしたしな。あれは、たしかによくなかった」

ジンゴロ先生が平然と話をつないだ。

「細部はともかく、要点だけ言ってくだされば……」

私はまた、余計な口出しをした。

「ほら、この男はね、人が飲んでるときでも《要点》なんて言葉を使う」ジンゴロ先生がすぐに応じた。「《要点》があったら、雑談にならんだろう」

「菱山さんは理屈っぽいのよ」と友栄さんが笑った。「そうは見えないけれど」

「見えるよ」ジンゴロ先生は言下に娘の意見を退けた。「とにかく、蓋をしたところが歩道になるっていうのもひとつの理屈だったんだが、川が川だったうちは、ひどい雨の日以外、草と水がいやでも目に入るからちゃんと意識が働いて、事故なんぞ起こらなかった。音も消えて、目の前がまっ平らになったとき、なにか歯車が狂った」

「それでね、危ないからって、ぜんぶ本格的に蓋をしたんですよ。アスファルトで均して、道路を拡《ひろ》くしたの。それはそれはきれいになって、わたくしは助かりました。病院の前にどぶ川があったら、やっぱり不衛生です」

千紗子さんは、いましがたやめてくれと言ったはずの「どぶ川」という言葉を堂々と使って会話を維持した。

「だから、かつては、そうじゃなかった、と言ってるんだ」ジンゴロ先生がむっとした声を出す。

「そのあとに臭くなったのは、ほんとうよ」

友栄さんも譲らなかった。臭いの漂ってきそうな単語を耳にしているうち生臭くなってきたひかりものを私はあわてて口に運び、我慢できずにまた言ってしまった。

「それで、結局のところ、どぶん川事件って、なんだったんですか？」

「ほらな。《要点》の次は《結局》と来る」

ジンゴロ先生は胃から軽く空気を抜きながら応じた。

「そうやって、人の言ってることをすぐまとめようとする。梅沢の悪影響が出てるよ。七草が好きに食べて寝てるところで、親がそんなふうにまとめようとしてどうする？」

「親じゃありませんけれど……」

「いまはあんたが親だろう？　記事にしたって、簡単にはまとまらんことを、もっと書きなさい」

「それじゃあ記事にならないでしょ」友栄さんが思わず笑い声をあげた。

ジンゴロ先生は語り続けた。挨拶にやってきた高校生がまだ小学校の二年生だった頃のことである。その整備された暗渠《あんきょ》の坂の、一番上にあるグレーチングを、近所のガキどもをまとめていた五年生の男の子が友だちを連れてきて持ちあげてみたところ、あっけなく外れた。固定されていたのではなく、ただ枠に収められていただけだったのだ。深さは、幅とおなじく一メートル五十センチあるかないかで、グレーチングは動かせるし、中にも潜れると知った子どもたちは、家に戻ってこっそり懐中電灯を持ち出してきた。仏壇からマッチと蠟燭《ろうそく》をくすねてきた子もいたという。総勢五人。そのなかの最年少が、裏の高校生だった。少年が五人顔を合わせれば、冒険がはじまる。映画なんて観ていなくても、かつての田舎の子どもたちはみんなそうだった。

「川にはもう落ちる心配がない。賢明にも、連中は夏場、雨の降らない時期にそれをやった。トンネルのなかの水はほぼ干上がっていて、靴でも歩けた。しかしS字だから、グレーチングから差し込む光ははっきり見えない。懐中電灯は大正解だったわけだよ。そのまま延々と下って満足したとき、頭の上から大人の声が聞こえてきて焦った。叱られると思ったんだな。それでまた、まっくらな上りの坂道を引き返した」

なずなの手が、がさごそと動く。あー、と声がする。友栄さんがすっと立って、ジンゴロ先生にまた〝七草〟と呼ばれた子の上にしゃがみ込むと、そば殻の枕でも持ちあげるみたいに重心が摑めないやり方で抱きあげ、ソファーまで連れてきて腰を下ろした。なずなは、おおいに満足の様子である。声がより甘く、長くなる。酔いが回ったのか、ジンゴロ先生は中腰になって寿司の載ったテーブルに身を乗り出し、腕を伸ばしてなずなの手に軽く触れ、よしよし、とまるで孫を相手にしているような声で言い、手は、ちゃんと洗ってあるぞと付け加えた。

「どこまで話した？」

「坂の下から引き返すところまでです」私が補足した。

「ああ、そうだ。それで、裏の子がまだ小さいものだから、途中でばてたんだな。坂のS字で。暗がりの中でみなしばらく休んで、やっとのこと帰ってきてみると、下から戻しておいたグレーチングの上に、車のタイヤが載っていた」

「それで、出られなくなった？」

「そうだ」

「じゃあ、また下の出口まで下りたわけですか？」

「リーダー格の子どもはそうするつもりだったらしい。ところが裏の子がぐずった。それで、車が移動してくれるのを待つことになって、薄闇にまぎれてじっとしていたわけだ。大きい子がふたり、他のグレーチングを開けられないか調べに行ったんだが、どれも固くて動かなかった。子どもらでなんとかなったのは、ひとつだけだったんだよ。それでまた合流して、粘れるだけ粘ろうとした。しかし裏の子はまだ小さかった。そう我慢できない。怖くなって泣き出した。泣いてもわめいても、車は微動だにしない。ひどい話だ」

　私は黙って聞いていた。

「あの時分は、路上駐車なんてうるさく言われなかった。だから好き放題にやってたんだ。ま、駐まってたのはわたしの車だがね」

「先生の？」

「車庫に入れるのが面倒で、時々そのグレーチングのあたりに駐車してた」

「ははあ」自分でも説明できないような声が出た。

「まさか下に子どもが隠れてたなんてねえ」

千紗子さんがジンゴロ先生のほうを向いてしみじみと言う。

「夕方にやってきた患者の親が、連中の助けを求める声に気づいて、事態が発覚したんだ」

「裏の子は、どうなったんですか」

「どうもならなかったよ。熱を出したくらいだ。車をどかして、助け出したら、わんわん泣いたな。慰めても抱いてやっても、泣きやまない。全員うちで手と顔を洗わせて、ひとりずつ家に電話させたんだが、そのあいだもずっと泣いてた」

「それでね」千紗子さんがまた、あの艶のある声で割り込んだ。「目と鼻の先で子どもたちが苦しんでるのに何時間も放っておいたって、この人が悪者にされちゃったんですよ。違法駐車だとかなんとか、それまで誰も怒らなかったようなことまで持ち出されて。医者のくせに、それも小児科医のくせにって」

「親が警察を呼んだりしたんですか？」

「そこまではいかなかったわよね。わたしもよく覚えてますけど」

友栄さんがなずなから目を離さずに言う。おー、あーと、また細い声があがった。話に参加しているつもりだろうか、などと幼稚な解釈の味付けはしない。ただそういうタイミングで声が出ただけだ、と考える。

「文句を言ってくる御仁も何人かはいたな。子どもらの親じゃなく、無関係な輩《やから》がね。なにかよからぬことが起これば、すぐ誰それのせいだという展開になる。大事に至らずよかったと言えば済むことだが」

「裏の子は、それを覚えてるんですかね？」

「忘れてはおらんだろう。ちょっとした事件だったから。あんたのとこの新聞にも載ったんじゃなかったかな」

「調べてみます」

「世の中はなんでも悪と善に分けたがる」とジンゴロ先生は、自分自身を茶化すような口調で言った。「白黒半々くらいが、ちょうどいいんだ。しかしそれじゃあ誰も納得せんのだろう。納得せんから、あんたみたいに、《要点》だの《結局》だのと言う」

「そうかもしれません」

ジンゴロ先生は、たしかに、あまり白黒をつけない。梅さんと話していても感じられることだが、ふたりとも総じて寛容だ。ただし、どこかで絶対に譲れない部分を持っていて、グレーゾーンはそのうえで用意されている応接のためのごく私的な領域だという気がする。白黒を決めるときは、きちんと決める。もちろん、事は性格にもよるだろうし、重ねた年齢にも関係しているだろう。かつて付きあいのあった十四、五歳上の先輩たちにも、幅の広い考え方をする人はいたのだが、ジンゴロ先生の世代をあえて横に置いてみると、曖昧な部分に対する許容度が小さくなっているように思われる。善と悪、東と西、北と南。極端なちがいは、極端だからこそ受け入れやすい。遠ざけて無視することも簡単だ。しかし、日々のなかで最も厄介で、最も慎重にならざるをえないのは、小さな相違を抱えている者同士の言葉のやりとりだろう。戦のおおもとには、いつもそういう局所的な諍《いさか》いがある。これはただの口げんかではない。言偏《ごんべん》でできた、言葉の争いでもある。自然の小川が臭いを発するどぶ川になり、整備されたのちに暗渠となって、子どもたちの冒険を誘発した。そして、騒ぎが起きた。連鎖の果ての責任の所在がジンゴロ先生の車の違法駐車だけにあるのかといえば、それはないだろう。小学校の健康診断に協力したり、労を惜しまず往診に出ているような人でも、病気ではなく他人の言葉に傷つけられることがある。

なずなが大きくなって、学校に通うようになる頃、白と黒の混じりあいに対する余裕が、彼女の住む町にどの程度残されているだろうか。

「菱山さん、イカはどう？　召し上がらないの？」千紗子さんが余ったお寿司に私の注意を引き戻す。「干からびちゃうわよ。もう、手でつまんじゃってください」

一同を見まわす。なずなも、誰も、なにも言わないので、じゃあ、と私は遠慮なく残されたイカを麻雀《マージャン》の牌《パイ》みたいに手に取った。

「あら、左利きなんですか、菱山さん」

千紗子さんが、さも驚いたような顔をする。昼間、珈琲カップを持ったときにはなんの注意も払わなかったのに。つまむという行為には、やはり利き手が主体になると思うのがふつうの感覚かもしれない。

「右利きですよ。箸を持ったり、字を書いたり、ボールを投げたりするときは右を使いますけど、それ以外だったら、左も使います。珈琲を飲むときも」

「ご両親はどうなの？」

千紗子さんは、友栄さんより好奇心が旺盛だ。というより、好奇心を抱く前にもう質問が出てしまうようなのだ。

「ともに、右利きです」

「そう」

千紗子さんは不満げだった。

「右利きだが、右でボールを投げるとき、左じゃなくて右足で踏み切ることもできるとか、そんなことを言ってたな」

千紗子さんはますますわけがわからないといった表情で、私のほうを見た。

「ハンドボールの話です。はじめて先生にお世話になったとき、問診で訊かれました」

「バランスの、重心の問題だ。重き心。とても複雑な問題だ」

それだけ言って、ジンゴロ先生はまた酒を要求した。千紗子さんは首を振って立ちあがらない。友栄さんもなずなを抱いたまま、やはり立ちあがらなかった。ジンゴロ先生は、お銚子の首をぶら下げた手を黙って引っこめた。

　話を継ぐために、私は友栄さんの電話で起こされる前に見ていた夢の話をしてみた。千紗子さんの質問に何度かさえぎられながら、友人の手の甲の使い方の美しさと、決まったと思った瞬間断ち切られた利き腕でのシュートのことを、半ばひとり語りみたいに詳しく話した。

「点が入らなくても、そこまでが楽しければ満足だってことかね」

「そうです」

「それじゃあ、試合にならんだろう」

「試合にはなります。個人競技じゃありませんから。でも、個人としては、勝ち負けより面白いことがたくさんある。あまりにもきれいに決まったシュートって、なんというか、手応えがないものなんです。キーパーに弾かれたときのほうが、身体に残るんですよ。どうせ決まるなら、ちょっと手や足に触れてからのほうが……」

「じゃあ、勝つなら僅差で勝ったほうが、あんたは嬉しいわけだな」

「まあ、そうですね。ほかの競技については、想像するしかありませんが……」

　友栄さんがすっと立ちあがる。なずなが、また眠ってしまったようだ。即席のベッドに寝かせに行こうとするのをあわててさえぎり、そのままベビーカーに乗せて帰ります、と私は言った。そんなに急がなくても、と千紗子さんに制されたものの、なんとか押し切った。帰り際、二冊の絵本を友栄さんに渡して一冊多くなった経緯を説明しながら、そういえば、さっき携帯のほうに電話くれましたよね、と私はたずねた。

「ええ」

「番号、教えてましたか?」

「お昼にかかってきたときのうちの固定電話の着信履歴を見て、かけ直したんですけど。あ、そうか」と友栄さんは声をあげた。「なずなちゃんがいないときは、ファクス専用にする必要がないんですよね。おうちの電話でよかったんだ」

「じつは、それがもう面倒で、昼も夜も、あれはファクス専用になってるんです。だから次になにかあったら、今回とおなじほうに知らせてください」

「で?」と友栄さんが言う。

「で?」と私は訊き返した。

「菱山さんがわたしにかけるときは、どうするんですか? こちらの番号、教えてました?」

「いえ、うかがってません」

「じゃあデータ移しましょう」

「データって、なあに?」と千紗子さんがまた艶やかに言った。「内緒の情報?」

「電話番号です」と友栄さんはきりりと答えた。

11

なるほど、よく切れる。これならいつものコンビニで買ってきた六枚切りの食パンを、さらに薄くできる。完全にスライスすれば六枚が十二枚になるから、サンドイッチ用のパンをわざわざ買ってくる必要もないだろう。なにかを挟んで食べるのにちょうどいい専用のパンも置かれているはずなのだが、誰かがかならず買っていくらしくて、ほとんど見かけたことがない。ついこのあいだまでは、週末になるとよく駅前のスーパーで仕入れて、BLTサンドを作っていた。トースト用の食パンでできないわけではないし、腹を空かせているときはボリュームがあっていいのだけれど、このナイフがあればどんな厚みのパンでも労せず切れ目を入れられるわけだ。湯を沸かしているあいだにグラニュー糖をきかせたスクランブルエッグをこしらえ、ベーコンを焼き、トマトを薄く輪切りにして、パンの内側に大急ぎで練ってやわらかくしたバターを塗り、それしかなかった和辛子を塗り、具をどんどん投げ入れ、《美津保》のママにお裾分けしてもらった——友だちがベランダで栽培してるのよ、いーっぱい、と彼女は言った——パセリをちぎってそれも入れ、立ったまま、まずひとつ食べた。それから珈琲を淹れて気持ちを落ち着かせると、テーブルに一式運んで、震えながら食べた。

文章を書いているときは腹が減る。本を読んでいても腹が減る。身体を動かしているときとは別種のもっと激しい減り方で、恐ろしいのは、それに気がついた段階でもう立てなくなっていることだ。空腹感が徐々に増していくのではなく、一挙に腹ぺこの状態になる。取材で外を歩き回っていても、震えるほどの空腹を覚えることはほとんどない。まともに動けないので、手早く済ませるために、ついインスタント食品か缶詰類に頼ってしまう。ただ、年をとるにつれて、身体がどちらも無条件で受け入れなくなってきた。一時的に空腹が満たされても、胃痛が起きたり下痢をしたりする。とくになずなとの暮らしで睡眠のリズムが狂ってからは、毎回とはいわないまでも、その頻度が高くなっていた。

一度、日報で、食生活についてのアンケートを行ったことがある。もともとは地元の農協との共同企画として、奥様たちにこの地域でかろうじて特産と言える山菜を使ったアイデア料理を募集するというものだったのだが、ふだん家庭でなにをどのように食べているかとの問いに添えた、夫は料理をするか否かという設問に、九割以上の人が否と答えていた。面倒だとか、興味がないといった理由からではなく、習慣がないのである。私自身、父親が料理を作ったり手伝ったりしているところを一度も見たことがなかった。せいぜい釣ってきた川魚を洗ったり、枝付きの枝豆を料理ばさみで切るくらいで、厨房に立つどころか、お茶の一杯淹れたことがない。

これはしかし、私の家だけではなく周りもみなそうだった。家業が蕎麦屋《そばや》だった友人だけは例外で、店で出す料理は当然ながらプロである父親が作るし、賄いも担当していたらしいのだが、いわゆる家庭料理はすべて母親が作っていると聞いていた。三度の食事を用意してくれるその腕、指、舌は、一家を支える女性のものとするのが一般的だった。そこには性差をめぐる先鋭な議論の入る余地のないごく自然な役割分担があって、ふた親が揃っている場合、おいしいご飯を食べさせてくれるのは母親なのだと、子どもたちは受けとめていたと思う。常識的に言って、そのような家庭に育った少年らが父親とちがうやり方を選ぶようになるには、母親の不在か、いやも応もないひとり暮らしでも経験するしかない。

私も、東京に出て自炊をするようになる前は、作るほうにはあまり関心が持てなかったし、ひととおりの料理をこなせるようになるまでかなりの年月がかかった。だから、母親の様子がおかしくなって台所にも立てなくなってきたと聞いたときには、実家に戻ろうかと真剣に考えたものだ。いくら隠居の身で時間があるとはいえ、父親が料理をふくめた家事全般をこなせるとはとても考えられなかったからである。ところが父親は、息子の心配をよそに、淡々と、あたりまえのように母親を補佐しはじめた。現段階ではまだ母親にもできる分野があるので、そこはうまく分担しつつ、日によってはひとりで立ちまわるようになり、いまや、内面にも外面にも変化の兆しを見せている妻の代わりに、日常生活を支えることならなんでもできるほどの主夫ぶりである。

まだ見せてもらったことはないけれど、図書館で借りてきた料理本や雑誌から、これまで食べたことのある料理のレシピを、簡略な絵も添えて帳面に書き写しているらしい。ただし父親が準備する食事は基本的に和食で、パン類はほとんど食べない。珈琲も紅茶も飲まない。米食と緑茶。あとは、酒。珈琲が生活のなかに溶け込んでいないので、持ち手のあるカップというモノも存在せず、あえてその言葉を口にする場合には、つねに珈琲茶碗になった。

ところが、いまさっき使ったパンナイフは、父親が送ってくれたものなのである。いつも利用しているスーパーのクーポン券が廃止され、指定の期日までになにか商品に換えないと無効になるというので、あわてて商品カタログを取り寄せたところ、老夫婦ふたりの暮らしに役立つものなどひとつもなく、なにかをもらうとしたらこれしかなかったと言うのだ。俺は、使わんから、おまえにやる、と電話口で父親は言った。うすうす感じてはおったんだが、カードに記録されるポイントってやつとは仕組みがちがうらしいんだよ、あれだったら食料買ったとき支払いの足しにできるんだが、廃止になったのは外の業者と結託してやってるものらしい、それで、点数が足りてるのは、ピンク色の日傘か、湯呑《ゆの》み茶碗《ぢやわん》か、パン切り包丁の三つだけでなあ、湯呑みは余ってるし、お母さんはああだから日傘なんて使わんだろう、それにうちはご飯党だからパンを切る刃物なんてもらっても宝の持ち腐れになる、でも、秀一なら使うかと思って。わざわざ送ってくれなくても、いずれ孫を連れて行くから、そのときにもらっていくよと最初は断ったのだが、押し入れを整理してたらまた子どもの本が出てきたので、それといっしょに送るという。お世話になってる小児科の先生に差しあげると言っておったろう？　明日、別件の荷物を業者に取りに来てもらうことになってるから、そのついでだ、と言って聞かなかった。

　中古車販売店に頼んである車は、まだ意に適《かな》いそうな車種の入荷がないらしくて、様子見がつづいている。年式と色、車体としての安全性と、それに乗るこちらの精神の安定性。すべてを満たすものを、すぐに探し出すことはできないらしい。いずれ、という言葉がどのくらい先を意味するのかは未確定の状態だったので、いつ彦端に顔を出せるかもわからない。送りたいと言うのだから、気の済むようにさせておくのが得策だった。そもそも、私だってパンナイフを使ったことがない。パン屋で買ってくる食パンはスライスされたものだし、バゲットなどはどこにでもあるようなペティナイフで切ってきた。それが、今朝、大むかしに読んだ記憶のある黄ばんだ本といっしょに送られてきた専用のナイフを使って試しに手もとのパンを薄くしてみたところ、じつにすばらしい切れ味なのだった。

　パソコンの画面をちらちら眺めながら空腹を満たし、震える手で仕事をこなしていく。《碁会所の話、お待ちしてます。急ぎませんけれど、急いでくださると、助かることもあります》と鵜戸さんからのメールが入っている。梅さん、佐竹さん、樋口君がうどんを啜っている写真が添えられていた。佐竹さんが老眼鏡をかけたまま食べている。梅さんはいつものように、椅子の上にあぐらを組んで首を振りながら麺を啜っているようで、その証拠に、佐竹さんの顔がきりりと写っているのに、梅さんの顔はスポーツ写真さながらに流れていた。丼を押さえている左手の人差し指の先には、怪我でもしたのか、かなりの大きさの包帯が巻かれていた。樋口君はシャッターが切られるその瞬間に、丼を持ちあげておつゆを飲んでいる。撮る前に、なぜひとこと声を掛けてあげなかったのかと思いもしたけれど、顔を半分隠しているのに、ことのほか幸せそうに食べているのがわかった。

鵜戸さんのコメントには、《四太のおばさんがまたまた提供してくださった、春野菜のおうどんです。麺はスーパーの安い玉、おつゆも出来合いのもの。そして調理したのは（茹でたのは）この私です！》とあった。《もちろんこれは、次号のお料理コーナーで紹介するための、試食会を兼ねています。めったにやりませんけどね。去年、夏野菜のカレーを紹介したときにみんなで作って、菱山さんが三杯お代わりしたことが忘れられません》とあって頬が赤くなる。あれは嘘いつわりなくおいしかったのだが、野菜の提供者が四太のおばさんだったかどうかは記憶にない。

鵜戸さんによれば、添えられている野菜の目玉は彼女の名前とおなじ音の「うど」だそうで、じつはこの山うどだけは四太のおばさんの農園ではなく、鹿間町の山で採れる。特産というわけではないのだが、あのあたりの風の通る山あいで春に摘んでくるのだ。昨年の夏、鹿間町で食べたうどんに入っていた山菜は、春先に採って水煮にしたものを保存しておいたのだった。鹿間町、風力発電、うどん、谷萩さん、谷萩さんの奥さん、あの、夢のなかで鼻くその骨が取れたという優芽ちゃん。連想が、そんなふうに流れていく。

《春キャベツにブロッコリー、アスパラガスにさやえんどう。山うどもいっしょに茹でて、ごま油でさっと炒めます。そのとき、シーズン違反になりますが、トマトを少し加えます。それをぜんぶ、あたたかいうどんにかければできあがりです》

一連の報告は、《試食者の写真は非公開です》と結ばれていた。仲間たちがうどんを食べているのを眺めながらサンドイッチを口に運び、珈琲を飲むのも、なんだか奇妙な感じがする。実際に食べているわけではないのに、うどんの味が混じってしまうのだ。珈琲に醤油が入ったような感覚、といったらいいだろうか。

昨晩、亮二の病床を訪ねてくれた彼の同僚から、最新の映像と音声が送られてきた。利き腕の損傷の度合いからして、通信機器を操れるようになるまでどのくらいの時間がかかるのか想像もつかない状態だったのだが、もうじき助かった左手で対処できるくらいにはなるらしい。とはいえ、まだ全身に痛みがあるのと、夜は事故の前後の記憶のフラッシュバックで安眠できないので、薬を常用していると言っていた。もうろうとしていることも多く、備え付けのラジオで音楽を流してもらうのが、いまのところ唯一の慰めだという。ただし、病室は個室で、明るく広々としていた。杵元グランドハイツの、この微妙に湿気た部屋と比較するまでもないほど暮らしやすそうなのが、なんとも皮肉に見える。

ベッド脇のテーブルに、ひと口大のサンドイッチが映っていた。流動食でも流し込まれているのかと思っていたのに、どうやら固形物も入るようで、食べたぶんだけ出すのがきついよ、と力ないかすれた笑いが入っている。とにかく、なにをするにも看護師の方々にお任せする以外にないというのだから、現状では赤ん坊とおなじである。身内の人間がなにもできないのはじつに歯がゆいのだが、ここは耐えてもらうしかなかった。せめてなずなの声と写真を送ってやろう。明世さんには、こっそり携帯電話のメールで様子を伝えているのだが、彼女の状態もあまり思わしくなかった。不安要素がこれだけあるのにちゃんと腹が減り、がつがつと食べ続けている自分が情けなくなる。しかし食べて寝なければ、前に進めないのだ。亮二も、明世さんも、私も、そして、なずなも。

なずなのベッドは、テーブルの位置からつねに目に入るようにしてある。大きなパンナイフはもちろん、刃物を使ったり熱いものを扱うときは調理台で作業をするけれど、ちょくちょく振り返っては様子を見ている。手が震え、身体が震えるほど腹が減っていても、目の端で彼女の姿を追っている。手足の動きも、泣き出す直前の顔もわかる。彼女の視覚が正常に機能していれば、こちらの姿がぼんやりとでも見えているはずで、サンドイッチをほおばりながら鵜戸さんと亮二の同僚のメールを読んでいるあいだ、誰かにずっと見つめられているような気がしていたのは、たぶんなずながこちらに目を向けていたからだろう。そうだ、まちがいない。あの子はこちらを見ているのだ。

その、むかって左の目に、つまり彼女の右の目の下に、ぽつんと水の玉が浮かんでいた。なずなが涙をこぼしている？　ミルクを要求する声は、涙を伴わない。ぎゅっと目をつむり、顔を真っ赤にして全身に力を入れているから、涙の一筋くらい出そうなものだが、これもまた私の失態の原因のひとつでもある育児書の教えを信ずるなら、生後二、三ヶ月の赤ん坊は、まだ涙腺が発達していなくて涙を流さないらしい。このくらいの月齢では熱を出さないという情報の幅を読み取ることができずに大騒ぎしたあとなのだから、首のすわるすわらないもふくめて、それぞれに発育の速度が異なっていることを肝に銘じておく必要があるかもしれないのだが、こと涙に関しては記述のとおりだと思われた。にもかかわらず、私だけむしゃむしゃサンドイッチを食べて自分はもらえないのが気に入らないのか、物欲しそうに口をとがらせ、一粒、透明なスライムを頬にひっかけている。

　近づいて見ると、やはり涙のようだ。これは写真に撮っておかねばと一瞬目を離した隙に、なずなは大声で泣き出した。まちがいなく、涙が出ていた。きつく閉じたまぶたの下から粘り気のありそうな液体がにじみ出して、草葉の朝露みたいに睫《まつげ》に引っかかっている。食べさしのサンドイッチを置いて、私はあわてて手を洗い、うがいをし、また手を洗ってミルクの準備にかかった。なずなはこれまでにないくらいの大声で泣いている。頬にちょっと触れて、待ってくれ、と頼んでみるが、涙は止まらない。泣き声もやまない。できあがったミルクが適温になるまでの、なんと長かったことだろう。空腹で私の手が震えたように、なずなの身体も震えている。目の前にいる人間がものを食べているということを本能で察して、自分も食べたいと感じたのだろうか。

なずなの飲みっぷりはすばらしかった。学生時代にあれほど馬鹿らしいと敬遠していた一気飲みの映像が気持ちよくよみがえるくらいに飲んでくれた。つい数日前と比べても、どこか迫力がちがう。哺乳瓶が以前より小さく見える。毎日いっしょにいながら、私はいったいなにを観察しているのか？　地続きの平らかな成長が、いきなり上り坂になる。地図を見てもそんな場所に坂があるなんて読み取れなかったところで、急に変化が起きる。成長とはこういうことなのだ、とあらためて思った。友栄さんが量ってくれた体重は、五・五キロ。平均的な成長ぶりだが、私にとっては驚き以外のなにものでもなかった。

小さく産んで、大きく育てる。それは、しかし母親の台詞だ。明世さんにしか許されない特権的な文言である。なずなは、小さく生まれて、大きく育とうとしていた。傍に居てほしいはずの存在を欠いているのに、そんな不安を吹き飛ばすような飲み方で私をも励ましてくれる。抱きあげていつもの儀式を執り行う。飲み込む空気の量も減っているような気がする。汗をかいているはずなのにそのにおいはなくて、まっ白な皮膚から、薄い頭皮から、粉ミルクの甘ったるいにおいが、あるいは、あやまってお湯の入っている洗面器に落とした石鹸のような香りが立ちのぼってくる。ただし、それは食後、機嫌がよくてリラックスしているときの話だ。

あー、あーと声を出したあと、気のせいか、いや、気のせいではない、口の片側がくいとつりあがって、笑っているような顔になった。その瞬間また、甘い体臭をすべて打ち消すような爆裂音が響く。音が、てのひらに伝わる。なずなは潤んだ黒目を見開いて、こちらをじっと見ていた。恥ずかしいとか、楽になったとか、そういう感情からはかけ離れた、なんとも言いようのない脱力の歓喜。

あとはいつもの作業である。ベッドに寝かせて、どうかおしっこをしませんようにと祈りながら、おむつを替える。おまえのお父さんも、おなじことを、遠い国で、空手家みたいにすごい体格の男の人や、腰をかがめないとドアから出られないくらい背の高い女の人にやってもらってるんだぞ、と心の内で語りかける。なずなは両足をばたつかせて、元気のよい蹴りを何発も宙に見舞った。一連の作業を終え、手をしっかり洗うと、ノートに授乳時間と分量を記し、おむつを替えたことも忘れずに書き込んで、特記事項、涙あり、と締めくくる。それから、便の香りがまだほのかに漂う部屋で残っていたサンドイッチを食べ、珈琲を淹れ直し、《春の山菜サンドイッチを夢見ています、胚芽パンによいバターを塗って、醬油と砂糖で甘辛く煮付けた山菜を載せ、ちょっとわさびも利かせたら、どんな味になるでしょうか》と鵜戸さんに返事を書いて送った。

鵜戸さんの言葉の背後には、いつも梅さんの催促がある。一昨日あたりから生活のリズムが狂って、というよりいつもの狂いのサイクルがずれて明け方に目を覚ますようになってしまったため、まだ朝の十時半過ぎだというのに、ずいぶん長く起きている気がする。食欲も満たされたので、早めの散歩に出ることにした。なずなの目はぱっちり開いている。涙のあとなどどこにもない、晴れやかな表情だ。よし、外に出ようと必要なものを一式リュックに詰めて、彼女をベビーカーに乗せる。いつものコースをたどり、コンビニでまた六枚切りの食パンと水を仕入れ、どぶん川のあった坂道をのぼる。バーバー・マルヤと佐野医院をも越えて、ゆるい左カーブをさらに進むと、やがて杵元小の運動場の裏手に出る。

高い金網フェンスのなかほどになにか布のようなものが引っかかって、それが風ではためいていた。運動場から舞いあがる砂塵《さじん》が近隣の家を襲い、洗濯物を汚すという苦情が、いっときずいぶんあった。鹿間町の山から吹き下ろす風は、季節によって二方向に分かれる。三本樫のほうに向かうものと、杵元から南に吹き下りて新町の水田の稲穂を揺らすもの。建設道路の高架によって、今後は多少流れも変わるだろうと予想されているけれど、杵元町に吹く風にさほど変化はないだろう。苦情があるたびに校庭を全面芝生にしようという声があがり、そのたびに消えた。ここを芝生にすると、市内数校をすべて同等の扱いにしなければならないからだ。風の季節だったら、なずなをベビーカーで外に連れ出すのも容易でなかったかもしれない。

運動場のフェンス沿いに進んで正門の前に出ると、公民館の隣に例の碁会所がある。看板はなく、本来なら表札のある場所に、ただ小さく杵元囲碁道場というプラスチックのプレートが打ち付けられているだけだ。古い瓦葺《かわらぶ》きの日本家屋で、板塀で囲われているため、なかの様子はわからない。板塀には掲示板が打ち付けてあり、町内の催しが紹介されていた。ベビーカーを止めて案内状を見ると、《ココにゴミを捨てないでください》という注意書きの横に、公民館で陶芸クラブ《マグ》の新作展開催のお知らせがあった。窯はないだろうから、制作はどこかの工房でやっているのだろう。なずなとの散歩はコンビニの方向に向かいがちで、なかなか小学校のある丘の上には来ないのだが、いまの私の役割は、散歩をうまく利用しながらこういう地域の話を丁寧に拾うことかもしれない。

玄関口に立っていたら、通りがかったおばさんが、碁会所が開くのはお昼過ぎからだけど、今日はお休みですよ、と教えてくれる。

「それに、人が集まってくるのは、夕方から」

言いながらおばさんは、ベビーカーに近づいた。

「女の子ね」

「はい」

「きれいな目。きらきらしてる。おいくつ？」

「三ヶ月です」

「そう。目もとが、お父さんそっくり」

なずなと私を比べながら確信を持っておばさんが言うので、なんだかどぎまぎしてしまった。弟の子だから、兄である私の面影も入るのだろうか。それとも、親子という先入観を持って見比べれば、無意識に類似点を探して似ていないところまで似ているように見えてしまうのだろうか。

「そんなことを言われたの、はじめてです」

「あら？　みなさん見る目がないのねえ。あたしは、これでも孫が七人いるんですよ。娘三人で、長女のところが二人、次女が三人、三女が二人」

「すばらしいです」

「でしょう？　いまどきねえ。少子化なんてどこのお話かしらって」

「ぜんぶ、女の子ですか？」言うに事欠いて、馬鹿な質問をしてしまう。

「だったらすごいことですけど。男、男、女、男、女、女、男。三女が同居してましてね、末の男の子がここに通ってるんです、碁会所に」

　何年か前、漫画をきっかけにして子どもたちのあいだで囲碁が流行《はや》ったという話は私も知っている。若い樋口君が囲碁をはじめた理由も、おそらくそのあたりにあるのかもしれないのだが、恥ずかしながらこの方面にはあまり知識がなかった。碁盤が置かれていない畳の空き部屋があって、小学生はそこで友だちと遊ぶこともできるのだという。なるほど、会員はお年寄りばかりではないわけだ。そこで私は財布から名刺を取り出して、とてもおばあさんには見えないおばさんに渡した。

「あら、日報の方だったの？」

「そうなんです。いまは在宅勤務になってるんですが、碁会所の紹介記事を書こうと思いまして」

「じゃあ、明日また出直すといいわよ。孫は幸太《こうた》っていうんですけど。幸せの幸に、太郎の太ね。関本《せきもと》さんて人が世話を焼いてくれてるから、話、聞いてみたら？」

「そうさせていただきます。あの、失礼ですが」と私は言った。「上のお名前を教えていただけますか」

「あたしの？　あたしは、長山《ながやま》。孫は黒滝《くろたき》。娘婿の名字ね」

「ありがとうございます。出直してきます。お孫さんに、幸太君によろしくお伝えください」

私は頭を下げた。下げた視線の先で、なずなが指を口に持っていって、嘗めるようなしぐさをしている。いや、実際に、嘗めているようだった。あ、と思わず声が出る。

「どうなさったの？」

「いえ、あの、ちょっと、思いついたことがありまして」

「そう？　なら、よかった。お嬢さん、お名前は？」

「なずな、です」

「なずな？」

「ええ」

「せり、なずな、ごぎょう、はこべらの？」

「その、なずなです。ひらがなで書きます」

「あらあ」長山さんは、しばらくなずなの顔を見つめた。

涙に指嘗め。この子は、着実に大きくなっている。私の、私たちの生活の碁盤に彼女が置いた布石は、いったい、どんな模様を描くことになるのだろうか。

12

磨《す》りガラスの入った木製の引き戸を開けて声をかけたのとほとんど同時に、すぐ右横にあるトイレから大柄な老人がぬっと現れて、玄関口をふさぐように立った。顔を見合わせ、軽く会釈をしたあと名刺を渡して長山さんの名を出しながら用向きを話すと、私がその、世話役の関本ですと、ほんの少し受け口で顎が出ている彫りの深い顔の、下半分がくしゃくしゃにつぶれるような笑顔で言った。どこかいかつい感じの身体つきとは、ずいぶん印象がちがう。そういうことでしたら、どうぞご遠慮なく、あがって、ご覧になっていってください、と快く受け入れてくれた。

「じつは、連れがひとりいるんですが、いっしょにお邪魔してよろしいでしょうか」

靴を脱いですぐにあがるかと構えていた関本さんに、私は言った。

「もちろんです」

いったん外に出て、ベビーカーからなずなを抱きあげ、あらためて三和土《たたき》に戻ると、関本さんが目を丸くして私たちをつくづくと眺めた。滑らないよう、慎重に靴を脱ぐ。

「お子さんかね？」

「ええ」

「子連れで仕事は、きついでしょう」

「というか、今日がはじめての外まわりで」

「ほう、そりゃあ大変だ」

時代劇によくある、思わぬ情報を耳に入れた縮緬《ちりめん》問屋の口から漏れそうな肯定的なつぶやきと、さらに先の説明を促す疑問形のあいだくらいの微妙なイントネーションだったが、嫌みな響きはどこにもなかった。万一のことを考えてくれているのだろう、関本さんはやや腰を落とし気味にして、心配そうにこちらを見守っている。片足に体重を掛けた瞬間、なずなが腕にめり込む。彼女は黒く艶のある目をぱちりと開けていた。手足の動きがますます活発になっているので、外にいるときはあまりベビーカーから降ろしたくはないのだが、屋内の移動にわざわざスナグリを持ち出すのも不自然だから、抱いてやるほかないと思ったのだ。

古い日本家屋で、三和土からまっすぐ廊下がのびており、その両側に畳の部屋が左右ふたつずつある。襖《ふすま》は部屋のあいだも廊下側もすべて取り払われ、見通しのいい旅館の宴会場のようになっていた。光もふんだんに入り、さびれた外見からは想像もできない、明るく親しみやすい空間がひろがっている。建物というのは、実際に入ってみないと良さがわからないものだ。光は鋭角に差し込んで影を作るのではなく、塗り壁や茶色がかった畳に反射しながら、這うように、低く伝わってくるのだった。艶の出方とたわみ方から察すると、畳の張り替えは何年もやっていないだろう。

　玄関から向かって右側の部屋に碁盤が等間隔に九つ並べられ、三組の老人がそれぞれの位置に腰を下ろして、盤上をじっと見つめていた。その盤をかすめるように、ガラスの引き戸の隙間から、やわらかい空気が抜けてくる。マンションのカーペットやフローリングの上を滑る風には、強弱があっても硬軟がない。彦端の実家の居間も畳敷きだったが、そこに入り込んでいたのも、風ではなくてやわらかい空気の流れだった。こういう感覚を、ずっと忘れていた。

　対局者の集中力をそがないよう、私は小声で、長山さんのお孫さんの、幸太君の話をしてみると、今日は塾がない日だから、もうじき来ますよ、友だちもいっしょに、と関本さんは請け合った。その声がやや大きかったせいか、対局中のお年寄りの顔がふたつもたげられて、こちらをちらりと見た。軽く頭を下げると、彼らもそれにあわせて頭を下げた。

「子どもの会員は、何人くらいいるんですか?」

　頭のなかで指を折っているかのように顎をしゃくりあげてしばし間を取り、いまは五人、と関本さんは応えた。

「もともとはね、総合学習ってやつで、インタビューに来たんですよ。もう六、七年前、いやや、もっと前か。いまいる子たちは、お向かいの杵元小の上級生たちに誘われてやってくるようになった、何代目かの後輩たちでしてね。最初に来た子らに、ちょっと相手をしてやっていつでも遊びにいらっしゃいと言ったら、楽しかったんでしょうか、その週のうちから来るようになったんです」

「それ以前は、どうだったんですか？」

「どうだったとは？」

「子どもたちはいなかった、ということでしょうか」

「いなかったですね。よそではどうだか知りませんが、漫画のおかげで囲碁ブームだ、なんて言われてたときも、小学生はひとりも来ませんでしたよ。年寄りの集まりみたいなもので、会員も多くなかった。スペースだってこの半分でやりくりしてましたし。それが、さっきお話しした子どもたちのおかげで親も顔を出すようになって、若い人がだんだん増えてきたんです。若いといっても、私らよりは、ってことですが」

「女性もいらっしゃるんですか？」

「います。お母さん方がね、興味を持ちはじめて。子どもにかこつけて何人か打っていかれますよ。毎日じゃありませんがね」

関本さんは身をかがめないと鴨居《かもい》に頭をぶつけるくらいの上背があって、そこは私といい勝負なのだが、痩せているぶんもっと高く見える。この町の取材で、自分より年齢が上でなおかつ背の高い男性にはほとんどお目にかかったことがない。そのせいか、玄関口で見あげておなじ床に並び立ったときには、なんだか不思議な気分だった。仲間に紹介しますよと言って、廊下から畳の部屋へ、部屋からまたひとつ奥の部屋へと移動しながら、関本さんは鴨居に左の手を掛けて高さを測るように頭を下げ、ひょいひょいと見えない雲梯《うんてい》を渡っていく。その手がじつに大きい。背丈と骨格の感じからして当然予想できることではあったけれど、これだけ立派な手をしていたら、どんな球技でもできそうだ。その軽やかな動きにあわせつつ、こちらはなずなを抱いているので、及び腰というかなんというか、慎重になろうとするあまりかえって不自然な歩き方になる。それを感じとったのか、関本さんは急に立ち止まって振り返り、お子さん、あっちに座布団敷いて寝かせておいたらどうですか、と気遣ってくれた。

「どこからでも見えますから、短い時間なら心配はいらんでしょう」

「そうさせていただけると、助かります」

関本さんはまた頭を上げ下げして向かいの部屋に移ると、六枚くらいでいいかなとつぶやきながら、手早く座布団を敷いてくれた。

「なるべくきれいなのを選んだつもりですが、この上に敷くものがあるといいでしょうね。タオルかなにか、持っておられますか?」

「ふつうのやつはここに入ってるんですが」と私は背負っているリュックを顎で示した。

「大きいのは玄関の横の、ベビーカーに……」

「じゃあ、取ってきてあげましょう」

恐縮する間もなく、関本さんはまた遊具で遊ぶ大猿みたいに移動して、バスタオルを持ってきてくれた。これですね、と確かめてからそれをまっすぐ、身体の線にあわせて縦に敷くのではなく、できればそうしてほしいと望んでいたやり方で、つまり十字架みたいなバランスで座布団の列から横にはみ出すように敷いてくれる。文句のつけようがなかった。こうすれば、顔と手の当たる部分を広くとれる。小さな子を世話したことがなければできない心遣いだ。訊いてみたわけではないのだが、私はそうだと確信して、なずなをそっと横たえた。

なずなは気持ちよさそうに手足をばたつかせ、顔の前で両手を軽くあわせて、自分の指をじっと観察している。そのように見える。指の先にある天井の色合いと前後左右の開放感の質は、たぶんこれまでに体験したことのないものだろう。大人でさえ、はじめての空間に身を置いたときには、周囲にあるモノの存在感や空気の濃さ薄さに慣れるまで時間がかかる。まして赤ん坊となれば、ちがう星にやってきたような気分になるのではないだろうか。

子どもをひとり連れて歩くだけで、慣れ親しんだ空間把握の基準点がずれてくる。なずなが来てから、それを何度確認したことだろう。目線が下がり、五分の距離が三十分になり、一メートルの高さが五メートルにも感じられる。子どもの感覚をつねに想像し、それにシンクロしていくことで、人生をもう一度生き直している気さえしてくるのだ。リュックも置いて、ようやくメモ帳を取り出すことができた。

「お楽しみのところ、ちょっといいかね」と関本さんは仲間に声を掛けた。「こちら、日報の菱山さんて方。うちの話を記事にしたいって、やって来られたんだが」

身体を前後に揺するくらいで、咳《せき》ひとつせずに盤に向かって丸まっていた六人の背が一斉にすっと伸び、正面の三人はそのまま顔をあげ、手前の残り三人は両膝をうまく回転させながら、半身になってこちらを向いた。順々に名前を教えてもらい、ひとりひとりに、どうも、どうも、と頭を下げる。六人のうち隠居の身が五人。不定期ながら仕事に出ているのは、田路《たじ》さんという禿頭《はげあたま》の、えびす様のような顔をした人だけで、ひととおりの紹介が終わるとその田路さんが、もう玄関入ってきたときから聞こえてたよ、日報、ちゃんと読んでます、と世辞も忘れずに話してくれる。

「こないだ、先週だったかな、《おくやみ》に出てた、金園ってのが、古い友だちなんですよ」

「そうでしたか」

申し訳ないと思いつつ、私はうまく流した。《おめでた》と《おくやみ》の欄に記された固有名をぜんぶ覚えていたら、きっと人間関係の輪に入り込む大きな力になるだろう。何度もやってみようと思いながら、しかし私はその努力を怠ってきた。伊都川市の、差し引きゼロになるくらいの生と死の景色を毎月整理しているのは鵜戸さんで、もしかすると市役所の戸籍係よりも事情に通じているかもしれないのだが、こちらはなにかのついでに走り読みする程度で、とても名前を覚えるまでにはいかない。金園さんという方がいかなる人物なのか、享年がいくつなのかも、私は知らなかった。

「カンさんの声は、でかいからね」と田路さんは続けた。「聞きたくなくても聞こえちまう。前の道路で水道工事があっても、ちゃんとわかるくらいだし」

「これだけ静かならふつうの声でじゅうぶん通るよ。おまけにあんたは地獄耳だ」

カンさんと呼ばれた関本さんが、気心の知れた者だけに許される口調で応じると、残りの五人がいっせいに声をあげて笑った。

「カンさんていうのは、関本の関から来てるんですか？」

「子どもらがつけたんですよ」田路さんが即座に教えてくれた。「玄関って漢字を習った子が、この人の名前見て、カンホンって読んだんだ。それがきっかけ」

「佐内《さない》さんとこの孫だったかな」

関本さんが言うと、たしかそうだった、と田路さん以外の五人が頷く。子どもたちがつけたあだ名が大人たちに伝染したらしい。ババ道の場合とおなじだった。名付けは世界の基礎である。名付けの天才は子どもである。したがって、子どもは世界を支える存在である。そう書いたのは、誰だったか？

田路さんは、車で一時間弱のところに本社のある、近隣では名の知られた清掃会社の嘱託として働いている。話好きなようで、眼下の戦いのことなどお構いなしに、「自宅待機」を命じられて二週間になるんだよと、日々の暮らしぶりを細かく教えてくれた。仕事があると言っても、実際には他の会員とさして変わりがないのだ。

「カンさんもでかいけど、あなたもなかなか立派な身体つきだなあ。幹がしっかりしてる。なにかしてみえたのかね」

座っている六人はみな小柄だった。正確には、小柄に見えたと言うべきか。要は関本さんが大きすぎるのだ。やってましたと白状すると、やっぱりね、と田路さんは得意げに首を縦に振った。ところが関本さんは、とくにスポーツをしたことがないという。若い頃は鳶《とび》をしていて、屋根瓦を葺くこともできたのだが、足場から落ちて両足首を折ったのを機に、付きあいのあった建築資材会社に就職した。背が高くてどこからでも探しやすいので、監督でもないのに現場で声を掛けられることが多かったらしい。この碁会所の大家である安岡さんと知り合ったのも、自宅の建て替えの際、大工が関本さんの会社から必要なものを調達したのがきっかけだった。前任の世話役を継いだのは、その会社を停年まで勤めあげてからのことだそうだ。

「あちらに寝てるのは、お子さん？」

田路さんが、不意にたずねた。

「なんだ。聞こえてなかったじゃないか。それは、さっき教えていただいたよ」

関本さんが笑う。

「何ヶ月？」

「三ヶ月と少し、ですね」

田路さんは、どれどれと腰をあげてなずなのところまで移動し、膝を折るようにしながら、それにしちゃ顔つきがしっかりしてるね、とさも感服したように言い、嬉しいね、と付け加えた。

「女の子か。赤ん坊なんてひさしく見てなかった。孫はいるんだけど、もう大きくなっちまって。いいもんだね。近くにいるだけで肩の凝りがほぐれるよ。まさか、ここに赤ん坊が来るとは思わなかった。今日はたばこを吸ってなくてよかったなあ」

関本さんによれば、囲碁の裾野を広げるために女性と子どもを取り込むのが、近年の碁会所の共通認識らしい。若い人を誘おうといろんな努力が重ねられていて、その最たるものが禁煙なのだった。大都市圏ならともかく、こんな地方の、地元の人しか知らないようなところで、来てくれるかどうかもわからない女性を想《おも》って禁煙するなんてにわかに信じがたいところがあったけれど、家でたばこを吸っていると奥さんたちにいい顔をされないので、この機会にと期するところもあったのだそうだ。

じつを言えば、《美津保》のママもあれだけ気を遣って空気清浄機まで導入してくれたのだし、ここの環境が望ましいものでなかったら、すぐに引き返して出直そうと考えていたのだった。その確率はかなり高いとさえ思っていた。ところが蓋を、いや、戸を開けてみると、畳の上にけぶるようなものはなにもなかったのである。

「あとは、テーブルですかね。私らのような老人には膝の悪い者もいます。ずっと座布団に座っていると、立てなくなる。もちろん平気な人もいますが、囲碁らしくないと言いながら、テーブルの上に碁盤を載せてやるところが増えてきました」

和食の店が掘りごたつを用意しているのとおなじ理屈だろうか。テーブルに椅子なら若者にも苦痛ではない。最後の目標は、トイレを改修することで、男女別が理想だという。しかしものごとの順序からして、実際に会員が多くなってからでないとそこまでは踏み切れない。

　先ほどの活力はどこへやら、なずなは早くも眠そうな顔になっている。念のため、リュックから小さなタオルを出して上に掛けてやったのだが、払いのけもしない。力がだいぶ抜けてきている。半分は寝ているようだった。私はふたたび碁盤に戻った田路さんの対局を、関本さんと観戦させてもらうことにした。外寄りの盤だから、廊下越しに、なずなの姿がはっきり捉えられる。

「名前は、なんて言うんです？」

　関本さんが、やや声を落として言った。

「なずな、です」

「なずな？　そりゃあ、いい名前だ」

「そうですか？」

「最近は、外国の人みたいな、妙にこぎれいなのを付けるでしょう？　やたら画数の多い字を重ねたのが」

「なずなは、ひらがなで書きます」

「なおさらいいじゃないですかね。いまどきの名前が悪いとは申しませんよ。姓名判断とか、そういうのも踏まえてのことなんでしょうから。でも年寄りには覚えにくくて……。ああ、口もとなんて、あなたにそっくりだ」

「似てますか?」

嬉しいような、悲しいような、なんとも言えない例の気分を味わう。

「唇の端の、このちょっと上がったところなんかがね」

「……ありがとうございます」

正直に話そうと思いながら、似ていると言われて悪い気がしていない自分にいくらかとまどって、うまく言葉が出ない。口もとには明世さんが入っていると私は考えているのだが、第三者はちがう見方をするものだ。

「ところで、囲碁は、お詳しいんですか?」

「五目並べをやる程度です」

「最初はそれくらいでいいんですよ」

「最初は?」

「これから、おやりになるんでしょ?」

あわてて否定した。ここへ来るために多少は勉強してきましたが、今回は囲碁そのものよりも碁会所の雰囲気を伝えるのが先決なので、とごまかしてみる。関本さんはがっかりしたふうもなく、やってみるといいですよ、頭の体操にもなりますからね、と言ったきりしばらく黙って、腕を組んだまま、田路さんの盤をじっと見つめた。

白黒の枝が縦横に伸び、生きもののように繁茂しつつある。勝敗を決するのに、石の数ではなく、囲われた地の目を数えるということじたいが、私にはひどく神秘的に映る。

百三十一手で先手の勝ち、といった将棋の終幕を示す加算された数値とはちがって、囲碁では半目勝ちとか六目勝ちのように、減算からなる差異を示す。投了までの手数が少なければ少ないほど、台風の勢力を示す数値とおなじような破壊力の存在を感じさせるのが将棋だとすれば、終了間近の盤に描かれた細密画の、数と数のぶつかりあいから生まれた隙のあり方が、生成途上にあるふたつの宇宙の境界のように見えるのが囲碁ではないか。接線の箇所に真空の風が舞って、鎌鼬《かまいたち》になる。気圧の差が、目に見える。

球技に近いのはどちらだろう、と私は考える。サッカーやラグビー、そしてハンドボールなどは、どれも囲碁に近い気がする。これらの競技の魅力は、点を重ねることではなく、たがいの人数をやりくりしながら地の模様の変化を現場で味わうことにあると思うのだが、たんなる個人的な感覚なのかもしれない。観客席から見下ろす視点が傍目八目《おかめはちもく》になれても、大局観は競技者にしか許されない身体感覚なのだ。奇妙なことに、なずなと接するようになってから、いわば心の動線を意識するようになってきた。気持ちの伝わりやすい動線とはなにか。それはたぶん、定石ではなくて、戦いながら、そのたびに判断を下して描いていくほかないものだろう。

「なんだか、目がちかちかしてきますね」と私は言った。「年齢的な視力の衰えなんかも、囲碁の成績に関係してくるんでしょうか？」

「あるでしょうね。年をとると、尾籠《びろう》な話、小さい方が近くなったりして、体力的にもきつい。長丁場になればなるほど、集中力がなくなってくる」関本さんは、また顔をくしゃくしゃにして笑った。「瓦屋根を葺いていた時分のことですがね、親方の目が悪くなって、一枚一枚のチェックができなくなってきたんです。ところが、現場で実際に瓦を葺きはじめると、屋根全体のバランスの捉え方は、誰よりも正確なんですよ。それで細部の異常にも対処する。直観というか、まあ、そういうのを大局観っていうんでしょう」

なるほど、と私は関本さんの喩《たと》えにすっかり感服していた。ふつうの言葉なのだが、とてもよく整理されている。碁会所の取材ではなく、いつかこういう人の話を紹介していけたら、などとあらぬことまで考えはじめていた。

「寝不足のせいか、どうも白と黒の、石の大きさがちがって見えるんです」

関本さんは、ああ、そのことね、と言って、空いている盤の上の碁笥《ごけ》から、白と黒の石をひとつずつ取り出して手渡してくれた。

「黒のほうが、大きく作ってあるんですよ。白は、ふくらんで、実際より大きく見える。小振りにしておかないと、黒と見かけが一致しない」

「そうか。膨張色なんですね」

「子どもたちに喋らされたのも、たしかそんな話でしたよ。盤の線は何本で、石はいくつ使うか……。あれは勉強になりました。子どもに教えるのは、難しいことですね」

胸のなかで、深く頷く。学習塾で教えていたときしばしば襲われたあの無力感は、子どもたちの能力に対してではなく、こちらの教える力のなさに対してだったからだ。眼下の盤の、どちらの色が優勢なのかは、まるで見当がつかなかった。上機嫌で話していた田路さんの顔つきがややこわばっているところを見ると、一進一退か、もしくは形勢不利に近いのかもしれない。

あー、あ、と高く澄んだ声が、廊下を隔てた向こうの畳の上から聞こえてくる。あの子は、また元気になったらしい。

「いちばんかわいいときでしょう」

「いちばんかどうか、はじめてのことなのでわからないんですが、体力的にはもう限界に近いです」

「あの子が？」

「こちらがです」問い返しに、思わず笑ってしまった。「ひとりで、世話してるものですから」

「ははあ」

関本さんはしばらく黙って、いろいろおありのようですな、と小さな息を吐いた。

「ご事情はどうあれ、赤子がいるときは、誰か身近に助けてくれる人を見つけて、なるべく休むことですよ。温泉にでもつかってね。あとは適度な運動。いくらむかしやってらしたと言っても、大事なのは年相応の運動ですから」

「関本さんは、いま、なにかやっておられるんですか」

「ゲートボールをね。十日にいっぺんくらいですが」

そこでようやく、梅さんとの会話を思い出した。話があまりに自然に流れるので、例、、の件をすっかり忘れていたのだ。

「ご存じかと思いますが、ここは、伊都川のゲートボール場を持ってる安岡さんの持ち家でしてね。ふつうなら、家賃分と経費を確保するために、もっと会費を取らなきゃやっていけないんですが、うちは田舎だってことを差し引いてもかなり安いほうですよ。なにしろ小学生は無料ですから。おまけに、会員になればゲートボール場の使用料も割り引きになる」

「無料なら、どんどん集まってくるでしょう」

「それが、うまくバランスが取れてましてね。差し引きはゼロですな。とにかく、毎年、途切れずに来てくれればいいんです。小学校を出ても通ってくれてるのは、ほんの数人ですしね。しかし、顔見知りになれば、親といっしょにゲートボールにも来てくれる。爺さん婆さんにまじって、遊んで、汗をかく。逆に、そこで仲良しになった人をこちらに誘うこともありますよ」

「そういえば」と、私は簡単なメモを取りながら、さりげなくたずねてみた。「またゲートボール場ができるっていう話を、耳に入れたんですが」

「どこに？」

「三本樫の、保養所にです」

「ああ、あそこね。広い庭があるでしょう？　景色もいいし、風呂もある。安岡さんは、あそこの管理人さんと親しかったらしいんですよ。保養所にあった碁盤は、うちから持って行ったものだし、そういう話があってもおかしくないでしょうね」

具体的な話として進みそうですかと問うてみたのだが、どうですかねえ、と言ったきり関本さんは田路さんの盤に目を落とした。ところが、腕組みをして自陣のことしか考えていないように見えた当の田路さんのほうが、できるらしいよ、と静かに割り込んできたのである。耳は別途で働いていたのだった。

「去年の暮れ、いっしょに安岡さんとこへ挨拶に行ったとき、その保養所を茶屋にするとかなんとかって話があったでしょ。ゲートボール場造りたいって、話してたよ」

「そうだったかな」

「環状道路が完成するまでに買い取りたいとか、そこまで聞いたもの。ま、あんたは酒が入ってたから、覚えてないか」

関本さんは素直に、覚えてないな、と言った。しかし田路さんはまちがいなく聞いたと繰り返し、あそこにそういう施設があったら、ぼくも行きたいですよ、と言い添えた。どうやら梅さんと私の推理も、大きくはずれてはいなかったようだ。

そのとき、がらがらと引き戸を開ける音がして、こんにちは、と子どもたちの声が聞こえてきた。

「カンちゃん、外にベビーカーがあるよ」

そう言って走ってきた男の子が、私を見、いつのまにかまた座布団ベッドですやすや眠ってしまったなずなを見て、あ、と叫んだ。それが、幸太君だった。

関本さんがひとりずつ紹介してくれる。裕也《ゆうや》に良勝《よしかつ》。みな、三年生の、おなじクラスの仲間だという。私はまた自己紹介をして、取材に来た旨を話したのだが、それにはまったく構わず幸太君が言った。

「赤ちゃん、誰の子？　おじさんの？」

「ま、そんなとこだね」

「そんなとこって？　お母さんいないの？」

「いまはね」

失礼なことを言うもんじゃないと関本さんがたしなめたが、いつもとちがう雰囲気に興奮したのか、子どもたちには勢いがある。

「離婚したの？」

「離婚はしてないよ。結婚もしてないから」

ははあ、と関本さんがこちらを見る。子どもたちは、しかし、それ以上は突っ込まず、さっき田路さんがやったみたいに、座布団の上の小さな女神の周りにしゃがみ込んだ。

「触ってもいい？」と幸太君が言う。

「手を洗ってくれたらね」

ふざけた口調で応えると、洗う、洗う、と連中はまた声をあげ、鞄を放り出して洗面所に駆けていった。怪訝《けげん》そうな顔をしている関本さんに、私は事情を簡略に話した。弟の子だから自分にも似てるんでしょう、と。

「なるほど。そんなふうに種明かしされると、あんまり似てないようにも見えてくる」

「模様が変わったってことですね」

「たしかに話の地が変わりました」と関本さんは笑った。「私も子どもの頃、叔父貴にそっくりだって言われ続けましてね、親戚の連中に。たしかに似てはいたんですが、親父じゃなくてその弟に似てるってのは、お袋にとってもちょっと嫌な話でしょう。変な誤解をされかねませんから」

子どもたちが戻ってくると、関本さんは、静かにしなさい、と叱った。考えてる人がいるぞ、ここは公民館じゃない。少年たちはまた、ぐるりとなずなを取り囲み、立て膝をついて、上から顔を覗き込んだ。幸太君がまず、なずなの頬をちょんと触った。

「触った！」

俺は触ったことあるよ、と良勝君が言う。俺もある、妹がいるもん、と裕也君がそれに和す。そういえば、幸太君は末っ子だった。やわらかい、かわいいを連発し、何度も指で頬に触れている。私は、ちょっと緊張しながらその様子を眺めていた。しかし、なずなは目を覚まさない。手を軽く握り、万歳にはまだ長さの足りない腕をあげ、仰向けの蛙になって寝入っていた。

「名前なんて言うの？」裕也君が言った。

「なずな」

「なずな！」とみんなの声が和す。「変な名前！」

「おじさんは、いい名前だと思うよ」

「なずなって、なに？」と幸太君が言う。

「春の七草って、知ってる？」

「知ってる。食べたことある」

「そのうちのひとつの、なずなとおなじ」

眠りは思った以上に深かった。胸を上下させ、畳に流れる空気をいっぱいに吸って、すうすう鼻を鳴らしている。

「ひとつ、質問していいかな」私は日報の記者としてみんなにたずねた。

「囲碁の、どこが楽しい？」

石を打つときの音がいい。並べるのが楽しい。カンちゃんが面白い。いくつもの答えが、即座に返ってきた。

「カンちゃんの、どこが面白い？」

余計なことを言うなと関本さんが釘を刺したにもかかわらず、彼らは声を揃えて、「手品！」と叫んだ。これはまったく予想外の答えだった。

「手品？」

「マジックだよ」と良勝君が訂正した。

子どもたちの興味は、もうなずなから離れてしまったらしい。関本さんにまとわりついて、いつものやつ見せてあげてよ、と頼んでいる。声の調子で、見たいのが彼らだということは、すぐにわかる。

「最初に来た子たちを釣ったんですよ、手品でね」

「反則だな、それは」田路さんが下を向いたまま応じた。「碁会所なんだから囲碁で釣らなきゃ。ま、結果よければすべてよしだけどさ」

関本さんは対局者を残して、盤をひとつなずなから離れたところに運び、紙芝居でもするみたいに子どもたちをその正面に座らせた。

「たいしたことはしませんよ。碁石を使うってだけのことです。囲碁の布石を勉強したら、これができるようになると説明したんです」

なずなを気に懸けながら、私も彼らの後ろに立って、いったいなにが起こるのか、楽しませてもらうことにした。関本さんは黒を二つ、白を二つ取りあげて、それを黒い点のある位置に、ちょうど正方形ができるように置いた。碁盤の隅から、四×四の《星》。関本さんの手が、また異様に大きくなる。片手で碁盤の半分が隠れるのではないかというくらいに。四つの石で、いったい、なにができるのか。

「じゃあ、よく見ててください」と関本さんは一同を見まわした。「はじめます」

13

関本さんは、自分から見て手前に白が二つ、遠いほうに黒が二つ並んでいるその古びた碁盤の上に両手を差し出し、まずはてのひらを見せ、裏返して甲を見せ、念には念を入れてというふうに、またてのひらを見せた。指はもちろん閉じられておらず、隙間がきちんとあいていて、余計な石など挟まれてはいない。種も仕掛けもありませんという口上もなく、ただ黙って大きな手を裏返しているだけである。それから両の親指と人差し指の先で白を二つつまみあげ、同時に裏返して細工のないことを示してから盤上に戻した。つづいて黒を二つ、まったくおなじしぐさで、裏を私たちに見せてからかちりと置いた。

石と盤に視線を落としていた関本さんは、そこでいったん顔をあげてこちらの表情を確認し、親指だけ離して他の四本の指をミトンのようにしてやや内側に丸め、しかし石ははっきり認められるよう注意しながら、手前左の白と、右側の黒の上にかざした。そこでいま一度、なんの細工もしていませんよと言わんばかりにてのひらを返し、また元に戻してさらに手を伏せた状態で水平移動することで、まだ下に石があることを示すという細かい芸を見せた。

碁会所の前の道路を、車が通りすぎていく。配送の軽トラックだろうか、ぷすぷすと軽く抜けた感じの排気音とかすかな振動がガラス戸に伝わってくる。子どもたちはなにも言わずに、じっと関本さんの手を見つめている。私もまた、なにが起こるのかどきどきして、節くれ立った大きな手の動きから目を逸らさずにいた。

右上と左下に、前後するようにかざされた両手が、すばやく外側に振られた。その瞬間、左手の下にあった白の碁石が、右上に移動していた。おお、と声があがる。関本さんは背中を丸めてかがみこみ、右手を右下に、左手を右上の、白黒の二つの石の上にかざした。そして内側に向けた指先を外にすっと、ワイパーを真ん中から左右に広げたみたいに動かした。すると、右上の石に白がまたひとつ加わって三つになり、手前の石はすべて消えた。すげえ、と声があがる一方で、カンちゃん、いま、かちんって音がしたよ、と良勝君が疑わしげに、でも、なにが起こっているのかうすうす感じてもいるような口調で、嬉しそうに関本さんの顔を見あげた。私も思わず、おお、と言ってしまったが、たしかにちょっとだけ、碁石が盤に当たる音がしたようにも聞こえた。

本来ならば、硬い座布団かフェルトなど、なにか音を吸収する素材を敷いてやるべき演目なのだろう。最後に、左上にひとつだけ残った黒石を左の親指と人差し指でつまみ、裏表を見せて再度ふつうの碁石であることを確かめさせてから、盤上の三個の石に右のてのひらをかざして、またすうっと内側から外に向けて動かすと、予想どおり、石は四つ揃っていた。うーん、と私はうなった。なにがどうなったのか、手の動きを観察しているだけではよくわからない。それでも子どもたちは、自分がやったわけでもないのに、どうだと言わんばかりの顔で私の反応を待っていた。

「すごいですね」と私は言った。

「すごいでしょ！」と甲高い声が揃う。

関本さんは苦笑いして、ちょっと、あぶなかったかもなあ、と天を仰いだ。もう一回やってという声を、マジックは一回だけの芸なんだよ、とうまくかわしながら、特別サービスだと前置きしたうえで、最初からもう一度やってくれた。たしかに、カチ、カチ、となにか仕掛けを暗示するような、微妙にあやしげな音がする。それでも二度目になるとさすがに手の動きもなめらかで、両手でダイス積みをしているような、身体的なリズムがあった。あっというまに最後までたどり着くと、やはり、おお、と歓声があがる。

「ふつうはコインでやるんだよね！　コインだったら薄いし、指のあいだに挟みやすいけど、カンちゃんは碁石だから、もっとレベルの高いことやってる」

幸太君が関本さんの肩をもつ。

「碁石は上になにか置いたらふくらんですぐばれる。ごまかせないもの。カンちゃん、やっぱりすごいよ」

あぶなかったところを暗に指摘した良勝君が、子どもらしい気遣いなのか、本気でそう思ったのか、たぶんどちらも入った表情で、客人を意識しながら感心してみせた。

「よく、おやりになるんですか？」

「むかしはね、よくやりましたよ。これは鳶の仲間に教わったんです。打ち損じの釘なんかを使って、いろんな手品をやってましてね」

「釘でもできるんですか？」

「できます。多少のあらを認めてくだされればね。でも、現場の余興みたいなものだったから、みんな仕掛けがあるのを承知で楽しんでました。素人の手品ってのは拙いのがいいんです」

「やっぱり仕掛けがあるんだ！」と良勝君が叫ぶ。

「つたないって、なに？」

　幸太君がたずねると、下手ってことだよ、と良勝君が応えた。

「囲碁は拙くないよね」

「幸太よりはうまいな」と関本さんは笑った。「でも、碁石と碁盤でやるところが、大事なんだ。《星》からはじまって、《星》の位置で終わる」

　にわか手品師の周辺が盛りあがっているなか、田路さんたちの対局はその後、穏やかな熱を帯びはじめたようだった。こちらの騒ぎをよそに、彼らは両膝に手を置き、そこに体重をかける例の姿勢で向き合い、ちょっと貧乏揺すりをして、盤上に描かれた自分たちの世界に入り込んでいる。手品騒ぎが一段落した子どもたちも、関本さんの指示で、マグネット式の小さな盤で勉強に入った。九路盤という初心者向けの簡易型が良勝君と幸太君、その隣で、あまり喋らなかった裕也君と関本さんが、それより大きい十三路盤に向き合った。子ども同士の盤にも関本さんは目配りして、あれこれアドバイスをする。三人のなかでは裕也君の力が抜けているのでたまたまこの組み合わせになったのだが、田路さんたちが相手をすることもある。幸太君によれば、家だと集中できないので、ここで宿題を済ませることもあるらしい。

しばらくのあいだ、私は対局の模様を、つまりは、みなの顔を眺めていた。いい顔なんていう表現はあまりに陳腐で、なにを語ったことにもならないのだが、目が細くなって垂れているとか、顔の筋肉がだれたふうにではなくゆるんでいるとか、唇の端がちょっとあがり気味になっているとか、描写に長けた小説家を真似るみたいにいろんな言い方をしてみても、結局、人の顔というのは碁盤の景色とおなじで、細部を順々に見ていくだけでは《表情》にならない。目、鼻、口、耳。それらをつなぐ頬やこめかみもひっくるめてひとつになっているからだ。その意味で、いい顔とはそれ以外に形容しようのない盤上の模様であり、碁会所の面々は、じつにいい顔をしていた。

なずなは、眠っていた。両肘をほぼ直角に曲げ、おなじ角度で膝も曲げて、手足の短い蛙がおなかを見せているいつもの姿。近づいて腰を下ろし、腕をちょっとだけ持ちあげてみる。脱力とはこういうものかと感心するくらいみごとに力が抜けていて、手を放すと、くたんと落ちる。赤ん坊の身体は、大人たちが思うより、ずっと強靭《きょうじん》なのかもしれない。私くらいの年になってくると、眠るのにどれほど体力が必要か、しみじみわか眠りすぎるとかえって節々が痛み、頭がぼんやりして、回復するのに半日はかかってしまう。

小さな胸とおなかにかけたタオルが、かすかに上下していた。真っ白な顔を見つめる。目を開けてくれたら、またあの艶やかな、黒の碁石のような瞳でこちらの動きを追ってくれるだろう。薄く赤い唇を丸めて、ほう、と声をあげてくれるだろう。関本さんが私に似ているといったなずなの顔の部分は、しかし、まだひとつの表情を作るところまで有機的に統合されていない。彼女の機嫌は、こちらが想像するしかないのだ。この子に言葉の真の意味で「いい顔」が生まれるのは、何週間、あるいは何ヶ月か先のことになるだろう。

じゃらじゃらと石の音がする。プラスチックのような音もそこに混じっていた。余裕を持っての対局だった関本さんも、いつのまにか盤上に集中していた。碁石を摑む手つきは、にわか手品師としてのそれによく似ている。なんのことはない、彼のしぐさは特別仕様ではなく、いつもの延長だったのだ。だから無理なく自然に見えるのだろう。万が一、形勢不利になったら、あんなふうに碁石の位置を変えてしまうことができるかもしれないけれど。

つまらない質問をするのはもうやめてリュックからカメラを取り出すと、身振り手振りで撮影許可をもらい、記事に使うために老若の対局者たちの写真を数枚撮った。子どもたちは真剣勝負の「いい顔」から、碁会所に入ってきたときの素朴な「いい顔」になり、控えめながらピースサインを出したりする。世話人の関本さんだけ、座った状態で正面写真を頂戴した。

「それでは、これで失礼いたします。長々とお邪魔して、ご迷惑をおかけしました」

「とんでもない。なにかわからないことがあったら」と関本さんが顔をあげてこちらを見た。「いつでも電話ください。もちろん直接いらしてくだされば、それに越したことはありませんが。次回はぜひ、碁を打ちましょう。僭越《せんえつ》ながら、多少の指導はいたしますよ」

「ありがとうございます」

礼を述べると、いったん外に出て戸を開け放し、ベビーカーを三和土に置いた状態でなずなを連れに戻った。膝をついてタオルごと抱きあげ、敷いてあった座布団をすばやく片手で重ねてそっと立ちあがり、転ばないよう慎重に歩を進めると、そのままタオルごとベビーカーに下ろした。泣きもせず、声も出さず、自然の摂理にまかせたにおいの発散もなく、なずなはおとなしくしている。トラブルがなければないで不満を感じているのはなぜだろう。もうすっかり育児が身について、多少のことには動じなくなったのだろうか。などと思ったとたん、胃に差し込むような痛みが走った。平静を装ってはいたものの、相当に緊張していたのだ。なずなのことが心配でならなかったのである。少年たちがあばれて、転んで、ぶつかりはしないか、畳の上で粗相しはしないか、じつのところ、取材をしているあいだ、心の何割か以上は、はじめての空間で寝ているこの子のほうを向いていたのだった。

まったく、こんなことの繰り返しである。胃の痛みは、濡れ雑巾を固く絞るときの、ではなく、絞りきった雑巾が乾いて、それがもとに戻ろうとしているのに水分が足りないときの、そういう痛み、戻しの痛みだった。碁会所に行く前は炊いた米と目玉焼き、《美津保》のママにもらった煮豆、それからキャベツの芯を刻んで入れたお味噌汁という、冷蔵庫を整理するためだけのような昼食を作って胃腸を休めたつもりだったのに、これではなんにもならない。そして、馬鹿げたことに、ベビーカーを押し出してしばらくすると、痛みとはべつの部位から空腹を訴えるサインが出ているのに気づいた。お米はお碗に一杯。ジンゴロ先生の命を守って腹七分目に抑えたせいだろうか、もうおなかが空いている。

胃痛があっても空腹を覚えるのは、痛みを感じるところとは別腹だからですと説明してくれたのは鵜戸さんだったが、実際、胃薬を飲んでいる状態での彼女の食べっぷりからすると、それも真実だと思えてくる。相反する要素が共存可能なところに現象としての深みがあるのだと、気を利かせたつもりでそんな台詞を吐いても、痛みがあるにもかかわらず旺盛に食べ続ける若者を前にしたら、感嘆するばかりで言葉も出てこない。胃のなかのものをすっかり戻して、しばらくするとまたミルクを要求して泣いた、ついこのあいだまでのなずなを思い出す。戻すなんてことは、いまではほとんどなくなってしまった。時間はこうして過ぎていく。気づかないうちに、ではなく、気づきを待つ痕跡をあちこちに残して。

杵元小をぐるりとまわってもと来た道を通り、午後の診療がはじまっている佐野医院の前のどぶん川の坂を下ってコンビニに立ち寄る。ＡＴＭで現金を引き出し、爆裂音のあとのなずなの世話に不可欠な綿棒とウエットティッシュを仕入れ、ミネラルウォーターを一本、栄養ドリンクを二本、やや迷った末にアンパンを二個買って、なずなの顔を見下ろしながら、つとめてゆっくりとベビーカーを押した。黄倉さんは管理会社の人となにやら暗い顔で話し込んでいたので、言葉をかけず、顔だけで挨拶をした。

杵元グランドハイツは市営住宅を大きくしたふうのごく単純な箱型の建物で、外観からするとすべて賃貸にしか見えないのだが、じつは分譲の部屋もあって、私のところも不動産屋を通しているだけで、ちゃんと大家としての所有者がいる。一階の店舗スペースを持っているのは開発会社に土地を提供した地主で、その人がほかにも数戸、賃貸用の部屋を持っているのだ。会社で言うならば筆頭株主というわけで、管理組合の総会にも参席して長期的な視野でなにか言うべき立場なのだが、ほとんど顔は出さず、そのくせ理事会の決定に文句をつけてくるらしい。前任者からの引き継ぎのときそのあたりの事情を説明してもらっていたのに、現場に居合わせて驚きましたよ、といつか黄倉さんが話していた。借りてる人たちは総会に出る義務はないし、理事にもならないわけだから、なにもご存じないでしょう、でも、知らないほうがいいってことも多いんですよ、このマンションはね、と意味深長な愚痴をこぼしたこともある。黄倉さんが話し込んでいた相手の男性は、ぼや騒ぎのあと、壁紙や台所に補修の必要があるかどうか、不動産屋と確認に来たことがあった。

よからぬことが起きていなければいいがと案じつつ郵便箱を覗いて、なずなといっしょに上にあがる。手を洗い、うがいをして、まずはアンパンを食べ、それから栄養ドリンクを飲んで、ひと息ついた。その間、五分とかかっていないのがなんともあさましい。ベビーカーからベッドに移すとき一瞬目を開けたなずなは、また、すっと眠りに入っていった。見慣れない場所に連れて行かれて、この子もやはり疲れたのだろう。眠りに形があるとしたら、おそらくこんなふうだろうと思えてくるような、単純にして複雑な、つまり大人が真似ようとしても絶対にできない安らかな姿勢で眠っている。しかし、念のためにおむつに手をやると、活動の跡を示す、どしりとした重みが伝わってきた。碁会所を出るときにはまだ紙の感触があったから、ひとまわりしているあいだに用を足したにちがいない。

手早くおむつを替えてやる。なずなは起きない。二、三分のあいだ股間がすうすうしても、お構いなしに眠っている。また手を洗い、哺乳瓶を用意してベビーベッドの脇に椅子を移し、ちらちらと寝顔を見ながら碁会所の印象をノートに整理した。手書きの習慣だけは失うな、と梅さんは言う。育児日記、もしくは授乳記録をつけるだけでは当然足りないし、校正の朱入れだけでも不十分だ。こうして走り書きででも、文字を連ねて文章にしないと、漢字の姿が目に浮かんでこなくなる。十分、十五分、素案をまとめ、帰り際に撮影した画像をパソコンに取り込む。私以外はみな座っているので、当然ながら上から見下ろす視点になる。関本さんの頭のてっぺんがだいぶ薄くなっていることに、そこではじめて気づかされた。対局中の面々の表情はちょっと硬めで、なにやら禅寺の朝食みたいな雰囲気だ。関本さんの顔は小さなメダイヨンに収めて、あとは碁会所の一部が写り込んでいるこの僧坊もどきの一枚を使うしかないだろう。そこまで考えてから、編集部に電話を入れた。応じたのは鵜戸さんだった。

「いまちょうど電話しようと思ってたんですよ！」

「なにかあったんですか」一拍置いて、私は言った。

「そうなんです。春キャベツ問題が！」

　鵜戸さんは話の中身をきちんと説明する前に、見出し用の言葉をぶつけてくることがある。このあいだのメールにあったうどんのレシピは日報にそのまま使われていたのだが、それを読んだからといってすぐ調理してみる余裕は、いまの私にはなかった。

「春キャベツが、どうかしたんですか？」

「四太のおばさんから追加のキャベツが届いたんです。私たち、もうたくさんいただいちゃったから、菱山さんに引き取ってもらうしかないってことになって」

「そんなにたくさんあるの？」

「六個です。三個くらいどうですか？　あとは新新ジャガが二袋」

「新新ジャガって？」とまた問い返す。「どうも質問ばかりしてるな。ちゃんと解説付きで頼みますよ」

「新ジャガの季節よりちょっと早めで、さらに新鮮ってことです」

「なるほど。鵜戸さんたちは、もう食べてみたわけだ」

「食べました。私が作って、みなさんにご馳走したんです」

「そりゃあすごい」

「最初は、茹でて、皮を剝《む》いて、粗塩をちょっと振って、二回目は、茹でて、つぶして、新タマを刻んで水にさらしたのを入れて——、あ、新タマもありますよ、どうしますか？」

　食べものの話をしているのがわかるのだろうか。あんなに深く眠っていたなずながぱちりと目を覚まして、さあ、いつもの要求をしますよ、という顔になっている。私にとっては「いい顔」ではなく、次の行動を命じる顔だ。なんの話だったか？　新タマの話だった。碁会所の余韻らしきものが、たちまち消えていく。

「……そこにマヨネーズ入れて、かきまぜるんです」

「要するに、ポテトサラダってことだよね」

「そうなんです！　大好評でした」

　料理は極力シンプルに、ということか。新タマはラップにくるんで編集部の電子レンジで五分。それでお醬油をつけてできあがりだそうだ。彼女の仕事はとてもしっかりしているし、資料の集め方、整理の仕方にも信頼がおける。いま最も頼りにしている若者のひとりなのだが、こういうところの、良い意味で大雑把な感覚もまた面白い。春キャベツの話だったと思うけれど、と私は呆れつつ先を促した。

「そうでした。三個でいいですか？」

「まだ頂戴するともなんとも言ってませんよ」

「三個にしましょうよ。ベーコンと炒めて、パスタに和えてください！　佐竹さんはもう奥様に作ってもらったんですって」鵜戸さんの言葉が止まらない。「それから、新新ジャガはですね、マッシュポテトにすれば離乳食にもなります。お嬢さん三ヶ月半くらいでしょう」

「姪《めい》っこです」

「女の子っていう意味での、お嬢さんですよ。私の高校の同級生の子どもは、三ヶ月半でお粥《かゆ》みたいなのを食べたって言ってました」

「ほんとうに？」

「ほんとですよ……あ、樋口君だ！　樋口君が帰ってきました。ちょっと待ってください」

携帯電話の向こうで話し声が聞こえる。なずなが泣き出す。いったい、なんのために電話したのだったかわからなくなってしまった。涙をひと粒、二粒溜めて、彼女は空腹を訴えはじめる。電話を耳につけたまま私は台所に行き、ミルクパンに水を入れて火に掛けた。行ってくれるそうです、と鵜戸さんの嬉しそうな声が聞こえた。なずなのベッドに戻って、汚れていない右手の小指で彼女の手に触れる。ちょっと待ってくれよ、いますぐだから。

「菱山さん、お嬢さん、なずなちゃん、泣いてますよ」

「隣にいるからわかりますよ、そのくらい」なんだか笑いがこみあげてくる。

「行ってくれるそうです」

「……？」

「樋口君が、これから、すぐに配達してくれるそうです。おうちにいらっしゃいますよね？」

「いますけれど、彼の仕事は広告取りだよ」

「臨機応変って言葉があります。朝の打ち合わせで梅さんが連発してましたし。じゃあ、セットで配達してもらいますね。春キャベツの一件はこれで解決です」

なにがなんだかわからないうちに電話を切って、とにかくなずなをなだめることに集中した。一グラム刻みで成長していく勢いはまだ止まらない。散歩に出て帰ってくると、もう大きくなっている。眠って、起きると、また大きくなっている。野菜どころの騒ぎではないぞと思いながら、いつものように粉ミルクを溶き、人肌の温度になるまでなずなを抱いてあやしあやされ、とても人前ではできない大人の擬音を発して彼女の訴えをしばし鎮めようとする。一滴、自分の手首のあたりに垂らしてみる。以前は、それだけでは不安で、天井を向いて口を開け、舌でどのくらいの熱さかを確認したものだったが、ミルクの人肌問題はもう解決済みだ。

なずなのなにが進化したかといえば、吸引力である。頰がくぼむくらいの吸い方で、哺乳瓶に湧き立つ空気の泡の数もかなりのものだ。学習塾では文系を教えていた人間だから物理は得意ではないけれど、百何十ccだかのミルクが入った哺乳瓶を右手に持ち、なずなを左腕で抱えて、膝の上にのせた状態で座っているとすると、右の液体が左の生きものの胃のなかに入ったとしても総重量は変わらないはずだ。それなのに、何度繰り返しても、どこかべつのところからべつの液体が入ったみたいに、スタート時点よりも重くなっている。気のせいではなく、確実に重くなる。これは私だけの感覚なのか、世の親たちが赤子を相手にするときに味わう共通感覚なのか。

あっというまに飲み干したなずなの身体を縦にする。その瞬間、がっ、と空気が抜ける。なんたる早業。なんたる伯父さん思いだろう。これで安心して横にできる、と思う間もなく、私たちはいつもの流れ作業に入った。大人の場合、飲むとすぐ出るのは、腸の過敏症だ。原因は多々あるだろうけれど、あまり好ましいことではない。しかし、乳幼児の場合は、なにしろ管が短いのだ。上からの刺激は時を置かず下に伝わる。脱がせて、拭いて、新しいものに替える。あと少しタイミングがずれてくれれば、さっきといまとで二枚使ったおむつを一枚に節約できるだろうにと、毎度おなじことを思う。

満足したなずなが、甘く伸びのある声をあげる。私は念入りに手を洗い、顔も洗い、大きく息を吐いて珈琲を淹れ、もうひとつのアンパンを食べた。そこでようやく、編集部に電話をした用件を思い出した。梅さんと話すつもりだったのだ。もう一度かけると、また鵜戸さんが出た。

「菱山です」

「もう届いたんですか！」

「まだですよ」所期の目的を忘れないよう、テンポを落として反応した。

「さっき電話した用事を、思い出してね。梅さん、いますか？」

「今日は市議会に行ってます」

「あれは佐竹さんの管轄じゃなかった？」

「そうですよ。ふたりで出て行きました。梅さんは途中で抜けて、三本樫に行くそうです。お急ぎですか？」

「急いだほうがいいかな、と思いたくなる話」

「急いだほうがいい話、じゃなくて」

「そう」

「もう議場からは出てるはずだから、携帯にかけてもいいんじゃないかなあ？」

じゃあ、そうしてみる、と言い終えた瞬間に、玄関のドアをノックする音が聞こえた。携帯を耳に当てたまま開けてみると、白ヘルの樋口君が大きな段ボール箱を持って立っていた。到着、と私は鵜戸さんに言い、樋口君には相手が鵜戸さんだと伝えた。

「そういうわけで、お届けものです」

「えらく速かったね」

「箱をくくりつけて走ってましたから、スピードは出してないんですが、流れがよかったんです」

「こんな使いをさせて、申し訳ない」

「いいえ、じつは、仕事の途中なんですよ。大通りの先の、ファミレスからもうちょっと行ったところに、吉葉《よしば》電気工業ってありますよね。あそこの息子と、ぼく、大学の同級で」

「そのよしみで、親父さんに広告を？」

「ということなんです。とにかく、これを」

どうぞ、と渡された箱のなかには、土のついた野菜がどっさり入っていた。新鮮なうちに食べろといっても、ひとりではとても無理な量である。樋口君を待たせて、私は《美津保》に電話をし、ママに事情を話して、これでなにか作っていただけませんかと頼んでみると、今日の夕食を食べにいらっしゃるならね、とありがたい返事だった。このところ、ずっと立ち寄っていなかったのだ。

「そういうわけで、このまま下の、《美津保》っていうお店に届けてくれないかな。鵜戸さんには内緒で」

「ちゃんと話しますよ」と樋口君は笑った。

おいしい野菜をおいしく食べるための、最良の選択だからと私は弁明した。

「店でなにか飲んでいってよ。菱山の付けだと言ってくれればいいから」

「ありがとうございます」

せっかく運んできた春キャベツセットを差し戻されると、樋口君は、また、来ます、と元気に出て行こうとする。私は背後から声をかけた。

「ひとつ、訊いていいかな」

箱を持ったまま、はい、と彼は言う。

「囲碁が、得意なんだってね」

「得意というか、好きです」

「碁石をね、四つ使って、なにか手品できる？」

「手品？」

「碁盤の、《星》のところに一個ずつ石を置いて、そこに手をかざすと、石が瞬時にほかの星の周りに移動する、みたいな」

「さあ、ぼくにはできませんけど」

急に道をたずねられた人の顔で、彼は言った。野菜の箱を抱えているから、なんだか市場へ売りに行くようにも見える。

「そうか。だったら、いいんだ」

「いいんですか」

「ごめん。ちょっと訊いてみただけだよ」と私は言った。

14

また携帯電話が鳴っている。何時なのかわからない。ついこのあいだまでは、着信音でなずなが起きないようマナーモードにして枕もとに置くなんてことまでしていたのに、その程度では目を覚まさないらしいと気づいて、むかし実家にあったダイヤル式電話に近い音に設定を戻しておいたのだ。目覚めの水域まではすばやく引きあげられるのだが、そのぶんとまどいの時間も長くなる。なずなの泣き声とはべつの音が鳴っているとの意識があるのは、多少の余裕が出てきたせいだろう。待ち受け画面に友栄さんの名が浮かんでいる。あわてて手に取る。あわてる必要はないのに、なぜかあわてていた。

「友栄です」

「菱山です」

「それはわかってます」と友栄さんが笑った。「お寝《やす》み中でした?」

「……ちょっと、無理をしまして。いま何時ですか?」

「二時半。午後の」

なずなにミルクを飲ませたのは、今朝七時半だった。そのあとふたりで眠り続けていたわけか。二時半ということは、午後の診療前だ。

「かけ直しましょうか」

「いえ、大丈夫、です」

　昨晩は、《美津保》で夕食をとり、碁会所のことや三本樫の保養所のことなどを、またあれこれ話しながら頭のなかを整理したのだった。瑞穂さんはいつものように腕をふるい、胸も震わせて、四太のおばさんの春キャベツで甘くてとろけるようなロールキャベツを作ってくれた。タマネギもニンジンも頂戴したものよ、とママは言って、でも、スープストックが切れそうだったから、これはあたしと菱山さんのぶんだけ。いまお店で急いで出すんだったら、固形のコンソメでごまかすしかないの、と片目をつむった。私たちの世代で、こういうウインクもどきをする女性はもうどこを探してもいないだろう。いかにも昭和の時代のしぐさだが、瑞穂さんがやるとそれがさまになる。もったいないので、私はゆっくり、ゆっくり食べて、口の奥でふっとひろがるナツメグと黒胡椒《くろこしょう》の香りも存分に味わった。なずなといっしょにこういうものを食べられる日は、いつやってくるのだろうか、と思いながら。ロールキャベツで白いご飯を二杯食べた人、菱山さんがはじめてだわあ、と彼女は感心してくれた。正確に言うと、二杯とは、白い中皿にふつうより多めに盛ったものという意味だが、付け合わせのコールスローサラダも春キャベツを大量投入したものだったので、その晩はみごとなキャベツづくしだったことになる。でも、こんなにいけるなら何度食べてもいいなとキャベツの余韻に浸りつつ、昼間の印象が薄れないうちに碁会所探訪の（探ったわけではないけれど）記事をまとめた。

梅さんからは別途メールが入っていて、三本樫の保養所の件、市議会のあとで関係者と話したところ、やはりあの場所を市が管理することはないらしい、とあった。商工会議所の事情通からも、安岡さんが譲り受けて、建物も周辺も可能なかぎり残しながら、最低限の再開発をする線で話が進んでいると聞かされたという。問題は駐車場をどうするかだと梅さんは付け加えていたけれど、碁会所の記事には、三本樫の件を無理に滑り込ませる必要はなさそうだった。写真の判断は梅さんたちに任せて、とりあえず記事の中身だけ送った。それからなずなとぬるい風呂に入り、ミルクを飲ませ、おむつを替えて眠った。今朝、七時半に一度ミルクを飲ませてノートに書き留めたのだが、そのあとの記憶はなにひとつなかった。

「聞こえてます？」友栄さんの声がする。

「ええ」

「なずなちゃんの」と、友栄さんはそこでちょっと間を置いた。緊張が走った。「なずなちゃんの、予防接種のことなんですけど」

そうか、そういう時期に来ていたんだと、いまさらながら驚く。

「菱山さんのところに、案内は届いてますか」

「案内というと？」

「三ヶ月健診と、集団予防接種の案内です。役所から送られてくるはずなんですけど」

「いえ、こちらには……」

「なずなちゃん、住民票は移してないんですよね。お父さんお母さんのところのままで」

「そうです。預かってるだけですから。出生届は、亮二たちの家のある、静山のほうに出してありますが」

「たしかに母子手帳は静山市の発行で、一ヶ月健診もちゃんと済ませてありました」

　明世さんの調子が悪くなったのは、母子の一ヶ月健診の直後だった。最初はかすみ目、そのあと左の手足が冷たくなってどうも痺《しび》れるというのが症状で、産院ではなく大きな市民病院の眼科と神経内科で診てもらったあと、神経内科の医師の紹介で静山大の附属病院に検査入院し、そのままになっているのだった。産後の肥立ちといった言い方でくれるような症状ならよかったのだが、ウイルス性感染症という診断でいちおう病名は確定し、快方に向かっているはずだった。ところがそのあと、肺がおかしくなり、CTを撮ったらわりあいはっきりした影があったので念のため生検もすると聞いて、こちらにもなにがどうなっているのか把握できなくなった。食生活にもあれほど気を遣っていた明世さんが倒れて、好き放題食べてきた者が平気な顔をしているとは、いったいどういうことなのか。気丈なところのある人だから、電話で弱音を吐いたりはしないけれど、そなずなのこと、亮二のこと、彼女の不安を想像するだけで胸がつぶれる。なにしろ、そのなかで右往左往しているのが、この私なのだ。彼女の親父さんにばかり任せないで顔を出さなくてはと思いつつ、明世さんの希望でなずな最優先の生活をしてきたのだが、そろそろなにかを組み替える時期に来ているかもしれない。

「だったら」と友栄さんは言った。「書類は弟さんの家のほうに届いてるはずですよ。郵便物、見てきたほうがいいと思います」

「郵便は、あちらの親父さんが整理してくれてるので、確かめてみますが……」

「静山にいらっしゃるんでしたたっけ？」

「その隣町です」

「じゃあ、お願いしたほうがいいかも」

なにをどうたずねたらいいのか質問の内容すら思いつかなくなって、私はしばらく黙った。その一瞬の沈黙と、視線の先の光景が一致する。なずなが両の目を開けて、黒い瞳でこちらを見ていた。けれど、いつもと、なにかがちがう。ちがうような気がする。笑った、のだろうか。これが正真正銘の笑みなのだろうか。顔が顔になってきたなと、このところ感じていた。胴体の上についている部位ではなくて、なにか、ちゃんと意思を持ち、表情のある、人間の《顔》になってきている。声が出るとか、首がしっかりしてくるとか、そういうこととは、また異なる変化だ。赤ん坊がどのくらいの時期から笑うのか、私はそれさえ知らずに生きてきた。自分にもかつては笑いはじめた瞬間があったというのに。もう一度、笑みらしいものを浮かべたら、すぐに写真を撮って、亮二と明世さんに送らなければと、取材用のカメラに手を伸ばした。

「予防接種はうちでもやってます。ただ、ＢＣＧは集団接種だから、やり方がちがうんです。新生児訪問のとき説明を受けてるはずですよ」

「そういえば、新生児訪問は受けてないって、弟が話してました。三ヶ月訪問とどちらか選べるので、あとのほうにしたとかなんとか」

「いずれにしても、三ヶ月は経ってるわけだし、おうちに市役所の人が来てるかもしれない。係の人に事情を話しておいたほうが、いいと思います」

「なるほど、そうですね」

予防接種のことは、例の神聖なる育児書を通して頭に入れて、反芻《はんすう》してきたつもりだった。早いうちに手を打たねばと常々思っていたのに、ジンゴロ先生や友栄さんが身近にいて、気がゆるんでしまったのかもしれない。喋っているうち、自分のまぬけ加減がだんだん恥ずかしくなってきて、逆に頭が冴えてきた。

「いまの話だと、役所からの通知はべつとして、静山までその集団予防接種に行かなくちゃならないわけですよね」

「連れて行く気があれば、ですけどね。菱山さんの場合だったら、静山市の保健センターに申請して、他市で集団接種を受けるための依頼書っていうのを出してもらえばいいんです。そうすれば、伊都川で受けられます。ただ……」

「ただ……」ふたたび、緊張が走る。

「その場合は、実費になるんです」

「さすがに詳しいですね」ほっとしつつ私は言った。「プロは頼りになる」

「どういたしまして」

友栄さんは芝居がかった明るい口調で言って、じつは電話する前に保健センターにいる友だちに訊いておいたんです、と白状した。

「だって、あんまり例がないですからね、この市では。それにBCGの集団接種は今月末です。こういうのって、同年代の子のペースに合わせておいたほうが情報交換しやすいし、これからいろいろ打つべきものが出てきますから。できれば、すぐ保健センターに予約を入れてください」

「あと一週間もありませんよ」

「まだ間に合うみたいです。いろんな赤ちゃんやお母さんたちの様子を見ておくと、菱山さんも気が楽になるでしょ。新川《しんかわ》さんて女性が担当です。わたしの名前を出してくだされば、通じます」

なにからなにまで、お世話になりまして、と電話を切ろうとしたとき、なずなとふたたび目が合った。やっぱり、あれは笑みではないか？　目尻が下がり、口もとが逆にあがっている。ホー、ホハ、と彼女は声を出した。ホーホケキョの抑揚で、ホー、ホハ。泣くときは、彼女が世界の重心になった。核からマントル、そして硬い地殻までも抜けて突きあげてくる泣き声は、極の磁力をも狂わせるほどだった。しかしこの表情はいったいなんだろう。地の底との関係を瞬時に断ち切って風船みたいにふわりとあがり、そのままはじける。部屋の空気がいっぺんに弛緩《しかん》し、なずなではなく、見ているこちらが小水を漏らしたかと思えるほど力が気持ちよく抜ける。これが笑みだとしたら、笑顔は、どうやらひとりだけのものではないらしい。なずなの笑みは、彼女自身の世界だけをなごませるのではなく、この私の世界をもゆるませる。涙に、笑み。このところの成長は、また、あまりにも急だ。写真を撮らなければと思いつつ、携帯を握りしめて、友栄さん、と私は呼んだ。びっくりするくらい、大きな声だった。

「もしもし、友栄さん、聞こえてますか」

「はい」

「あの、赤ん坊って、何ヶ月くらいで笑うんでしたっけ」

一瞬、間があった。

「個人差があるから、一概には言えませんけど、だいたい三ヶ月かな。二ヶ月で笑う子もいますよ。だいぶ前に点滴打ちに来た、あの優芽ちゃんて子、二週間でもうにたにたしてたって、お母さんが自慢してましたし。あ、じゃあ、笑ったんですか、なずなちゃんが？」

「ついさっき、笑ったような気がして」

「近くにいて、そういう気がしたんなら、まちがいないと思います」

「じゃあ、笑った、と見なしていいわけですね」

けらけらと、友栄さんは明るい笑い声をあげた。そして、軽くむせた。距離が近くなって、息が、直接こちらの耳に入ってくるようだった。

「笑ったんなら、笑ったでいいんですよ」友栄さんは自身も笑いながら言った。「笑顔まで《見なす》なんて言い方しなくてもいいのに」

「ほかの赤ん坊の顔の変化を知らないものだから、ほんとに笑ってるのかどうか比較しようがないんですよ。じゃあ、笑ったことにします」

そうしてください、と友栄さんはまた笑った。

「集団接種のときに、みんなの笑顔も見てくださいね。打たれたあとは、泣きますけど」

礼を言って、電話を切り、湯を沸かし、顔を洗い、髭《ひげ》を剃《そ》り、また顔を洗って珈琲をドリップした。なずなと視線を交わしながら、一杯、二杯。穏やかな表情で、やはり声の出し方が複雑になっている。一音を長く伸ばしたあと、そこにぎくしゃくした装飾音が加わる。スティーヴ・レイシーのCDを流して、ご機嫌をうかがいながら何枚か写真を撮る。そのあとは、電話ばかりして過ごした。明世さんの親父さんの体調は、悪くなさそうだった。あんたには世話をかけてばかりでと、いつもの台詞がすぐに出てくる。明世の身の周りの、下に身につけるものやなんかは、男の年寄りにはわからんから、若い看護婦さん（看護師ではなく、彼はかならず看護婦と言う。なんの底意もなしに、である）にお願いしてね、これが、よくしてくれるんだよ……。

私が用件を話すと、しばらく溜めてあるという郵便の束を調べて、乳幼児健診のご案内という封筒を見つけ出してくれた。そこに記された電話番号を控えさせてもらって、すぐ担当部署に連絡し、伊都川市に提出する書類を至急送ってもらうよう頼んだ。三日以内には届くらしい。明世さんの親父さんにまた電話を入れて、うまくいったことを伝えると、孫を病院に連れて行くのは難しいかもしれんが、会わせてやれば元気も出るだろうになと、娘の不遇を嘆いた。それから伊都川市の保健センターに電話をして、新川さんという人を呼んでもらい、友栄さんの名を出すと、はいはい、臨時のお父様の件ですねと、なずなではなく私の予防接種であるかのような応対ではあったが、話は無事に通じた。

　なずなはご機嫌である。手を握って、ちょっと振ってやると、声の質がまた変わり、私に話しかけているようにも聞こえる。頬に触り、手に触り、鼻をちょんと押してみる。お母さんも、おじいちゃんも、頑張ってるぞ、それからお父さんも。話をしているうち、彼女は丸い口を開けた。泣くのではなく、口を開けて、なにかを食べたそうにしている。これがミルクの要求なのかどうか、判断がつかなかったが、先んじて準備をはじめていると、期待どおりの泣き声が背中から徐々に迫ってきた。もう動じない。作り出しているのだから、いつもより時間は短縮できる。手早く用意し、抱きあげて、すでに開いている口に哺乳瓶を近づけてやると、硬いプラスチックの本体が凹《へこ》むのではないかという勢いで飲む。どんどん吸い、どんどん飲む。人肌の温度より高めになっても、彼女は気にせず飲むようになった。そのあいだ、視線は自分の指先ではなく、ちょっと離れたところに向けられているようである。なずなのおなかがいっぱいになると、こちらまでいっぱいになった気がしてくるから不思議なものだ。ミルクが入っていくにつれて体温があがり、頭のてっぺんからおなじみのもわんとした、ミルクと汗の混じった、甘いにおいがのぼってくる。

ご満悦のなずなとしばらく向き合って、話しかけながら儀式だけ行う。念のための空気抜きだ。出なくても心配はしない。上ではなく、下のほうから空気が抜けることもあって、それにつられてか、大きなものも出てくる。爆裂はなかったが、おむつを替えてやると、表情がぐっと明るくなる。なずなは、生後三ヶ月を過ぎた赤ん坊である。女の子である。このふたつの条件を満たす存在は数限りなくあるのに、なずなは、なずなでしかない。せりでもはこべらでもなく、なずなでしかない。「私」とはなにか、「ぼく」とはなにかを考える思春期の悩みは、第三者に向けられることがないから、かけがえのない存在、といった言い方はつねに閉じた響きをともなう。だから、親となった人々はみなどこか悟った顔になり、子のない人々にそれとない圧力をかけているように見えてしまう。しかし、そうではなかったのだ。いまになって、子どもたちと教室で読んださまざまな文章が胸に沁《し》みてくる。

ぼくが　ここに　いるとき

ほかの　どんなものも
ぼくに　かさなって
ここに　いることは　できない

短期間だけ受け持った塾の低学年クラスで、この、まど・みちおの、「ぼくが　ここに」と題された詩を読ませたことがあった。低学年という分類は、こういう言葉を前にしたとき、なんの意味も持たない。ハンドボールをやめてからようやくものごとを考えはじめた私には、これほどわずかな言葉で、これほど深甚なことを伝えてくれる世界のあることがまず驚きだった。そして、遅まきながら「詩」の発見に、心から感謝したいくらいだった。いつだったか、亮二にこの詩の話をすると、よほど熱が入っていたらしく、兄貴はさ、スポーツなんてやらずに、文学の勉強でもしてたほうがよかったんじゃないのか、と冷やかされたものだ。教える側の人間が、みずから選んだ教材の言葉の力に動揺していては、先に進みようがない。同僚は《存在論》なんて用語で哲学的な解説をしてくれたりしたのだが、私にはよく理解できなかった。「ぼくに　かさなって」という、その一行に参っただけだったから。それでも、いまだにこれは、暗唱できるごくわずかな詩のうちのひとつになっている。詩はつづく。

もしも　ゾウが　ここに　いるならば

そのゾウだけ
マメが　いるならば
その一つぶの　マメだけ
しか　ここに　いることは　できない

なずなを見ていると、この「マメが　いるならば」という一行を思い出す。マメのように小さな赤ん坊は、しかし、たったひと粒しかそこにいることができず、「かさなって」いることはできない。十年前の私は、これを「ぼく」が生きていることの大切さに思いをめぐらす、つまり、「ぼく」を出発点にした詩として読んでいた。ゾウやマメは、「ぼく」が思い悩んだ末にとらえた世界の構成員であって、どんなに重い価値があっても、「ぼく」は、まず自分を切り開いていかねばならなかったのだ、と考えていたのだ。

ああ　このちきゅうの　うえでは
こんなに　だいじに
まもられているのだ
どんなものが　どんなところに
いるときにも

その「いること」こそが
なににも　まして
すばらしいこと　として

人は、親になると同時に、「ぼく」や「わたし」より先に、子どもが「いること」を基準に世界を眺めるようになるのではないか。この子が、ここにいるとき、ほかのどんな子も、かさなって、いることは、できない。そしてそれは、ほかの子を排除するのではなく、同時にすべての「この子」を受け入れることでもある。マメのような赤ん坊がミルクを飲み、ご飯を食べてどんどん成長し、小さなゾウのようになっていく。そのとき、それをいとおしく思う自分さえ消えて、世界は世界だけで、たくさんのなずなを抱えたまま大きくなっていくのではないか。私は、なずなの父親ではなく、伯父さんにすぎない。それでも、この子が「こんなに　だいじに／まもられているのだ」と言いたくなるほどには、父親的な成長を遂げている、と思いたい。


また携帯電話が鳴った。番号に、見覚えがなかった。はい、と応じると、がらがらした男の声が急に大きくなって、菱山さんですか、松田《まつだ》モータースです、と言い、三本樫の、中古車の、松田ですと言い直した。

「ああ、これはどうも。お世話になってます」

「車の件、時間がかかって、申し訳ありません。昨日、いただいていたメールアドレスに候補の画像をお送りしたんですけれど、ご覧いただけましたか？」

「いえ、まだ、拝見しておりません……」

「こちらに届いたものを、私の判断でいきなり乗り付けてもいいみたいにおっしゃってましたけど、さすがにどうかと思いまして」

　少々お待ちくださいと言いながら私はテーブルへ移動し、パソコンを開いてメールをチェックした。ご依頼のお車の件、という件名で、たしかに受け取っている。あわてて添付ファイルを開くと、数枚のカラー写真が出てきた。シビックに敬意を表して、おなじメーカーでアコードを選びます、とあった。選びました、ではなく、選びます、とあるところに慎重さが感じられる。選ぶことにしました、選ぶことにしましょう、選びませんか。選びますは、半分断定の未来形を帯びた現在といったところか。色は、ブラックとホワイトだった。

「いま、見てます」と私は言った。

「アコードの、ユーロRです。ご希望のチャイルドシートは残念ながら品切れで、近いのを探し回ったんですが、結局、ホンダ純正のデッドストックがお望みの型に近くて安全なようですね。スポーツタイプとも言えますが、セダンとしても優秀だし、乗り心地はやわらかいです。むかし、乗ってたことがあるんですよ。この近辺の山道を走っても、まったく支障ありません」

「……ちょっと、高級すぎやしませんか」

「予算内です。といって修理歴がある車じゃありませんからご安心を。勉強させてもらいますしね。画面でわかるかどうか、黒はかなり艶があってパールがかってます。白も、パールホワイト」

「白はいわゆる白物の電化製品みたいな感じですか？」

「ええ。でも、いまはみんなこういう白ですよ。じつは、うちに入ってるのはこの、ホワイトのほうなんです。もう一度、軽く整備点検して、明後日にも納車可能です。黒のほうはですね、同業の知り合いに押さえてもらっているもので、順序としては、書類を整えて、それから整備点検、納車になりますか。ちょっとお時間をいただくことになりますね」

　長考に入る。白か黒か。たしかに、白か黒かブラウンか、色の指定はこの三種だったが、こんなところでまた囲碁の続きをするとは思いもよらなかった。関本さんの手品がよみがえってくる。盤上で消えたりあらわれたりするのは、碁石なのかこちらの想いなのか。白のアコードの上に、黒のアコードは「かさなって」存在できない。

「たとえば、その、黒のモデルは、今月末までに用意できますか。末日ではなくて、四日後の、夕方までに、手に入れたいんです」

「ははあ、どこか、お出かけですか？」

「ええ」と私は困ったような声を絞り出して言った。「抜き差しならない用事がありまして」

「わかりました。なんとかしましょう」

間に合えば、保健センターには、バスやタクシーではなくて、車で行けることになる。初の、遠出だ。

15

「おなじの、ください」と鵜戸さんがジョッキをママに掲げた。三杯目だ。

「ちょっとペースが速いんじゃない？」と私は言った。「もっとなにかつまんだほうがいいと思うよ。春野菜づくしを食べに来たんでしょ？」

「そうですよ」鵜戸さんは平然としている。「食べてるから飲むんです。食べものがおいしいから、ビールもおいしいんです」

なずなを預かって在宅勤務状態になってから、以前より密接に、つまり頻度ではなく深さにかかわる方向で梅さんたちと言葉のやりとりをするようになった。身近にいるときは、言葉以上に、表情やしぐさで次になにをするべきか見当のつくことが多かったのだが、そういう雰囲気に慣れすぎて、内容によっては書き言葉より対話のなかでの言葉の交換を上に見たりすることもあった。これはいけないと反省はしていたものの、足りない部分は書くときに埋めればいいだろうとつい逃げてしまう。けれど、こうして姿を見ないで、頼りになるのが文字と声だけという状況に置かれてみると、眠っていた感覚が鋭敏になってくる。電話では声に、メールやファクスでは文字に、あるいは文字と文字のあいだに、特別な注意力が生まれる。

　梅さんとあれこれ話をしながら、私は何度か《美津保》のママから仕入れた情報を伝え、このありふれた、といっては失礼だが、外見的にはどこにでもあるスナック兼喫茶店がどんな役割を果たしているか、瑞穂さんの人柄などもふくめて、杵元町のことを可能なかぎり報告してきた。もちろん、なずなのことも忘れずにである。ごく狭い範囲内で見聞きしたことがらが細い糸で少しずつ結ばれていくことに喜びを感じて、編集部から四方八方へ散っていくやり方ではなく、どちらかといえば定点観測に近い方法を選び、私の親族にとっては負の連鎖としか言いようのない流れのなかではあったにせよ、いったん腹をくくったからこそ見えてきたものがあると、そんなことも素直に話した。

　たとえ些細《ささい》な日々であっても、そのなかに身を置いて、言葉を重ねることでしか開けてこない景色がある。同時に、見えなくなる部分も多いのだが、それもまた道理だろう。木を見て森を見ないのたぐいである。私自身気づいていなかったのは、不安材料が山のようにあるのに、杵元町の出来事やなずなの成長ぶりを話すとき、負の要素をあまり周囲に感じさせないらしいということだ。それを指摘してくれたのは、鵜戸さんと梅さんだった。変わった、とまでは言わない。ただ、遠回しに、以前ほど思い詰めた感じがしない、といった表現を彼らは使った。

「まさか、こんな展開になるなんて思いもしなかったな」

「だって、現時点では菱山さん動けないんだし、こちらが出てきたほうが早いじゃないですか。なずなちゃんも落ち着いてきたようだって言ったのは菱山さんなんですからね。いずれにしても、名目は編集会議なんですよ」

　歯科健診で先生が一度も「C」と口にしないような美しい粒立ちの歯を見せて鵜戸さんが笑った。たしかに、いつでもなにかをつまめるよう、箸を置かずに彼女は注文していて、しかも薄青の美濃焼《みのやき》の取り皿はたいてい空っぽになっている。そこにタラの芽の天ぷらやらこんにゃくの煮物やらを隣からかいがいしく補充しているのは樋口君で、今日は彼が運転手役なのだそうだ。このあとひとりずつ社のワゴンで家に送り届けるわけだから、ご苦労なことである。広告取りに運転手。学業のほうはいったいどうなっているのか心配になってくるのだが、樋口君はもう、こういう集まりの場以外でも、しっかりした戦力になりつつあるようだった。

　車の手配ができたから、近いうちに顔を出します、と梅さんに電話をしたのが今日の昼。そいつはよかった、で終わるのかと思いきや、おまえ、今晩、空いてるか、と訊かれたので私は面食らった。いま車があるわけじゃなくて、数日後に手に入るんですとあらためて説明すると、そんなことはわかってる、じつは樋口が、とそこでいったん言葉を切り、なにを言われるのかと身構えているところへ、樋口が、《美津保》って店に行きたいとうるさいんだ、と予想もしなかったことを梅さんは口にしたのである。菱山のところから野菜を転送したとき、お礼に食べさせてもらったカレーがえらくうまくて、女将さんもやさしそうで、菱山のこともいろいろ聞けるから、とかな。驚いて変な声を出すと、梅さんは、ま、半分は冗談だが、樋口によれば、菱山が元気そうだったというし、もうずいぶん会ってないわけだから、たまにはみんなでと話がまとまって、それで、さっき電話を入れて、念のために貸し切りにしてもらっておいた。

「ママさん」鵜戸さんが瑞穂さんを呼んだ。「あの、スプーンください。これ、お箸だと滑って」

「あらごめんなさい。スプーンじゃなくて、レンゲでいい？」

「はい！　レンゲで」

鵜戸さんが指さしたのは、出されたばかりの豆腐の鉢で、やわらかそうな豆腐の上に、細かく刻んだキュウリとナスとミョウガの漬け物みたいなものが載っている。私はさっさと箸をつけてしまったのだが、ぬるぬるしてうまくつかめない。しかし、これが意外にすっきりして、とてもおいしかった。器を口まで運んで啜るなんて真似はできないから、やはりすくうものがあれば助かる。はいどうぞ、と差し出されたレンゲを樋口君が受け取って、ひとりずつ手渡した。

「ひさしぶりに食べたな。《だし》は俺の好物でね」

梅さんは遠慮なくずるずるやりながらつぶやいた。

「よかった。これは春じゃなくて、もう夏野菜ですけどね」

「山形の支局にいた頃、よく食べたんだ」と梅さんは私たちに言った。「白い飯にもかけたりしたかな。賄い付きの下宿で、そこの婆さんがよく作ってくれたから、忘れられない」

「あら、日報に支局があったんですか？」

「社を興す前にいた新聞社の支局ですよ。だいたい、小さな地方新聞に支局があったらおかしいでしょう」

「それはそうよねえ」

梅さんの回答に意表を突かれたのか、ママは妙に感心した顔になる。

「だいたい、日報さんて、存在じたいが支局みたいなものよね、考えてみたら」

「うまいこと言いますね」梅さんが苦笑した。「ま、当たってはいるかな。でも、うちのことはともかく、これはほんとにありがたい」

「むかし勤めてたお店で教わったんです。伊都川じゃありませんけど、そこのママに。そのママのお母さんが山形の人だったんです」

「大葉と、あとは小ネギですか」と私が言った。「このぬるぬるしたのは……」

「納豆昆布。オクラでもいいけど、あたしはこちらが好き。それにお醬油。一味もちょっと入れる。ぴりっとするでしょ」

「唐辛子を抜けば、離乳食になるかもしれませんね」

「それはだめよ」と彼女は真顔で言った。「気管にでも入ったらどうするの。冗談でも口にしちゃだめ」

「すみません」

「友だちに、若いお母さんがいて、夜の仕事に小さな息子連れて行っててね、おなか空かせて泣いたとき、ミルクは間に合わないし、レトルトの離乳食も切らしてて面倒だからって、もずく酢食べさせちゃったことがあるのよ。五ヶ月半くらいの子によ」

「酸っぱいから、入れたとたんに、すぐ吐き出すんじゃないですか」

「出そうとして噎《む》せたの。それはそれは大変だったって」

「面倒だからっていうのじゃなくて、たんにおいしそうで、食べやすそうかなと思ったんですよ。そもそも、生ものはあげられないでしょうし」

「そこまでわかってるなら、言わない」

「はい。すみませんでした」

「菱山さんて、このお店では、というか、ママさんの前では、いつもこんなに素直なんですか」鵜戸さんが遠慮なしにたずねる。「二回もすみませんって謝りましたよ。私には、おじさんくさい、妙な突っ込みを入れたりするんですが」

「素直でいい方ですよ。なんでもご存じだし」彼女は意味ありげに微笑んだ。「誰に対してもってわけじゃないでしょうけどね」

鵜戸さんは、ふうん、とこちらを見たきり、それ以上はなにも付け加えなかった。私は、なずなのほうを見た。しかし、見えたのは佐竹さんの後頭部だった。驚いたことに、佐竹さんはろくに酒も飲まず、ベビーカーのなかをずっと覗いているのだ。もともとの猫背が、ますます丸くなっていた。

「佐竹、あんまり怖がらせるなよ」

梅さんの言葉にも、佐竹さんは動じない。

「菱山君がこんなに夢中になってる恋人の顔を、ちゃんと拝んでおこうと思ってね」

佐竹さんは、二人の男の子の父親である。神様に罪はないけれど、ひとり目はともかく、次は女の子が欲しかった、と聞かされたことがある。

「佐竹さんの口から恋人なんて言葉が出てくるとは思わなかった。ほんと、今日は来てよかった！」

鵜戸さんはねばねばのだしをかけた豆腐を口に入れながら言い、ゆで豚のサラダをよそって私の皿に取り分け、樋口君の皿に盛り、それから、俺はちょっとでいいと言う梅さんの皿にもひと盛りした。

「もうこっちに来てくださいよ、佐竹さん。お父さんが嫉妬するわよ」

「お父さんじゃなくて、伯父さんです」

私はおごそかに訂正した。この台詞を言うのは、何度目だろうか。

「お父さんの役目を果たしてる伯父さん、てことです」と鵜戸さんも言い直した。佐竹さんは満足したのかしないのか、ゆっくり向き直って、何事もなかったかのように箸を持ち、生ぬるくなっているはずのビールをごくりとうまそうに飲んだ。

「菱山君に、似てるよ。やっぱり、血はつながってるな」

「なずなちゃん、周りにいる人をみんな親戚にしちゃうみたいですね」鵜戸さんはよく喋る。会話と会話のあいだに、空白がなくなる。あればすぐ、彼女が埋めてくれるからだ。「この子だけじゃないですよ」私はこのところずっと考えていることを、そのまま口にした。「赤ん坊って、みんなそういう力を持ってるんです、たぶん」

「ぼくも親戚に入りますか」と樋口君がおそるおそるたずねた。

「そりゃあ入るわよ」瑞穂さんがカウンター越しに親族の認定をする。「年の離れた従兄《いとこ》。いまどきこういう地味な従兄がいたら、かえって心強いでしょ」

「地味な従兄かあ」

「白いヘルメットに原付で野菜を届けに来る学生が、いまの世のどこにいますか。言葉遣いも丁寧だし、あたしは支持する」

「ありがとうございます」

このあいだ、樋口君は目論見どおり吉葉電気工業から一段分の広告をあっさり取ってきて、この不景気によくぞとみなを感心させたばかりである。梅さんによると、吉葉電気工業は、三十年ほど前まで録音機の磁気ヘッドをライセンス契約で製造していて、なかなか羽振りもよかったらしいのだが、その後アナログの録音媒体が衰退しはじめたため、事業全体の縮小と方向転換を余儀なくされた。いまではコンピュータ関係の電子部品製造の下請けをしているとのことだが、詳しいことは私もよく知らない。日報に広告を出してくれたことは、これまでなかった。樋口君が社長の息子と大学で同級だというところまでは先日野菜を届けてくれたとき聞いていたけれど、その息子にどうやら定期試験などでノートを貸したりしてきたようで、要するに、相手の弱みを握っていたのである。頼みごとをする条件は整っていたというべきだろう。

「そんな腹黒い話じゃないです」取り箸を宙に舞わせて、彼は弁明した。「吉葉は、跡を継ぐつもりなんですよ。金儲けとは関係なく、自分の手で作りたいものがあるみたいで、授業中もああだこうだ、図面を引いたりしてたんです。変な回路図とか描いて」

「きみは商学部なんでしょ」私は驚いてたずねた。

「ぼくはそうなんですが、あいつは工学部なんですよ。野州《のす》大の工学部は、電子工学が強いんです。これも将来を見据えての選択だって言ってましたから。同級っていうのは、一年生の共通基礎科目で人文系の必修をとったとき、いっしょになったってだけのことです。他学部の、同学年。でも、二年になってからは、別々のキャンパスになったし、そう頻繁には会ってないんです」

「しかもその科目っていうのが、東洋美術史だものね」と鵜戸さんが呆れたように口を挟んだ。

「囲碁とか仏像とか、平安《へいあん》時代の碁打ちの霊でもとりついてるんじゃないか」

佐竹さんが穏やかな声で参加した。意外、という感じで、みなの視線がうつむいた佐竹さんの、地肌が光りはじめた頭部に集まった。

「漫画の読み過ぎですよ」と樋口君が言う。「東洋美術すなわち仏像、というわけじゃないですし」

「いや、ぼくは、褒めてるんだ」と佐竹さんが言い足した。「若者にふさわしいかどうかは知らない。でもよい趣味だと思ってね。白いヘルメットも、安全第一でいい」

「そう、佐竹さんは褒めてるの。ありがとうございますって言わなきゃ」

「ありがとうございます」樋口君は笑いながら頭を下げた。「それで、吉葉は、その時間帯がたまたま空いていて登録したんですよ。たしかにレポートは助けてやりました。でも、べつの必修の、数学の難しいのが必要になったときは逆に力になってくれましたから、悪い付きあいではないです」

「誰も悪い付きあいだなんて言ってないさ」梅さんはまず樋口君の顔を見、それからみなをぐるりと見回しながら付け加えた。「樋口が親父に交渉しているのを知って、息子も援護してくれたんだよ」

「そうなんです。ぼくは遊びがてら、ご挨拶にうかがっただけで」

「吉葉さんて、吉葉電気工業の？」

瑞穂さんは《美津保》のママの割合を一気に増やす口調で言った。固有名詞に、彼女はひときわ敏感である。なんとなく集まってきた耳からの情報を再編する鍵になるからだ。話の最中にぴんと耳が立って、身体が前のめりになり、一瞬ののちには、あからさまに興味を示したのを恥じるように、いつもと変わらない表情になる。

「大通りから、立派な椎《しい》の木が見えるところでしょ？」

「そうです」と樋口君が応えた。「保存樹木になってるやつですね」

「じゃあ、さっきからあなたが言ってた同級生って、仲子《のぶこ》ちゃんの息子さんのこと？」

「母親の名は、わかりません」

「椎の木の吉葉さんなら、仲子ちゃんしかいないもの。あたしの友だちだから」

一同、みな瑞穂さんの顔をつくづくと眺めた。《美津保》を中心とした情報網のひろがり方の妙味は、その結果報告ではなくて、こうした現場の臨場感にある。飲み屋の噂話といったくくり方をしてしまえば、魅力は半減するだろう。人が集まればそれに付随する情報も集まるのは自然なことだし、そのつながり方に意外性があるのはむしろ当然だ。《美津保》の不思議さは、いま必要とされている駒やピースを、小鉢を出すみたいにしてママがその場で出してみせるところにある。しかもその材料は、ずっと離れたところから届けられたものなのだ。人と人を結びつける媒介は、近くではなくて遠いところにある。この何ヶ月かで最も印象に残っているのは、そんな彼女の台詞だった。

「同級生、なんですか？」と鵜戸さんがたずねる。

「短いあいだだけど、同僚だったの。こういう商売じゃなくて、べつの仕事でね」

面子が変わると、思考の流れが変わり、話題も変わる。瑞穂さんと仲子さんは、なんと、そのむかし、バスガイドをしていたことがあるのだそうだ。地元ではなく、東京で。初耳だった。この店を開くまでになにをしていたか、私は彼女に訊いたことがない。そういう話はむやみにしないほうがいいものと思っていたからだ。ふたりがいっしょにいたのは、研修期間をふくめた数ヶ月のこと。いよいよこれからというときに、瑞穂さんのほうが辞めてしまったのだという。

「最初は憧れがあったのよ。あたしたちの世代くらいまでは、バスガイドって、特別に華のある仕事だったし」

「どうして辞めたんですか」鵜戸さんは容赦しない。

「まずはね、座学が嫌だったの。はじめのうちは、ずっとお勉強なのよ。それから、声のせい。こんなふうにがらがらしてるから、よくいじめられた。先輩にも運転手にもお客さんにも。職種を変えたらって」

すてきな声ですよ、と鵜戸さんがすかさず言い、樋口君も私も賛同した。うん、と佐竹さんが頷いたのがおかしかったが、梅さんは黙ってビールを飲んでいた。

「いまなら、ね。いまのあたしの年と容姿だったら許容範囲。でも、その当時の――どのくらい当時かは言わないけど――、若い女の子がこういう声だったら、どうなの？おまけに歌も下手。それで、病気になっちゃった。水は飲まない、飲めばトイレを我慢するっていう仕事だから、心のほうだけじゃなくて、腎臓がね」

そういう一連の悩みごとに耳を傾けてくれたのが、仲子さんだった。もちろん吉葉姓ではない、独身時代の話である。仕事を辞めてからずっと手紙と電話で連絡し合っていたその仲子さんが、突然、伊都川の人と結婚する、と報せてきたときは心底驚いたそうだ。仲子さんは短大時代、同系列の四年制大学の航空部に所属して、二人乗りのグライダーをやっていたのだが、ガイドの仕事がなんとかこなせるようになってくると、休暇を利用して活動を再開し、ずっと指南役で相棒だった人といっしょになった。それが吉葉電気工業の現社長である。

「だから、あの人たち、よく群馬だとか長野だとかの滑空場で訓練してたのよ。鹿間町は風があるけど上昇気流っていうの？　あれが、掴みづらいんですって」

「ああ、それでかな」と樋口君が声をあげた。「いま、航空機の計器類に使う精密部品を造ってるって言っててました。機体じゃないのが気にくわないって、親父さん、ずっと嘆いてたそうです。模型もたくさんあるようですよ。それで、吉葉のほうは、将来、発電のための風車を開発するのが夢なんです」

　おなじ土地に住んで、その気候風土になじみがあれば、考えることも似てくるのだろうか。鹿間町の山と谷の、四太が捨てられていたあたりの風を利用して、自然のテラスに小型の風力発電機を設置するしないという話が、ぐるりとひと回りしてこんなところに落着したのだろうか。梅さんもなんだか狐につままれたみたいにぼんやりしている。もちろん風車云々は可能性があるというだけであって、現時点で製造しているわけではないし、私や梅さんが切れ切れに追ってきた、保養所の再開発と道路敷設を結びつける、あのどこか疑わしい見方とも関係がない。しかし、安易かもしれないけれど、それこそ時代の風を読むならば、地元の風も読んで利用しない手はない。なずながもっと大きくなって、車を自由に操れるようになったら、三本樫のゲートボール場の話とからめながら追ってみるべき話題ではあるだろう。

しばらく黙っていた梅さんは、ちょっと外で一服してくる、と椅子を立った。気を遣っていただいて、すみませんね、とママは素早く反応する。彼女はカウンター越しになずなを見て、てのひらを合わせた両の手を頬の横で斜めにし、寝てるわよ、と私に合図した。立ちあがって確かめると、なずなはいっぱいに腕をひろげてみごとな爆睡状態にあった。佐竹さんの目力が効いていたのだろうか。おむつに触れると、まだなんとか持ちそうな感触である。これならみんなの前で裸にせず、部屋にあがってからきれいにしてやればいい。

「梅さんて、あんまり喋らない人?」瑞穂さんが小声で言った。

「そうでもないですよ。みんなの話をひととおり聞いて、かならずなにか言いますから、ご心配なく。ああ見えて、慎重なところがあるんです。まあ、ジンゴロ先生とは正反対ですね」

「あ、そうか、菱山さんが言ってた日報の社主さんって、ジンゴロ先生の……」

「同級生」

ジンゴロ先生って、どなたでしたっけ、と鵜戸さんが言う。目尻が垂れてきて、声もたるんとしてきたようだ。前半の勢いがたたったのかもしれない。

「この裏手の通りにある、小児科の先生」と私は説明した。「前に話した気がするけど、《美津保》の常連でね、しかも梅さんの高校時代の同級生」

「今日、かち合わなくてよかったわね」とママは言った。「まあ、貸し切りだってごまかしたでしょうけど」

私が通うようになってから、貸し切りなんて記憶は一度もない。そう指摘すると、年に一度か二度、公民館のサークルの人たちが頼んでくるくらいだとママも認めた。そこへ梅さんが戻ってきて、こんな時間なのに、案外トラックが通るな、と私に言った。

「車がいないぶん、えらく飛ばしてる。菱山のとこは、うるさくないか」

「気にはなりません。だいたい、いまのわが家の状態じゃあ、車の騒音なんてないに等しいです」

「そういえば、このあいだの議会で、デマンド交通の話が出ましたね」佐竹さんが確認するような口調で梅さんに言った。「伊都川交通と尾名川交通の人が、委員会に来ていて」

「なあに、そのデマンドって」

瑞穂さんの質問に、佐竹さんはいつもの調子で丁寧に説明した。交通の便が悪い地域で、自宅から駅まで、あるいはもっと具体的な場所まで、タクシーやバスを乗り合いで利用することをデマンド交通と呼ぶ。すでに、他県では運用しはじめているところもあって、どこで降りてもいいコミュニティバスに似たようなシステムだが、お年寄りや免許のない人、あるいは、故あって車に乗れない人にはありがたいものだ。杵元町には、この《美津保》の前から駅までのバス路線があるけれど、平日の昼間の便は数えるほどしかない。本数を増やすのはもちろん、路線の増設はもう不可能に近いから、確実に動けるシステムとして大いに期待されているものだ。その運用の可能性をめぐって、準備委員会ができるというのである。完全な車社会で、誰もが車に乗っているように見えても、よく調べるとそうでない住民も少なくないのだ。

「それが、どうかしたんですか」と私は言った。

「例の、三本樫の保養所の件ですよ。駐車場を最小限にするにはどうしたらいいか。そこに結びつく」佐竹さんは赤い目で付け加えた。「温泉ができるにせよ、ゲートボール場ができるにせよ、デマンド交通としての迂回路線のひとつにしてしまえば、土地を削る必要はないってことです」

「だから、道路を造る必要もないってことだな」と梅さんが補足した。

「温泉バスが通るんなら、ママさんがガイドやればいいじゃないですかあ」と鵜戸さんが素《す》っ頓狂《とんきょう》なことを言い、言いながら大きく振った腕で樋口君のウーロン茶を倒した。倒されたほうはなにごともなかったかのようにママから借りたふきんでテーブルを拭いて、そろそろ、時間ですかね、と壁の時計に目をやり、それから自分の腕時計で再度確認した。

なずなは、ずっと眠っていた。目を開けていたのは、佐竹さんが覗き込んでいたときだけである。寝息はみなの話し声にまぎれ、しかしまぎれることに深い安堵を感じているようにも見えた。そのくらい、穏やかな寝顔だった。世界の中心は、いま、《美津保》のベビーカーで眠るなずなにある、と私は思った。

16

兄貴がそのように《見なす》と言うなら、喜んで賛成するよ、と亮二は書いていた。なずなの笑顔と認定された（認定したのはこの私だ）写真を一枚、厳選して送ったのである。どんなに言葉を尽くしてもおそらく笑顔としか表現できないような顔。泣いているときよりも笑っているときのほうが微細な筋肉を使っているにちがいないと思わせるその笑みの光線は、近くにいないかぎり浴びることができない。けれど、亮二や明世さんにしてやれるのは、写真を送るくらいでしかないのも事実だった。

《自分の身体のことで頭がいっぱいになって、一瞬だけど、明世やなずなの顔が消えてしまうときがある。で、また、ふたりの顔がぱっと浮かんでくる。その、ぱっと浮かんでくるまでの、短いあいだの不義理っていうのか、忘れてたことが、ほんと、嫌になる。でも、ぜんぶさらして、消毒してもらってる最中は、痛くもあるから、ほかのことなんて考えられなくなるんだよ》

事故から一ヶ月以上経過して、ようやく手先の自由が利くようになり、携帯電話ではなくパソコンの使用許可を得たというので、亮二からのメールはいつもよりはるかに分量があった。これでやりとりはずっと楽になるし、写真も送りやすい。海外旅行中に大きな事故にあったり病気になったりする例はどうやら想像以上に多いらしく、亮二の穴を埋めてくれている同僚の話によると、その後も、南仏のリゾート地にあるホテルの濡れたプールサイドで転倒し、大腿骨を複雑骨折した不運な中年女性がいて、現地で入院、手術をしたあと、近親者の付き添いを得て車椅子で帰国したという。海外旅行保険の特約にはそうした事態に対処する細かい項目があり、書類さえしっかりしていれば、費用もあとからほぼ全額支払われる。膨大な額になるけれど、立て替え分は会社も助けてくれるから心配いらないと、もう確認済みのことであるのに、亮二はあらためて説明を加えていた。もっとも、プールで転んだその女性は、言葉のできない不安とさみしさもあって、医師の命に従わず無理に戻ってきたため、その後の経過はよくないという。

《一刻も早く帰りたいけど、いま自分が戻ったら、これまで以上に迷惑がかかる。めどが立つまでは、こっちで治療に専念するほかないよ。とにかく頼れるのは兄貴しかいない。いつか、ちゃんとお礼をするから、なずなと明世のこと、親父たちのことも、よろしくお願いします》

そう、気掛かりは、明世さんだった。ウイルス性感染症で解決かと思っていたら、肺の異常が目の異常にも連動している可能性を否定できなくなってきた、と主治医に言われたらしい。そういう症状が見られる厄介な病気があるのだ。ついこのあいだ明世さんの親父さんに電話したときは、そんな話は出なかった。父親より先に、亮二に報告したのだろう。私には、いや、亮二にも、これはどうしようもないことだった。大事に至らないことを祈るほかない。

　雰囲気を変えるために、私は身の周りの他愛ない話題をいくつか記しておいた。なずなの育児報告はもちろん、碁会所の手品のこと、《美津保》のこと、そして、ごぼうの産地偽装事件の余波のことなどを。最後の話は、ちょうど鵜戸さんから送られてきた校正用の記事で扱われていたもので、中国産のごぼうを地場のものと偽って大手スーパーに流していた他県の悪徳業者が、匿名の通報をきっかけに逮捕されたという事件である。そのスーパーの系列店が伊都川のショッピングモールに入っていたため、ごぼうはもちろん、他の野菜類にも疑いがあるとして、近隣の消費者団体が内部調査を要求したのだった。事実関係が淡々と正確に書かれていて、校正といっても公開文書の引用の照合くらいだったが、人目を欺くための手段がごぼうというところに、文面にはないはずの、ほのかな笑いも感じられた。牛肉、松茸《まつたけ》、ウナギ等々、多少とも値の張る品なら小細工に納得するところもあるけれど、こういう地味な根菜に目をつけたあたりに、どこか泣き笑いに似た悲哀がただよう。

　彦端の実家では、よくごぼうを食べた。もちろん母親が料理してくれたのだが、豚汁に入れたりきんぴらにしたり、あるいは炊き込みご飯にしたり、食卓に登場する機会はずいぶんあった。それが、ひとりで暮らすようになってから、ぱたりと口にしなくなった。食べるもなにも、単体で買うことがまずないのだ。春から夏にかけての、やわらかい新ごぼうがマヨネーズ和えにしたサラダになって弁当屋や総菜屋で売られるようになったのも、そう古いことではないような気がする。西洋ではごぼうを食べない。だから病院食に出るなんてこともないわけで、こんな報告をしたら亮二もいい迷惑だろう。

新ごぼうがとくに好きになったのは、やはり《美津保》のママのおかげだった。この町に越してきた最初の夏に、彼女が採れたてのごぼうで作ってくれたサラダにすっかり感動して、日報の料理コーナーで紹介したのである。ピーラーで薄くタリアッテレ、というかきしめんみたいな帯状にスライスし、しばらく水に浸して灰汁《あく》抜きをする。そのあいだに白ワインのビネガーとオリーヴオイルを合わせ、刻んだケッパーを入れたドレッシングを作り、さっと塩茹でしたごぼうを熱いうちにそのドレッシングと和え、冷蔵庫で冷やす。それだけのことである。それだけのことなのに、まったくもって美味だった。

ただし、記事にしてそれをママに見せたら、冷蔵庫に入れる前に粗熱を取るって言ったはずよ、最近の若い子はそういうひと手間を端折《はしょ》るから、きちんと書いてくれなきゃと真顔で叱られ、恥ずかしい思いをしたものだ。年配の読者からは、白ワインビネガーやケッパーとはなにか、そして、どこで手に入るのか、という問い合わせが多かった。読者の手に届かないような調味料を使う料理を、いい気になって紹介するな、という怒りの電話ももらった。それがいま、ママによると、ショッピングモールの食材店の、輸入品コーナーで簡単に、しかも安く買えるらしい。人口数万の町になぜそんな棚が成り立つのかと言えば、主たる顧客が伊都川市の外にいるからである。回転寿司、ファミリーレストラン、ハンバーガーショップで食事をした遠来の客たちのうち、世界各地から集めた食品を買っていくのはどのくらいの割合なのか、私は知らない。しかし箱はもうできてしまって、現実に機能しているのだ。あとはそれをどう使いこなすかだろう。そういえば、四太のおばさんの春野菜セットにごぼうは入っていなかった。昨晩の、時ならぬ饗宴《きょうえん》のつまみにもこのサラダはなかったのだが、鵜戸さんから送られてきた原稿を読むまで、ひょろ長い野菜の不在のことなど考えもしなかった。産地偽装について取材に行くのか行かないのか、ついでに梅さんに確認しておこう。

なずなの、つまり、いま目の前で手を動かしている、娘ではなく姪っ子の身体からは、いつもほのかに甘いミルクのにおいと汗の香りがたちのぼる。名前のとおりの野趣を、あのちょっとごぼうに似てもいる土の香りをそこに嗅ぐことはできない。けれど、ジンゴロ先生が好むぺんぺん草としてのなずなは、荒れ果てた「家」の庭にさえ生えるたくましい草として、私を、彼女の父と母を励ましてくれる。手を洗って、ときどきなずなに触れる。目を見ながら話しかけ、軽く手を握り、首筋をくすぐってやる。明世さんや亮二が戻るまで、なずなは成長を止めてくれない。ぐずぐずしていると、大きくなりすぎてしまう。一回分のミルクの量がまたかなり増して、こちらを不安にさせるくらい飲むのだが、以前のように飲んだぶんだけ体重が増加していくのではなく、たっぷり飲んでたっぷり出しているのに、その差し引き以上の肉がぜんたいにつきはじめていた。小さな手がまるまるとして、手首に一本の皺のリングができ、そこにきれいな垢というのか、汗に溶かれたような埃がたまる。足の指を洗ってやるような感じで、手首をコンコルドのコックピットみたいにして甲の側から洗い、それから内側も洗う。ひかがみにも汚れがたまるので、丁寧に洗ってやらなければならない。にもかかわらず入浴時間が延びていないのは、だいぶ慣れてきたからだろう。

本日のミルクの第一弾は先ほど飲ませたし、おむつも替えている。なずなの上機嫌は、すなわち私の上機嫌だ。分量と時間を記したノートで次の空腹時を予想してから、湯を沸かして水筒に入れ、例によって外出用ライフライン一式をリュックに詰めて、なずなを抱きあげ、ベビーカーに乗せてやる。首はごぼうの太さからしっかりした幹になって、くたくたした感じがしない。散歩には少々早いけれど、今日は昼までになんとか用事を片付けたかった。エレベーターで下に降りようとすると、思いがけず二階で停まって、美容院カメリアの輿田さんが大きな紙袋を両手にぶらさげて入ってきた。真っ白なタオルがたくさん入っている。お店で使うものだろう。

「おひさしぶり。いつ以来かしら？」

私が思い出そうとしているあいだに、輿田さんは身をかがめて、いちだんと黒ずんだ小顔でベビーカーを覗き込む。

「大きくなったわねえ。どのくらい？　三ヶ月、四ヶ月？」

「三ヶ月を超えました」

私は穏やかに応えた。もうほとんど自動的に出てくる台詞だが、そこに、おかげさまで、と感謝の言葉も忘れずに付け加える。

「いつもこの時間にお散歩？」

「今日は、ちょっと早めですね。たいてい、昼過ぎなんですが」

「時間を決めるより、お天気のときに動いたほうがいいのよね、きっと」輿田さんは、空でもないのにエレベーターの天井を見あげ、また私に向かって言った。「そうだ、菱山さん、お車替えるんですって？」

一瞬、驚いたが、平静を保った。べつに、知られて悪いことではない。輿田さんはこちらの顔色を見て、すぐに情報の出所を教えてくれる。予想していた《美津保》のママではなく、向かいの駐車場の持ち主から聞いたという。正確に言えば、そこを管理している不動産屋を介してということだが、じつはこの部屋を世話してくれたところでもあって、当時はいなかった担当者が、どうしたわけか買い替えるのではなく二台目を買うと勘ちがいして、駐車場がもう一台ぶん必要だと思い込んでしまったらしい。それで、以前から解約するしないでぐずっていた輿田さんに、どうなさいますかと打診したのだった。ところが新規の希望者が杵元グランドハイツの住人だと教えられ、情報屋としての血が騒ぎだしたというわけである。その後、彼らの誤解はとけたのだが、そんなことはつゆ知らず、私は、担当者に必要書類を送り、駐車場の持ち主の署名捺印を頼んでおいたのだった。郵送しましょうかとも言ってくれたのだが、不動産屋はもう一件の用事を済ますための通り道にあったから、散歩ついでに取りに行くことにしたのである。

「じつはね、あたしのほうも、解約どころかもう一台駐めるところを確保しなけりゃって思ってたとこなのよ。娘がね、戻ってきて」

「佐知さん、でしたね、たしか」

「あら、よくご存じ。お話ししましたっけ」

與田さんも驚いたようだが、名前がすらすら出てきたことに、むしろこちらのほうがびっくりしていた。

「瑞穂さんに聞いたんですよ。かつての、華々しい與田さんとの再会の話。そのときにお聞きしたんです」

「華々しい？　そうねえ。案外、おしゃべりなのよね、あの人」與田さんは片頰で笑みをこしらえた。

「そうかもしれません」と私も笑った。「娘さん、近くに越してこられたんですか？」

「越すもなにも、半分は出戻り。あら、黄倉さん」

私たちは薄暗い通路で喋っていたのだった。黄倉さんとはこのところ、管理人室の前で挨拶する程度だった。会話は、新しい会話を引き寄せる。黄倉さんは、こんにちは、と大きな声で言って、正面のドアを開けてくれた。

「しっかりした顔になってきましたね」黄倉さんがちらりとなずなを見た。「目がぱっちりして。お父さん似かな」

「あの……」

「わかってます。でも、あなたに似てるってことは、弟さんにも似てるってことじゃないですか。兄弟なんだし」

「うん。あたしも、なんか、この辺、菱山さんに似てると思う」與田さんが爪に縦の畝《うね》が走っている細い指をごぼうのように伸ばして、なずなの目尻のあたりを指さす。「弟さんって、菱山さんに似てるんでしょ？」

「よく言われますが、どうでしょうかね」

「ま、元気に育てばそれでよしですよ」黄倉さんがいきなり会話を締めて、こちらに向いた。「そうだ、例の、火災報知機の件、どうなりました？」

そういえば、與田さんと会ったのは、あのぼや騒ぎがあった直後だった。なんだか遠い過去の出来事のような気がする。こちらがなにも言わないものだから、黄倉さんもしびれを切らしたのだろう。すぐにやろうと思っているうちに、時間がどんどん過ぎてしまった。私は素直に謝った。

「マンションの人たちっていうより、この子のために、早いとこ頼んでおいてください」

「黄倉さん、いいこと言うわあ」と與田さんは大いに感心し、あたしは、おばあちゃんになれなかったから、と付け加えた。

「孫がいりゃいいってもんじゃない。いたらいたで、さみしいこともありますよ」

黄倉さんがすかさず応じた。情けないことに、私はちょっと言葉に詰まっていたから
これには救われたのだが、黄倉さんの口調に湿っぽさはなかった。與田さんの娘のこと
も、とうに知っていたのだろう。管理人は原則として観察者であって、余計なことは言
わない。

「そうかしらね。こんな子見てると、あたしもおばあちゃんになりたかったたって思うけ
どな。切実に」

ほう、となずなが声をあげる。ほ、あ、あ、とスタッカートをつけて。かわいいわね
え、という與田さんの声を背後に残して私はベビーカーをひと押しし、歩き慣れた大通
りの歩道に出た。前後左右に注意を払いながら、いつもとおなじ速度で進む。コンビニ
の前を過ぎてさらに南へ向かい、大通りの一角にある不動産屋に立ち寄って、頼んでお
いた証明書をもらう。担当者は、近いうち大通り沿いにある駐車場のいくつかが、きち
んと舗装された時間貸し駐車場に変わると教えてくれた。形の悪い畑地を平らにして砂
利を敷き、タイヤの位置にブロックを横置きしただけのやり方が好まれなくなってきて
いるのだそうだ。踏んだ砂利が車の腹に当たったり、雨でボディが汚れたりするのが気
に入らないらしい。立派な新車を買うと、また心配ごとが増える。東京では、雨ざらし
の駐車場にびっくりするような外車が置かれているのをよく見かけた。傷みや汚れをも
のともしない、こんな力を抜いた扱い方のできる人がたくさんいるからこそ都会なんだ
とひどく感心する一方で、車庫もない家に住みながら、どうしてこんな車を買おうとい

う気になるのか、理解できないところもあった。伊都川のようなところでなら、なおさらそうだろう。不相応、もしくは場ちがい、という言葉が思い浮かぶ。

なずなが乗っている、いや、なずなを乗せているこのベビーカーも、べつの意味でいくらか場ちがいなものだった。色が地味になればなるほど、この町では目立つ。好みでなくても、安全を考えるなら、遠目にすぐ識別できる明るい色を選ぶべきだったのだろうが、そこは親ならぬ伯父の趣味で通してしまった。あのとき賛同してくれた友栄さんはこの町の生まれだが、外の空気を吸っているので、色については寛容なのかもしれない。

大気はとても穏やかだった。春はもう夏に傾きかけていて、そのあいだの湿り気のある季節のはざまをも適度に感じさせてくれる。ニュース映像では公園をゆっくりと散歩する親子連れが紹介されるような日だ。額に触れ、おむつにも触れてみる。異常なし。頭のなかで與田さんの言葉がくるくる回っていた。《美津保》のママの、カメちゃんこと與田さんとの再会の物語によれば、美容院カメリアは、開業してから十数年経っている。佐知さんはたしか大学を出てすぐ結婚したという話だったから、まだ三十代だ。子の持てない年齢ではない。

それなのに、與田さんは、おばあちゃんになれないかもしれない、ではなく、なれなかった、と過去形で話した。半分ではなく、もう離婚が本決まりになったのか、それともべつに、たとえば身体のことでなにかうまく行かないことがあったのだろうか。それを思って、うまく言葉が出なかったのだ。大切なものは、あっていいはずのところになく、なくてもいいところにある。世の中の不均衡は、こうしてまず身近な人間関係にあらわれる。そして、たぶん、これは憶測だが、なずなや私の周辺の不均衡は、どこかでちゃんと均衡に結びついているだろう、とも思う。いや、そう願う。

大通りの車の量はそれほど多くなかった。曜日と時間帯によって、誰の目にも明らかな差がある。佐竹さんが話していたデマンド交通といっても、それが認知され、うまく機能していくまでには、おそらく相当な時間がかかるだろう。途中、コンビニではなく酒屋の前の自販機で水を買い、ひと口、ふた口飲んで、またしばらく歩く。黙って、ただベビーカーを押す。歩道ですれちがったのは、自転車に乗ったおばさんがひとり、犬を連れた老人がひとり、原付に乗った郵便配達員がひとり。子どもと若者の姿がどこにもない平日の午前。中学、高校はこのあたりになく、杵元小の授業が終わる午後までは、外で遊んでいる子らもいない。予防接種の件で友栄さんが言っていたとおり、いま、この規模の町でさえも、子どもは、子ども同士、親同士の交わりを求める者たちの集まりにしか存在しないようだ。実際にはそうでないのかもしれないのだが、外からはわからない。囲碁でもゲートボールでもなんでもいい、多少の年齢差のある子どもたちが集まる場をもっと散らさないと、結局は駐車場という聖域のないところはさびれていく一方だろう。逆に、適度な駐車場と駐輪場さえあれば、そこに一定の数の住民が集まってくる。地方の町はどこもそうだといつか梅さんが嘆いていたけれど、たしかに春片も、彦端も、鹿間も、伊都川も、みな似たり寄ったりの車社会で、車での移動を前提にものごとが組み立てられていくのだった。

若松町《わかまつ》の公民館は、そういう人を集める貴重な星座のひとつだった。地場の野菜スタンドがある、わりあいゆったりした駐車場兼広場を抜け、車椅子用のスロープをのぼり、ぽつんと置かれた各種証明書の自動交付機の列に並ぶ。先客がふたりいた。順番はすぐに回ってくるだろうと思っていたのだが、じっと画面を見つめていた老人にトラブルがあって、係の人を呼んだらしい。待っているあいだ、私は壁際の掲示板をぼんやりと眺めた。

若松町は、杵元町の南の、大通りと旧産業道路が交わるあたりにある。二十数年前、国から特別な交付金があったとき、新興住宅地の便宜をはかるために、市は畑地を買収して、公民館と図書館の分館を造った。近隣ではもっとも「賢明な」お金の使い方だと評価されたそうだが、町内会の催しのための、大きめの会議室がひとつと小会議室がひとつ、それから板張りの遊戯室があるだけのその公民館のロビーの一角に、先年、自動交付機が一台置かれた。市民カードは市役所で作らなければならないのだが、それさえ持っていれば最低限のことはここでできる。市役所の窓口の延長として出張所を維持するほどの利用者があるわけではなかったので、実験的な意味も込めての措置だった。杵元町から歩いて来るには、やや遠い。《美津保》の前からバスに乗る手もあったが、行きは歩いて、疲れの出る帰りだけ利用するつもりだった。幸い、昼過ぎに、駅行きの便が一本あったのである。

掲示板には、ゲートボール春期講習会終了のお知らせと同夏期講習会のお誘い、「みんなのステンシル教室」の制作発表会の告知、「若松町だより」の抜粋、医療控除に関する注意書きが貼られていて、左端に、《「老若の松」伝説》と題された絵入りの物語をまとめた、ポスター大の紙が掲げられていた。読んでみると、なかなか興味深い。老若の松とは、この公民館を建てる前、野道に生えていた大小二本の松の木のことで、移植されることなくばっさり伐《き》られたらしいのだが、竣工《しゅんこう》後しばらくして、一夜のうちに、建物脇の植え込みに、高さも枝ぶりも以前とほとんど変わらない松が二本植えられていたというのである。単独でできる作業ではないから、何人かが協力してゲリラ的に植えたにちがいないとする説と、土くれさえ落ちていなかったという事実に基づく幽霊説とに二分されて、結論が出なかった。町の名に刻まれているといってもいい樹木を、あんなにあっさり処分したことに対する抗議だとの声も聞かれた。町は、罰しはしないし、松もこのまま残すから、犯人は、いや、心当たりのある人はぜひ名乗り出てほしいと立て看板で呼びかけたのだが、自分がやったと言う者はついにあらわれず、事件は迷宮入りとなった。そして、これを機に、よみがえった日を若松町のお祭りの日にしたというのである。

伝説というのか謎というのか、とにかく地方紙のトピックを飾るにはなかなかの素材である。これほど小さな空間に、こんな逸話が転がっているのだ。ひとつの町を徹底的に掘り下げたら、本の一、二冊書けるくらいの物語が出てくるのではあるまいか。やってきた係の女性は、老人だけでなく、後ろで待っていた私たちのためにも、その場に残ってくれた。おじいさんが困っていたのは、お金の支払い方である。その次の中年女性のトラブルはカードの暗証番号忘れで、これは残念ながら市役所の窓口で再登録するように促されていた。それから、ようやく私たちの番が来た。

「お待たせしました。今日は、どのようなご用件ですか？」

「印鑑証明と住民票を」

「市民カードは、お持ちですか？」

私は財布から手続きに必要なカードを取り出して彼女に見せ、念のため指示に従いつつ、最初に印鑑証明のキーに触れた。あっという間だった。

「住民票はご家族のものですか？」

彼女はベビーカーのなかのなずなを見ながら言った。

「いえ、世帯主ひとりだけで」

「では、こちらになりますね」

たちまち印字されて出てきた公文書に印刷されているのは、私ひとり。四十代半ばの世帯主。なずなは同居人であって、同居人ではない。戸籍謄本や抄本にも、この子の名は記されない。

「三ヶ月くらいですか？」と彼女は急に語調を変えた。「お父さん似ですね」

「ありがとうございます。伝えておきます」

彼女の目が真っ黒になった。私はもう動じない。萎縮しない。娘じゃなくて、姪っ子で、これこれしかじかで、と平静にいつもの説明をする。そうなんですか、と反応してくれた、山口さんというその係の女性に先の由来書きを指差して、松の場所をたずねた。

「そこです。その、スロープの横の、駐車場の奥」

言いながら山口さんは歩き出し、自動ドアをするりと抜けて手招きをする。ベビーカーを押して出て行くと、こちらですよと案内してくれた。裏の家の敷地との境界に設けられた木々の植え込みのなかに、なるほど、立派な松が二本立っている。形のいい盆栽を拡大したような品のよさと、拡大したことによるまがいもの感がうまく混じりあい、人目を引く力がある。同時に、その二本の大きさの差と間隔、枝の張り出し方に、なんともいえない既視感があった。

「もう二十年も経ってますからね、周りの木が大きくなったのと、隣に家が建ったりしたせいで、あの絵とはいくらかちがって見えます。お祭りのときは、自転車をどかして、手前の道路を通行止めにしてから、ライトで照らすんですよ。駐車場に屋台が出て、なかなか賑やかなんです。いらしたこと、ないんですか？」

「それが、ないんですよ。さっき掲示板でこの松の由来を読んで、ほうと思いまして」

私はそこで名刺を差し出し、伊都川日報の記者をしておりますと自己紹介した。

「あら、日報の方？」と彼女の目はますます黒くなった。「いつも読んでますよ」

「ありがとうございます。それで、これはまだ思いつきの段階なんですが、うちであの松の由来を、紹介させていただいてもよろしいでしょうか」

「さあ、わたしに言われましても……」

若松町の町内会の方がまとめたものなので、公民館の誰かに訊けば教えてもらえるかもしれないという。いっしょに公民館側にまわると、不意に子どもの甲高い声が聞こえてきた。何人もいる。そこだけきれいに改装されたような明るい遊戯室に、若いお母さんたちが、お座りができるようになった子どもたちを小さなサークルのなかで遊ばせながら雑談していた。ベビーカーを押した中年男がそんなところへ入ってきたものだから、空気が一瞬、固形物のようになった。こんにちは、と緊張しながら挨拶する。それだけのことで気持ちはだいぶ楽になる。公民館の方に用がありまして、と訊かれもしないのに釈明すると、ようやく笑顔になる。山口さんは遊戯室の隣の受付の人に声を掛けて、用件を話してくれた。現在の町内会長の名前と連絡先はすぐに判明した。会長さんの名にも聞き覚えがある。会ったことはないけれど、いっとき、よく頭のなかでその名を反復していたことがあるような気がした。山口さんに礼を述べ、若いお母さんたちに、また出直してきますと頭を下げて、私はなずなと外に出た。

ほぼ時間どおりにやってきたバスは、がらがらだった。優先席に老人が三人、幼稚園くらいの男の子を連れた女性がひとり。運転手は停留所で私の姿を認めると、そのままで、たたまなくてもいいですよ、と言ってくれる。なずなはご機嫌である。五感すべてに刺激を受けていることが、目を見ればわかる。わかる、ということにしておきたい。はじめてベビーカーを押したとき襲われた全身の緊張は、もうなかった。こちらの心の平安はちゃんと伝わるのだ。ほ、となずなが小さく言い、指先で頬をつついてやると、また、お、と言う。さっき歩いてきたときはながく感じられた道のりが、バスだとほんの十分とかからない。見慣れた景色がふだんとちがう高さで流れていくのを見ているうち、はたと気づいた。若松町の町内会長の名は、日吉小学校の庭園を管理している造園業者の、社長の名とおなじだったのだ。環状線の工事の多くを請け負っている、あの業者の子会社である。だからどうだということではない。しかし、誰にも知られず、夜中に大きな松の木を二本植えてしまうような神業を素人がこなせるはずはないから、そういう作業に慣れている人間がやったと考えるのが妥当だろう。二十数年前の出来事の真偽のほどはどうあれ、いまだに松の周囲に人が集まり、年に一度遊べるとしたら、それは結果としていたずらにはならなかったことになる。か、となずなが声を出す。か。お。揺れるバスのなかで、揺れる頬に指を当てる。あ。ああ、あお。なずなが揺れる。私も揺れる。杵元町のバス停は、もうすぐそこだった。

17

「そんな話は聞いたことがないな」と梅さんが鼻声で答えた。風邪を引いたらしい。遅くまで酒を飲んで風呂に入ったらそのまま寝てしまい、湯が冷めても目のほうは覚めなくて、たまたま用を足すために起きた奥さんが発見してことなきをえたそうだ。何ヶ月か前にもおなじ状況になったのだが、そのときは運よく自分で意識を取りもどした。あと少しでずぶずぶ沈むところだったと気づいて青くなった梅さんは、酔いを自覚している場合には溺れないよう湯を半分ほど抜いて入ることにしていたという。だから上半身を冷水ではなく冷気にさらしたままでいたわけである。

「酔っぱらいというより、年をとった証《あかし》ですね」

「ま、そうかもしれんが、熱を出したりしないところを見ると、まだ丈夫だと解釈することもできる」

「気をつけてくださいよ」私は自分の父親のことを思い出しながら言った。「季節の変わり目ですから」

「鼻声のほうがやさしい感じがしていい、という意見もある」

「誰がそんなこと言ったんです？」

「目の前にいる子がな」

なるほど、鵜戸さんなら、言うかもしれない。《美津保》のママは、梅さんがあまり喋らない人のように見えたと、思いがけない感想を漏らして私をちょっとだけ困惑させたのだが、たしかに梅さんは、一対一になったときの饒舌《じょうぜつ》をみんなが集まる場では出さないなと、あとになってママの見る目に感心したりした。

「若松町の公民館があるあたりは、世が世なら、もっと賑やかになってたよ」と梅さんは言った。私たちは一昨日仕入れた、例の松の木の謎の話をしていたのだ。「大通りとかつての産業道路が交わってるんだから、昭和の半ばくらいまで、ここの経済の中心は南のほうにあったんだ。畑を道路用地に提供して一気に金持ちになったなんて人がかなりいたしな。高速道路ができてからは、みんな北に移っちまった。しかし松の木のなんたらっていう由来ははじめて聞いたよ。祭りのことは知ってるんだが」

「お祭りのシーズンに合わせて、紹介してもいいんじゃないかと思ったんです」

「おまえがいいというなら、書いてくれ」

あまり乗り気ではなさそうだったが、鼻声のせいでそう聞こえるのかもしれなかった。

「じゃあ、書かせてください。それで」と、私はちょっとしたスクープでも手にしたような口調で切り出した。「由来書きを作成した方に、連絡してみたんですよ。若松町の、立派な屋敷に住んでらっしゃる人です。坂村さん。梅さん、ご存じでしょ？」

「坂村造園の坂村？」

「ご名答です」

「なんだ、そういうことか。環状道路の一部を請け負ってるのは、あそこの親会社だからな。最初から言えばいいじゃないか」

「いや、松の話は松の話で完結ですよ。無理にそちらに結びつけるつもりはないです」

嘘ではなかった。あの由来書きに興味を抱いたのは、それが純粋によくできた作品だったからだ。

「あそこの若旦那には、こないだ会ったばかりだ。バイパス沿いの街路樹の剪定《せんてい》のことで市から説明があって、そのときに挨拶した」

「電話で話をうかがったのは、たぶん、その方の親父さんですね。声からすると、だいぶお年のようでしたから」

「そうだろう。前におまえも話してたが、あそこは仕事がいい。ごまかしがなくて、しかも多くを要求しない。春先に書いてくれた給食会の、あの日吉小の庭園管理費も格安だと聞いてる」

「だから親会社でもっているって風評があるんでしょうね」

「まあな。ありえないことじゃない。しかし、安岡老のとことおなじで、腹黒い印象はない。印象は、印象にすぎないとしてもだ」

電話口で用件を述べたとき、坂村さんは最初、なんのことだかわからないという反応だった。とぼけていたのではない。頼んだのはたしかに自分だが、絵と文字を担当してくれたのは孫娘で、美大を出て、いま大阪で美術の先生をしているのだという。公民館に貼られているのは高校時代の作品で、和紙のような丈夫な紙に細い筆で描いたものだし、陽の当たるところではないからあまり劣化していないんでしょうと坂村さんは言った。あそこの掲示板に貼られていたのは覚えてますが、まだあるとはね、孫に教えてやったらさぞびっくりするでしょう、わたしも最近は脚を悪くして、近場へ歩いていくより、いっそ車で遠くまで連れてってもらうほうが気楽になりましてねと、だんだん口が滑らかになってきたので、私はできるだけ軽い調子で、例の犯人、もしかしたらご自身だったりすることはありませんか、と記者らしくつついてみたのだった。

「それで、なんて言われた？」

黙ってそこまで聞いていた梅さんが口を開いた。関心がありそうでなさそうな、特有の声の出し方で。

「由来書きに書いたとおり、謎だそうです。ただし、一晩であれだけの作業をする力量は、かつての自分にならあったともおっしゃってましたね。笑いながらですけど」

「そういうことなら、たぶん、ご当人がやったんだろ。あの一帯はたいがい坂村一族の土地だったんだよ。なにか祀《まつ》りたくなっても不自然じゃない。おなじ名字の分家も、かなりあるしな。みな親族だ」

シュウシュウと蒸気の噴きあがる音と、鍋蓋がかたかた鳴る音が聞こえた。すみません、梅さん、ちょっと待ってください、と言い残してあわてて台所に行き、レンジの火を弱める。蓋を開けて中身を確かめる。焦げてはいないようだ。黄倉さんとの約束はまだ果たせずにいるのだが、火や水回りの音には、以前よりはるかに敏感になっていた。

「赤ん坊か？」

「いえ、自分が食べるものを作ってまして」

「もうぼや騒ぎなんて起こすなよ。あの子には俺もう会ってるわけだから、他人事じゃない」

「わかってます」

そこで切ろうとしたとき、ああ、それからな、と梅さんが話を継いだ。

「杵元の碁会所の責任者の人から、電話があったよ。関本さんか。記事が載ったあと、入会希望者が何人かあったそうだ。お礼の電話だった。菱山によろしくってことだったが、会員になる約束をしたそうじゃないか」

「冗談ですよ。この次は、樋口君に行ってもらいますからね」

電話を終えて、台所に向かった。なずなに気を配りながらできることといったら、よほど手早く炒めるか、時間をかけて煮るかのどちらかだ。あるいは、そのふたつを合わせるか。四太のおばさんからの差し入れはそのまま《美津保》に流れて、しかも日報御一行様によってたちまち消費されてしまったから、食材は配達してもらったスーパーの定期便に入っていたものしかない。ショッピングモールができてから地元のスーパーが生き残りのためにはじめたサービスである。短期間のうちに、私はずいぶん世話になった。粉ミルクと紙おむつまで頼めるのだから、じつに助かる。

なずなが眠っているあいだに、タマネギ、ピーマン、舞茸《まいたけ》、豚こま、それから残しておいたブロッコリーの茎を冷蔵庫から取り出して、昨日の深夜、ベーコンを焼いたフライパンにこびりついて白く固まっていた脂をそのまま使い――つまり、洗っていなかったということにすぎないのだが――、細かく刻んだ右の食材を投げ入れて炒め、そこに米を加えてさらに炒めてから、なずながここへ来る前に買ったやや古めのカレー粉を入れてまた炒めた。ベーコンの脂があるのでバターは我慢することにして、それをざっと深鍋に入れ、米とおなじ分量の水を加えて火に掛けた。塩も、ちょっとだけ入れた。要するに、カレーピラフである。余りものをなんでもぶち込めばいいので、これは東京でもよく作った。

その状態で、梅さんに電話をしたのである。今日は三食これで済まそうとたっぷり仕込んだので、噴き出すまでに時間がかかったのだ。お昼にはまだ早いけれど、腹ごしらえをしておかなければならない大切な用事があった。なずなは朝方にミルクを飲んで、しばらくのあいだ手足を動かし、とてもよい顔をしているなと思ったら、遊び疲れた仔《こ》猫《ねこ》のように、うつらうつらしはじめた。それからは寝たり起きたりだ。髪が、だいぶ伸びていた。陽のある時間帯に見ると、なずなの髪はとうもろこしの毛に似た薄茶色をしている。ただし、それとは比べものにならないくらい細くて、ときどき金色に透けた。

先のほうがわずかに丸まっているので、いわゆる天然パーマになるのかもしれない。

鍋にときどき目をやり、ぐつぐついう音になずなの声が混じっていないかどうか耳を澄ませ、そうしながら老若の松の記事のために簡単なメモを取って、鵜戸さんから送られてきた地域の話題の原稿にざっと目を通した。三本樫の近くの見通しのよくない新道で、このところつづけて事故が発生したのだが、先日、おそらくはまだ暗いうちに、誰かがその場所に「事故多し、あやまれ！」という看板を立てて騒ぎになっている、とあった。佐竹さんの記事だ。「事故多し、要注意」のスチール製の立て看板が引き抜かれ、蛍光塗料で大書された板を竹のポールに取り付けたものに置き換えられていたのである。まずは「あやまれ！」という文言にドライバーたちは驚いた。見通しがよくないとはいっても、ヘッドライトに照らし出される場所での作業にはなるのだから、夜中にまったく気づかれずにやるのは、そう簡単ではない。いずれにせよただのいたずらだろうけれど、紹介記事を読みながら、なんだ、これは老若の松の話とそっくりじゃないか、と私は思った。一連の事故がどの程度のものを指すのかぐらいは、警察に問い合わせればわかるだろう。看板の言葉には個人的な恨みもからんでいるのかもしれない。

しかし車の事故と聞くと、まだいくらか緊張が走る。昨日、必要書類が揃った旨を伝えたら、松田モータースの社長がすぐに反応して、昼過ぎに、とうとう車を「配達」してくれたのだった。思っていたよりはるかに状態がよく、新車と見まがうばかりに磨き込まれていたことに少々気圧《けお》されつつ、必要書類を諸々《もろもろ》渡したところで、チャイルドシートの装着法について講習を受けた。彼はベビーカーでお供してくれたなずなを見るなり、はあ、この子ですか、なるほど、こんな子がいたら旧型のシビックは打ち止めでしかたないでしょうねと言い、後部座席に後ろ向きで、こういう感じで設置します、簡単ですよ、と実演してみせてくれた。運転席の後ろに、国際規格のなんとかいう方式でカチリと固定する。それだけのことなのだが、後ろ向きの設置という状況を私はまったく想像していなかった。これではバックミラーを使っても背もたれが邪魔になって顔が見えない。

なずなのほうを見て呆然《ぼうぜん》としていると、社長は鞄から小さな袋を出し、もしよろしければ、安物ですがサービスしますと言って、中身を取り出した。リアウインドウに吸盤で取り付ける簡易ミラーだった。なずなを抱きあげ、チャイルドシートに寝かせると、運転席に座った状態で彼女の顔が見られるよう、彼はリアミラーの角度を調整してくれた。丸い鏡に、なずなの、どこか困惑気味の顔が宇宙船からの中継画像のようにぽつんと浮かんでいた……。

しかし、それより不安だったのは、試運転をしていないことだ。なずなを乗せて慣れない車で走るのも怖かったし、あの子を後部に隔離するような状態になるのも心配だった。まずは緊張をほぐすための慣らし運転をしておきたい。チャイルドシートを装着できる車があれば、事は簡単に解決するような気でいたのが浅はかだった。それで、平日の昼なのに、無理を承知で友栄さんに助けを求めたのである。電話で事情を説明すると、明日は往診がないから、お昼のあいだならお手伝いできますよ、とあっさり引き受けてくれた。ただし、彼女は、笑みをふくみながらもやや棘《とげ》のある口調で、でも、それはつまり、なずなちゃんが心配だから後ろに乗って見ててほしいってことなのか、緊張してる菱山さんを勇気づけてくれってことなのか、どっちなんですか、ともっともな疑問を呈した。両方です、お願いします、と私は正直に応えた。

なずなのために、音楽をかける。亮二が聴かせてやってくれと指定してきたので、それが乳幼児にいいのかどうかわからないまま、コルトレーンのCDをセットした。《コートにすみれを》が入っているアルバムをというリクエストどおり、換気扇の音に負けないくらいの音を出してなずなの反応を探ってみることにした。私は亮二のようなジャズファンではないから、通り一遍の聴き方しかできない。メロディーラインがそれなりにあって、いっしょに身体を動かしたくなるような演奏しか受けつけないのだ。どんな曲を聴いたらいいのかは、これまでほとんど亮二に教えてもらってきた。音楽に関するかぎり、なずなは父親の教育をしっかり受けていることになるのだろう。飲むと吐き出すの繰り返しだったこのあいだまでは、スティーヴ・レイシーのソロであやせと命じられてそのようにしていた。案外うまくいったことに私は驚いたのだが、最近はもう少し音に厚みのある、やさしい曲のほうがいいと異国の病室から亮二は言うのである。

カレー粉の香りがぷんと漂う。カレールーのではなく、粉の香りだ。米に芯のあるほうが好きなので、表面の水気がなくなったのを見て火を消し、あとは余熱にまかせた。

換気扇を切ってからは音量を落としたものの、なずなは両腕を内側にくるりとまるめて、テナーサックスに聴き入っているようにも見えた。《コートにすみれを》、そして、《わがレディーの眠るとき》。亮二はこんなタイトルにも惹《ひ》かれているのかもしれない。なずなにすみれの美しさはないけれど、わがレディーは今日もまた、眠ったり眠らなかったりの繰り返しである。仕事机を整理し、床に散らかった本を片付けて、なずなの外出時セットを準備する。スティック型の粉ミルクにお湯。お湯は適温にして保温水筒に入れる。おむつを替え、身体を拭いてやり、汗をよくかくところには軽くベビーパウダーをはたいた。ほ、と呼びかけると、あ、と声が返ってくる。返事ではないかもしれないが、いつものように、そう考えることにする。

鍋の蓋を開けると、しゅわっと湯気があがる。米が丸々とふくらんで、そろそろよさそうだ。しゃもじを入れて下のほうから上のほうへ動かしてまぜあわせ、ひと口食べる。カレー粉はやはり古かったのか、香りの面ではやや不満が残ったが、作っているうちにだんだんおなかが空いてきた。さっさと済ませてしまおうとテーブルに皿を出したところに、ノックの音が聞こえた。友栄さんだった。

「あれ？　もう約束の時間でしたっけ」

「早退です」と友栄さんが言う。「あとは母がやってくれるっていうから、いちおう、その言葉を信じて来たんですけど、早すぎました？」

「いえ、準備は、できてます」

「なんだか、いい匂いがする。カレーですか？」

「カレーピラフ。もどき、ですけどね。ちょうど、腹ごしらえをしておこうと思ったところなんですよ。でも、行きましょう。こちらが勝手言ってるんだから、時間を取らせるわけにいきません」

音楽を切って、なずなを抱きあげようとするのを、友栄さんがさえぎった。

「あの、昨日の話で、ひとつわからなかったことがあるんです」

「はい」かしこまった声になる。

「菱山さんが出ているあいだ、わたしたちはどこにいたらいいんですか。つまり、菱山さんからオーケーの連絡があるまでここで待機してるのか、それとも……」

「なるほど」

駐車場から出て、大通りを数分も走れば感触は掴めると私は思っていた。だから、駐車場か車を寄せられる歩道沿いで待ってもらえばいいと、これもまたえらく簡単に考えていたのである。天気は晴れ。あたたかい。それほどの時間でなければ外で待たせても大丈夫だろう、と。しかし、なにが起こるかわからない。この部屋で待っていてもらったほうが安全なのはまちがいないだろう。

「じゃあ、お言葉に甘えて、まずひと回りしてきます。自信がついたら、携帯に連絡入れますね」

答える代わりに友栄さんはにこりとして部屋にあがり、なずなのベッドに近づくと、じゃあ、お留守番しましょうね、とマイ・レディーに声を掛けた。ジャケットを羽織り、新しい車のキーと免許証の入っている財布を忘れずにポケットに入れた。

「部屋の鍵は、置いてってくださいね。出ていくとき、戸締まりできなくなりますから」

ああ、そうでした、とホルダーから外して差し出した鍵を、友栄さんはしゃがんだまま後ろに伸ばした腕の先で、引っかけるように受け取った。

外に出ると、もう半分は初夏の陽射しである。黄倉さんは小窓の向こうでテレビを観ていたのだが、人影の過ぎるのに気づいて、いつものように片手を挙げてくれる。通りを渡り、しばらく歩いて、砂利ばかりの駐車場に置かれたアコードに乗り込む。シートの沈みぐあい、ハンドルの握りの感触、コントロールパネルのメーター類の色。どこをとっても、以前の車とは雲泥の差だ。エンジンが一発点火できたことにさえ驚いている自分が情けなくなる。快適だった。快適すぎるほどの乗り心地である。ハンドリングや車体との一体感も申し分ない。徒歩とバスで行き来した若松町の交差点まで走り、産業道路に折れてUターンすると、最初の信号待ちで友栄さんに電話を入れた。

「どうやら問題なさそうです。降りて来られますか？」

「ごめんなさい。こちらは問題発生です。戻ってきていただけますか？」

青になる。私の顔も青くなっていたにちがいない。さらなる違反覚悟で、携帯電話を手にしたまま走らせた。

「どうしたんですか？」

「おなかが空いちゃったんです」友栄さんが言った。

「しまった。ベッドの脇に、外に出るときの《なずなセット》が入ったリュックがありますよね。そこにミルクが一式……」

「ちがうんです。急にわたしのおなかが空いてしまって……」

「え、お昼食べてなかったんですか？」

「約束の時間はお昼なんだから、菱山さんがご馳走してくださると思ってました！」友栄さんが笑いながら言った。「というのは、冗談ですけど。じつは今朝からなにも食べてなくて。支度はできてますから、とにかくいったん帰ってきてください」

「支度って……」

「菱山さんの作ったピラフを覗いたら、たくさんあったので、もう一枚お皿を出して、盛っちゃいました。付け合わせはトマトで我慢してください。それしか見つからなかったので」

　あわてて大通りを走り、わが中古の新車を元の位置に駐めて、すぐに戻る。まったく、昼時なのだから食事のことも頭に入れておくべきだったのだ。いっしょに《美津保》で食べてもよかったのに、なぜそういうことに気がまわらなかったのか。ロビーでは、さっきまで管理人室にいた黄倉さんが近所の人と立ち話をしていた。

「忘れものですか？」

「ええ」と私は生返事をして暗い廊下を早足で歩き、運よく一階に停まっていたエレベーターで自室に戻った。ドアを開けるなり、どうもすみませんと、この場合は最も正しいだろうと思われるお詫びの言葉を発した。

「どうも気が利かなくて」

「ほんとに、ごめんなさい。とにかく手を洗って、うがいをしてください」

ざっとでも部屋を片付けておいてよかった。テーブルだけは、見晴らしのよい状態になっていたのだ。食器の入っている棚はひとつしかないから探し出すのは簡単だろうけれど、空腹のなか、友栄さんもかなり手際よくやったわけだ。この部屋に二人分の食器が並べられたことは一度もなかった。自炊をするときでも、皿が三枚出たことはないのである。ピラフが二皿、その真ん中に、どこかしらいびつなトマトの輪切りの盛られている皿が一枚。仕事用の椅子とテーブル用の椅子が、向かい合わせになっている。塩と胡椒の容器が、なんだか妙に落ち着き払った感じで天板に置かれていた。私は黙って腰を下ろした。なずなが黒い瞳で、ほお、と声を出す。ちらりとそちらに目をやった瞬間、友栄さんが、いただきます、と手を合わせた。

「あ、じゃ、いただきます。余りものを投げ込んで炊いただけの、めちゃくちゃな料理なんですが。さっき米の固さを見るためにひと口食べただけで、ちゃんと味見もしてないんですよ」

「味見は、しました。わたしが」

「そうですか……」

「すごく、おいしいです。もし薄かったら、塩と胡椒を。トマトにかけてもいいかな」

ひと口、ふた口食べてみる。すごくおいしい、とまではいかないものの、カレー粉もうまくなじんだようで、たしかに悪いとは言えない。空腹の身には、なかなかいけるようでもあった。友栄さんが来るまでに食べておく予定だったし、要するに私も空腹ではあったのだ。多めに炊いて、正解だった。

友栄さんは結構な勢いで食べていた。このあいだ佐野医院で、というか佐野家で食事をしたときは、ジンゴロ先生と千紗子さんが正面にいたから、友栄さんの顔をまっすぐに見ながら食べるのは、はじめてになる。細くとがったおとがいを草食動物みたいに小気味よく回転させて、どんどん食べていく。途中、唇の端についた一粒を、スプーンを手にした右の手の親指の関節でくすりと笑いながら口に入れた。そのしぐさに、私はなぜかどぎまぎしてしまって、しばらく下を向いて食べ続けた。

「ピラフって、何年ぶりかな。菱山さん、よく作るんですか?」

「東京では作ってましたね。それらしい材料も簡単に手に入りましたし」

「それらしい材料って?」

「これを主食にするんじゃなくて、肉の付け合わせなんかにするために、もっと濃い味にするんですよ。そのための材料です。安いカレー粉じゃなくて、クミンとかターメリックとか、あとはまあドライトマトとかオリーヴとか、そういうものを」

「ふうん。これだけでじゅうぶんすぎるくらいおいしいと思うんだけどな」

「あまり食べないんですか、ピラフは」

「うちでは。父も母も、炊き込みご飯っていう名目なら口にするんですけどね」

「まあ、これは男の手抜き料理みたいなものですから」

「料理って、手を抜いたほうがおいしいんですって」

「誰がそんなこと言ったんですか？」

「母」

「千紗子さん？」

「手抜きの神様」

「なるほど」と私はつい納得してしまう。

「なるほど、っていうのが、菱山さんの口癖ですね」

「そうかな。そうかもしれない……」

トマトは、ナイフとフォークで食べた。私の皿を見て、お代わりは？　と友栄さんが言う。彼女の皿も空になっている。私の視線が自分の皿に向けられているのに気づいて、じゃあ、わたしも、と彼女は言った。立とうとするのを制して、私が動く。あの、さっきも言ったんですけど、朝ご飯を食べてなかったし、最初の一杯は少なめにしておいたんです、という言い訳を背中で聞きながら、なるべくよい形になるようによそって、このくらいでどうですか、と彼女に差し出した。

「これ、お店に出せるかも」

「それはないですよ。おなかが空いてれば、なんだっておいしいものです」

「このあと、甘いものと珈琲があったりしたら、大満足ですか?」

彼女は足下の包みを取りあげて私に見せた。なずなが、ほう、と言う。目を合わせてやると、また、ほ、と言う。

「シュークリームです」

「ほう」と今度は私が応じた。

18

「黒い車でしょ？　新車みたいじゃないの。やっぱり、前のには乗せられないものねえ」

ママはなずなを抱きあげ、おーお、あーあ、おーお、と大人の喃語《なんご》を発しながら身体を揺すり、ついでに胸も揺すってあやしながら、これでいろんなところに連れてってもらえるわねえ、よかったわねえと語りかけている。それとなく事情を察しているらしい公民館帰りのおばさまたちが、いっそほんとのお孫さんにしちゃったら、まだお乳が出るんじゃないのなどと、ふだんとは少々ちがうややあけすけな親しさで彼女を冷やかした。凹凸のある瑞穂さんの胸に抱かれて、なずなはなんだか波乗りでもしているような顔である。抱きながら覗き込んでいる瑞穂さんの目をじっと見返し、黒い瞳をさらに黒くして、カウンター脇の白熱灯の光を照り返している。手渡したいものがあったのでちょっと立ち寄っただけなのだが、お昼過ぎちゃったけど野菜サンドくらいならあるわよと言われて、そのとたんにおなかが鳴った。このところ長く眠れるようになったせいか、食欲が以前とおなじレベルに戻ってきている。

一昨日、「ぴかぴかの黒い車」がようやく届き、昨日、短いあいだだったけれど友栄さんに同乗してもらって、伊都川とその周辺をぐるりとまわってみた。ママにそれを、ごく簡潔に話した。

「それで、ジンゴロ先生の許可は得たわけ？」

「なんの許可をですか？」

「娘さんを借りる許可」ママは私を見て、ねえ、となずなに相槌を求めた。

「それなら問題なしです」私は珈琲を飲みながら言った。「ちゃんと午後の仕事に間に合うよう送り届けましたし」

「送り届けたのね。ふうん。で、珈琲、お代わりは？」

「いただきます」

　カレーピラフを、友栄さんは二皿、私は三皿も食べ、珈琲を淹れて千紗子さんの友人に貰ったというカスタードクリームたっぷりの、上品ではあるけれど卵くさい感じもするシュークリームを食べた。彼女がひとつ、私がふたつ。三つとも菱山さんにあげなさいよって母に冗談で言われたんですけど、と二度目の言い訳をしながら持参のデザートをきれいに片付け、小さな箱はほぼ一瞬で空になった。卵を使ったもの、平気でしたっけ。不意に思い出してそうたずねると、友栄さんはなんのことかわからないふうだったので、いつかの晩、お寿司をご馳走になったとき、むかし大好きだっただし巻き卵を杵元町に戻ってから食べなくなったって聞いた気がするんですが、と振ってみると、ああ、あれは、と友栄さんはごくふつうの口調で答えた。前にいっしょにいた人がだし巻きばかり食べていたから、よい印象がなくなったっていうだけのことです、でもほんとうは、まだ、好きなんです、と恥ずかしそうに付け加えた。こちらは一瞬言葉に詰まり、ついさっきまで血の気が引いて青白かったはずの、しかし腹ごしらえをしたあとはすっかり柔和になった友栄さんの顔を見つめた。友栄さんも一拍置いて、あ、つまり、好きなのはだし巻きがってことです、と誤解を解くように手をひらひらと振ったが、もちろんそんなことはこちらにだってわかっていた。

「ちょっとごめんね」

瑞穂ママはなずなをベビーカーに戻し、バスの時間が近づいて席を立ったおばさまたちの、お勘定をの声にすばやく対応する。駅から来る場合、インターチェンジ近辺の流れによっては渋滞に巻き込まれることもあるのだが、大通りから駅に向かう路線は、都会では想像もできないほど時刻表どおりに動いている。早すぎることも遅すぎることもない。乗客たちと親しく話すわけではなさそうだが、運転手も日々の手順をしっかり把握していて、杵元町のバス停では、待っていた客が乗り切ったあと念のため《美津保》のほうに視線を投げ、あわてて出てくる人がいないかどうかを確かめる。バスの姿が見えてから飛び出していくような人も、ここにはいるからだ。しかしもう、私には車がある。陽射しや風や雨を気にしながらベビーカーを押して通りを歩く回数は、ずっと減ってしまうだろう。

カウンターのなかに戻ったママが、両腕を交互に揉《も》みほぐしている。なずなは愛らしいだけではない。鉄の重みをじわじわと伝えてくる育ち盛りの生きものなのだ。抱き方が悪かったりすると、予想外の疲れが上腕にたまって大事な荷物を下ろすことさえできなくなる。まったく、世のお母さん方は、どれだけの乳酸をためて分解してきたことか。

「パンに薄く塗ってあったの、あれ、チーズですか？」

「そう、カッテージチーズ」

「酸味があっておいしいですね。ジャムともよく合う」

「余りもので作るおやつなのよ。スモークサーモン入れるとおいしいけど、高くなっちゃうから店ではやらない。ジャムはクランベリーね。ただし特売品。モールで買ったの」

　ショッピングモールがいつのまにかモールになっている。彼女の生活や語彙のなかにそれが根付きはじめている証拠だ。洋ものとくくられるような食材を以前より多く使っていることは、私にも感じられる変化だった。

「昼の三時過ぎに、ちょっとつまむには最高ですね」

「最高かどうかは、食べた人が決めること」ママは謙虚に言った。「それに、菱山さんは質より量ってとこもあるから」

《美津保》でなにか口にするとき、とくに量を多くしてもらった覚えはない。あったとしても、かなり前の話だ。それを言うと、菱山さんは質より量を感じさせるような食べ方をしていて、実際の量が多くなくても大食の気が出ているのはわかるのだと、ママは深遠な言葉を吐いた。勢いとか、雰囲気とか、目つきとか、身体ぜんたいで醸し出されるなにか。おいしそうに食べる人は、少量でも、たくさんあるかのような顔で食べてくれるの、お酒を出したときだってそうだから。

彼女の話は、どこか立派な料亭の、年季の入った板前の言葉としても通用しそうだと思うのだが、この一ヶ月あまりはとにかくいっぱいいっぱいで、言いまわしの妙を味わい切れていなかったかもしれない。一定の時間、深く眠るだけで、すべてが明るくなる。赤ん坊がぐずりながらもあんなに生き生きとした表情を見せるのは、まちがいなく眠りの効果だ。眠りは活動の停止ではなく活動そのもので、眠る体力のあるときにはその重みが理解できていない。眠くて眠くてベッドに倒れ込む、そういう寝方は、体力の回復より先に、まさに深く眠るための基礎体力を必要とするのだ。それにしても、ちょうど車が届いた頃に慢性の寝不足から脱することができたのは幸運だった。以前の状況でうまく車が見つかって、それに嬉々《きき》として乗っていたら、たぶん事故を起こしていただろう。

「今度来た車って、スポーツカー？」

「ではないですね。スポーツタイプってとこかな」

「ちらっと見ただけど、あたしはどうも、ああいう前のめりの車って苦手なのよ」

「前のめりですか」

「なんか走る前からゴールに頭突っ込んでるみたいな、他人より頭ひとつ勝てばいいみたいな、小ずるい形してるじゃないの。四角いほうが落ち着くな」

「観光バスの思い出が強すぎるんじゃないですか」

「ああ、そうかも」

彼女は当てずっぽうで言ったこちらが驚くような声をあげた。なずながぴくんと耳を動かした。いや、動かしたように見えた。

「そうだ、きっと。バスは函《はこ》だものね。四角いんだ。考えたこともなかった」

「最近の車はみんな、たぶん走ったときに安定するような形にできてるんですよ。空気の流れがそうさせてる。でも、たしかに前の座席は見た目以上に車高が低いですね。もともとよく、頭ぶつけるんです。背の高さとは関係なしに」

この町で車に乗りはじめた頃、慣れない環境での仕事で気が張りすぎたのか不眠症に陥ったことがあって、朝、寝不足でシビックに乗り込むときよく頭をぶつけた。運転席に左半身から乗り込む際、右足に体重のかかる瞬間がある。左が先で、次に右のほうがより低く沈み、沈んだまま頭を下げてドア枠の真下を変形のリンボーダンスみたいにくぐる。そのとたん、頭のてっぺんをぶつける。側頭部ではなく、中央の稜線《りょうせん》のやや左側を豪快に打ち付けるのだ。とうに中年の域に達していたとはいえ、運動神経にはまだ自信があったし、体勢を崩してのシュートの感覚もまだ身体の奥に残っているくらいだったから、そういうところで大きな音がするほど頭を打ち付けるような失態に、なんともいえない恥ずかしさを味わったものだった。もちろん、いまとおなじ駐車場である。誰かが周りにいたわけでもないのに、私はなにごともなかったかのような演技をしながらドアを閉じた。

ずいぶん前の話だが、アフリカの草原で、キリンが転ぶのを目撃した人がいる。キリンは敵に追われて走っていたのではなく、群れから離れて、ただ気持ちよく、単独で小走りに走っていただけだ。ところが、その人が腰を下ろしていた岩の数メートル先の、もつれた枯れ草に脚をとられて、いきなりどーんと転んで横倒しになった。仲間のキリンも、敵のライオンもいなかった。キリンのほうはどう考えていたのか、目撃したのは人間と呼ばれる生きものであり、じっと動かないその未知の生物は、キリンにとってただの風景の一部にすぎなかっただろう。だからとりつくろう理由なんてどこにもないはずだった。それなのにキリンは、まるで最初からそうしていたとしか言いようのない顔で、目の前の草を寝転んだまま、ひと口ふた口おいしそうに食べ、おもむろに起きあがって走り去っていったという。私がやっていたのは、要するにそれだった。

「あなたの頭より、この子の頭のほうが心配」

「乗る前というか、なずなを乗せる前にも、おなじこと言われましたよ、友栄さんに」

なずなのためのシートは、後部座席に後ろ向きで設置する。先日まで理解していなかったその常識について、私は偉そうに説明した。そういうことなら、子どもの横に誰か乗ってもらいたいと思うのは当然よね、と瑞穂さんは私が助《すけ》っ人《と》を呼んだ「理屈」を支持してくれた。それもそうだが、ご忠告のとおり運転に先だって、なずなの、そして自分の頭をぶつけるのではないかという心配も大きかった。だから、なずなを抱いて乗り込む役目は友栄さんにお願いして、助手席ではなく、後ろの、なずなの横にいてもらったのだ。なにが起きるのかといくぶん身を硬くしていたなずなは、車が動き出してしばらくのあいだ目をぱちりと開いて声を出していたのだが、ベビーカーよりもやわらかい振動が伝わってくると、だんだん目を閉じて、急にころんと眠りに入った。

大通りに沿って駅前十字路からバスターミナルまで走り、伊都川信金の脇をバイパスに抜けて、日報のある日の出町の近くで鹿間町方面に折れていく。町役場に臨む公園のあたりの緑はもうかなり濃くなっていた。春の風は東から南に吹く。高速道路の高架のために削り落とした山肌に舞い込んだ強い風がちょうど鹿間の谷を吹き抜ける。その名物の風がなかった。無風のあたたかい大気のなか、ときおり鮮やかなツツジの赤が浮きあがり、路肩の白く色の抜けたタンポポと混じりあう。両者の残像を引き連れて、私の目は二枚のミラー越しになずなの顔をちらちらと見ていた。後ろの席からだと景色がまるでちがって見えるんですね、と友栄さんが言う。道路の幅とか、せり出してくる山の端の感じとか、往診のときは運転席か助手席にいるせいかな。四太のおばさんが借りている農園の近くの、農家の直営スタンドに、茶色い袋がいくつも置かれていた。袋が茶色なのではなく、透明のビニールのなかに茶色があるのだ。あ、椎茸かな、と友栄さんがつぶやく。私はゆっくり車を停め、もしそうだったら、買ってきてくれませんか、と頼んだ。椎茸はジンゴロ先生の好物なのだ。ピラフは苦手でも炊き込みご飯ならいいだろう。私も椎茸はよく食べる。じゃらじゃらと渡したありったけの小銭を手に車を降りた友栄さんは、そういうところに剛毅《ごうき》な性格が出るのか、七袋も抱えて戻ってきた。そのうちの二袋を、《美津保》のママに進呈したというわけである。鹿間町の南の、ゆるい坂を下りてバス通りに戻り、予防接種の会場になる伊都川の保健センターの横を通った。センター側と市役所側の二箇所に、かなり大きな駐車場がある。自転車でやってくる元気な母子もいるそうで、彼らの出入りの少ない市役所側に駐めるのが安全でいいと友栄さんが教えてくれた。午前中で終わるくらいの人数だろうから、センターの入り口ではなくて、待合室に向かう廊下の途中に、臨時の受付ができるらしい。母子手帳と静山市からの依頼書を忘れないでくださいねと、彼女はまたいつもの看護師の声で言った。心配はいらない。なずなの外出セットに、それはもう入れてある。あとは当日、リュックを忘れないように出かけるだけだった。なにか買うものがあったら、ショッピングモールに立ち寄ってもいいですよとも言ってくれたのだが、食材と紙おむつの配達をしてくれる地元のスーパーのことを話し、蛇寿司にご招待するにはおなかに余裕がなさすぎますからと、約束の「外食」を先に延ばした。なずなは迷惑をかけまいと気を遣っているのか、みごとに泣かなかった。ただ、途中で一度、友栄さんにおむつを替えてもらっただけである。それでまた気分をよくしたのだろう、大の字になる誘惑に打ち勝って、与えられた空間でしおらしく腕を抱えるように横になっていた。

「保養所のほうには行ったの？」

どこをどう走ったのか、私の大雑把な報告を聞いてママがたずねた。

「そこまでの余裕はなかったですね」

「前にほら、ゲートボール場を造るとか造らないとか、話してたでしょ。あの話、やっぱり本当みたいよ」

　ほかにも客がいるのに、彼女は彼女としてのふつうの声で、つまりよく通る声で話した。

「さっきの、いやらしいこと言ってたあのおばさんたち」自分で話していながら、そこでくすりと笑う。「あの人たちから聞いたの。宿泊施設はやめて、空いてる部屋を展示スペースにしたり、簡易食堂入れたりするんですって。うどんとか、おそばとか」

「梅さんもそれに類したことをほのめかしてましたけど、本決まりなんですかね」

「あたしは話を伝えるだけ。事業にかかわりのある人が、あそこに残ってる厨房の点検整備に行ったんですって。つぶれちゃったお店の什器《じゅうき》を引き取って、きれいにしてから売るところがあるでしょ？　ご主人がそこに勤めてる方がいて、教えてくれたの。足りないものやなんかも、補充したそうよ。格安で」

「事業にかかわりのある人って、誰ですか？」

「だから、あの施設の再利用、再開発かな、とにかくそれに携わってる業者さんとかお役人さんたちがいるんでしょ、きっと」

「中心に安岡さんがいるなら、ゲートボールの面が引かれるのは前提でしょうけどね。そのほかの分野になると、やっぱり外部に頼むほかないかな」

「いずれにしても」ママはなにか漬け物のようなものをひょいとつまんで、ぱりぽり嚙みくだいた。「あたしはお風呂があれば満足だな。眺めは悪くないし。そういうのがあったら、菱山さんだってご両親呼んであげられるでしょ」

「そう、ですね」

ついでにと言うわけではないけれど、母親の状態を瑞穂さんに話し、こちらから会いに行くのでないかぎり親孝行はできないんですよと、おとなしくしているなずなに視線を移した。まだ核になる記憶が揺らいでいないうちに、いまのなずなを見せてやりたい。昨日、超のつく安全運転でひとまわりし、友栄さんに深く頭を下げたあと、私は父親に電話を入れて、むかしの親父みたいに車を「配達」してもらったよと報告した。声がいつもより高ぶっていたらしく、そりゃあよかったと言いながら、亮二のこともある、くれぐれも気をつけてくれ、無理をしておまえが事故でも起こしたら、明世さんにも申し開きができんぞ、と父親は淡々と諭した。そして、定期的に送っている日報の私の記事に触れ、秀一がこないだ書いてた、詩を作る人、あれは、子どもの歌の人か、と不意にたずねた。ひとりでぼんやり考えていたことを言葉にして、《あおぞら図書室》で紹介したのだ。

ポケットを叩くと、なかに入ってるお菓子が増えていくって歌があったろう、たしかあれを作ったのとおなじ人だな、と父親は繰り返す。そうだよ、正確には、詩に曲がついて歌詞にされたってことだけどね、詩人であって作詞家じゃない。説明が終わらないうちに父親が言葉を継いだ。お母さんがな、こないだからその歌をずっと歌ってる。私は、一瞬、黙った。朝から晩まで歌う日もある、俺にはようわからんが、なにか理由があるのかもしれん。要するに、だいぶ様子がおかしくなったってことなのかと私は単刀直入にたずねた。父親はしかし、そうともそうでないとも答えず、前と変わらない日もある、そういう日はなずなの話もしてるぞ、といつもどおりこちらを気遣うような調子で言うのだった。朝から勤めに出ていて家にいなかったから、昼間のことはたぶん知らないのだろう。母親の頭のなかで回転しているのは、幼稚園の頃に亮二が大好きだった歌である。テレビを見ながら、よく母親と歌っていた。私もいっしょに歌った。身体を動かしながら、いまそこにないものが欲しいという、ちょっとさみしいあの歌を、できるだけ楽しく。ただし、母親にとって、それが進行する病のなかで浮かびあがってくるほど大切なものだったかどうかは不明である。とにかく、今日は調子がよさそうだと思ったら、その日の朝に連絡をくれよ、なずなを連れて帰るから、と慰めるしかなかった。慰めるとはまた上に立ったような言いぐさだが、同時に私は自分の非力を慰めてもいたのである。

へぷ、という声が聞こえる。ぷ、にまではならず、ぷとぷのあいだくらいの唇さばきでそんな声を出せるのはなずなしかいない。おなかが空いたのだ。すぐに戻るつもりだったから、外出セットは部屋に置いたままだった。また来ますと瑞穂ママに礼を言って、管理人室の黄倉さんにも会釈して部屋にあがる。すばやく手を洗い、うがいをして、水筒のお湯を使ってミルクを作る。口もとに持っていくまでの時間のほうが、ミルクの吸い込まれる時間よりも長くなった気がする。真っ白な顔にどんどん赤みが差し、満足したところで、爆音とともにまた一連の儀式がはじまる。すべてすっきりさせると、私も丁寧に手と顔を洗い、無精髭を剃り、つるつるにした状態で、なずなにそっと頬ずりした。

頬を寄せるなんて、人間にとっては最高の贅沢ではないか。向き合う努力と苦しみを乗り越え、真横に密着して、おなじ方向をながめることのできるたったひとつの姿勢。父親が読んでくれた《あおぞら図書室》の最新の回では、じつは紹介したい詩がもう一篇あった。思いとどまったのは、紙面の余裕がなかったのと、春と夏のはざまの季節にはどうもそぐわないタイトルだったからで、これは夏の終わりから秋にかけての大事なストックにすることにしたのである。「くさの　なかで／コオロギが　ないている」ではじまる、そのものずばり、「コオロギ」という詩。けれど、その鳴き声は「こんこんと　わきつづける／いずみのように」響く。私が引きたかったのは、そのあとの展開だった。

ああ
手に　すくいたい

そのまま　手に
たたえて　いたい

小さな空が　おりてきて
ほほずりするのを　まって

それから　そっと
もとに　かえしたい

亮二といっしょにテレビの映像にあわせて歌ったあの歌と、この詩は通じているのかいないのか。ポケットを叩くことが中身を増やすためではなく、そんなふうに音を出すことで世界と交信しているのだとしたら、コオロギの鳴き声を拾うてのひらも同様の働きをしているのかもしれない。音を手に掬って、そのままたたえていること。ハンドボールのボールを摑んで神経を研ぎ澄ませ、シュートを打とうというとき、私は重心の移動だけに心地よさを感じていたのではなかった。伸ばした腕の先の球が一種の球状アンテナとなって会場の音を拾い集め、それがてのひらの真ん中に集まってくる。敵も味方も関係なしに、体育館に響いているすべての音が一点に集まる。その音の塊を投げようとしていたのだ。音を、いつまでも手のなかに、てのひらに載せておきたいと思わせるに足る瞬間が訪れ、その直後、そっと、ではなく、できるかぎり豪快に「もとに　かえしたい」と身体が反応していたのである。

しかし、この詩で驚かされるのは、頰ずりは人と人とのあいだだけの儀式ではないと、あっさり示されるところだ。「小さな空が　おりてきて／ほほずりするのを　まって」という二行のやわらかい衝撃。『おっとあぶない』の世界に生きる者には、あまりに遠く繊細な感覚である。語り手は空と頰ずりをし、コオロギの鳴き声を元に戻して、降りて来た空をもう一度押しあげる。空と頰ずりのできる可能性を信じ、それを実現させ、実現させたことに酔ったりせずに、鳴き声を元に返す。コオロギは、もちろんなずなの声にもなりうるだろう。しかし、それをさらに澄んだ泉にするには、空の協力が必要不可欠なのだと詩人はうたうのである。

伊都川市周辺で、空にいちばん近い場所はどこか。建設中の環状道路の、巨大なコンクリートの支柱の上？　三本樫の小山の中腹の、保養所の前庭？　それとも鹿間町の里山の稜線を結ぶ鉄塔の上？　頰ずりするために降りて来てくれる空が、このあたりにあるだろうか？　ある、と信じたい。ある、という前提でものごとを考え、世界を見つめたい、と私は思う。

＊

翌々日、私たちは早起きをして、いっしょにお風呂に入った。たがいの身を清めるというより、それは私の緊張をほぐすためだった。友栄さんから説明はしてもらっていたのだが、生後六ヶ月までの乳幼児に関しては、かつて学校で仲間たちと一喜一憂したツベルクリン反応検査は、もう行われていないらしい。あの陰性と陽性のほかに、子ども時代の私たちを動揺させたのは擬陽性なるもので、陽性ではないがそれに近いという煮え切らない状態に陥った子どもたちは、なにか日々の生活においても、これからの人生においても、ずっと中途半端なままで終わるのではないかと、笑いながらおびえていたものだった。亮二がいつも陽性だったのに対し、私はかならず擬陽性だった。いまの暮らしが中途半端だとは思わない。しかしここに至るまでの経緯が擬陽性であったと言われたら、たぶん認めざるをえないだろう。ＢＣＧの、あの円筒形の剣山みたいな注射を押しつける方法は変わらないらしいのだが、生後六ヶ月までに限るならば、なずなはもう、陰陽を分けない新時代の子なのだった。

駐車場まではベビーカーで移動する。チャイルドシートになずなを乗せ、たたんだベビーカーはトランクに載せずに助手席の下に立て掛けるように置いた。道路は空いていた。保健センターまでは二十分もかからない。教えられていた側の駐車場に車を入れて、よし、着いたぞ、と話しかけながらなずなを下ろす。案内に従って待合室のほうに近づいていくと、いままで見たこともないような数の母子と連れの兄弟姉妹たちが、賑やかな声の輪を作っていた。リノリウムの床にそれが反射してわんわんと耳に迫ってくる。若松町の公民館の比ではなかった。量があまりに多いので、とてものひらに掬うことなどできそうにない。

「菱山なずなちゃん、ですね。今日は、お父様だけですか？」

案内役の白衣の女性が体温計を持ってきて、やさしい声で私にたずねた。

「そうです」

「じゃあ、お熱を計って、ここに記入してください。順番が来たらお呼びしますから」

「あの、熱は、朝、計ってきたんですが」

「もう一度、ここで計ってください。そのあと、あちらの部屋で問診を受けて、今日打てるかどうか調べてもらってくださいね」

「わかりました。ありがとうございます」

なずなは、いつもどおりの表情を浮かべていた。丸々とした手を握り、開き、急にぎくしゃくと動かし、天井を見て、私を見て、それから、あ、お、と言う。平熱だった。

「上にお子さんがいらっしゃるんですか？」

隣にいた若い奥さんに声を掛けられる。

「いえ。あの、まだひとりです」

「そうですか。幼稚園に連れて行く時間と重なっちゃうと、大変なんですよね。四ヶ月くらい？」

「三ヶ月とちょっとです」

「ずいぶん大きいですねえ。母乳ですか、粉ミルクですか？」

「粉ミルクです」

「だと思った。目がこんなに澄んでて、お肌が真っ白で。あたしも、女の子が欲しかったんです、じつは」

「女の子の親は、男の子が欲しくなるんじゃないでしょうか」

「よくそう言われますけど、でも、やっぱり女の子がよかったな。うちの子、あんまり主人にそっくりで、世話していると笑っちゃうんですよ」

　はあ、と私は言った。それ以外に間の取りようがなかった。彼女の息子は五ヶ月半で、なずなと比較すると、なにからなにまで完成されているように見える。あとわずかのあいだに、人間はこれほど人間になるのだ。さあ予約をっていうときにおなかをこわしたり熱を出したり、無料で打てる期間は限られてるから、あたし焦っちゃって、とだんだんくだけた口調で彼女は言い、待っているあいだじゅう、紙おむつの捨て方が悪いだの、臭いがひどい、だのご近所から苦情が来て困っていると愚痴を言い続けた。紙おむつのメーカーをたずねてみると、なずなが使っているのとはちがっていたので、替えてみたらいかがですか、うちのはそんなに臭くありませんよと、こちらもいつになく真剣におむつの性能について語ったりした。おかげでしばらくは気が紛れた。

　少しずつ列が片付いて、順番がまわってくる。予防接種を受ける直前の、遠い緊張感がよみがえって、自分の腕まで痛くなってくる。ひとつ大きな深呼吸をし、さあ、頑張るぞ、となずなに声を掛けて処置室に入ると、接骨医のような雰囲気でジンゴロ先生が泰然と椅子に腰かけていた。え、と驚く間もなく、お荷物はこちらに置いてください、と背後から友栄さんの声がした。

「なんで、どうして、言ってくれなかったんですか？」

「なにを言わなきゃならんのかね」

ジンゴロ先生はなずなに触れながら応えた。

「先生と友栄さんが担当だって教えてもらってたら、こんなにどきどきしませんでしたよ」

「毎年やってる仕事だ。知らないほうがおかしい」

食欲は？　便は？　熱は？　よく吐いたりするかね？　なにか、気になるところは？　よろしい、ここにサインをしなさい、とジンゴロ先生は私に命じた。

「同意書です」友栄さんが看護師の声で説明する。

ジンゴロ先生は嚙みたばこでも嚙んでいるみたいに顎を上下左右に動かしながら、なずなのくたんとした上腕の外側を消毒し、スポイト状の器具を使って液体を垂らした。ここにワクチンが溶け込んでいるのだ。

「菱山さん、よく押さえててあげて」

「はい」全身に力が入る。

ジンゴロ先生は、それからあの剣山もどきの針で二度、スタンプを押すみたいになずなの体内にワクチンを送り込んだ。外すと、腕にきれいな穴があいている。なずなは、すべて終わったところで突然泣き出した。これまで聞いたなかで最も激しく、最も力強い泣き声だった。声が泉になって私の耳にどんどん流れ込み、心臓を高鳴らせた。

「よく乾かしてくださいね。服が触れたりしないように気をつけて」友栄さんが笑った。

「菱山さん、もう終わったんですから、そんな青い顔しなくてもいいんですよ」

「さて、お次は、誰だ」

ジンゴロ先生が、いかにも事務的な口調で言った。

19

高熱が出たり下痢をしたり、あるいは食欲が落ちたりするのかとびくびくしていたのだが、なずなにはなんの変化もなかった。あんなに大勢の人のなかにいて文字どおり痛い目にあい、空腹を訴えるときとは別次元の声で激しく泣いたというのに、ほんの数十秒、友栄さんの腕に引き取られて名を呼ばれ、ゆらゆら揺らしてもらうとたちまち平静に戻り、そのままなにごともなかったかのように帰ってきたのだった。処置室にいたのがジンゴロ先生でなく、また声も聞き慣れていて、抱かれたときの感触にも慣れている友栄さんでなかったら、もっとぐずっていたかもしれない。ただし平静になったといってもそれはどうやら表面的なものだったらしく、やはり不安や恐怖と同程度によい意味での刺激はあったようだ。喃語にもどこか声の芯ができてきて、ミルクの飲み方もいっそう過激になり、飲み干してからではなく飲み終わる寸前でもう哺乳瓶のなかほどがぺこりと音を立てて凹むくらいになる――、そんな状態になると、知覚の精度が一気に何段階もあがり、すべての面において反応が変わってくることがこれまでにもあった。一部ではなく、全部が変わる。なずなにとっては、過ぎゆく一秒が、目に映る一場が驚きの連続なのだ。

　とはいえ幼子は仔猫とおなじである。手足を好き放題に動かし、声をあげて喜んでいるうちにだんだん疲れがたまってくる。それが外からでも、あからさまにわかる。目がうつろになり、とろんと下がってくると、空が頬ずりしてもてのひらで両頬を包んでやっても眠りの下降線はいささかも鈍らず、すべての関節がくたんとなって軟体動物に変化する。部屋に戻ってよく手を洗い、うがいをして、なずなの予防接種のあとを眺める。怖いもの見たさとはこのことだ。乾くまでは要注意と聞かされてはいたが、実際にうまくかさぶたができるまでは気が気ではなかった。

　なずなは、私の娘ではない。それは何度も反芻した事実である。これまでの人生で最も重い預かりものだ。しかもその現実の重みは日々増していく。傷ひとつつけられないと思えば思うほど汗が出てくる。いまでもまだそうだと言われれば否定はできないけれど、はじめのうちはもうむやみに疲れていた。表情やしぐさをいくらかの余裕をもって眺められるようになったのは、かなり時間が経ってからである。いま振り返って情けないのは、無意識にではあれ、自分の口から周囲に疲れた疲れたと連発していたことだった。

　親になった経験のない人間は、総じて子どもの躾《しつけ》に対する理想が高い。自分の子なんだから疲れたとか面倒だとか言わずに、文句は内側へ放り込んで外には出すべきではないと思いがちである。学習塾時代は子どもを見るより彼らの親を相手に闘ってきた気がするし、伊都川に来てからはお店や学校の催しの取材で、もっと小さな子の親たちと接していろいろ考えさせられてきた。二人も三人も子を抱えているんだからうるさいのはあたりまえ、注意したってどうせあばれるんだ、あばれるのは子どもが元気な証拠である、という顔の親もいれば、公共の場なのだから叱るところは叱り、周囲にも頭を下げ、それでいて自分たちも楽しめる人もいる。大声をあげる子どもを御し切れず、恐縮するばかりで逃げるように去っていく親もいる。それをぜんぶひっくるめて受け入れるには、心の余白と物理的な空間が必要になる。そう、空間の役割はとても大きい。子連れの行動の難しさには、大勢のなかにまぎれることでしか解消できない部分があるのだ。広大なショッピングモールに家族連れが詰めかけるのは、自分たちだけに厳しい目が向けられることがないからだろう。

なずながこれからどんな子に育っていくのか、私には見当もつかない。いまの彼女が家の外で存在感を示し、人の目を引きつけるためには大声で泣くしかないのだが、歩いたり言葉が出たりするようになってからどうなるのかは想像のうちにしかない。レストランに入ればテーブルの下に潜り、デパートに行けば欲しいものの前で床に寝転がって泣き叫び、公民館では誰かが遊んでいる玩具をとりあげて平気な顔をしているかもしれない。しかし期間限定の父親としては、とにかく健康で、よく食べて、よく笑って、よく寝てくれればなんの文句もないのだ。そして、期間限定でなかったとしても、私はたぶん、それ以外になにも望まないだろう。望まないだろうというところに、窮屈な理想の雛型《ひながた》があることも承知のうえで。

なずなは、すとんと深い眠りに落ちた。そして寝入る瞬間の気がこちらに伝わって、私もまた、ほとんど午後の半分を眠って過ごした。夢は見なかった。眠りが深すぎたのか、目を覚ましても容易に起きあがることができない。体力の回復のために激しく体力を消耗する、そういうタイプの眠りだった。なずなは乾燥機でふわりと乾かしたバスタオルみたいに、ひっかかりもざらつきも見当たらないやわらかさで昏々《こんこん》と眠っている。車での外出はなんとかこなした。頭をぶつけたり転んだりせずに、ちゃんと乗り降りし、安全運転もできた。ところが、あの保健センターでは、力の入り方がこれまでとまったくちがっていた。かつて自分が予防接種を受けたときとは、比べものにならない緊張感だった。終わったあとは額と脇に汗をびっしょりかいていて、半乾きのなずなの腕に垂れたらどうしようと、さらに汗を噴き出させた。待合室にいったん戻って椅子にへたりこんだあと、なずなを抱えながら彼女のための小さなタオルを拝借せざるをえなかったほどだ。あとで洗えばいいだけのことだが、しかしタオルはこの子専用と決めているので、一度使った以上、拝借ではなく自分のものにしたも同然だった。「乾く」という状態がどのあたりから合格ラインに達するのか判断できず、そんなふうだからまた不安になって、ほぼおなじタイミングで処置を済ませた母子の様子をそれとなく観察したものの、結局は隣にいた、さっきとはべつの若いお母さんに声をかけて、このくらいで、よろしいでしょうかねとなずなの腕を示した。彼女の息子は四ヶ月半で、なずなよりひとまわり大きい。おたがいの子どもの腕を見比べ、てらてら光った感じが消えればいいんじゃないでしょうかねえと、意見が一致したところでようやく立ちあがったのである。

汗が出るくらいだから外気もかなり高かったかと言うと、そうではない。春から初夏に向かう気候の、これもまた数年は日報のトピックを探してそれらしい季節感を演出してきた身には不可解なことに、肌寒かったり生あたたかかったり、微妙な気温の変化や風の種類に対する反応が以前とはずれを起こしはじめていた。鈍くなったわけではない。むしろその逆である。鹿間町の谷や三本樫の高台にどれだけの雨が降り風が舞うのか、局所的天気予報の達人に頼んで地域の話題に盛り込んでいた時代とは、基準が変わりつつある。人肌という言葉が新しい意味を持ちだしたように、暑い寒いの判断基準は、守るべき存在の皮膚につながった共通感覚とでも言うべきものに取って代わられてしまったのだ。大人である私の身体機能が、まだろくに体温調節もできない赤子と同等のレベルに低下したと考えるべきか、この子のレベルにまで研ぎ澄まされたと言うべきか。

不思議なことだと思う。明世さんに子どもができたと聞かされたとき、私はまだ、ああ、ようやくこの年で伯父さんになるのかと、結婚もせず子もない自分からはなにか遠い出来事のようで、しかしその近づけない出来事にちょっとだけ近づいたような感慨にふけったものである。それでも、明世さんとまだ見ぬ子の健康だけ祈って、あのふたりであればうまくいくだろうと、じつに楽観的に構えていた。彼らの、とくに明世さんの性格や年齢を考えれば、生まれたあとの、おそらくは冷静なかわいがりようも、容易に想像できたからだ。

高齢の初産となるだけに、明世さんはごく早い段階で、自身の健康状態を見極め、医師とよく相談したうえで自然分娩《しぜんぶんべん》を選択した。身体への負担という意味では帝王切開でも同様である。母体には血栓ができる怖《おそ》れもあるし、子どものほうはいきなり外に出て肺がびっくりするらしく、呼吸が不安定になることもあるという。他方、長時間に及ぶ自然分娩にも危険はあり、要は子どもや母体に万一のことがあった場合、すばやく対応できる設備があるかどうかだった。

当初、亮二たちから聞かされていたのはそのような話で、私はまだふつうにしていられる時間が長かった彦端の母親に、俺たちを産んだときはどうだったかと、それまで関心もなかった苦労話を促したりした。すると母は、痛いとかつらいとか、そういうことより、無事に生まれてくれたときの喜びのほうがずっと大きかったし、苦労なんていう言い方をするなら、産むより育てるときのほうがずっと大変だったよ、いまでもおまえは心配をかける、子育てには終わりがない、自分が呆《ぼ》けてしまうまでは、と笑ったものだ。言葉どおりというか、その後の急展開は父親にとっても私たち息子にとっても信じられないほどだったが、ありふれていると言えばありふれているそんな母親の感想を引き出したあとは、なおさら出産を控えた明世さんの冷静さに感心し、また生まれてくる子の無事をそれまで以上に祈るほかなかったのである。

この世界に出てきたとき、なずなは、明世さんが望んだとおり羊水の残滓《ざんし》をまとっていた。いや、残滓というと汚れもののように聞こえるから訂正しておかねばならない。あれは、外の空気に触れたばかりでどうしていいのかわからない無防備な赤ん坊を守る最初の衣装、最初の下着に相当するのだ。子どもは生まれた直後に産湯を使うものだとばかり思っていたのだが、心肺が正常に機能しはじめ、皮膚感覚が更新されるのを待つあいだ、なずなは自前の薄い膜だけでそっと寝かされていたのだった。産道を通過するときに、子は全身にその貴重なクリームを塗ってもらうわけである。

静山は、地方都市としては中規模に属するだろう。しかし大学病院があるような市であっても、地元の人たちの、都会から見て必ずしも開けているとは言えない考え方や習慣は厳然としてある。それは、伊都川でも変わらない。ふたりが自然分娩を選んだのは、おなかを切って出すことに対する偏見のようなものが周囲にあったからでもある。そのことに、私は気づかなかった。明世さんの親父さんは、母と子の命に問題がなければ出産の方法などどうでもいいという人だったが、周りには、母親の身体を傷つけるのはよくない、次の子を産めるまで回復するのに時間がかかる、また、なにより「おなかを痛めた子」こそが子であって、無痛分娩などもってのほかといった見方も根強く残っていた。むろんこれは、悪意にもとづくものではない。むかしからそう信じられてきて、そういう習慣のなかで子を産み、育ててきただけのことである。みんながみんな同意見であるわけではないとしても、明世さんのほうはそんな空気を敏感に感じ取っていたらしい。

だから自然分娩を前提に、彼女は地道な体力づくりを開始した。毎日時間を決め、親父さんの付き添いで、川沿いの安全な遊歩道をゆっくり散歩し、週に一度、出産時の呼吸法を学ぶ講座に通った。添乗員の仕事が忙しくて亮二はあまり参加できなかったが、なかには夫同伴で来ている妊婦もいて、そこで出会った若い奥さん方の話も情報源にはなっていたし、連絡もしあう程度の付きあいはあった。ただ、彼女たちはたいてい、出産のあと実家に戻って身の周りの世話のほとんどを自分の母親にやってもらう手筈《てはず》を整えていたので、時が経つにつれて疎遠になっていった。

「立ち会ったよ、明世の出産に」と亮二は自慢したものだ。「大学病院だからもっと堅苦しいと思い込んでたけど、さあ生まれるというときに、全身消毒して、青蛙みたいな手術着を着て、もちろんマスクもして、それで明世の近くにいさせてもらった。励みになるだろうと俺は信じてたけど、ほんとのところは、旦那のことなんかもう眼中になかったみたいだな」

立ち会いの許可はもちろん事前に得ていて、現場でどうするかの希望は出していた。わかっていながら驚いたのは、主治医がへその緒を切ったあと、そのまま母に子を抱かせたことだった。へその緒ってやつは、ドイツでしかお目にかかれないような立派なソーセージっていうか、めちゃくちゃ新鮮な腸詰みたいなもんでさ、お袋が大事にしてる、あの干からびた革紐《かわひも》みたいなのを想像してたから、正直びびった、と亮二は笑った。あんなに太くて、あんなにしっかりしたもので、あんなに頼りがいがありそうなものだとは想像もしてなかった、と。あれは、命綱だよ、正真正銘の。だって、はじめてテレビで宇宙遊泳の様子を見たときのこと思い出したもの。心から信じてなければ預けられないものを預けてるわけだし、切られたときの音なんか、まだ耳に残ってる。それをひっぱがして、自力で生きてみろって言うんだから責任重大なんてもんじゃない、兄貴もその日が来たら、腹をくくるためにに立ち会ったほうがいいかもな……。

なるほどすごい経験をしたものだ。私は感心すると同時に、責任とやらが生じるのは父母として当然だろうと、まだ他人事のように思っていた。明世さんの発病、なずなを預かった直後の亮二の事故と、その後の展開はまことにめまぐるしかった。亮二が海外に出かける前、数日間だけ、明世さんの親父さんの親戚筋の女性に手伝ってもらったらしいのだが、それまであまり近寄りもしなかった人が急に親身になってくれたことに心動かされつつ、彼らは軽い違和感も覚えた。というのも、彼女は、手伝いに来たその日から、子育てを支援する私設のサークルの利用をしきりに勧めたからである。静山市にもそのような公的機関はあった。しかし受け入れ人数が限られていて、希望者すべてがその恩恵を受けることはできない。隣町で知人がそういう仕事をはじめて、とてもありがたがられている、ぜひ入りなさい、食事や掃除洗濯はもちろん、精神的なカウンセリングもしてくれる、自分の紹介があれば入会金も安くなると言うのである。あまりにしつこいので慎重に調べてみると、その集まりとやらには、背後に好ましくない団体がついているとわかった。そこでうまく話をつけて、その女性にも引き取ってもらった。明世さんもそれを望んだ。

　昨日の夜、書類の転送等で面倒をかけた明世さんの親父さんにお礼かたがた電話をしたときそんな話がきれぎれに出て、亮二から得ていた知識の穴が思いがけず埋まったりした。なずなのこと、明世さんのこと、亮二のこと。私たちはずいぶんながく話した。そして、いつものように、なんだかんだ言って、割りを食ってるのはあんただからと、彼はまた私を気遣った。

「彦端のお父さんには、何度も詫びたがね、いまのところ、どうすることもできん。秀一君が親しくしている小児科の先生は信頼のおける人のようだし、ずっと世話になってるんだから、こんどなにか送っておこうと思うんだが」

「そんな必要はありませんよ。ちゃんとお返しはしておきます。それに、なずなのおかげで、世界がひろがりましたし、こちらにとっては、よいことのほうが多いです」

「まあ、よくないこともあるんだろうね」

「そういう意味じゃありません。肉体的な負担や精神的な重圧を除いても、得るもののほうが多いんです」

　いろいろ胸につかえていたのか、話はあちらへ行きこちらへ戻り、なかなか収束しなかった。なずなのことがきっかけで電話で話すようになってから、亮二の義父にあたるこの人との関係も、ずいぶん変わった。あまり活発には動けないのだと思っていたらさにあらず、ふだん暮らしていくぶんにはひとりでもなんとかやっていけて、小さな孫を預かるのが無理なだけなのだった。それだけにいっそう、心が痛むのだろう。

明世さんの親父さんが奥さんと、つまり明世さんの母親と別れた理由も、ついでにという口調で話してくれた。大筋は知っていたのだが、その内容よりも、私に話すということじたいに驚き、同時に、老人の孤独が徐々に深まっているように感じられて暗い気分になった。明世さんの母親は、娘が幼稚園に入ると同時に、仏具の販売店にパートで入り、そのまま昇格して正社員になった。出入りの業者のなかに、これも仕事上のつながりなのか、介護施設の訪問をしたり福祉作業所でできた商品を売ったりする慈善活動のような会を運営している男がいて、誘われていっしょにやっているうち、彼女自身がそれにのめり込んだ。立派な仕事だと当初は理解を示していた親父さんも、次第に家庭を顧みなくなってきた妻とぶつかるようになった。

「活動そのものはいい。いいことですよ、人を助けるのは。無理なお布施を出させるとか、金をだまし取るとか、そういうことをしてたわけじゃない。ただね、目の前にいるわけでもない人の、見てきたわけでもない善行を信じ込んで、頭のなかが整理しきれなくなってきたんですよ。明世が入院してから声を掛けられてつい応じてしまったやつもそうだった。それで、子育てがどうのと言われて、こちらも腹が立ってね」

別れて二年ほどして、明世さんの母親は、仏花を扱っている花屋といっしょになった。慈善活動をやっていた仲間のひとりである。それから明世さんの異父妹にあたる子を生み、何度か接触があったのち、完全に連絡は途絶えた。ところが、その元妻から、先日、電話があったのだという。親父さんの長電話はこのことが原因だった。

「世間は広くて狭い。仏花の納入先は葬儀屋で、葬儀屋は病院と関係がある。当然、明世の入院先にも出入りしている。たぶん、そういう筋で耳に入ったんだろうね、偶然。そう言っておったから」

　明世さんがなずなを産んで、その後、体調がすぐれず長期入院になっていることをたまたま聞きつけた実母は、あの子が承知してくれるのであれば、なにがしか力になりたい、赤子の面倒ならみてあげられるがどうか、と言ってきた。それで、このあいだ、一週間くらい前に、着替えを届けたとき明世さんの考えを聞いてみると、首を横に振ったという。とにかく弱音を吐かない性格だから、ふつうに接しているだけでは助けを求めているようには見えない。気丈なだけではなく周りを気遣いすぎるところがあって、亮二の前では甘えてもそれ以外の人間、とくに父親に対しては、ぜったいに心配をかけまいとしているところがあった。しかし、明世さんはそこで選択を迫られていたのである。身勝手だとわきまえた上での選択を。それを、親父さんに、正直に話した。

「こちらとしては、もう悪く言う筋合いもないし、向こうも旦那の了解を取ったと言ってたから、むしろありがたいという気持ちのほうが勝っている。母親に対して、明世のほうにわだかまりもあることは、わかってるんだよ。ただね、ここで相手の申し出を断るってことは、結局、さっきの話じゃないが、現状では、あんたに負担がかかる、それでも、それを承知で明世は、実母や妹ではなく、子育てなんぞしたこともない男のあんたの世話になっていたいと、そんなことを言うんだよ」

「しっかり者の義妹に頼られるのは、いい気分ですよ。株があがった感じですね」

「そうは言っても、暮らしがある。仕事がある。いつまでも男ひとりで赤子を抱えてるわけにはいかんだろ」

それからまた、ひとしきり話して、私はため息まじりに電話を切った。男ひとりでという言い方が不正確なことは、しみじみと感じている。血のつながった家族であろうとなかろうと、人は人とつながって生きていくしかない。明世さんの母親、つまり、なずなの祖母にあたる人を避けるにしても、避けることじたいがひとつの関係なのだ。なずなが生まれる前の話を亮二から聞いたときの感懐のなさが信じられないほど、いまは、そう、亮二や明世さんに対する尊敬の念というより、むしろ嫉妬に近いなにかを感じはじめている。予防接種くらいで大役を果たしたと思っている自分が、恥ずかしくなるほどに。明世さんの身体が、亮二の怪我が、一刻も早くよくなってほしいと願う。しかし同時に、あまりに早くなずなと別れたくないと思っている自分も、まちがいなくそこにはいるのだった。

20

「擬陽性なんて、ほんと、ひさしく聞かない言葉」古い友人にでも会ったような顔で瑞穂さんが言う。「なんだかあやしげでしょ。そういう小難しい言葉を子どもが嬉しそうに使うのよね。あたしも使った」

「呪文みたいなものですよ、たぶん」と私は応えた。

予防接種でどたばたしたあと、私たちはまた表向き平穏な日々に戻った。なずなは発熱するようなこともなく、空腹時以外はいつも上機嫌である。運動不足解消もかねてベビーカーでの散歩は継続し、記事を書き、校正をし、本を読み、取材先に疑問点を電話で確認したりして、仕事はそれなりに進めていた。なかで印象に残ったのは、佐竹さんが冷静沈着に報告してくれている第三回市内折り紙コンクールの模様――大賞は、新富町の印刷会社経営・新井悟さん(32歳)による「エスプレッソマシン」――、そして、梅さん自身による三本樫保養所再利用計画に関する小文だった。前者は特大の紙を使った精緻な模型のような出来映えで、圧倒的な支持を得ての大賞だったという。見出しは「アロマの漂う折り紙」。後者はある意味で、想定の範囲内に収まった留保つきの折衷案だ。このところ梅さんとずっと追ってきた、あのゲートボール場への転換は本決まりになったものの、やはり駐車場の確保が困難なためコートは一面のみで、一角に小型の風力発電機を試験的に設置し、あとはそのまま残すことにしたらしい。食堂は軽食・喫茶に転用し、二年契約で業者を入れるのだそうだ。空き部屋は改装して、集会や催しに使ってもらう。業者を入れるという点だけ事前にはっきり知らされていなかったのだが、いずれにせよ、きわめてありきたりな、しかし伊都川市民を中心とした使い道としてはしごくまっとうな方向で話がまとまりつつあった。

　時間は途方もない速さで過ぎていく。二週間ほどのあいだに、なずなのミルクの量がさらに増え、おしめの重みが増し、声が格段に大きくなった。ときどき写真を撮って亮二と明世さんに送っているのだが、亮二からの返事には、恐れていた両腕のしびれなどはなく、このぶんなら、たとえ立てなくてもなずなは抱けるなどと気弱な言葉があって、治療そのものに疲弊してきている気配も感じられた。

　店の空気が以前より甘い。鼻の奥にすっと入ってくる呼気の粒子が、もっと細かくなっている。鹿間町の山の奥に入ったときのようなすがすがしさだ。これは「いおん」のおかげだから、というママの説明の、「いおん」という言葉を私は「異音」と変換してしまい、片仮名のイオンを思い浮かべることができず一瞬言葉を失った。要するにマイナスイオンなるものが出てくる装置を、例のごとくモールの電器店で見つけて買ってきたのである。しかもまだほとんど使用していない空気清浄機を下取りに出し、花粉にも対応する最新機種に買い換えたのだと胸を張る。《美津保》にも花粉症の客が何人かいるのだ。その子がいるとき、汚いおじさんたちに大きなくしゃみされたら迷惑でしょ、という彼女の言葉にジンゴロ先生が食ってかかった。

「汚いおじさんとは失礼な。くしゃみをしようが客は客。感謝の念がなければ、こんな小さな町で商売はやっていけんよ」

「おじさんが汚いんじゃなくて、おじさんのすることが汚いの。汚いことをすれば、おばさんだって高校生だっておなじ」

「おばさんのくしゃみは愛嬌がありますよ」私はふたりのあいだを取った。「ただ、ふつうのくしゃみと花粉症のくしゃみでは、周囲の体感濃度がちがいますからね」

「そう、花粉症のくしゃみって重いのよね、空気が。周りがぜんぶ湿気っちゃうみたいな。杉とか檜《ひのき》とか、そういうのでくしゃみの質が変わるかどうかわからないけど。風邪のくしゃみやなんかと、全然ちがうの」

「耳鼻咽喉科の先生なら、聞き分けられるんでしょうか」私はジンゴロ先生にたずねた。

ひさしぶりに来て嬉しいのか、いつもより飲むペースが速い。呂律はまだ回っていたのだが、下を向いて胃のなかの空気抜きをする場面が多くなっていた。酔いを顔に出さない先生の頬が、赤いアクリルの下敷きをかざしたみたいに、くまなく色変わりする。どこかが悪いのではないかと心配になるほどの変化だった。

「学生時代から知ってる耳鼻咽喉科の医者は、珈琲と麦茶の香りも嗅ぎ分けられないでくのぼうだがね」

「それは、耳じゃなくて舌が悪いんです」と瑞穂さんが意見する。「薄い珈琲飲まされて、麦茶の味がすると思ったこと、あたしにもあったから」

「そりゃあ、あんたの舌がいかれてるってことだ」先生はグラスを手にしたまま言葉を返した。「嘗めてわからんようなら、かなりの重症だぞ」

「で、くしゃみの感じで花粉のちがいが判別できるものなの？」瑞穂さんは話をもとに戻した。「春片の奥から尾名川のほうまで、戦後、たくさん杉が植えられたって話でしょ、家を建てる木材確保のために。だから花粉だっていっぱい飛んでるのよ。むかしだって飛んでたはずなの、病気に名前が付いてなかっただけでね。なんだか汚いくしゃみをするおじさんがたくさんいたけれど、あれは花粉症のくしゃみだったんじゃないかしら、いま考えると」

「杉は、春片まで行かなくてもありますよ」と私は言った。「彦端の東側には、山肌にときどき黄色い靄がかかってるような場所がありますからね。たぶん花粉でしょう」

「たしかにけぶるな、花粉は。けぶる」

ジンゴロ先生がつぶやくように言う。実際の風景だけでなくテレビニュースでも、何度かそのような映像を見た記憶があった。風でゆさゆさ揺れた杉の枝から、白とも黄色ともつかない色がばあっと飛び散り、それが靄のようにいったん中空に留《とど》まって拡散するのだ。この市は風の吹きすぎる鹿間の谷の南にある。もし風上に杉の林があったら大変なことになっていただろう。なずなの部屋の空気を入れ換えるにも、もっと注意を払わなければならなかったはずだ。

やはり、どう見てもジンゴロ先生のペースがいつもより速い。喋るより飲むのに忙しい感じである。手から口への動きがせわしいのはよくあるけれど、すでにビールを飲んでいるのにウィスキーの水割りをごくごく流し込んでいくなんて、一度もなかったことだ。消毒済みのお手拭きで指先を拭いながら、先生は山椒《さんしょう》味噌のかかった里芋を箸で小さく切り分けて口に運び、こんなときは乾きものがいいんだがな、でも柿の種ばかり食べると気持ちが悪くなる、年をとるとは、柿の種を一袋平らげる胃の力を失うってことだと嘆いた。

「べつに年とってなくても、それだけ食べれば、誰だって気持ち悪くなるでしょ」ママは呆れたように、大きな目を見開いた。「だいたい、乾きものがいいなんて言うくらいなら、うちじゃなくてどこかよそのお店にどうぞ」

伊都川市にも、むかしは駅裏に柿の種とさきイカと徳用チョコレートしか置いていない、納屋みたいな店がいくつかあったと梅さんに聞いたことがある。カウンター席だけの一杯飲み屋で、勤め帰りの常連しか来ないような、一見《いちげん》の客はちょっと入りにくい雰囲気だったらしい。基本的にはなにも食べないでひたすら飲むジンゴロ先生みたいな人が中心で、お通しや小料理の質に気を遣う必要のまったくないところである。それが再開発とも言えないような変化のなかで、次第に姿を消していった。

「先生になにかお出しするときは、胃にもたれるようなものは最初から除いてます」

「そいつはどうも」

ジンゴロ先生は頭を下げて、もりもりご飯を食べている私の前の小皿をちらりと眺めた。

「これ、うまいですよ」私はひと口食べてから言った。「薄い味付けなのに、あとからじわっときます」

「揚げものは身体に悪いぞ」

「ところが結構さっぱりしてるんですよ」

「年寄り向きってことか」

「そう」瑞穂さんが笑った。「年寄りでも箸をのばせるものを出してあげたの」

たしかに揚げものではあったが、春巻きの一変種と言っていいのだろうか、中身はキャベツの厚い外側を適当に切って炒めただけで、手製の皮にはカレー粉が練り込んである。ぱりっとした皮のカレー味となかのキャベツの甘みが口中でひとつになる。《美津保》の料理の特徴は、半端ものを炒めたりくるんだり揚げたりしてうまく使い切ることだが、それがありあわせだという事実をママはあっけらかんと口にしてしまうので、値段がつけられない。しかも、創意工夫はあるのに、どれもはじめての味ではないのだった。以前、おなじ具がほかならぬカレーライスに使われていたことがある。さくりとした歯ごたえのあとにやわらかくて甘いキャベツが出てきて、それもおいしかった。ただ、今日はかすかに塩の味もしていた。

隣のベビーカーのなかで、なずなが鼻をひくひくさせている。そのように見える。反応しているのは匂いなのか、音なのか。なずなは「は」と「あ」を分離して発音する。「は」のなかに「あ」はもう入っているはずなのだが、この子が「は」と声を出すと、「あ」だけ離れて、ちょっと遅れてやってくる。それでいながら調和のとれたひとつの音になっているあたり、まさしく料理の味に似ていた。

「おひとつどうですか」

手を付けていないほうを差し出すと、ジンゴロ先生はなにも言わずに自分の取り皿に移し、がりっと嚙みついた。

「要は揚げ菓子だな。うまい」

「でしょう？」観客がふたり、声を揃えた。

「われわれの世代には、ご馳走だ。なかに入ってるのは、塩昆布かな」

「あら、当たり」とママは喜びの声をあげた。「菱山さんは黙って食べてたのにねえ。昆布ってカレーと合うのよ。でも、われわれって、誰のこと？」

彼女はたくみに言葉をうながす。ジンゴロ先生には、よく喋るときと黙って飲み続けるだけのときが交互に訪れる。喋らなくなるとずっとそのままなので、ほどよいタイミングで話をさせる必要があるのだ。

「これなら小さな子だって気に入るな。むかし、似たようなものが給食の献立にあった。

うちのが関係してたから、その方面には詳しいんだ」

「千紗子さんがですか？」

「ほかにいるかね？　友栄は当てにならんよ。まあ、女房は献立を考えるだけで、実際はなにもしなかったがね。料理が苦手なところは娘にもしっかり受け継がれた。給食嫌いの子になんとか食べさせようといつも工夫していて、ずいぶん試食させられたよ。花粉症だのアトピーだのが騒がれるようになってきた頃の話だ」

ジンゴロ先生は小さなあくびをした。両目の下にひどい隈ができている。ついこのあいだまで、私もこれ以上の太さの黒い帯を貼り付けているような感じだったが、ジンゴロ先生のそれは酒で赤くなった地に引かれているからどす黒くて、さらに不健康に見える。

「《われわれ》に入らないのは、七草だけだな。こないだは、よく泣いた」

ジンゴロ先生は不意に身をよじってスツールの上でくるりと半回転し、ぽんと飛び降りるようにベビーカーに近づいてなずなの上にかがみ込むと、腕にできた予防接種のあとを確かめ、よろしい、と小声で言った。それからなずなの「は」と「あ」の不思議な変奏に耳を傾け、頬をちょんと触ってからまたカウンターに戻った。《予防接種事件》に関するジンゴロ先生の言い分は、私と食いちがっている。事前にあれこれ指南しておきながら、本番は自分たちが担当することを教えてくれなかった意地悪な父娘については、いくらか脚色を加えてママに報告してあったのだが、ジンゴロ先生は最初の一杯を空けるなり、私が赤ん坊より青い顔をしていまにも泣き出しそうだったと言って彼女を笑わせた。先生はそれですっかり機嫌がよくなって、杵元小の健康診断など市の保健行政には以前から協力してきたし、近隣でそれを知らない者はいない、この市に根付いた新聞で五年も働いていればそんなことくらい頭に入っていてしかるべきなのに、こちらが騙《だま》したみたいな話をこしらえるとはけしからん、あのときの鳩《はと》が豆鉄砲食らったような顔は後々の語りぐさだと講談調で言うのだった。

「鳩が豆鉄砲食らったなんて、古いわよ。《われわれ》にはわかりますけどね」

「いや、小学生だって知ってますよ。学習塾で働いてたとき、教えてましたし」

「ほんと？　でも日常的に使うわけじゃないでしょ？　鳩に豆やるくらいなら想像できるだろうけど。じゃあ、豆鉄砲ってなんなの？　菱山さん、見たことある？」

「ありません」私は正直に告白した。「もし鳩に餌をやる道具だったとしたら、鳩にとっては見慣れたものになるわけだし、びっくりはしないでしょうね。びっくりするってことは、やっぱり武器なんでしょう。鳩と豆と鉄砲っていう言葉の組み合わせは秀逸ですよ。ぼくらが子ども時分に遊んだのは、笹竹《ささたけ》の鉄砲でしたけれど」

「湿らせた紙を竹筒に詰めて、あいだに空気層をこさえて押し出すやつだな、それは。豆鉄砲じゃあない」

　自慢するときの顔で、ジンゴロ先生が言う。わざとつまらなそうな口調で、知識をひけらかすのである。こうなってくると、だんまりの先生が消えて、だんだん陽気になる。

「うちは男兄弟でしたから、作って遊びましたよ。ぽん、といい音するのが楽しくて」

鹿間の山に竹林を持っている人の好意で、伊都川市と鹿間町合同の手作り玩具大会をやると聞いて取材をしたときのことは、いつか日報にも書いた。積極的に動いていたのは例の青年会議所で、これはいまも不定期に続いている、《古老に聞く》というシリーズの一環として扱ったものだ。鹿間の谷に風神様が住んでいるから、あまり奥に入るなという言い伝えを詳しく教えてくれたのは、その協力者の古老だった。人だけでなく鳥さえ飛べないほどの風が吹き抜け、鳶も鷹《たか》も雲雀《ひばり》も体勢を制御できず、鹿も岩場に身を隠すと言われるほどの谷。鳩ならなおさらで、もう豆鉄砲どころの騒ぎではない。山の神でなく風の神の怒りに触れると本気で高速道路建設に反対したのが、ずっと防風のための竹林を育ててきたその古老の一族だった。竹は彼らの提供したもので、竹林で採れるたけのこは例の山菜うどんの具にもなる。風と竹を使えば土地の産物を二重に生かすことになるというそんな催しで、小さな町をなんとか活性化していこうとする若い人たちの頑張りと《古老》の存在に、感銘を受けたものだった。風力発電がらみの道路建設の話も、語りようによってはべつの力になる。若松町の松の木の物語も、風の神と関連づけて書いておけばもっとましなものになったかもしれない。

突然、ジンゴロ先生が激しく噎《む》せた。顔をさらにどす黒くして、お手拭きで口を押さえている。

「ちゃんと嚙まずに飲み込むからですよ」とママが水を差し出す。「子どもといっしょ。

給食の献立とはよくぞ言ってくださいました」

　私はジンゴロ先生の背中を軽く叩き、それからさすってみた。余計な肉のない、骨張った背中。こんなふうに、彦端の親父の背中に触れたことがあっただろうか、と不意に思った。親父どころか母親の背中にも、肩にも、手にも、最後にいつ触れたのか思い出せない。人に触れるという感覚を、私はなずなのおかげではじめて知ったことになるのかもしれない。

「まだ歯も生えてないその子だって、ちゃんと飲んでるんですからね。げほげほばい菌を飛ばさないで」

　お褒めの言葉に反応したのか、あ、お、あ、といつもの母音が聞こえてくる。甘い声ではなく、やや高めの、硬くてよく通る声。やはりなずなの機嫌はよさそうだ。この子は過度にぐずることがない。ジンゴロ先生が来てるからと電話をもらって急遽《きゅうきょ》下に降りることになったとき、タイミングよく要求があったのでミルクを飲ませ、ついでに得意の激しい水鉄砲も拝見してきれいなおむつに替えることができた。裸のなずなを抱くと、以前より皮膚が厚くなっているのがわかる。やわらかさは変わらないのに、薄皮一枚で世界と闘っていた彼女が、確実に強くなっているのがわかる。予防は予防であって、保証ではない。しかし、予防接種も、彼女に力を貸した事件のひとつにはなっていた。

　ジンゴロ先生は、この店ではあまり仕事のことを話さない。子どもの命を預かる医師としての顔とも、また家長の役割を演じている家での顔とも別人になる。日報の同僚たち、とくに梅さんなどは、どこへ出て行ってもおなじ雰囲気で動いているのだが、もし《美津保》でしかジンゴロ先生と会っていなかったら、おそらくその為人《ひととなり》を半分も理解できなかっただろうと、つくづく思う。人を理解するというような言い方が可能かどうかは、またべつとしての話である。

噎せたのは、なにかが喉に詰まったのではなく、酒が舌を通り越して喉に入ったからだとジンゴロ先生は抗弁した。飲んでいる気持ちと、飲むという行為と、喉の反応がずれてくる。じつは酒じゃなくて、自分の唾液に噎せたんだと、先生はばつが悪そうに笑った。

「こんなありさまじゃ、近いうちに医者なんぞきっぱりやめないとな」

「そんなことおっしゃらないで」ママの割合を多くした瑞穂さんがカウンターに身を乗り出して言う。「ジンゴロ先生には、もっと働いてもらわないと」

「そのとおり」背中の感触を思い出しながら、私もすぐに言い添えた。「いまは、先生がなずなのおじいさん役ですから」

「役に立つかどうか、立ってるかどうかは、微妙なとこだ。要するに擬陽性ってやつだな」

「はあ」と瑞穂さんが感心したような声をあげる。「擬陽性って、そういうふうに使えばいいのね。つまり、どっちつかずってこと」

「あんたは言葉が悪い」

「褒めてるのに」

「ま、性格はいい」

「でしょう？」

「もう一杯」とジンゴロ先生がグラスを差し出した。「これでお終《しま》いにする」

「一杯目のあとも、二杯目のあとも、おなじことおっしゃいましたけど」

ジンゴロ先生は三杯目の水割りをちろちろ嘗めながら、揚げもののなかに入っていた塩昆布をべつに出してもらって、それをつまみに飲みはじめた。そのあいだ私は隣でしっかりご飯を二杯食べ、ホタテと大根のサラダまで平らげた。サラダは今日のメニューにはないものだったが、こないだカメちゃんにもらったホタテの缶詰があると言ってママは大根を千切りにし、軽く塩もみしてからビネガーで和え、そこにホタテを適当に割きながら入れて混ぜ合わせた。仕上げにごま油を垂らして白ごまを振ると、あっというまにできあがりである。ジンゴロ先生も小皿にひと盛りしてもらって少し箸をつけ、あとはまた、話したり話さなかったり、こくりと眠ったり、不安定な状態で私とママとの、やや声を落とした話をぼんやり聞いているようにも見えた。

なずなもいるので、そろそろ引きあげようかと思ったとき、先生は急にぱちりと目を開けて、それなら、家に戻れるだろう、とはっきりした声で私に言った。驚いて先生の顔を見ると、いまの、あんたの義妹《いもうと》さんの話だ、七草の母親の話、たぶん帰れる、というか、戻されるよ、とまぎれもない医者の声で言う。

「聞いてらしたの？」

「大筋は、もう聞いてる話だ」

問われるまま、私は明世さんの病状のことを話していたのだった。ようやく検査結果に対する所見が主治医から説明されたと明世さん本人から連絡があったので、その内容を、友栄さんを通じてジンゴロ先生にも伝えておいてもらったのだ。目のかすみと手足の軽いしびれ、そして自覚症状のない肺の、悪性ではない肉芽腫。感染、腫瘍、免疫と、疑わしいところを順次つぶして可能性が残ったのは聞き慣れない片仮名の病名で、確定はできないけれども、かりにそうだとすると、致死的なものではないと同時に完治もしないような、そういう種類の病気だった。臓器の不全もそれと関係があるかもしれないとのことで、その可能性を見越してステロイドが投与されていたのだが、幸い顕著な改善が見られたので、今後は外来に切り替えて経過観察にしたらどうかと言われた。ステロイドは、いったん服用しはじめると急にやめることはできず、徐々に減らしていかなければならないものらしい。多少の副作用もあるだろうけれど、生活に大きな支障はない程度だから、疲れがすぐに抜けなくても、住み慣れた場所で家族といっしょにいたほうがいいだろうとのことだった。それだけ聞けば、じつにすばらしい、嬉しい知らせで、私はそのあと、静山の、明世さんの親父さんとまた電話で話し、彦端にも電話し、亮二にもメールで報告した。

「義妹さんの親父殿は、弟さん夫婦とはべつの家にいるわけだろう」

「そうです。ひとり暮らしで」

「だったら、骨折りの旦那が戻ってくるまでは、七草のためにも、親父さんといっしょにいたほうがいいな。あんたがときどき助けに行くことを前提に」

「あたしもそう思う」とママが口を挟んだ。「退院してすぐ、なにもかもやるのは無理。ほんとは女手もあったほうがいいんだから」

「実家ではなくて、亮二の、弟と明世さんのマンションに親父さんを呼んで暮らす方向になると思いますね。そのほうが買い物も便利ですから」

「退院はいつ？」

「いつになるかは未定です。最後の検査次第で。ただ、そういう方向で話は進みはじめました」

　声がして振り返ると、なずなは碁石のように黒い目を光らせて、天井灯の照り返しを受け止めていた。小さな手をちょっとだけ持ちあげてかくかくと動かしながら、三つ四つの白い発光体を、濡れた瞳で少女漫画に出てくる星のように輝かせている。その目は、なにかをはっきりと視野に捉えていた。私の顔か、それとも天井の染みか？　それとも見えないなにかを。ほ、あ、あ。また声がする。いつものように食後眠ってくれないところを見ると、気になることでもあるのだろうか。おむつに触れてみたが、乾きたてのシーツみたいにさらさらしていた。

「このあいだ、日報の連中と、ここで飲み会をやったんですよ」

「聞いてる」ジンゴロ先生はカウンターの向こうを指差した。「誰かが、誰かから、なにかを聞いている。それが世の中というものだ」

「梅さんも来たんですが、ジンゴロ先生に会いたそうでした」

「あんな男に会ったって、面白くもなんともないよ。むかしからまったく変わっておらん。しかし、頼りにはなる」

「梅さんも、先生についておなじことを言ってました」

「まあ、うちは個人的にも世話になったからな。迷惑もかけた」

私は黙っていた。友栄さんの一件のことだろう。

「いつか、なずなを預ける場所を社内に作れとかなんとか、梅さんに掛け合ってくださったでしょう。わざわざ電話して」

「そうだったな」

「あのあと、なんだかんだ継続的に動いてくれていたみたいなんですが、実際になずなを見てから力が入りはじめましてね。認可保育所にこだわらなければ、近々日の出町にできる託児所を紹介するって連絡をくれたんです。一歳未満の子の空きがあるみたいで」

「職場の近くじゃないか」

「ええ。そこの保育士の父親と、梅さんが知り合いらしいんです」

ジンゴロ先生は私の顔をじっと見つめた。

「預ける気はないんだろう」

「……ええ」ひと呼吸置いて、私は応えた。

「およしなさいよ、もう」とママが口を出した。「さっきのお話じゃ、近いうちにお母さんに会えるんでしょう？　だったらもう、それまで菱山さんが面倒見るべき」

「そのつもりです。ただ、このところ、梅さんがいろいろ心配りをしてくれるものですから、また先生のほうからなにか言ってくださったのかと思って」

「なにも言っておらんよ。あんたの性格からしたら、また目の下に隈を作ったとしても、保育所は勧めないな。あとしばらくは、子連れ狼《おおかみ》の取材も悪くないだろ」

「なずなは女の子ですよ。それに父親も刺客じゃありませんけどね」

「刀が無理なら豆鉄砲を携えりゃいい。あれは空気で押し出すんじゃなくて、竹で豆をはじくんだ。弓なりにしてな。結構飛ぶぞ。小石も飛ばせる」

「なずながいると、話しかけてくれる人も多くて、楽なところもあるんです」ジンゴロ先生の言葉を流して、私は言った。「ベビーカーに乗せて中途半端な時間に歩いてると、かならず声を掛けられる。碁会所に行ったときもそうでした。でも、そういうことに赤ん坊を使うのは、ちょっと小ざかしい気もしますね」

「そりゃあ考えすぎだ。生後何ヶ月かの乳幼児なんだから、一日中連れ回すなんてことは無理だとしても、環境の整った仕事場に連れて行くことじたいはまちがっちゃいない。離れているより、ひっついてたほうがいい。子どもでも女房でも、いっしょにいたほう

言う。

「まあ、無理はしないつもりです」

「ジンゴロ先生、なずなちゃんが気に入ってるのよ。おじいちゃん気取りで」とママがいいんだ。赤ん坊は人を集める。そういう力がある」

「赤ん坊なんぞ腐るほど見てるよ。七草はそのひとりにすぎん。ということにしておく」

「ほらね。おじいちゃん気取りでしょ」

おなかが満たされたせいか、なずなよりこちらが眠くなってくる。ジンゴロ先生もハイペースが祟《たた》ったのかだんだん舌がまわらなくなってきて、手洗いに行く足取りもかなりあやしくなっていた。こんなふうに、乾いたスポンジみたいに酒を飲むジンゴロ先生を見たのは、いつ以来だろう。二度目に手洗いに立ったときには、もうあちこちに身体をぶつけていたので、なずなの身を案じてそれとなくベビーカーの位置をずらしたりしていたのだが、これ以上飲ませたら、いくら冷水を浴びても急患の診察は無理だろう、それどころか、もう家まで歩くことさえできない状態だと思った。連れて帰るほかないだろう。もう限界ですよと先生を説得し、とりあえず携帯電話で友栄さんに状況を伝えた。

「頭痛薬飲んだのに、またお酒飲んだんですね」と友栄さんは声を荒らげた。「まったく、医者とは思えない。肩を貸せば歩ける状態ですか?」

「肩はこちらで用意しますよ。とにかく連れて行きます」

ジンゴロ先生はそこでむくりと顔をあげて、帰れと言うのなら帰るが、ひとりで歩ける、誰の助けもいらん、といったん納得しておきながら虚勢を張った。ここで寝られても困るからと私も強引に先生を立たせ、なずなのことはママに頼んで、まずは腕を摑んでババ道をゆっくり歩き出した。先生の肩は、背中とおなじくらい頼りなかった。白衣を着て診察室にいるときはあんなにしゃきっとしているのに、こうして身体に触れると骨ばかり感じられてひどく弱々しい。男が急に老けるときには、なにがしか原因があるものだが、ジンゴロ先生が老けたと言えるのかどうか私には判断がつかなかった。老いは徐々にではなくて、ある日、いきなりやってくるのかもしれない。先生は十八番の《エーデルワイス》を鼻唄で歌った。エーデルワイスは、高貴な白だ、覚えておきなさい、というういつもの台詞も出る。夜のババ道を歩くまで、私はなずなも白い花であることを、あまり意識していなかった。せり、なずな、ごぎょう、はこべら、ほとけのざ、すずな、すずしろ。しかし、なずなの白は、高貴な色なのだろうか。

21

肩を貸すというのを断り、私の腕を頼りによろよろ歩いていたジンゴロ先生は、叱られるのが怖かったのか、店からババ道の途中まで来ると鼻唄もやめて腕を振り払い、前後はするものの左右にはぶれない不思議な足取りで歩き出した。少なくとも正面からだとまっすぐ進んでいるように見える。先生は夜、《美津保》で飲んだあと、いつもこんなふうに体裁を整えながら夜道を帰っていたのだろうか。

「さっき子連れ狼の話をしたな」軽く息を吸って呼吸を整えてから、ジンゴロ先生が低く言った。「子連れ狼には乳母車だ。車を買って、七草を連れまわすには便利になったろうが、あんたの書くものは、この狭い地域を乳母車押してうろうろしだしてからのほうがいい」

正直、私はびっくりした。五年前に知り合って、日報に勤めていると話したとき、先生はまだ親しみの度のいくらか薄い語調で、社主はむかしから知っているが、新聞は読んでいないとはっきりそう言っていたからだ。最初は古い友人である私の雇い主に対する照れかなとも思ったのだが、《美津保》でどんなに日報の話が出ても、うちのやつから聞いたとか、患者の親に教えてもらったとか、いつも伝聞の知識を頼りに相槌を打っているだけという素っ気ない顔をしていたのだ。ときどき仰向けに倒れそうになる先生の腕と背中を支えながら、日報なんて読まないいんじゃなかったんですか、と私は応えた。

「読んではおらんよ、読んでは」と先生は言い、ああ、お出迎えだ、とババ道の先まで心配で出てきた友栄さんの姿を認めるや否やしゃんとなって、しかし明瞭とは言えない節回しで付け加えた。「うちのが読んでくれるんだよ、声を出して。あいつはたぶん、明治か大正の田舎の生まれだろう、なにしろ手紙やら新聞やらの気に入ったところは、人に読んで聞かせるもんだと思ってる。この辺をぶらつきはじめてからの記事のほうがよいというのも、じつはあいつの意見。それに賛成しただけのことだ」

　私はしばらく黙っていた。

「車は車でいいが、乳母車押しての探索は続けるべきだ……いや、続けたらどうかと思うね……なにしろ子連れ狼だ……」

　語尾はうまく聞き取れなかったが、ジンゴロ先生の言わんとするところは理解できるような気がした。乳母車ではなくベビーカーを押す地方都市の、馴化《じゅんか》した狼を演じるようになってから、周囲を見る目や世間一般の常識に対する感覚がはっきり変わってきたし、ある程度の目星をつけての取材記事よりも、ただ歩いてみて心に残ったこと、引っかかったことをまとめた小文のほうが、おなじ字数、おなじ枠内でも、その核になる部分がしっかりしてくることも身に染みて感じていた。なずなを連れての外回りの仕事に車を活用するのはいいとして、現場ではベビーカーを押すくらいの精神的な速度を保てという意味なのだろう。この市に根を下ろしてからも、私は存外、都会のリズムで暮らしていたのかもしれない。

「ほんとに、ごめんなさい」

言いながら友栄さんが曲がり角からこちらへ、地に降りようとする鳥みたいに駆けて来て、もう目と鼻の先だからひとりで歩くとむずかる先生の、私とは反対側の腕、つまり右腕をがっしりと摑んだ。先生の背筋がすっとまっすぐになる。しかし、足裏が地面から浮いているような、かえって変な歩き方になった。

「お酒臭い。服の下から染みだしてくるみたい」

「医者にアルコールはつきものだ」

「その台詞はもう聞き飽きました。これじゃあホルマリン漬けと変わらない」

友栄さんの口調は、さっきの電話とはちがっていた。非難するのでも怒るのでもない。ジンゴロ先生を嫌うなんてまずありえないと思われるような、そういう声の出し方である。千紗子さんが先生に文句を言うときに入り込んでくるなにかと、それは似て非なるものだった。むかし彦端の母親が父親の深酒をたしなめていたときにもそんな印象を抱いていたのでなんとなく親しみを覚えたのだが、こういう状況で娘が父親に対してどんな口の利き方をするのか、私は実例を知らぬまま、ただあれこれの知見を貼り合わせて紋切り型を想像していただけだった。友栄さんのひとことふたことには、愛情とか甘えとか、誰でも知っている言葉の、誰でも知っている意味の、けれど誰にも、いや、息子どもにはけっして使いこなせない独特の色合いがあった。

「なずなちゃんは？」

「《美津保》のママが見てくれてます」

「そうなんだ」新しい声で、友栄さんが言った。「じゃあ急がなくちゃ」

表情は読めなかったが、「じゃあ」にこめられたニュアンスは、とても微妙なものだった。ババ道の角を右に折れて、診療所のドアではなく駐車スペースの奥にある玄関口から先生を抱き入れると、そこで待ち構えていた千紗子さんもいっしょになって、なずなが寝かされたことのある居間の床にあらかじめ敷かれていた布団まで運び込んだ。あなたはベッドで寝る資格なし、と千紗子さんは私の知っている口調でジンゴロ先生を叱り、菱山さん、ごめんなさいね、なんだか急にだらしなくなって、それに、お布団じゃないと落っこちるんですよ、といつもの笑みを浮かべた。

「めったにありませんよね、こんなこと」

「そうでもないです。菱山さんが知らないだけです」友栄さんはまた別種の声で、要するにふだんどおりの声で言った。「むかしは、ほんと大変だったんだから」

ジンゴロ先生はその言葉にすばやく反応し、曖昧な表情で横になったまま軽く手をあげた。

「早く、帰ってあげてください。なずなちゃん、待ってるから」

それではここで、と引きあげようとしたとき、なずなちゃんのお母さん、退院できそうなんですってね、と千紗子さんが明るく艶のある声で言った。たったいま娘が「早く」と命じたばかりなのにそれをまったく考慮しない悠長な台詞まわしで、その間の悪さがなんともいえない苦笑を誘った。

「はい。そう遠くないと思います」

「よかったわねえ。あとは弟さんね」

ジンゴロ先生が急に大きな声で、七草によろしく伝えてくれと言い、右の手の甲をエイのようにひらりと振って私を追い払うしぐさをした。千紗子さんが妙な間合いで話し出すと、先生はよくこうやってお祓《はら》いをする。それにしても、カウンターに伏して寝ているところは何度も見てきたけれど、こうして横になっている先生を上から見るのは、はじめてではないか？　人間がひとり横になるだけで、風景が変わる。慣れきっていた大きさや広さが、自分の背丈や思い込みによって作られた枠にすぎないことがわかってくる。いつも横になっていてまだ立つことを知らない小さな存在がひとつ加わっただけで私の部屋が伸び縮みし、日々の暮らしの初期設定が崩れてしまったように。

ババ道はいつもより薄暗かった。街灯は何本か設置されているのだが、うち一本の電球の光が弱まって不規則に点滅している。暗いのはそのせいだったらしい。そもそも街灯と街灯のあいだが離れていて、以前から光の届かない部分があったのだ。それも関係しているのか、短い区間なのに、大通りからの眺めと佐野医院の側からのそれとでは印象が大きく異なる。生活基盤は杵元グランドハイツにあるので、どこへ出るにしてもその玄関口が始点になる。「始点」と「視点」は、同音だ。ある場所を「始点」と定めた暮らしに安住していると、「視点」の基準が固着してしまうのかもしれない。

小学生だった頃、おなじ道をたどっているのに、学校に行くときより帰るときのほうが、いつも距離が近くなるような気がしていた。そして、なぜ近く感じられるのかが私にはずっと謎だった。低学年だった亮二は、学校に行くときのほうがわくわくして近く感じるなどと、いま思えばずいぶん殊勝なことを言っていた。実際の距離ではなく感覚として、やはり帰りのほうが近く感じると認めるようになったのは、旅行会社に入って、ツアーに出るようになってからのことだ。しかし私には亮二ほどの行動力がないから、車でおなじ道を往復し、右と左が入れ替わるだけで、世界が一変するような気がするのだ。

まだある。やはり小学生の頃、市役所や図書館や大病院で手洗いから出てくると、どちらに曲がれば元に戻れるのかわからなくなって、私はよく迷子になった。そうなるともう順路を示す標識だけが頼りになるわけだが、矢印のとおりにたどって目に入ってくるのは、光景ではなくもっとべつのなにかだと思うのだった。矢印に気をとられて、自分の前後左右になにがあるのかをまるで見ていなかったのだ。それがなんとか修正されたのは、中学でスポーツをはじめて以降のことである。とくにハンドボールに親しんで、攻守切り替えの際のパス出しやシュートのタイミングを、敵の動きだけでなく体育館の内部の風景と重ね合わせて計るようになってから、周りの光景の変容に敏感になった。中央から右に切れ込んでシュートを放つ。ジャンプをしたこちらの目になにが映るかによって、身体をひねる間合いを調整する。それは応援席の垂れ幕の端であったり、二階席の窓の光であったり、じつにさまざまだったが、そういうささやかな指標が大切な場面で生きてくるのだった。

見慣れないババ道の真ん中を小走りに走って《美津保》に戻ると、ほんの十五分ほどしか経っていないのに、通りの側の天井ランプの光を落として半分休業状態になっていた。テーブル席にはまだ客がいたはずなのにおかしいなとあわててドアを押し開けると、なずなのベビーカーが夜の海を航行中の船のように闇に浮かんでいて、その横にママが腰を下ろしていた。

「無事ご帰館？」

「おかげさまで。ひっくり返るようなことはなかったです。お店の灯りが落ちてたから、不安になりましたよ」

「おふたりが出て行ったあと、ちょうどそこのお客さんたちが帰ったものだから、閉めちゃったの。この子も寝てるし。短いあいだだけど、泣かなくてよかった」

「ミルクはちゃんと飲ませましたから」

「そうじゃないの」と彼女はやや高めの声で言った。呆れたときの反応だ。「あたしとふたりになって、怖くて泣き出さないかとびくびくしてたのよ。だってはじめてだもの。

あんなにあっさり預けて行っちゃうとは思わなかった」

「ママなら大丈夫ですよ」

「そうなの？」

「だって、いつも声を聞かせたり、抱いたりしてるじゃないですか。触っても泣かないでしょう」

「それは菱山さんがいる場合」

「まあ、なずなを預けたのは、ママでふたり目ですけれどね。いや、正確には、三人目かな」

「預かったんじゃなくて、ちょっと見てただけよ」とママは照れたように言った。「上がっていく前に、珈琲でも飲む？　さっきがつがつ食べたあと、お茶しか飲んでいないでしょう」

「がつがつは余計ですよ」

「がつがつと、おいしそうに」

「そうかもしれません」

「どうする？」

なずなはぐっすり眠っていた。

「そうですね、じゃあ、いただきます」

彼女はミルでがりごり豆を挽《ひ》き、手早く珈琲を淹れてくれた。そのあいだに、ジンゴロ先生がババ道でつぶやいたことを私の解釈つきで話した。

「嘘よ、それ」とママは即答した。「ジンゴロ先生、日報にはちゃんと目を通してる。ひとりでいらしたときによく話すもの。菱山さんが入社する前から先生はここに来てるでしょ、あたしが読んだ記事の話をしても、知らないことはなかったわよ。いくら数ページの小新聞だって、端から端まで奥さんが読んで聞かせるなんてありえないでしょう?」

「だったら、素直じゃないですね」

「ジンゴロ先生が素直だと思ってた?」

「いいえ」

「でしょう?」と彼女は笑い、それから、ああ、と息を吸った。「そういえば、カメちゃんが板チョコくれたんだった、今日の昼間に。どこにやっちゃったかな」

「いいですよ、もう飲み終わりますから」

「あたしが食べたいの。ハワイ土産」

「ハワイ? 輿田さんのお店、そんなに休んでましたか?」

「残念でした。行ったのは娘のほうよ」

あちこち捜して自分の鞄のなかからその板チョコを一枚見つけ出すと、彼女は私に半分差し出した。粉を吹いた厚く固い板を囓《かじ》る。甘みが舌先から全身に染みわたった。

「日報で思い出したけど、こないだ冗談みたいな記事が出てたでしょ、三本樫の新道の標識が勝手に立て替えられてたって話」

「ありました」と私は言った。刷る前にチェックした記事だ。「身近な謎っていうやつですね」

「犯人、捕まったのよ」

「え？」

　客が読めるように、ここでは日報のほか、地元紙とスポーツ紙も購読している。ママはその地元紙のほうを取り出して私に見せた。地域版ではなく、三面に小さく、顔写真といっしょに「看板の主、捕まる」という、なんだか日報のお株を奪うような見出しの記事がたしかに出ていた。報道ではこういうことがよくある。今回も日報の発売日ではなかったので、しかたのないことだった。犯人は西隣の名積《なづみ》市に住む、二十六歳の飲食店勤務の青年で、警察は「事故多し、あやまれ！」という看板の文言をいたずらと捉えず、実際に近隣で事故に遭った人物をひとりひとり当たって突き止めたのだという。青年は半年前にバイク事故を起こしていた。買ったばかりの外国製のバイクで追い越しを掛けようとしたときに前を行くトラックが左によれて接触し、転倒したのである。幸い大きな怪我はなかったものの、愛車が壊れて、誰に、というのではなくその場所に恨みを抱いていたのだそうだ。

「器物損壊ですか。しかし、半年も経ってから、どうしてそんな馬鹿なことをする気になったんですかね」

「そうよねえ。あたしにはわからないけど、罰金で済むくらいの罪になるのかしら。じつは、一昨日、ちょうどその話をしてたの。黄倉さんがお孫さん連れて来てね。それがかわいいのよ。ほっぺなんか真っ赤で」

「六歳くらいの男の子でしょう」

「知ってるの？」

「会ったことはないんですが、いつか立ち話で、孫がいると聞いてびっくりして。そんな年に見えませんからね。なずなが来るまで家族の話なんて、ほとんどしたことなかったですし」

「たしかに若いわよね。娘さんと三人でいらして、黄倉さんはすぐ管理人室に戻っちゃったので、ふたりとお話ししたのよ。金沢に住んでるんですってね。ちょっと事情があって、立ち寄ったそうなんだけど、黄倉さんのところで日報読んで、その記事を面白おかしく話したら、男の子が《事故多し、あやまれ！》ってフレーズをえらく気に入ったらしくて、口癖みたいに繰り返すの。あたしもうおかしくって」

「看板は撤去されてるはずですけどね」

「実物なんてどうでもいいのよ。言葉がおかしいんだから。テーブルやらなにやらにぶつかるたびに、《事故多し、あやまれ！》って言うのよ。そしたらすぐ、逮捕の記事が出たの」

日報に出したとき、やっぱり看板の写真を添えるべきだったかな、と私は不謹慎なことを思った。その看板のせいで道路利用者に直接的な被害はなかったし、犯罪は犯罪だけれども、なんというか、私情、私憤の出し方が、むしろ滑稽に感じられたからだ。先に記事にした以上、これはうちでも続報を出さねばなるまい。

「まだ、ここにいらっしゃるんですか、娘さんとその男の子」

「帰ったと思う。その日のうちに帰るって言ってたから。小さい子の話はおかしいわね。なにがおかしくてあんなに笑うんだろうと思うくらい、大人から見るとつまらないことで大笑いするし。この子が話すようになったら」とママはなずなを見ながら言った。

「どんな感じかな。声とか」

「どうですかね。母親に似たんだったら、やや低めの、ハスキーな声。父親に似れば、軽めの、元気で、よく通る声」

「じゃあ、あたしは父親のほうを採る」

「ハスキーって顔じゃないな、たしかに」

　珈琲はママのおごりだった。店を出るとき、彼女は私たちふたりにおやすみなさい、と言い、私に向かって、菱山さん、元気出すのよ、と真面目な顔で付け加えた。なにを伝えようとしているのか、もちろんわかっていた。

　自室に戻って、まずは手洗い、うがい、そして、なずなのお清め。あまり湿ってはいなかったが、念のためにおむつは替えた。なずなは以前のように私に頼りきりという顔ではなくなってきた。身の周りの世話をしてもらい、ミルクも飲ませてもらっているにもかかわらず、ご本人はどうも、なにからなにまで自分の意思で動き、ひとりでこなしているような表情である。いきみ方、出し方のこつを摑んだのか、例の爆裂音も徐々に小さくなって、おむつのなかで便が四方八方に飛び散ることも減ってきた。話しかけたときの目の光、口もとの動き、あ、お、え、あ、う、ときれぎれに、かつ滑らかにつづく声の粒立ちもかなりしっかりしてきたことにある感慨を覚えつつ、そっとベビーベッドに寝かせて、私もすぐ下で横になる。するとたちまち深い眠りに落ちた。

明け方、要求に応えてなずなにミルクを飲ませ、またおむつを替えたのを機に起きだして、メールをチェックする。亮二から一通。鵜戸さんから二通。亮二は食欲旺盛で、病院食を心の底から楽しみにしているらしく、食前食後のトレイの様子を写真に撮って送ってくる。こちらからは、「本日のなずな」を送る。明世さんには、このところ毎日、早朝か昼時に携帯電話から画像を送ることにしているのだが、これもまた初期には考えられなかった進歩だ。

鵜戸さんからの一通目は、若松町の松の伝説をめぐって、機会があったら絵の作者である坂村造園の孫娘に話を聞いてみたらどうか、という梅さんからのアドバイス。もう一通は、回転寿司戦争についての新情報だった。ショッピングモールのなかの蛇寿司は内装もよく、テーブル席もあって人気があることは記事にした。このところ、週末には以前にもまして長い列ができるようになったのだが、列は店の前の客待ち用の椅子と回廊だけでは足りずに買い物客の通り道にまで延び、昼食時は一時間以上待つことも稀《まれ》ではないという。それだけの時間と体力を使って順番待ちをするほどの味かどうか私には判断がつかないけれど、読者からの便りでは、下手な寿司屋よりずっとおいしいので、「長《蛇》の列」で待たされること以外に欠点を見つけにくいとの評価が増えているらしい。鵜戸さんは、このあいだの週末に、その「長《蛇》の列」を体験しに行ったのだそうだ。

《友だちのお母さんの妹さん、つまり叔母さんが、菱山さんの書いた町の電器屋さんの記事の「登場人物」だった縁で、そこのご主人がいま店長さんになっている家電ショップに行ってきました。友だちもいっしょにです。そして店長さんにご挨拶して、記者として名刺を交換したりしました。

というわけで、お隣の蛇寿司は、是非とも体験せざるをえなかったわけです。結果から申しますと、味はよかったのですが、ひとつびっくりしたことがありました。軽く一時間を超える順番待ちのあいだ、子どもたちを床に直接座らせて遊ばせている親が何組もいたんです。それについて文句を言ったりする人は誰もいませんでした。モールの回廊は、まるでキャンプ場。なんとも言いようのない騒然とした、そして賑やかな雰囲気でした。

これがいいのか悪いのか、わかりません。でも、なずなちゃんを連れて行かれるときは、注意したほうがいいかなと思います。なにしろ不衛生だし。今日はそれが言いたかっただけです。回転寿司戦争の今後や如何《いか》に！　お騒がせしました》

なるほど、こういう話を聞くと、なずなはもちろん、友栄さんとの約束を守るにも、蛇寿司に固執しないほうが賢明のように思えてくるのだった。

22

電話一本で片付くことに、どうしてこれほどぐずぐずしてしまったのか、自分でもよくわからないのだが、数日前にやっと懸案の火災報知機の点検・取り替えを済ませた。このマンションは古いうえに分譲と賃貸が混在しているため、共用部分で一元管理されている機器以外の取り付けは、管理会社から了解を得ることを条件として、各自の裁量に任されている。私の部屋にあるのは前に借りていた人の置き土産で電池式なのだが、プラスチック部分が黄色く変色していた。消防署の相談窓口で教えてもらった業者に状況を話してみると、自分で買ってきて取り替えるより、リース契約をしたほうがいいと言うので、そのままお願いしたのである。なずなの命にかかわる失態を演じたという意識が、本来ならば火急であるはずの用件の、その急ぎの火を消してしまっていたのかもしれない。火急とはよく言ったものだ。火が急ぐなんて、あるいは火に急がされるなんて、それは平静を保てた者にだけ与えられる表現だろう。

　ともあれ、これでもう、いや、これでやっと、発生した煙で警報を鳴らすことができるようになった。ただし、火を扱っているうち眠り込むようなへまはもうしない。たばここにしても、換気扇の下に顔を差し出してまで吸いたいと思わなくなってきていて、なによりそれが自分でも驚きだった。このあいだまで口にしていたのは、なずなを預かる前に買い置きしていたもので、はじめのうちは緊張もあってニコチンの助けをかりずにいられなかったのだ。赤ん坊が生まれるのを機に、いや、妻が妊娠したときから長年の喫煙習慣を絶とうとする夫は数多い。この短期間に禁煙できたのは、もちろんなずなの健康を第一に考えてのことで、父親となる夫、あるいは父親になった夫の行動とそこはなんら変わりがない。ただ、それは意志によるものというより、緊張のあとの、あまりの疲労によるところ大だった。私ひとりでなく、傍に誰かがいてくれたらあれほど疲弊することはなかっただろう。ジンゴロ先生に注意されていた健康管理を、真剣に考えるきっかけにはなったかもしれない。

そういえば昨日、梅さんから、川釣り情報の欄に、志水《しみず》町の釣り名人、内村《うちむら》さんの談話を載せたいので目を通してくれと電話があったのだが、その件とはべつに、どうも体調がすぐれないので、俺も自宅で仕事をすることになるかもしれないなどと言うものだからこちらがあわててしまって、梅さんが休むなら、たとえ半日でもなずなを連れて出勤しますとやや気負って申し出た。すると梅さんは、なに、ちょっと大袈裟に言っただけだと笑ってごまかし、体調不良の話は先の内村さんの件にうまく切り替えられてしまった。

内村さんには、二年前の初夏に一度、取材したことがある。ちょうど七十歳になられたばかりだったのだが、直前に山道で足を滑らせて腰をしたたかに打ち、秘境まで徒歩で入り込むという当初の計画が反故《ほご》になってしまった。そこで、車で行けるところまで川を遡ってそれらしい写真を撮り、川水の音を聞きながら話を聞いたのである。内村さんは、川釣りの極意だけでなく、みずからの半生を振り返って、なんとも滋味に富んだ話をしてくれた。それまで《古老に聞く》シリーズにご登場願った人々のなかでは、まだまだ若い世代に入る。しかし話の中身は波瀾万丈《はらんばんじょう》で、とても一回の読み切りでは収まらず、梅さんに頼んで三回のつづきものに仕立てたところ、最後の最後に、もうこの身体では沢を登るのも難儀だし、自分を振り返る機会まで与えられたのだから、今シーズンかぎりで引退する、と宣言して仲間たちを困惑させたのである。

その内村さんが、地道なリハビリで気力体力を取り戻し、先だって、あのとき私と行くはずだった尾名川上流の糸抜川の、通称「天狗岩《てんぐいわ》」のスポットに若い友人たちと入り込み、わずか二十分ほどのあいだに、三十センチ以上のイワナを三尾釣りあげたというのだ。イワナは警戒心の強い魚で、人の気配を察してあまり出てこない。万が一のことを考えて同行した若者によると、内村さんは難しいグリーンまでのショットを前にしてクラブを選ぶゴルファーさながらの手つきで釣り場に応じた竿《さお》を抜き出し、さっと餌を振り込んだ直後、アタリを待つ間もなく釣りあげたらしい。若者はその一連の動作の美しさに言葉を失ったという。釣りあげたイワナの体長を測定し、証拠写真を撮って水に返したと思ったら、またすぐにアタリがくる。もう何十年も川釣りをしてきたけど、こんなのは記憶にない、年を重ねるにつれて、技術だけではなく運気も強くなってきたようだと内村さんは語っていた。

談話のまとめを任されたのは、なんと樋口君だった。初仕事にしてはよくできているとはいえ、やはり物足りないところがある、お礼かたがた内村氏に電話を入れて、なにかもうひとつ引き出してくれないかと梅さんは言うのだった。

「樋口君が書いたのであれば、自分で徹底的に直すよう仕向けるべきですよ」

「それはもういいんだ。あいつはよく頑張った。記事は俺が全面書き換えて、それは樋口にもちゃんと見せた。そのうえで、なにか、ひとこと足りないという気がしてるんだ、うまく言えないが」

そんなわけで、直接話を聞くことを信条とする身としてやや後ろめたい思いを抱えながら、時間もないので二年ぶりに内村さんに電話をしてみた。あなたのとこの、若い人には、いっぺん、取材を受けたことがあると言っておきましたよ、お名前は覚えてませんでしたがね、とはじまって、内村さんは喋りに喋った。こんなことなら、やはりきちんと会って録音もしておくべきだったと悔やんだが、あとの祭りである。以前にも聞いた、あの占い師として主に西のほうを転々としていたという中年期の思い出話は、そのまま映画にでもなりそうな味わいだった。日報の記事は囲みの小さなスペースだし、今回は川釣り情報の補遺なので、それをあらためて組み入れることはできない。

ぐるぐるまわってふたたび釣りの話に戻ったときには、一時間が経過していた。なずなは、そのあいだ私の声にじっと耳を傾けているように見えた。泣きもせず、狭いベビーベッドの中心に身を置いて、手をかさかさ動かしていた。

「結果が出るとみんな騒ぐ。でも釣れないのがふつうですよ。釣れると、へんに気持ちが浮き立つ」

「心を落ち着かせる方法はあるんでしょうか？」

「山を見る。川面《かわも》を見る。川原にできた水たまりを走るミズスマシを観察する。そんなところかな」

「それでもうまくいかなかったら？」

「とりあえず弁当を食うことですな。釣れて気持ちが浮き立つと、味がわからなくなる。長年釣りをしてきての、とりあえずの結論は、釣れない日に食う弁当のほうがうまいってことですか。たいていは握り飯ですがね」

　電話を終えてすぐ梅さんに一連の報告をし、最後にミズスマシと弁当の話を伝えた。すると梅さんは、そうか、と感心したような声を出し、握り飯ってのは、忙しいときに速く食事を済ませるためのもんだが、釣れない日にわざとゆっくり食べるっていうのもうまそうだ、それをもらおう、と即決し、占い師時代とやらの話はいずれまたうまく使えるときが来るさ、と締めくくった。私には、ミズスマシの話が忘れがたかった。木々の緑を見ると心が静まるという話はむかしからある。けれど、たまり水の表面を滑るミズスマシをじっと見ているというところに、なにか仙人の極意のようなものが潜んでいる気がしたのだ。それで鵜戸さんに、次回の《あおぞら図書室》、もう一度「まど・みちお」の詩でいきます、タイトルは「ミズスマシ」です、とメールで連絡を入れておいた。水面に円を描く虫のすらりとしたあの二本の前肢は、なにもないところに時間の輪を成立させる弓のようだ。ミズスマシの描く円を見ている人はいても、本体を意識する人はあまりいない。

円の　中心は
針の先でついたほどの点ではない

その点の　中心の
また中心の
そのまた中心の　そのまた…だ

円の　中心は
円のまわりの　どこからも同じに
むげんに遠のいてきらめく
見えない星なのだ

だが　見えないからこそ
ミズスマシよ
お前は　いよいよ　一心ふらんに
さがしつづけているのか

そんなに　なん万年もやすみなく
ぐるぐる　ぐるぐると…

なにを見ても、なにを考えても、私の雑念は最後にはきまってなずなに向かう。なずなの小さなひと声が、なずなの愛らしい放屁《ほうひ》が、なずなの力強い排便が、この世界に打たれたひとつの点になる。世界はこの点の周囲にひろがっていく、と私は思っていた。しかし、詩人の目はまるでべつの角度から事象を捉えていた。円周が環状にひろがるのではなく、中心点が円周から「むげんに遠のいてきらめく」。なずなは世界を押しひろげるのではなく、その真ん中に向かってひたすら遠のいていくのだ。いま、私の目がミズスマシの目だとしたら、なずなはやはり、遠からず、元気いっぱいに生きたままで、希望に満ちた「見えない星」になるのだろう。何度読み返しても胸騒ぎがする。永遠に心がかき乱されるような気もする。私を鎮めるものがあるとしたら、おそらく散歩くらいだったろう。

子連れ狼として散歩しながら、取材のことなど忘れて、周りをよく見て書くこと。アルコールの染み込んだ喉からジンゴロ先生が絞り出した言葉に後押しされるように、新しい車が届いたら頻度が低くなるだろうと思っていたベビーカーでの散歩も、これまでとほぼ変わらぬペースで続けている。今日もあたたかくてよい天気なので、なずなと外に出ることにした。念のためになずなの服を替え、おむつも替えて、外出セットのリュックを背負う。抱きあげてベビーカーに乗せる前にそっと頬ずりをする。髭は、この得も言われぬ喜びのために、ちゃんと剃ってある。

管理人室に黄倉さんの顔が見えた。取り付け当日の夜にメモを入れて報せておいた火災報知機の件をあらためて説明しがてら、《美津保》のママから聞いたと言って娘さんとお孫さんの話を振ってみると、どうやら娘さんは舅姑《しゅうと》とひと悶着《もんちゃく》あって、頭を冷やすために帰ってきたらしいことがわかった。息子を連れて来たのは、ちょっとした抵抗でしょうな、と黄倉さんは渋いような、嬉しいような顔をした。

「二世帯住宅ってあるでしょう？　娘ら夫婦が資金からなにから万端整えて、向こうの親たちといっしょに住みましょうと申し出たら、あんたたちの世話にはなりたくないと言われたそうでね。うまがあわないわけじゃない。ふだんは仲良くやってるんですが、いっしょに住むと甘えが出る、かえって心身がなまるとおっしゃるらしい。まあ細かいことをつつけばきりがないんですよ、旦那の両親との関係なんてね。厄介なもんです。状況によっちゃあ、子育てとおなじくらいきつくなる」

「そうかもしれませんね。面と向かって《事故多し、あやまれ！》なんて言えませんし」

　廊下中に響き渡るような声で、黄倉さんは笑った。

「よくご存じですね、というか、よく喋りますな、あの人は」

「悪気は、ないと思います」

「あったら困りますよ。でも、その文言はじつにいいねえ。孫がほんとに、けらけら笑う。笑わせようと思ってなにか言っても、はずればかりですからな、ありがたかったですよ、日報の記事は」

　言いながら、黄倉さんはベビーカーのなかのなずなをじっと覗き込んだ。

「見るたびに大きくなってる。頼もしいね。このくらいの子が成長していくのを見てると、どうしてこう、ふだんは考えたこともない《世の中》のことが気になってくるのか不思議ですよ。笑い声までは、まだ出ないでしょう」

「笑っているような顔にはなりますけれどね。だから、笑ってるんだと思うことにしてます」

「そんな回りくどい言い方しなくても、そりゃあ笑ってるってことですよ」と黄倉さんはどこかで聞いたような台詞を口にした。「元気でなによりですよ。車にお気をつけて」

　ベビーカーをひと押しして、ババ道に出る。空気が、かすかに甘い。花の香りだろうか。それとも風の匂いだろうか。なずなはぱちりと黒い目を開けて、ときどき「あ」と言う。そして、また「あっ」と聞こえるような促音を出す。私は詩人ではない。だから、世界はなずなの声を中心に外へひろがっていくのだと、これまでどおり考えておこう。

佐野医院の前の坂を、見えないどぶん川に沿ってゆっくりあがっていく。そして、しばらくぶりに杵元小の先の公民館に向かっていると、後ろから、新聞のおじさん！ と呼ぶ声がした。ひとりではなく、子どもたちが揃って出す、明るい声だ。塾で教えていた頃も、こんなふうに外で子どもに呼び止められたことはなかった。振り向くと、碁会所に通っている男の子たちである。

「こんにちは！」ふたりの声が揃う。

「ああ、こんにちは。幸太君と裕也君、だっけ？」

「そうです」

「あとひとり、いたよね、背の高い仲良しが。三人組だったでしょう」

「ヨッシーのこと？」

「たぶんそのヨッシー君だと思うけど、名前は……」

「ヨシカツ」

「そうだ、良勝君だ」

「ヨッシーは、今日、大会の練習があるんだ」幸太君が自慢げに言う。

「そりゃあすごい。もう囲碁の大会に出てるんだ」

「ちがうよ」と彼らはすぐに訂正した。

「囲碁が強いのは裕也。ヨッシーはサッカーの地区選抜」と幸太君が言った。「あいつキーパーなんだ」

「杵元小のサッカー部って、そんなに強かったかな？」

「小学校じゃなくて、クラブチームの大会。この地区の最優秀選手候補だよ、ヨッシーは。要チェックだよ、おじさん。ほんとは見に行きたかったけど、遠いし、今日、塾だから」

「塾か」一瞬、また、夕方から夜にかけての、子どもたちの顔が思い浮かんだ。それも大事なことだ、とは言わずにいた。毎日ではないが塾にも行き、囲碁もやり、週末はずっとサッカーをする。そんなふうに、なんでもできてしまう子がいる。

「伊都川でやるんじゃないの？」

「名積のグラウンドだよ」裕也君が言った。「だって、地区選抜だから」

「地区選抜は、名積になるのか。あそこは、芝生がきれいだよね」

「行ったことあるの？」幸太君が言った。

「あるよ。きれいな芝が張られたのは、おじさんがここで新聞の仕事をはじめたときだったから。それまでは土だったんだ。雨が降るとぬかるんで試合ができない。鹿間の山から風が吹くと砂嵐みたいになる。あそこができてから、みんな上手になったんだって」

「へえ！」

裕也君によると、キーパーのヨッシー君の口癖は、「囲碁はサッカーに役立つ」だそうだ。これには意表を突かれたが、考えてみれば、私もハンドボールのプレーに、いろんな分野の知見を当てはめてみようとしてきたのだった。空きスペースにボールを送り込んだり、ゴール側から全体を見渡したりするのは、たしかに布石や大局観といった言葉に通じるものがある。囲碁の盤上には、中心がない。あれほど限られた空間でありながら同時に無限で、しかも、どこにも中心がないなんて。ミズスマシを閉じ込め、時間を閉じ込め、対局者の魂を閉じ込める。それでいて、ものごとに白黒をつけようとするのだから、これはなんとも不可思議な宇宙だ。

「おじさんの子、名前なんだったっけ？」ベビーカーに張りついて、幸太君が言った。

「忘れたかな。草の名だよ」

数秒、間があいた。

「なずな！」と裕也君が大きな声で言う。

「なずな！」と幸太君が息を吸いながら言う。それからいっしょに、なずな、と笑い出した。

「おじさん、結婚も離婚もしてないよね」と幸太。

「そんなこと言ったかな」と私。

「それなのに子どもがいて名前付けたんだ」と裕也。

「そう、五目並べ大会で優勝してね。賞金が、子どもに名前を付ける権利、っていうのだったんだ」

「嘘！」

「つまんない嘘！」

「ほんとうだよ。関本さんに聞いてごらん。ついでに、日報の菱山がよろしくと言っていた、と伝えてくれるかな」

「菱山さんて言うんだ」

「そう、菱山秀一です」

「黒滝幸太です」

「田辺裕也です」

「そうだ、この子は、菱山なずなです」

タイミングを見計らったように、「あ」となずなが澄み切った声を出す。私たちは坂の上で顔を見合わせ、大いに笑った。なにがおかしいのかわからないのだが、腹の底から笑った。《事故多し、あやまれ！》と繰り返した黄倉さんの孫も、こんな感じだったのだろうかと、やわらかい風に当たりながら思った。

23

伊羽環状線工事の、羽間市寄りのなだらかな山の斜面をぐるりと巻いていく難所に差し掛かるあたりで、素焼きの土器の破片が多数発見されたという報せを受けたのは、いつになくぐずっていたなずなを、抱いて揺らしてなだめて、また泣かれて抱いてあやしている昼時のことだった。賑やかだな、と電話口で梅さんは言い、じゃあ落ち着いたらかけ直してくれと、いったん切ってくれたのに、なずなはどうしても泣きやんでくれない。おむつも替えたばかりだし、ミルクも少し前に飲んだところだから、おなかが空く時間ではなかった。肌着のなかになにか固い物でも入って痛いのかと調べてみたが、それもない。熱はなかったので、逆にどこか悪いのかもしれないとあたふたしてしまい、時計の針が一挙に巻き戻されて、またあの昼夜の区別のない日々に引き戻されたのかと不安になるほどだった。怖い夢でも見たのだろうか。乳児の眠りはレム睡眠が多いと本で読んだことがある。まだ人生経験のほとんどない乳幼児が夢を見るとしたら、舞台は未生《みしょう》以前の世界か、ほんのわずかな付きあいではあれ、身近にいる大人たちとの暮らし以外にないだろう。伯父さんの夢を見てくれたのであれば私としては嬉しいのだが、それで泣かれたのだったら逆に惨めなことになる。

なずなを片腕でしっかり抱えて、パソコンに取り込んであるスティーヴ・レイシーのソロを流す。つい最近まで、このぎくしゃくした、でも奇妙に心地よいソプラノサックスがなずなをあやしてくれていた。これでだめならずっと抱いているより手はない。十分、二十分音楽を流し、揺らし続けると、みごとに効いた。困ったときは、出発点に戻れということなのだろう。なずなは徐々にではなく、ある瞬間ぴたりと泣きやんで、そのまま私の腕のなかでもうひとりのなずなに、つまり、岩のように重い生きものに変化した。完全に眠ったのを確認してベッドに寝かせると、軽く汗をかいた腕を二度三度振ってしびれをとり、梅さんに電話した。その気があれば、日の出町にできる託児所を紹介してもいいという梅さんの好意を、踏みにじったとは言わないまでも素直に受けられなかった後ろめたさがあって、このところのやりとりはメールでごまかしていたのだが、声を聞くとそんな気詰まりなどたちまち消えてしまった。その電話で、土器出現の報を知らされたのである。

伊都川から羽間のあいだは、平坦《へいたん》な場所も多い。発見現場一帯は農業用水の分岐点があって水田も多いため、道路建設にあたっては迂回するほかなく、その東側の山肌を縫って高架を連ねることになった。伊都川から鹿間にかけての山と植生は似ているものの、このあたりは裾野までの傾きがずっとなだらかで、半世紀以上前に山道を整備したときにも古い土器の破片が出たという話は残っていた。県の教育委員会でその方面に詳しい人たちから、あの辺を掘ったらたぶんいろいろ出てくるだろうという意見もあったらしい。ただし、事前調査が必要なほどの物的証拠があったわけではなく、それはあくまで予測にすぎなかった。

「去年まで県の教育委員会にいた男を知っていてな。見つかったのは、じつは先週だ。許可を得ていっしょに現場を見せてもらった。高架工事のためのベースキャンプというか、トラックの出入りのために削って均《なら》したところから出てきたって話で、溝だの柱の跡だのが見つかったわけじゃない。少なくとも、現段階ではそれはない。掘り出されたのは破片ばかりだが、底がきれいに残っているものもあったそうだ」

「時代はいつぐらいですかね」

「さあな。近辺を掘れば、まだ出てくる可能性はあるだろう」

「でも、正確なことは専門家の鑑定を待たなければならないわけでしょう」

「年代測定は追って行うことになったらしいが、土器は本物だって話だ」

「じゃあ、しばらくは発掘調査のために工事中断ってことですか」

「後方支援のための作業場だから、全部が止まるなんてことはないよ」と梅さんは言った。「幸か不幸か、場所はぎりぎり伊都川市に入ってる。なんにせよ、動くとしたらうちの市のほうが率先してやらざるをえない」

「それだけの価値はあるんでしょうか」

「あるかもしれんし、ないかもしれん。遺跡があってそれが残されたとしても、だいぶ先で環状道路を下りなければたどり着けない場所なわけだからな」

「商売にはできないってことですね」

「意地悪な言い方をすればそうだろう。しかし、ある程度の遺構が見つかれば、話題にはなる。環状線の利用者が素通りせずに、三本樫のインターで下りてくれるかもしれないからな。まあ、とにかく、話を聞いて、写真は撮った。教育委員会の発表があった段階で記事にする」

「で、こちらはなにをしたらいいんですか」

「なにをって、なんだ？」

「それなりの遺構だとわかって、たとえば保存が決まったら、そこまでの道路をまた整備するみたいな話を追うんですか」

梅さんは鼻息を先に噴き出すように笑った。

「報せたかったから報せただけのことだ。なにか不服でもあるか」

「不服なんてありませんよ。ただ、蟄居《ちっきょ》しているうちに、あれこれ妄想が働くようになりましてね。工事反対派が埋めたのかもしれないなんて、いま、ちょっと考えたんです」

「それは、さすがにないだろう。どうせやるなら、高架の直下か、そこからそう離れていない場所を選ぶはずだ。現実問題として、調査をしたらまたすぐ埋める。出てきた土器は、なんらかの形で公開されるといいけどな」

そういえば、どこかの小学校で、近隣で発掘された品々が飾ってあるのを見たことがある。よほど貴重なものでなければ、県庁や市役所のガラスケースに眠らせておくより、そうやって子どもたちの目に触れさせたほうがいい、と私は思った。彦端の小学校にも、ホルマリン漬けの標本などが収められたケースが階段上のホールのような場所に置かれていて、隣に鉱石や小動物の骨格標本があったし、陶片のようなものもいくつかあった。

「それはそうと、今日は家にいるか」

「いますよ。鵜戸さん経由で仕事を頼まれてますからね」

「なにか、頼んでたかな……」間を置いて、梅さんが言った。芝居ではなく、ほんとうに思い出せないふうである。雑談のなかから仕事の話が出てくるので、時間が経つと、どちらが主だったのか曖昧になってしまうのだ。

「坂村造園の先代社長の、孫娘の話ですよ。若松町の松の、由来書きを描いた……」

「ああ、あれか。たしかにそうは言ったが、もうしばらく待ってもいいだろう」

「ええ。でも日報のその記事を先方に送れば、話もしやすいかと思いまして。まとめるのは、あとにしても、です」

「それと家にいるのとどうつながる」

「釣り名人のときとおなじで、ちょっとずるいですが、関西にお住まいのようですから、電話か手紙で問い合わせてみようと思いまして。連絡先は坂村さんからうかがってるんです。とりあえず手紙は書くつもりです」

しばらく前から頭のなかに巣食っていることを、私は素直に話した。

「じつは、いろいろ聞いてみたくなったんですよ。《老若の松》はその手始めというか、伊都川の町から出て行った人たちの話を聞いてみたいんです。出ては行ったけれど、この土地を捨てたりはしていない人たちの言葉、つまり出身者の話ということですけれど」

「ふん」と梅さんは漫画の吹きだしをそのまま読んだような音を出した。「だったら、孫娘がお盆か正月に戻ってきたところを捕まえればいいだろう。あわてることはない。好きにしろ」梅さんは苦笑しているとしか思えない声で言った。「それはそれとしてだ、家にいるのなら、これからバイク便で米を送る」

「話のつながりが読めませんね。また四太のおばさんの差し入れですか」

「さすがに米は作ってないよ。出所は、さっきの教育委員会の知り合いだ。環状線の下に田圃を持ってる、兼業農家でな。家族と親族が食べるくらいの量しか作ってない。まさにいまおまえの言った、外に出るって展開だよ。娘たちが抜けて、爺さんと夫婦だけじゃ消費しきれなくなった。それで、たまには地場の米を食べてみてくれと」

「気前がいいですね」

「馬鹿野郎、買ったんだよ。買わされたわけさ。わざわざその男の家に寄って。ただ、みんなで公平に分けると、ひとりあたり二キロほどしかない」

「じゃあ、いただきます。ただし、お代はちゃんと払いますよ」

「いらんよ」と梅さんは笑った。「とにかく食べてみようじゃないか。じつは、俺も伊都川の米なんて口にしたことがない。流通させてないんだから、あたりまえなんだが。

まあ、楽しみに待ってろ」

電話を切ってひとつ深呼吸をし、伸びをして、脱力する。このところ、青竹が二本くらい入っているのではないかと思われるくらい背中が硬くなる。棒状に盛りあがって、おまけに節まであるようなのだ。ベビーベッドの横でごろりと仰向けになると、肩甲骨ではなくその棒の節のところで身体が浮いて、床とのあいだに隙間ができる。マッサージでもしてもらえば楽になるかもしれないのだが、いまはその余裕もない。睡眠はとれるようになったから、あとはゆっくり風呂にでも入れれば御の字だ。けれど、なずなが眠っているあいだに入っても、なにかあってはいけないと不安になって、湯船につかるなんてできなくなってしまった。たいていはシャワーで、おまけに浴室のドアは泣き声が聞こえるよう半開きにしておくから、なんだか休まらないのだ。

さっき激しく泣いたとき、なずなはかなりきつくまぶたを閉じていた。涙は涙として湧き出るのではなく、そうやって閉じられたまぶたの端から絞り出されてくる。拭ってやったはずなのに、目尻はまたかすかに湿っていた。覗き込んで、その目の隅のかすかな湿気を、ふたたびティッシュでそっと吸い取る。そして、土器の出たあたりにあったかもしれない、古代の人の集落に生まれた赤子のことを思った。言語が言語として練りあげられていなくても、赤ん坊はたぶん泣くことで、親だけでなく周りの者をひとつにまとめていただろう。泣くことによって、空を地上に引き下げ、地面を空に押し上げ、大気圧を変えてしまっていたことだろう。しかし、それほどの潜在能力があっても、赤ん坊は、泣いたあと目尻にたまった涙も自分の手で拭うことができないのだ。

私は「本日のなずな」として、その泣いたあとの寝顔を一枚撮った。目の前の、つまり本物よりも写真で見たほうが、顔の作りはよくわかる。現時点で、なずなの顔は明らかに父親寄りだ。私が似非《えせ》父親としてまかり通るのもそのせいだが、ある角度から捉えた写真では、まぎれもない母親の顔になる。だまし絵のようなその現象を理解するために、もう一枚撮影する。

十一時五十分。さてお昼をどうするかと冷蔵庫を漁《あさ》っているとき、携帯電話が鳴った。友栄さんからだった。

「友栄です」

「はい」

「菱山さん」

「はい」

「あの、わたしからだってわかってるんだったら、《はい》じゃなくて《こんにちは》とか、《どうしたんですか》とか、そういうふうに反応してください」

「《はい》じゃおかしいですか」

「おかしくはないけど、まだ、なんていうか、《ああ》とか、《お》とかのほうがいいです」

「《ああ》」

友栄さんは笑った。

「母がショッピングモールで、駅弁を買ってきてくれたんです、平日のお昼なのに、お友だちとずいぶん並んで」

「そういえば、やってましたね、駅弁フェア」

「で、例のごとく、菱山さんのもあるんです。先だって、父が醜態をさらしてお世話になったお詫びなんですって。まあ、ほんとは……」

「……千紗子さんが食べたい」

友栄さんは笑いを抑えて同意した。

「そうなんです。選んだのは母ですから信用はおけませんけど、とにかく四つあります。ひとつ選んでください」

「はい。じゃあ、遠慮なく」

思わずまた、はい、と応えてしまう。しかも元気よく。

「いいですか？　まず、静岡駅の《幕の内弁当》、横川《よこかわ》駅の《峠の釜めし》、東京駅の《チキン弁当》、それから伊都川駅の《しいたけ弁当》」

「伊都川駅って、ここの、伊都川駅ですか」

「そうですよ。ご飯と、鶏そぼろと卵そぼろと、あとは鹿間町でとれる椎茸の甘煮」

「なるほど、五年も住んでるのに、それは盲点だったな。弁当なんて売ってましたっけ？」

「売ってますよ。待合室のほうに。一日に何十食も出るようなものじゃないと思いますけど、わたしも何度か食べたことがあります」

「でも、ずいぶんオーソドックスな選び方ですね。千紗子さんの希望は、なんなんですか」

「幕の内。母は幕の内専門です」

「先生は？」

「父は、なんでもいいんですって」

「友栄さんは？」

「釜めし！」

「ということは……四つじゃなくて、二つしか選択肢はないわけですよね」

「そういうことになるのかな」声が小さくなった。

「先生はどうしたって、《しいたけ弁当》でしょう。軽いもののほうがいいですし。伊都川駅の駅弁って、食べたことありませんけど、なんだか質素でよさそうだ」

少し考えて、私は言い足した。

「消去法で言ったら、もう《チキン弁当》しかないでしょう？　まあ、できればご飯が多いやつがいいんですけどね。駅弁って、どうしてもご飯が足りない」

冗談半分にそう言ったのだが、友栄さんの気配が急に消えた。背後でどっと笑い声があがり、ほらね、言ったでしょう、と千紗子さんらしい艶やかな声がつづく。ジンゴロ先生も、なにかむにゃむにゃ喋っているようだったが、うまく聴き取ることができなかった。

「菱山さん、きっとそう言うだろうと思って、お赤飯のパックとおにぎり三つ、別途で買ってあるそうです」

「参ったな」

友栄さんはなずなの状態をたずね、寝てますと言うと、じゃあ、来ていただくより、お届けしたほうがいいですね、これからお持ちしますから、お茶の用意をお願いできますか、わたしのぶんも、と電話が切れた。

わたしのぶんもと言う以上、友栄さんはここで食べていくつもりなのだ。駅弁という言葉に抗しがたい魅力を感じつつ、しかしもう部屋を片付ける暇もないことに私は焦り、ほどなくあきらめの境地に達した。音を立ててなずなを起こしたくない。埃も立てたくない。このままでいい。テーブルの上の本とノートを取りのけ、ウエットティッシュで表面をきれいに拭いて、椅子をふたつ、向き合うように置いた。ランチョンマットの代わりにキッチンペーパーを出し、たっぷり湯を沸かして一部をなずな専用のポットに移し、ティーバッグで煎茶を淹れた頃、友栄さんが大きな紫色の風呂敷包みを提げてやって来た。なんというのか、くしゅくしゅした白い薄手のシャツに、やはりくしゅくしゅした感じの紺色のスカートという出《い》で立《た》ちで、紫の風呂敷はどうもあわない。

失礼します、と入ってくるなり、友栄さんはまっすぐテーブルまで行って包みを置くと、洗面所で手を洗い、なずなのベッドを覗き込んだ。

「さっき、ひどく泣いたんです」

「おなか空かして？」

「そうじゃないみたいでした。必死であやしてるうちに寝てくれたんですが。どこか悪いんじゃないかって、汗をかきましたよ」

「熱は？」

「なかったです」

友栄さんはてのひらでそっとなずなのおなかに触れた。そして、力を入れながら微妙に位置をずらし、軽く押すようなしぐさを見せた。ジンゴロ先生が調べるときにやる手順だ。

「便は出てますよね」

「出てます」

「でも、ちょっと固い気がする。もしかしたら、少し溜まってるかも。ミルクをちょっと薄めにしてあげてみてください。それでうまくいかなかったら、ほかにもやり方があるけど、それは、お弁当食べてから」

「はあ」

なにを言おうとしているのか察しはついたが、お弁当のあとという意見に私は賛同した。

風呂敷は偉大だ。どんなものでも包むことができ、どんな弁当でも水平に運ぶことができる。結び目をほどき、はらはらと四方向に開いた紫の花の中央にまず見えたのは、電話で知らされていたパック入りの赤飯とおにぎりと釜めしである。その下に箱形の弁当があり、さらにその下にもうひとつべつの、四角い箱があった。包みですぐにわかる。京都の銘菓だった。

「駅弁フェアは特産品のフェアとセットなんです。甘いものも、母から」

「すごい量だ」

「菱山さんなら、食べられますよ」

適度に空腹で、好きなお弁当があれば、自然と表情も穏やかになる。このあいだは、いっしょに食べてるのに、おなかが空きすぎてそういう気がしなかったですね、野戦病院みたいで、と私がありのままの感想を述べると、あのときの食べっぷりを思い出したのか、彼女は一瞬、髪のあいだから覗いている形のいい耳まで赤くした。しかしそれもすぐに収まって、弁当のほかに、私にと言ってくれたはずのおにぎりをひとつ——紅鮭《べにざけ》——と赤飯のパックを半分、きれいに残さず食べた。そして、ジンゴロ先生がむかし、いかに飲んだくれていたか、そして周りの人々にいかに迷惑を掛けていたかを、弁当よりも楽しみだったかもしれないニッキ味の和菓子を口に運びながら話してくれた。

「夜だけですけどね、ほんとに、倒れるまで飲んでたんです。もう正体なくして。ところが、急患があると起きる。直前の状態を知っているわたしと母には、ちょっと信じられないくらいの集中力で、ざばっと水を浴びてもとに戻るんです」

「その話は知ってますけど、考えてみたら、先生の口からは聞いてないな。《美津保》のママに教えてもらったんですよ、たしか」

「父が自慢したに決まってます」

この場にジンゴロ先生がいたら、きっと笑いながらそちらに目を向けるだろうと思わせるような口調で友栄さんは言った。あの晩、先生を家まで送ったときとおなじ、しかし本気で呆れ、本気で怒っていたことも伝わってくるような抑揚である。

「事前の電話で熱がものすごく高かったり、油断できない症状だと予想されるときは、水をかぶる前にもうスイッチが切り替わってたと母は言ってました。そういうところはほんとに謎なんです。説明がつかない。もちろん、急患のときは母も起きますから、器具の扱いに困ることはなかったでしょうけれど」

そうか、と私は不覚を悟った。頭のなかで、私はいつもジンゴロ先生ひとりを動かしていたのである。ふらふらしながら力を抜き、ここぞというときだけ相手の急所に一撃を食らわす酔拳みたいに、大勢の敵に単独で立ち向かう仙人の顔を私は思い描いていたのだ。しかし、千紗子さんが横についていてくれるのであれば話がちがってくる。家事はともかく、看護師としては完璧なはずの千紗子さんなら、万が一ジンゴロ先生の指先が震えたとしても注射や点滴に対応できる。

「ということは、いまは友栄さんがその役回りなんだ」

「そうなりますけど、正直に言うと、母の時代ほど大変じゃないんですよ。重篤な患者さんを受け入れることはもうありませんし」

「県立病院に流れるってことかな」

「救急車が呼ばれるような病気は、大病院。熱とか咳とか腹痛とか、あとは、吐き気……あ、ごめんなさい」

　十個入りの和菓子のうち、私はちょうど七個目を手にしようとしているところだった。友栄さんは二個食べただけだから、ほとんど独り占めしたようなものである。不意の申し出を拒みもせずありがたく受けて、これだけ平らげてしまったことに対する照れ隠しのように、私は若松町の松の由来をイラスト入りでみごとにまとめた坂村造園の現社長の娘さんのことや、梅さんから教えてもらったばかりの土器のことなどを脈絡なく話した。万が一大きな遺跡が出てきて、素焼きのきれいな壺《つぼ》や碗が発掘されたりしたら、そういうもののレプリカに弁当を詰めた釜めしを売る。風力発電の次は、峠のではなく遺跡の釜めしだ。そんな馬鹿げたことばかり喋って失笑を買ったあとも、私は懲りずに、鵜戸さんのメールにあったあの蛇寿司の順番待ちの模様について、いまはこんな状況らしいと説明した。

「友栄さんに食事のお返しをするとなれば、天気のあまりよくない、平日の夜しかないかもしれませんね。でも雨降りにわざわざこの子を連れて行くのもなんだしな」

「べつに、回転寿司って決めつけなくてもいいじゃないんですか？　なずなちゃんがいちばん安心なのはここでしょうし、《美津保》もあるし、菱山さんがお弁当買って家に来てくださってもいいでしょう？」

「お弁当にお弁当じゃあ、芸がないですよ」なずなのベッドからは、なんの音も聞こえてこなかった。寝息も、喃語も。「たとえば、千紗子さんがいらっしゃるときに、お昼のあいだだけ、この子の面倒を見ていただくなんてことは……」

そこまで言いかけたとき、大きなノックの音が聞こえた。なずなは、やはり起きない。両腕を顔の横にひろげて、ぐっすり眠っている。出てみると、樋口君だった。

「こんにちは」

「どうしたの？」

「お届けものです。梅さんに頼まれて」

「そうか！　バイク便て樋口君のことか」

リュックからビニール袋に入った米を取り出して、樋口君はこれをどうぞと腕を伸ばした。そして、玄関口の白い、私の靴の半分くらいしかない小さなナースシューズに目を留めて、お邪魔でしたか、と言う。お邪魔どころか、と私は友栄さんを呼び、彼を紹介した。

「こちら、樋口君、日報の希望の星です。こちら、友栄さん、なずなが世話になってる裏の小児科の先生の娘さん」

「あ、これはどうも」樋口君はそつなく頭を下げた。「《美津保》のママさんから、お話はうかがいました」

「はじめまして」

友栄さんは笑いを押し殺したような顔で応えた。彼は白いヘルメットをかぶったままで、やっぱり信用金庫の外回りにしか見えない。そういう人相であることを、友栄さんには話してあったような気がする。

「水を心持ち多めにして炊いてくれってことでした」

「梅さんが言ったの？」

「いえ、梅さんのお友だちが。まだ編集部の誰も食してないんですが」

「それは、そうだろうね。でも、わざわざありがとう」

お米ですか、と友栄さんが興味を示したので、私は事の次第を説明した。

「あの、わたしも、ちょっと試していいですか？　伊都川で穫《と》れたお米って、はじめてなんです」

「どうぞどうぞ。あとは菱山さんがご自由にしてくだされぱいいわけで……それから」

と樋口君が直立不動になって口ごもった。「姫御さんはお元気ですか？」

「元気に寝てるよ」

「よろしくお伝えください」

「たぶん、もう感じとってくれてるよ。そこにいるんだから」

「でも、いちおう、目を覚ましたら、あらためてぼくからと、みなさんからのよろしくを」

「了解」と私は言った。

廊下に靴音が響かなくなってから、樋口さんてほんとに学生さんなの、と友栄さんがこちらを見あげた。

「だって、あの人、《食して》なんて言ったんですよ。《食して》なんて、うちの父でも使わないのに。おまけに、《姪御さん》！」

「まちがってはいないでしょう。なずなは姪っ子ですから」

そう、娘ではなくて、姪っ子なのだ、と心のなかで言う。

「名前は知ってるんでしょ？」

「もちろんです」

「だったら、なずなちゃんでいいのに」

玄関口、いや、狭い沓脱《くつぬ》ぎ場《ば》でひとしきり笑ったあと、友栄さんはまたベビーベッドを覗き込んだ。手を伸ばしてなずなのどこかに触れている姿を見ていると、スナグリでなずなを友栄さんに抱いてもらってショッピングモールへ行ったのが、つい昨日のことのように思われる。なずなは成長している。姪御さんはどんどん大きくなっている。伯父さんは、しかし伯父さんとしてまるで成長せずに空しく時を過ごしているわけだった。ゆっくり上半身を起こした友栄さんが、今度はくすぐったいような笑みを浮かべてこちらを見ながら、湿ってるみたい、と言った。

24

　赤ん坊の声はいつも乾いている。湿度や気温や部屋の造りにかかわらず、大人の耳のどこに当たってもすんなり穴に入って鼓膜を揺らしてくれる澄み切った線分、余計な付帯音もなくまっすぐこちらに伸びてくるような線こそが、赤ん坊らしいものだと私は思い込んでいた。もちろんそれは機嫌のいいときの話で、なにかを訴えて泣くときにはもっとジグザグしたり波打ったりしながらごろごろと喉を鳴らす湿り気があって、その二種類の線が交わることはなく、簡単に言えば、私はなずなの成長のごく一時期だけを観察し、そうした声の使い分けじたいが驚きに値するのだと考えていたのだった。嬉しい顔には嬉しそうな声、悲しい顔にはいかにも悲しそうな響きが付随して、それを引き離すことはできない。これは赤ん坊におけるひとつの真実である、と。

　ところが、昨晩あたりから、なずなはすでに使い分けられるようになっていた異なる声の、異なる箇所をうまく結んで、まったくくちがう響きと伸びのバリエーションを展開してくれるようになった。別種の声音を組み合わせ、解きほぐし、再構成して外に出す。赤ん坊の周囲に出来《しゅったい》することがらは、つねに不意打ちに属する。善し悪しはべつとして、予測していなかったときに後戻りのできないなにかが起きるのだ。上機嫌なはずのなずなの声が、艶のある、わずかにビブラートを効かせた悲しみの調子を帯び、他方、悲しさ、さみしさ、空腹を訴えているはずの場面では、湿っぽくならず、涙のにおいなど微《み》塵《じん》もない乾いたのびやかな声を発する。「あ」と短く発声しているだけなのに、それが「あああ」と持続する際の声帯の使い方を、聴く者に意識させてくれるのだ。実際、ミルクを要求しているのに、泣いていながら泣いていないという状況が見られるようになって、私はいくらかとまどっていた。はじめて耳にするこの声で、なずなはなにを訴えているのか。それを一刻も早く、しかも正確に読み取らなければならない。苦しげな様子はなかったけれど、自然に漏れ出ている声にしては、未聞の抑揚がありすぎた。

ベビーベッドの上からじっと見つめているうち、はっと気づいた。そうか、これは異状を訴える信号ではなく、なにかべつの心の動きを表現しようとして強弱をつけ、拍を打つように全身を使って整えた、言葉の代わりの声なのだ。少し前までは、そのように見え、そのように聞こえるのだから、たぶんこういうことだろうと、こちら側に思い込みの余地を許していた。しかし、そうではなかったのだ。なずなの「表現」は、驚くべき速度で進化していたのである。しかも自分の喉から発した声を、彼女はまちがいなく自分の耳で聴き分けていた。はじめて聞く音ではなく、むしろ親しい身体の一部だと理解しているふうでもあった。声を出した自分と、ほんの数秒後の自分とのずれを楽しんでいるみたいに。言葉を教え込もうとして私がひとりで喋り、彼女がその口真似をしていたわけではない。大家族のなかで過ごし、一日じゅういろんな声域の言葉を浴びていればたしかに耳は育つだろうが、そう毎日他者の会話に投げ入れられているわけではないし、私の呼びかけは世の悪《あ》しき慣習に従って甘ったるい幼児言葉に傾きがちだから、語彙だってひどく限られている。

　はじめて自分の声を認識した瞬間の気持ちを、なずなに訊いてみたいものだ、と強く思った。とにかく、この子はまたひとつ、確実に階段をのぼったのである。そして、ひとつの能力がアップすると、それに伴って複数の行動が連動し、さらに大きな認識の波をもたらす。手足の動き、指先の強さ、節々のなめらかさ。単体では気づかない変化が、一連の動きとなったときはじめて明らかになる。目力もぐっと強くなっている。「十日前のなずな」の写真を取り出して、思わず比較してしまったほどだ。ミルクを要求しながら、半分も飲まずにやめてしまうこともしばしば見られるようになった。分量が減れば心配が増す。心の増減の幅は一定なのだ。しかし私はもう動揺しない。なずなはおなかの空き加減を正確に感じ取って、飲みたい、飲みたくないの調整を以前より精緻に行うようになっている。その証拠に、一回の分量が変化しても一日の総量はほぼ一定で、しかもわずかずつ着実に増えていた。

　なずなのおなかを満たしたあとは、自分の番だ。先日、梅さんが樋口君を経由して送ってくれた伊都川の米を朝方二合炊き、ベーコンエッグにタマネギとワカメの味噌汁という簡素な組み合わせで食してみた。米を磨《と》ぐ前の、計量カップで計る段階から、粒立ちがばらばらで、しかも小さな石が混入していることに私は気づいていた。炊いてみると、水気も粘りも少なく、どちらかといえばぱさついた食感で、それだけ食べるとやや不満の残りそうな味だったが、逆に付け合わせの味が引き立つ。

土地の名を付して売る米ではない、そういう米作りが、むかしはあちこちにあった。野球をやっていた彦端のグラウンドの周りにも、オタマジャクシやイモリを捕まえに行くわき水の用水路があって、その水を引いた小さな田圃が隣り合うようにひろがっていた。兼業農家と呼ぶことさえできない、ただ自分のところで食べるぶんだけ米や野菜を作っている、そういうやり方がまだまだ可能な時代だったのだ。余った枝豆やキュウリやナスなどを母親がもらってきて、誰それさんとこで穫れたものだと言って食卓に出してくれることも日常のありふれた光景だった。ただその手の自家製の野菜は、新鮮だが形も色も大きさもばらばらだった。私が正直にそれを言うと、八百屋さんやスーパーで売っている野菜は、土から水から肥料から、ちゃんと勉強した人がこしらえてるんだよ、家で食べられればいいって野菜は形なんて気にする必要ないからこういうふうに土臭くなる、でも穫れたてだし栄養もある、と母親は笑ったものだ。梅さんは売るためではないその米を買わされたわけだから、なんとなくすっきりしない気分かもしれないのだが、作り手がいないからといって田圃や畑をつぶして駐車場にする時代はもう強制終了してもいいのではないか。つぶした結果としての駐車場をさんざん利用してきて身勝手きわまりない話だと承知のうえで、そんなことも考えずにいられなかった。

たぶん、坂村造園の先代社長のお孫さんと話をしたことも、こんな雑念と関係しているだろう。造園業者らしい命名というべきか、彼女は美樹子《みきこ》さんと言って、その名から針葉樹のようなすらりとした女性を想像しつつ電話をしてみると、あらかじめ坂村さんから連絡を入れてもらっていたこともあって、話はすぐに通じた。じつは、送っていただいたものより先に祖父からファクスが届いてまして、と美樹子さんは恥ずかしそうに、しかし教師らしい柔和な口調で言った。あの由来書きは伊都川北高校の二年生のときの文化祭で、美術部の展示作品として描いたものだという。祖父の思い出話がまことにいかがわしくて愉快だったので、スケッチブックに絵日記みたいに描いて残しておいたのを、一枚にまとめてみたのだそうだ。

のちに美大に入るくらいだから、十六、七歳でこのくらいの絵が描けるのは当然かもしれない。私が感心したのは、その簡潔な文章と細筆で描かれた文字の美しさ、それから画面の微妙な陰影だった。洗練の極に流れない素朴さには、高校生の作品だからというだけではない魅力がある。そんなふうに伝えると、もう十年以上前のものだし、ほんとうは見直したくない、発色のいい絵の具にすればもっと若者らしい作品に仕あがったでしょうけれど、松の話のリズムと合わない気がしてそれなりに知恵をしぼった、その結果があの由来書きなのだと説明してくれた。

それで私は、最初は刷りものかと思ったこと、紙の質感がとてもよくて、素人目には和紙に描いてあるように見えたこと、松の姿や色の沈み方の渋さからして、とても若い人が描いたとは想像できなかったことなど、記事にも書いた内容を繰り返した。美樹子さんはあくまで慎重に、色がくすんでたのは経年劣化でしょうと笑い、紙は和紙ではなく、田舎の高校生でも買える白象紙という目の細かい紙に、あれこれ下塗りして細工をしたのだと教えてくれた。そこで、いま漠然と考えている日報の特集の話をして、もし今年のうちに帰省されることがあったら、是非お話を伺いたいのです、と頼んでみた。絵のことだけでなく、この町を出てべつの土地で暮らしているあなたのいまもお聞きしたいのです。すると美樹子さんは、平坦な都市部に住んでいるのでときどき風の吹き抜ける山あいが恋しくなるんです、お盆には帰るつもりですからその折に、と快く引き受けてくれた。

　夏になれば、自分を取り巻く環境も変化しているだろう。というか、元に戻っているだろう。時間はできるはずだから、お盆休みに帰省してくる若者たちに話を聞き、それをまとめて八月後半の特集にできないか、本気で考えてみよう。可能なら、年の瀬にもう一度おなじことを試みて、年二回の小特集を組む。あるいは逆に、私のように、外部からやって来た人たちや、いったん外に出てまた戻ってきた人たちの言葉も拾いあげていきたい。鹿間町の青年会議所や伊都川の商工会議所に声をかけて紹介してもらうのも一案だろう。環状道路のような大きなトピックでなくても、書くべきことはまだたくさんあるのだ。

　鵜戸さんからの今朝の定期便のようなメールには、近々の催しとして、毎年夏前に行う伊都川のゴミ拾い、駅の北側にある真然寺本堂の一般公開、志水町のあじさい広場での、昨年につづく第二回目の朝市が記されている。鵜戸さんは取材もかねて、ゴミ拾いに参加する予定だと書いていた。《部屋のなかがこんなに汚くてゴミだらけなのに外の掃除に出かけて行くなんて、ほんと、偽善者だなあって思います》と言い添えるのも忘れずに。そして彼女が担当している《おくやみ》欄には、伊都川市の最高齢者、日吉町の長原《ながはら》トクさんの名があった。享年百二。大往生である。百歳の誕生日には市長から賞状が贈られ、授与の場面には私も居合わせていた。写真も日報に載ったが、あれはじつにすばらしい笑顔だった。長原さんだけでなく、ご家族も、市長も、お付きの人たちも、みな心から嬉しそうで、ふだんむっつりしているという親戚の人もとろけるような笑顔で集合写真に収まっていた。赤ん坊が周囲の空気を変えるように、お年寄りも周りの人間の心をなごませる。長原さんのこと、残念でした、ご冥福をお祈りします、と私は鵜戸さん宛ての返信に記しながら、百歳を超えることは、むしろ誕生に近いのではないかと思っていた。失われていく命を次の世代に託すのではなく、新しく得た命をそのままあとから来る者たちに手渡すのが、真のお年寄りなのではないか。長原さんの年齢を考えると、彦端の父や母も、明世さんの父親も、それからこの私もみんな子どものように見えてしまう。

　ともあれ、鵜戸さんからの情報はせいぜい半径数キロ内の出来事ばかりだった。その半径数キロの円のなかにある日々の、無限の反復に、私はむしろ勇気を与えられる。ファクスで送られてきた記事の校正も戻してひと息つきながら、あらためてこの町での五年間を振り返った。ここでの暮らしがいつまでつづくのか、はじめのうちは見当もつかなかった。中途半端な気持ちでやって来たわけではないけれど、もともと愛着を抱いていた町での仕事ではなく、仕事をしているうちに愛着が湧いてきたと言ったほうが真実に近いし、だからといって、現状に満足し、この先自分になにができるのかを考えずにいられるほど鈍感でもなかった。伊都川に対する気持ちを微妙に変化させてくれたのは、やはりなずなだった。もっとも、実際にはどこがどう変わったのか、ただ体感しているという以外にうまい表現が見つからなくてもどかしいのだが、なずなが大きくなって言葉を交わせるようになったら、おそらくなんの記憶も残っていないだろう伯父さんとの暮らしの様子や、その暮らしを支えていた小さな町の話をしてやりたいと望んでいるだけかもしれない。そして、いっしょにいた時期が遠い過去になっても、彼女の記憶にはないその町が町として生きつづけていてほしいと望んでいるだけかもしれない。たとえ、そこに住んでいた人々の幾人かがこの世から消えてしまったとしても。

窓を開ける。曇り空で、ずいぶん蒸し暑い。エアコンの世話になっているなずなに、それでも交通量の少ない時間帯の、生の空気を送ってやる。動きが活発になっているだけでなく、気温もあがってきているのでなるべく入浴はさせているのだが、風呂あがりに耳朶《みみたぶ》や鼻孔を細い綿棒で掃除してやると、にわかに信じられないほどの汚れがついた。新陳代謝という言葉は、たしかに赤ん坊のためにある。その新陳代謝の証拠を、ごめんと言いながら写真に撮って「本日のなずな」の番外とする。

*

午後、散歩に必要なリュックを準備しているとき、携帯電話が鳴った。明世さんからだった。胸が一瞬、強く打った。なずなを見る。黒く湿った目の奥に、窓からの光が映っている。応対しながら、なずな、お母さんからだ、と私はつぶやく。秀一さん、わたしです、明世です、という第一声は、入院直後に比べるとずっと張りがあり、声量もだいぶ戻っていた。彼女は私のことをお義兄《にい》さんとは呼ばない。そしていま、私のことをごく自然に下の名で呼んでくれる女性は、明世さんしかいなかった。

「さっき、検査結果が出て、前回の診断どおりでした。ほかに大きな異常は見受けられないってことだったので、退院して様子を見てもいいそうです」

「それはよかった！」思わず、声が出る。「亮二にはもう連絡したんですか？」

「いえ、これからです。まずは、秀一さんにと思って」

「それから、なずなにね」

明世さんは、一拍だけ間を置いた。

「わたしのわがままで、いろいろ迷惑をかけてしまって」

「とんでもない」

「秀一さんにしわ寄せが行くってわかっていながら……。ほんとうに、ありがとうございました」

「で、お父さんには？」

「話しました。さっきまで、ここにいてくれたんです。自分もあとで秀一さんに電話すると言って、買い出しのために、いったん家に戻りました。退院は明日の午前中になります」

「明日の午前中。言われてみると、ずいぶん急な気がしてしまいますね」

「でも薬のおかげで、しびれはだいぶ取れてきました。この調子ならやっていけると思います。検査の結果待ちのあいだは、体力回復のために、院内をよく歩いてたんですよ。いきなり徹夜では困りますけど、父もついていてくれますから」

「無理は禁物ですよ。なずなは、いい子にしてます。急にぐずって夜泣きするなんてことは、ほとんどないですし。そうだ、いま、電話近づけますから、名前を呼んでやってください」

　ベビーベッドの脇にしゃがんで、なずなの耳もとに携帯電話を寄せる。明世さんの、かすれ気味の声が聞こえる。なずな、ナズナ？　NAZUNA、Nazuna、nazuna？　調子をわずかずつ変えて、明世さんが娘の名を、わが姪っ子の名を呼ぶ。なずなは目を見開き、両腕を万歳の格好にして、じっとしていた。声を聞いているのか、携帯電話そのものに心を奪われているのか、はっきりしない。さあ、声を出してごらん。さっきの、話しかけるような声をお母さんに向けてごらん。こういうときのためにものにした声じゃなかったのか。しかしなずなは、手を動かして携帯に触れようとするだけで、あの糖蜜のように甘い声を出してはくれなかった。

「反応してるみたいですよ、目をくりくりさせてます」

これは、嘘ではなかった。喃語やその発展形のお披露目はできなかったが、明世さんには見えないなずなの瞳の輝きは、特筆に値するものだった。

「もうわたしの声なんて、忘れちゃったかもしれない」

苦みをふくんだ言い方だった。焦りと、それに倍する喜び。そして、緊張も。

「抱いてあやしてやれば、思い出しますよ」

「だといいけれど。父親の顔を見たら、怖がって泣き出すかな」

「帰ってこさせなければいいんです。ずっとね」

裏も表もない、純粋な笑い声が響いた。明世さんのところになずなが戻れば、また梅さんに頭を下げて、亮二を助けに行かなければならない。そのためにも極力無理のない形でこれからのことを進めていく必要があった。退院が決まったからと言って、すぐに赤子のいる新生活をはじめるわけにはいかない。それは明世さんにもよくわかっていた。わかっていながら、やりますと彼女は言っているのだった。私のほうは、この日のために、なすべきことをリストアップしておいたので、それをざっと明世さんに伝えた。私の車に取り付けてあるチャイルドシートは亮二たちの車にも装着可能なものだから、なずなを連れて行くとき、譲ることになっていた。

「こちらから、迎えに行ってはいけませんか?」明世さんは遠慮がちにたずねた。「あの子にすぐ会いたいってことより、まず、お世話になった方々にお礼を申し上げたいんです。下の喫茶店の方とか、小児科の先生方とか。ほんとによくしていただいてるみたいで。彦端のお義父《とう》さん、お義母《かあ》さんにもご挨拶したいし」

「そんなことは、完全に体調が戻ってからでいいですよ。明世さんに会いたがってる人がいるのは、たしかですけどね」

「そうなんですか?」

「ええ。なずなのお母さんの顔が見たいってね。とにかく、退院してすぐの長距離移動はかなりの負担です。彦端のことは、亮二が帰ってきてからでいい。明世さんの準備が整った時点で、そちらに連れて行きます」

「それでは悪すぎます」

「心配ありませんよ。超のつく安全運転の練習をしてきましたから、成果を見せたいって気持ちもあるんです」

明世さんはまたしばらくのあいだ黙って、では、お任せします、と応えた。気丈な人だから、なずなひとりなら、なんとか踏ん張ってみせるだろう。私が案じていたのは、いずれそこへ車椅子が必要な、満身創痍《まんしんそうい》の亮二が戻って来ることだった。帰国すれば、亮二はリハビリに通わなければならない。明世さんと親父さんが交替で付き添うにしても限界がある。そのときどうするか。問題が起きたときは、私が手伝いに行かざるをえないだろう。ベビーシッターでも頼まないかぎり、ほかに方法がない。逆に、私の立場からすると静山に出かける口実にもなるわけで、そうなれば定期的になずなの顔を拝むこともできる。ともあれ、早ければあと数日、遅くとも一週間から十日のうちには、万端整えてわが姪っ子を母親のもとに送り届けることになるだろう。ほんとうに、最後の最後までお世話になります、と明世さんは電話を切った。

　私は間髪を容れず亮二にメールを打ち、彦端の父親にも電話をした。そりゃあよかった、そりゃあよかった、と父親は繰り返した。明世さんに返す前に、孫の顔を見せに行くよとできるだけ楽しそうに言ってみたが、無理せんでもいい、季節の変わり目だからか、お母さんの調子もいまひとつなんだ、来てくれても、なんのもてなしもできん、とさみしい声を出した。電話のあと、なずなを真上から見つめた。そして上下に向き合うようにしてから、お母さんやおじいちゃんのところに戻れるぞ、と語りかけた。なずなは足をわさわさ動かし、ま、もう、あ、と応える。おーお、とさらにつづけて、は、あお、と響きを変える。私はなずなを抱きあげてベビーカーに移し、リュックを背負って外に出た。玄関ホールで黄倉さんに退院の件を報告し、それはそれは、とお祝いとねぎらいと慰めを兼ねたような返しを頂戴すると、駐車場には向かわず、つまり車には乗らずにそのまま大通りをコンビニまでたどって、どら焼きと水を買った。そして、例によってどぶん川のあった坂をのぼり、バーバー・マルヤまでなにも考えずに歩いた。公園にも寄らず、診療中の佐野医院の前を抜けて碁会所まであがり、ゆるい坂を反対方向に下りてまた大通りに出る。帰りに《美津保》に立ち寄って、私はママに、なずなの母親の退院が決まったことを告げた。

「思ったより早かったわねえ、このあいだ退院できそうだって話を聞いたばかりのような気がするけど、でも、よかった。ずっと入院なんてことにならなくって」

彼女はそこでいったん言葉を止めて、私の顔を見つめた。

「また目の下に隈が出てる。ちょっと蒸し暑いけど、こういうときはあったかいものを飲むと楽になるわよ」

こういうとき、のなかには、ふたつの意味がある。わかっていても、それを言葉や行動に出さない人もいれば、すぐ顔に出てしまう人もいる。彼女はもちろん後者に属していた。しばらくして、適度な深さのあるガラスコップに湯気の立つオレンジ色の飲みものをたっぷり入れて、カウンターに出してくれた。

「みんなには知らせたの？　日報の人とかジンゴロ先生とか」

「これ、おいしいですね。蜂蜜が入ってるかな」

質問には直接応えず、私は先に飲みものについての感想を述べた。

「ちょっと古くさいメニューだけどね、ホットオレンジレモネード。レモンは搾ったのよ。でもオレンジはジュース使っちゃった。悪くないでしょ？　卵酒みたいなものだから」

「アルコールも入ってるんですか？」

「ふつうお酒は入れないのよ。リキュールくらい垂らしてもいいけどね。とにかく甘いし、疲れたときに効くってこと」

酸味と甘みのバランスが、とてもいい。じんわりと胃に染みて、汗の種類が変わってくる。なずなは、黒すぐりのような瞳を輝かせて、ベビーカーのなかから私の手もとをじっと見つめている。その視線に気づいて、顔を見ながら熱い液体をわざとふうふう言いながら飲んでやると、ふべっ、という、不思議な音を出した。ふべっ。あ。ふべっ。濁音が連なって出てくるのは、唇の使い方がわかってきたということなのだろうか。それとも、いつかのように、自分も飲みたいという合図なのだろうか。

「それで」とママが話を元に戻した。「周りの人に知らせたの?」

「まだ、全員には。これから連絡するつもりです」

「そう……さみしくなるわねえ。お母さんは嬉しいでしょうけど。あたしが離乳食作ってあげるなんて言ってたのに」

私は黙ったままホットオレンジレモネードの残りを飲み干した。熱いうちに飲まないと効き目がないような気がしたのだ。なずなはまだこちらを見ている。そして、濁音と清音を、オレンジとレモンを混ぜた愛らしい声を発し、ときどき留めておいた輪ゴムが外れたような、急な動きで肘から先を動かす。

「ほんとにさよならするときは、かならず連絡してね」

「もちろんです」

部屋に戻ると、なずなの要求どおりミルクを飲ませ、おむつを替えて、首筋と膝の裏にたまった垢——きれいに透き徹った白魚のような垢——を拭いてやる。日報のみんなに明世さんの退院をメールの一斉送信で知らせて、時計を見る。佐野医院はまだ診療中だ。なずなのもうひとつの家族には、あとでゆっくり電話しよう。ミルクを飲んで濁音が減り、だんだん動きの鈍くなってきたなずなの目がとろんとしている。それを眺めている私の瞼も次第に重く下がってくる。車のドアの閉じられる音が聞こえる。しばらくすると、羽虫のような、ぶうんという音が耳の近くで響く。虫が入り込んだのならすぐにも追い払わねばならない。なずなが刺されでもしたら大変だ。頭の隅でそう思いながら、急激に深まってくる眠りの前で身体が言うことを聞いてくれない。玄関のドアの下から冷えた空気が床を這うように流れ、頰の横を通り過ぎていく。その上から、なずなの身体でほのかにあたたかくなった空気が覆い被《かぶ》さって、私の顔を包む。私は守っているのではなく、守られているのだ、この子に。なずなに。

私も　あるとき
誰かのための虻《あぶ》だったろう
あなたも　あるとき
私のための風だったかもしれない

こんなやさしい詩句を書いたのは、誰だったろう？　いったい、なぜ、こんな言葉をいま思い出すのだろう？　眠りがさらに意識を奪っていく。ホットオレンジレモネードは、疲れを取るばかりでなく、私にとっては睡眠導入剤だったらしい。微風が流れる。野花が揺れる。野草が揺れる。なずなも揺れて、靄のなかで私もゆるい風になる。

三本樫の保養所の前庭にある木陰のベンチからは、遠く低い里山の稜線と建設途上の道路の一部を見渡すことができる。明け方に降った強い雨で地面が湿っているせいか鹿間の山のほうに靄が出ているようにも見えたが、空は広々として陽射しも強かった。うっすらと汗をかいた首筋を、裏手の雑木林から抜けてきた、風にまでは育っていないやや冷たい空気が、ゆっくり撫でていく。風力発電の風車を取り付ける話があったくらいだから一定以上の風の吹く場所ではあるはずなのに、今日はそれもない。こうやって高台から眺めてみると、伊都川の町がいかに小さいかよくわかる。鹿間の谷の土砂が流れ出してできた扇状地とも、西側だけ山でぐるりと囲まれた盆地とも言える空間全体を、上から大きなてのひらで押さえつけたような感じで、駅前のビルとショッピングモールの一角だけが、しまい忘れた玩具みたいに置かれていた。

「このあいだお裾分けしていただいたお米が穫れたのって、あの辺りですか?」

身体の位置を修正し、友栄さんの伸ばした白い指の先に焦点を合わせると、高架が巻いていく山の中腹を正確に示していた。生まれた町のことなら、たいていの見当はつく。

しかし子ども時分の行動範囲なんてあとでおなじ道をたどったら愕然とするほど狭いものだし、それを狭いと感じるとしたら、かなりの不在期間があったということなのだ。もしかすると、現在の伊都川市での行動半径は、友栄さんより私のほうがずっと広いかもしれない。まだはっきりした形になっていない区間もふくめ、環状道路が敷かれる線に沿って走ったこともあるのだが、米作りの場所まではっきり記憶していなかった。

「ちょうどカーブしてますからね、あそこを左に曲がって山沿いに走ったところに、土器の出た作業場があるはずです。ということは、田圃はその近くにあるんでしょう。梅さんの話を信じるならね」

「信じないんですか?」

「信じない理由がありませんよ」

「そういう言い方をされると、やっぱり信じてないみたいな気がする」

友栄さんが困ったような顔でこちらを見た。

「あのお米、おいしかったです。でも、ちょっとぱさぱさしてたかな」

「水を多めにしても、でしょ?」

「言われたとおりにやったんですよ。それでも芯が残って。二度目に炊いたときは、かなり水につけておいたんですけど、結果はおなじでした。父は噛むと歯に詰まるからって、お茶漬けにしてました」

「ああ、たしかにお茶漬けには合うかもしれない。あるいはいっそ、パエリアみたいなのにする手もありますね。濃い味じゃなければ、先生だって食べられるでしょう」

「菱山さん、パエリアなんて作れるんですか？」

「できますよ。学生時代、ハンドボールの合宿で似たようなのを作ってましたしね。予算の関係で、ムール貝も海老《えび》もない代替品でしたけれど」

「じゃあ、いつかのカレーピラフみたいな」

そうですね、と素直に認めて私は言った。

「魚肉ソーセージを大量に使ってましてね。だから海と無縁ではなかった。ただしサフランは入れてました。うちのコーチが、スペインに留学してたんですよ、ハンドボール大国のひとつですから。それで、お土産にサフランをたくさん買ってきた。当時は手に入ってもひどく高かったんです。つまりレシピはそのコーチ譲りってことですね。ところが、そのとき使ってたのとおなじ銘柄のサフランが、いまやあのショッピングモールで手に入る。自分で買いに行ったんじゃありませんよ、瑞穂さんが発見したんです。仰天しましたね」

「じゃあ、いつか、作ってもらおうかな」

ジンゴロ先生も千紗子さんも、友栄さんがよい料理人ではないとほのめかしている。友栄さん自身も料理は不得手であるとしか取れないような言い方をするので、私もいちおう「信じている」のだが、真偽のほどは不明だ。それほど苦手なら、以前いっしょに暮らしていた人との食事はどうしていたのかと訊いてみたい気持ちを抑えて、私はただ、自分で作るのもいいものですよ、とだけ付け加えた。友栄さんはひとつため息をついて、作ってもらうっていうのは、母にでも瑞穂さんにでもなく、菱山さんにですけどね、と目の前のベビーカーに手を添え、なずなの顔が正面にくるようにその向きを変えた。涼気の流れはゆるくつづいている。なずなは緑の下の濃い影のもと、全身の力を抜いて気持ちよさそうに眠っている。私の位置からは、ふくれっ面をしているようにも見えた。大人たちが食べものの話をしていると、なずなはこういう顔になる。起きているときばかりではなく、眠っているときもだ。

「やりましょう。魚肉ソーセージとオリーヴだけのでよければね。それから、専用鍋じゃなくてフライパンでよければ」

「材料費は、もちろん提供します」身を乗り出すようにして友栄さんは言った。「フライパンじゃなくて、中華鍋じゃだめですか？　うちに、かなり大きいのがあります」

「佐野家の面々を入れて四人分ってことですか」

「五人分です。菱山さんが二人分、わたしたちが一人分ずつ」

「まあ、なんとかなるかな」

三本樫の保養所でゲートボールのコートの造成と食堂の改修工事が明後日からはじまるので、しばらくのあいだ立ち入り禁止になると梅さんから教えられたのが、つい今朝のことだった。いまからはじめれば、夏の盛りになんとか開業できる。伊都川の花火大会もここから楽しめるし、お月見もできる。ゲートボールをやらない人も集まってくるだろう。隣り合う家のない場所だから、多少うるさくしても許されるはずだ。けれど、前庭の大半はつぶされて建物の外装にも手が入る。よい感じにひなびたいまの雰囲気は、もう戻ってこない。改装されてから来るにしても、そのときはもう、なずなはいないのだ。

そこでふと思いついて、伊都川駅の売店に《しいたけ弁当》があるかどうか電話で訊いてみると、まだ四つ残っているというのでふたつ取り置いてくれと頼み、それからすぐ友栄さんを呼んで、なずなといっしょに弁当を食べに行きませんかと誘ったのだった。正しくは、頼んだ、と言ったほうがいいだろうか。弁当のお礼を弁当で返すのは芸がない。それはそうなのだが、この先の日程を考えると、三人で出て行けるのは今日しかなかった。午後の診療前の往診が入っていたにもかかわらず、ジンゴロ先生は、千紗子さんを連れて行くから、《しいたけ弁当》の会に付きあってやりなさいと澄ました顔で言ってくれたそうだ。

「それにしても、いま弁当を食べたばかりなのに、よくまた食事の話ができるもんですね」

「相手にもよります」

「なるほど」

「でも、《しいたけ弁当》、こんなにおいしいとは思わなかったな」と友栄さんは持参した紙袋に手を伸ばした。「子どもの頃は、香りも食感も好きじゃなかったのに、いま食べてみると全然ちがう。煮汁の染みたご飯がおいしいなんて、年をとったってことですね、きっと」

「外で食べたからですよ。最近はあんまりこういうことしなくなったでしょう。見晴らしのいいところでゆっくり食べれば、どんなものだっておいしく感じられる。だいいち、まるで気負いのない具ですからね、これは。格好をつける余地すらない」

友栄さんはめずらしく、うん、と返した。うん、そうですね、とまだ口になにか入っているのをごまかすような感じで。そう考えたほうがいいのかなとつぶやくように彼女は言って、紙袋からステンレスの保温水筒とホーローのマグカップをふたつ取り出し、珈琲、飲みますよね、と応えを待たずにひとつずつ、湯気の立っている熱そうな珈琲をたっぷり注いだ。

「こんな立派なものじゃなくて、紙コップでよかったのに」

「検査に使うので、印象がよくないんです、紙コップは」

色ちがいのマグカップは縁の黒い部分が少し欠けていて、使い込まれた感じがあった。ジンゴロ先生と千紗子さんがむかし使っていたものだという。プラスチックはにおいが気になるし、陶器は割れるから論外、持ち出すにはホーローしかないんですと友栄さんは解説し、いつかとおなじどら焼きを、はい、と二個差し出した。ひとつだけ取ろうとしたら、わたしのぶんもありますと笑うので、遠慮なく頂戴した。

明世さんの退院が決まった日、午後の診療のあとを見計らって友栄さんに連絡すると、彼女は、おめでとうございます、とすぐ千紗子さんに代わった。千紗子さんは、よかったわねえ、でもさみしいでしょうとまた例の艶のある声でしみじみと歌うように言い、そのあとに出たジンゴロ先生は、おめでたいことではあるけれども、母親のところに無事送り届けるまではまだ任務完了にはならんぞ、最後まで気を抜かずに頑張るようにと訓辞を垂れ、やや語調を落として、いずれにせよ七草にお別れをせねばならんから、連れて行く前の日には夕飯を食べに来なさいと私に命じた。結局、命令に従う前に、こうして友栄さんだけ借りだすことになったわけである。

「お母さんは、明世さんは、その後いかがですか？」

「いいようです。病院とは比較にならないくらい、深く、ぐっすり眠れてるそうです。家事もいまのところ支障なくて、料理の勘も戻ってきたと。まあ、一日でも、一秒でも早くなずなに会いたくて、元気なところを見せようとしてるのかもしれませんけどね」

友栄さんは、黙っていた。なにか言葉を探しているようだった。

「母親より、彼女の父親のほうが興奮してますよ。声の張りがちがいますから。自分の体調のことなんてまったく心配してない。ずっと守られる立場だったのが逆転して、ちょっと男らしいところを見せたい気持ちもあるんでしょうね。彦端の父親も、母親の世話をするようになって、よいほうに変わりました。簡単に言えば気配りの人になった」

「男の人って、みんなそんなふうになっていくのかな。父を見ているかぎり、にわかには信じられないけれど」

「ジンゴロ先生だって、奥さん想いじゃないですか」

「甘えてるだけです」

「甘え方がうまいんですよ、きっと」

　友栄さんは納得いかないという顔で私のマグカップを覗き込み、もう一杯飲みますか、と訊いた。どら焼きも、あとひとつある。いただきますと応えて、私は二杯目の珈琲をゆっくり時間をかけて飲んだ。つい何ヶ月か前まで、私の疲れの原因は脂肪肝気味のところにあるらしいから、食生活には気をつけるようにと言っていた当の主治医が、その妻や娘を介して、おいしい弁当やら甘いものやらを届けて平気な顔をしているのはどうにも解せないけれど、友栄さんによると、なずなと出歩くようになってから私の体型はずいぶん「まとも」になってきたそうで、ジンゴロ先生は、検査なんてしなくても数値はよくなってることくらいわかる、あれは食べ過ぎじゃなくて運動不足だったんだと断言したらしい。たしかに腹いっぱい食べ、糖分をたっぷり摂《と》っても、太るどころか逆に腰回りが細くなった気はしていた。雨の日以外は、短いときで三十分、長いときで一時間近く、だらだらとベビーカーを押して歩くのが習慣になっている。つまりそれは、なずながいなくなれば、とたんに太る可能性があることも示していた。

「さっきの話ですけど」と友栄さんが言う。「うちでの食事のほかに、なずなちゃんのお別れ会みたいなのはやるんですか？」

「その余裕はないですね。もう来週の日曜だから」

「瑞穂さんのお店で夕食会みたいなのができたらなって、いま思ってたんです」

「やるんだったら、一度で済ませたほうがいいでしょうね。なずなの負担も少ないでしょうし。でもママのところには最後にちゃんと挨拶に行って、抱っこしてもらいますよ。この数日でまたぐんと体重が増えましたから」

「六キロ超えたんですよね」

「身長六十二センチ、体重六・二キロ」

「お母さんが見たら卒倒するんじゃないかな」

「というか、むしろ驚かせてあげたい気持ちがありますね。そうなればこちらも報われる。いや、そうじゃない。なずなが報われるのか。頑張りましたからね、この子も」

なずなはもっちりした脚を蛙のように開き、腿《もも》の付け根のあたりに手を置いて、大福のような甲をこちらに見せた状態で眠っている。かがみ込んでその手を数センチそっと持ちあげ、放してやると、いつものようにぱたんと落ちた。外にいるときは、さすがに周囲の空間を身体のなかに取り込むことはない。しかし眠ることで自分自身を更新していく生きものの気配がそこにあるのは疑いようがなくて、さらに言えば、気配が感じられることと気配がないことがほとんど同義になってしまうような存在の仕方をなずなは見せてくれていた。疲れた母親や父親といっしょに眠っているときには、親のほうが赤ん坊の気配を濁らせているのだろう。木陰のほどよい涼気と遠い耳鳴りのように抑揚のない虫の声がなずなを包んでいた。早鳴きの蟬《せみ》の声も混じっているようだ。おなかが満たされると睡魔に襲われる。なずなを見ていると、彼女の眠りに引きずり込まれそうになる。眼下の景色を眺めていると、景色のなかの眠りに飲まれそうになる。西の、二戸《にのへ》町あたりに屋根瓦を葺き替えている家があって、半分ほど並べられた銀色の瓦が陽の光をきらきら照り返していた。さっきまでそれほどまぶしい感じはなかったのに、太陽は着実に動いているのだ。時計を見る。それから友栄さんの横顔を見る。浅く腰かけてベンチの背に首筋を預けるようにしながら、彼女も伊都川の街をぼんやり眺めていた。

「時間、まだ大丈夫ですか？」

「はい」左手首の内側の、小さな長方形の文字盤に目をやって、友栄さんは応えた。

「無くなるってわかると、急にもったいなくなるものですよね、なんでも」

「たいして気にかけてなかったものでさえ、そうなりますね」

　白衣を着ているときの友栄さんは、いつもピンで留めるナースウォッチをつけているのだが、外に出るときはこの古い手巻きの時計になる。杵元町に戻ると決めた日に千紗子さんから贈られたものだそうだ。教えてくれたのは友栄さんではなく、千紗子さんである。むかし伊都川駅前にあった時計屋の在庫一掃セールで買ったもので、それを友栄さんはずっと狙っていたらしい。結婚のお祝いにとせがまれてもあげなかったのよ、と千紗子さんはいつかの食事のとき小声で話してくれた。でもね、時間は巻き戻せないけど、なにも嫌なことまで巻き戻す必要はないでしょ、時計っていうのは、先に進めるために巻くんです、そう思って、と年齢の読めない女占い師みたいな顔になった。友栄さんは過去の話をあまりしない。ジンゴロ先生も、梅さんも、触れなくていいことには触れない。しかし、千紗子さんは、遠回りをしながら小さな情報を与えてくれる。

「ところで」と私は途切れた話を継いだ。「次の日報に、お知らせが出るんですけど、来月、社の近くの高校の体育館で、市の防災訓練があるんですよ」

「日の出西高？」

「ええ」

「それなら知ってます。伊都川地区の医師会も協力することになってますから。連絡が来てました」

「そうか」私は思わず頭をかいた。「予防接種のときとおなじだ。どうして友栄さんたちと、そういう催しとをうまく結びつけられないんだろうな」

「医者の仕事が診療所や病院のなかだけだと思っている人、結構多いんですよ」

「すみません」

「菱山さんがあやまることはないです」

昼の端に、どら焼きのあんこがついている。指で教えると、友栄さんはすぐに気づいて、恥ずかしそうにティッシュで拭いた。

「あそこの体育館は、数年前、非常時の避難所に指定されて大規模な改修があったんです。自家発電装置や飲料水の貯水槽が整備されて、非常食の備蓄もあるんですよ。更衣室なんかも、怪我人や病人のための臨時ベッドが置けるように工夫されてます」

「去年、わたしも訓練に協力しましたから、だいたいのことは知ってます」

「友栄さんも参加した？」

「ええ。親子三人で。母も行きましたよ、看護師として。父と母は前の体育館の頃から手伝ってたようですけど」

まったく、知らないことだらけだ。いや、気づいていないことだらけだ、と言ったほうがいいだろうか。訓練は毎年行われているのだ。地元の医師が協力するのは当然である。しかし私が話したかったのは、消防署もいっしょになった昼間の防災訓練ではなく、そのあとの催しのほうだった。体育館にひろげたマットなどをすぐ片付けず、市内の小学生から希望者を募って、実際に寝泊まりしてみるという企画が進んでいるのだ。伊都川での災害の話や戦時中の体験談などを聞き、非常食を食べてみる。それだけではさすがに退屈だろうから、市内の小学校の先生方とＰＴＡの協力を得て、ちょっとしたお楽しみも用意する。梅さんの命で、なずなを無事に明世さんに引き渡したあとの復帰第一弾として、私はその《同行取材》をすることになっていた。同行と言ったって、ただいっしょに一夜を明かすだけなのだが、体験談を語ってくださる幾人かのリストのなかに、四太のおばさんこと見崎さんの名が見えるのがひとつの事件だった。彼女の実家は母家のほかに蔵や納屋のある土地を防風林が取り囲む古い農家で、未曾有の大型台風で近隣に大きな被害が出たとき、畳敷きの大広間と納屋を避難所代わりに提供し、夜中もずっと炊き出しをしてみな励まし合っていたことがあるという。その話をしてくれるのだ。

ここしばらく、野菜をもらうばかりで礼のひとつも言えていないので、それを聞いたときは嬉しかった。

ただし、話したかったのは、その先のことだった。翌朝、片付けを終えた体育館で、子どもたちとゲートボールをやる手筈になっていて、それにも参加するようにと言われていたのである。

「ゲートボールって、外でやるものじゃないんですか？」

「室内用もあるんです。コートシートを何枚か敷いてね。これがなんと、備品に入っていた」

「防災用の？」

「ええ。夏に納涼ゲートボール大会ってあるでしょう。その主催者が寄贈してくれたらしいんです。避難所としては、保管に余計なスペースが必要だから不謹慎だって苦情もあったそうなんですが」

こんなところにも顔を出してたとはね、と梅さんは呆れたというよりその熱意に心を打たれた声で、その思いがけない情報を伝えてくれたのだった。贈った当人に、ゲートボール普及の打算などがあったわけではない。心がささくれだったとき、老若男女、身体を動かして笑えるようにと願って、ルールブックといっしょに寄贈しただけだ。年に一度点検しているのに、これまで誰も気に留めなかったのもおかしな話だが、その貴重なセットを使ってゲームをしようということになったわけである。

「それで？」

「いっしょにやりませんか？」

「わたしが？」

「ええ。日報の仲間たちも助っ人で来るんです。そのあと、打ちあげを兼ねて、ちょっとした壮行会みたいなものがあるんですよ」

「壮行会って、誰のですか？」

右手の人差し指を、私は自分の顔に向けた。

「その仕事のあと、有休を取って亮二の様子を見に行くつもりなんです」

「あ」友栄さんは一重の目を大きく見開き、声を吸うように言った。「お父さんのほうのこと、すっかり頭から抜け落ちてた。菱山さんからいつも聞いてたはずなのに、明世さんの身体のことばかり考えて……」

「ひとりで平気だと強がってるんですが、やはり身内の誰かが、短期間でも近くにいてやらないことには不安ですしね。なずなが母親のところに戻って、万事順調であれば、こちらもなんとか動けますから。その前後にやりたい仕事もあるので、時間が限られてることは限られてるんですが」

「わたしが行って、なにか役に立つこと、あるんですか？」

「友栄さんが行って？」

「その、ゲートボールにです」

なずなが、籠もった音を発した。放屁。そう、気持ちのよい放屁。つづいて、もう一発、葉ずれや虫の声など比べものにならない、力強い音を出した。腰をあげようとした私を制して友栄さんは笑いながらすばやく反応し、ベビーカーのシートベルトをはずしてなずなのおむつのなかをそっと覗き込むと、してます、替えます、と迷いのない口調で言った。そして私の外出用リュックから必要なものを一式取り出し、手際よく済ませるべきことを済ませた。おいしい弁当を食べ、珈琲を飲み、甘いものを食べて、赤ん坊の排泄物を処理する。世のお父さんお母さんは、みなこうして、きれいときたないの区別の無意味を悟るのだろう。なずなの発した芳香は杵元の私の部屋でのように籠もることもなく自然の風に流れていく。友栄さんは庭の隅にある水飲み場へ手を洗いに行き、鳥のように舞い戻ってくると、折り良く、もしくは折り悪しく目を覚ましたなずなの頬を軽くつついた。私はベンチに座ったまま、つまり、来てほしいだけです、役に立つとか立たないとかじゃなくて、と腰を下ろした友栄さんに弱々しく言った。

「だったらその前に、役に立っておきたいことがあります」

なにかを訴えるとか頼みごとをするとか、そういう感情のまったく入らない、まっすぐな口調だった。

「なずなちゃんを静山に送るとき、わたしもいっしょに連れて行ってください。日曜日なら、空いてます」

口を開こうとした瞬間、彼女のほうが先んじて私の言葉を押さえ込んだ。

「やっぱりさみしいです。病院で、小さな子にはたくさん会えますけど、この子がいなくなったら、さみしい。それに、明世さんに会って、お礼を言いたいんです」

「礼を言うのはこちらですよ」

「ちがうんです。よくわからないんです。でも、なんだかお礼を言わなきゃいけないってことだけは、わかるんです」

　保養所の前の坂を、宅配便の車がのぼっていく。この道をたどって少し走ると高速道路を跨《また》ぐ橋に出て、市の東側のはずれに抜けられる。三本樫の町はこの山を挟んでふたつに分かれているので、これが最も便利なバイパスになるのだ。なずながエンジン音に反応して、おー、ア、おー、アと声をあげ、さっきより軽くなった蛙の脚をわさわさと揺らし、首をこちらに向けてからまた唇をまん丸にして、ほーと言う。身体の動きがだいぶ速くなっている。なずなはぐっと背中を反らせるように、ベビーカーの屋根の横で揺れている影に黒々とした瞳を向けた。この子は、元気だ。それは、まちがいない。

「朝、早いですよ」

「平気です。心配なら、起こしますよ、電話で」

　不意を突かれて、言葉に詰まった。おかしくてたまらないという顔で、友栄さんがこちらを見ている。その笑顔を見ながら、ひと呼吸置いて、そうですね、じゃあ、お願いします、と私は言った。

参考文献

まど・みちお『まど・みちお　全詩集〈新訂版〉』（理論社、二〇〇一年）
吉野弘『吉野弘全詩集』（青土社、一九九四年）

解説

陣野俊史

あれはいつごろだったろうか、うちの子どもがまだ一歳にも満たない頃で、満一歳を迎えてしまうと、飛行機料金が人なみになるというので、誕生日の来ないうちにフランスに行けば安上がりという、ほとんど経済的理由だけでパリで一カ月ほど過ごしたことがあった。あんなに小さな子どもにパリがどう映ったのか、皆目わからない。だが、ちっちゃい東洋人の子どもを眺めるフランス人の視線は、ほとんどが物珍しさに占められているとはいえ、経験したことがないほど優しかった。どこから来たのか、いつまでパリにいるのか、その子が気に入ったみたいだからよかったらうちのパン・オ・ショコラを持っていかないか……。見慣れぬ日本人の子どもがニコリと微笑んだりすれば、世間を斜めに見ることの多いフランス人でさえ、相好を崩し、ちょっと触ってもいいかと近づいてくる——。

『なずな』を読むのはほぼ三回目だ。雑誌連載のときは、ときどき読んでいた。読み通したのは単行本になってから。今回、この解説のために再読した。読むたびに、右のパりでの出来事を思い出す。一歳に満たない子どもを眺めるフランス人たちの好意的な視線が、眠ってばかりいる「なずな」を温かく見守る大人たちのそれと重なる。小説『なずな』を読む経験は、記憶の深い層に沈んでいる、子どもをめぐる経験（必ずしも自分の子どもでなくてもいい）の幕をそっと剝がすのだ。記憶は意外なくらい易々とその姿を見せてくれる。要するに、なずなの姿に何かが揺さぶられるのだ。

子どもを描く。描き方には大きく二通りある。きっともっと多くの描き方があるに違いない。だが、いま、『なずな』を再読し終えたばかりの私には二通りしか思いつかない。ひとつは、子どもに子どもの頃の自分を重ねてみる書き方だ。子どもは成長する。なずなだってどんどん大きくなっている。子どもは子どもの視線でいろんなことを経験するのだが、その経験は、ほとんどの場合、表出されないまま、子どもの内部にとどまったままだ。読んだ本、聴いた音楽、印象深かった映画、忘れがたい風景。子どもは素朴な感想文で（半ばは義務的に）それらについて書いたり触れたりすることがあるとはいえ、経験を十全にアウトプットすることがないまま、記憶の淵にしまい込む。大人は子どもが経験しているそうした事象を、自分の経験に照らして再発見する。簡単にいえば、子どもを育てることは、自分の子ども時代を事後的に再体験することである。子どものなにげない挙措に刺激されて、子どもの頃の自分の記憶が連鎖して現れることはよくある。具体例には事欠かないのだが、たとえば、フランス文学者の野崎歓さんの書いた

『赤ちゃん教育』や『こどもたちは知っている』は、わが子が経験する文化的事象を何十年か前の自分の、ほとんど忘れていた経験を参照しつつ描いた本なのだ。野崎さんの本については、私が語るまでもないだろう（そもそも野崎さんの読者と堀江さんの読者は重なっているのではないかと推察したりもする……）。

ここに一冊、子どもの経験を自分の経験と重ね合わせながら書いた感動的な本がある。紹介したい。杉江由次さんが書いた『サッカーデイズ』だ。「中学校のサッカー部でレギュラーになれないほど下手だったにもかかわらず、娘のサッカーチームのコーチを引き受け『お父さんコーチ』になってしま」った主人公、というか、杉江さん本人（この本はフィクションではない！）は、ただただ成長していく娘とサッカーをしたいというそのためだけに、走り込みをし、ボロボロになりながら、コーチを続ける。印象的なシーンがある。

私は仕事を終えると電車を途中下車し、娘のスパイクを買ったスポーツショップに立ち寄った。

広い店内の一番良いところにランニングコーナーがあり、「特価」と書かれたワゴンのなかから、自分のサイズに合うシューズを見つけ、レジに向かった。

家に帰りジャージに着替える。ランニングシューズについていた値札を取り、紐を通すと、白い息を吐きながら硬くなったふくらはぎを揉みほぐした。空には煌々と星が輝き、子どもの頃父親から教わった星座を見上げた。

入念にストレッチをした後、ゆっくりと走り始める。前回と変わらず、すぐ足は重くなる。しかもそこに筋肉痛が加わり、思わず悲鳴をあげそうになってしまう。それでも一歩ずつ走った。次の信号まで、次の電信柱までと目標を変えて距離を伸ばした。（中略）

「マラソン大会に出たら？」

取り憑かれたように走り始めた私に妻が言った。

しかし一度もマラソン大会に出ることはなかった。なぜなら私の目標は四十二・一九五キロを走ることではなく、また他人より速く走ることでもなかったからだ。

私はいつか娘とサッカーをする日のために走っていたのだ。


「父親」と著者と娘さんを結ぶ三代の話がさりげない文章の中に隠れている。「父親」から教わった「星座」は娘とサッカーをするという目的がなかったならば、走る訓練も必要なかっただろうから、それを見上げる経験も埋もれていただろう。忘れられたままだっただろう。娘と同じピッチでいつの日か、サッカーをしたいという、その思いだけが、著者の走り込みを促し、「星座」の記憶につながっているのだ。

子どもを育てるという行為は、かくも自分の記憶に結びついている。

ただ、『なずな』は違う。

そこにはふたつめの子どもの描き方がある。子どもはまだ「赤ん坊」と呼んでもいいほどの月齢で、その子の経験を自分の経験として確認しようがないのだ。当たり前だが、私たちは、赤ん坊の頃の記憶を持っていない。だから、赤ちゃんの記憶を自分の記憶として確認することができない。私たちは赤ん坊を見る人間にしかなれない。世話して観察する人間にしかなれないのだ。

このとき、もし赤ん坊を育てたことのある人間ならば、『なずな』の主人公に同一化することができるだろう。粉ミルクの分量や、ミルクを飲ませた後、赤ん坊の身体を起こして、げっぷを出させる動作とか、おむつの湿り具合を知るべくなんとなく赤ん坊の股間をさわってみる仕草とか……。だが、そうした一連の行為は、とても記録されにくい。ちなみに、育児日記と称するものを私もつけてみようとしたことがあるのだが、なずなぐらいの月齢の子どもを育てる日々は、戦場でのそれに等しい。優雅に「日記」などつける余裕などまるでない。『なずな』の冒頭で主人公がボヤ騒ぎを起こすが、彼の疲労はよくわかる。でも「わかる」だけだ。赤ん坊を育てる日々の忙しさの詳細は、記録することとさえ難しい。

私たちはたぶん、なずなを見る誰かの視線に、自分の視線を重ね合わせている。なずなの伯父の「私」でもいいし、「ジンゴロ先生」でもいいし、「美津保」のママでもいい。そしてなずながやってきたことで微妙に変化する空気を感じ取っているのだ。じっさい、堀江さんは幾度もなずながもたらす空気の変化について言葉を費やしている。

> 　小さな子どもがひとり身近にやってきただけで、ものごとを見る心の寸法は変わってしまうのだ。（傍点引用者）
>
> なずなが来てから私の身に起きた大きな変化のひとつは、周りがそれまでとちがった顔を見せるようになったことだ。こんなに狭い範囲でしか動いていないのに、じつにたくさんの、それも知らない人に声をかけられる。顔は知っていて、たまに言葉も交わしている人たちも、親しさの敷居をひとつまたいだ反応をみせる。これから先、もっと長いことと連れ歩くようになったら、いったいどうなるのだろう。ご本人はただすやすや眠っているだけなのに。

　一言でこの解説文を終わらせるとすれば、この小説は、一人の赤ん坊を眺める人々の「心の寸法」の変化を写し取ったものである、ということになる。微細な変化を筆で掬い取ることにかけて、今の日本に堀江敏幸の右に出る小説家はいない。人々の心や身辺に起こる具体的な変化については、あれこれ指摘しないでおく。なずなによってもたらされる揺れによって出来ている小説なのだから、賢《さか》しらに謎解きをするほうが無粋だろう。

　ただ、幾度でも強調しておきたいのは、なずなの惹き起こす変化がつねに微細であることだろう。小さな、見落としてしまうかもしれない変化。なずなはいつもすやすや眠っていて（体調が悪くなってジンゴロ先生に診てもらうのは一度しかなかったはずだ）、ご機嫌であり、「色の薄いほおずきみたいに頬をふくらませて」「ふわふわ眠ってい」るだけなのだ。大きな変化を起こすことなど、あり得ない。

しかし、たぶん唯一、大きな変化が起こり得た瞬間がある。それは――。

なずなは、眠っている。細く茶色っぽい髪の生えた頭にてのひらを近づけてみると、ほのあたたかい空気がのぼってくるのがわかる。軽さと重さがこの子には等量詰まっている。この子だけではない。たぶん赤ん坊はみなそうなのだろう。突然ベッドからふわりと宙に浮いて、どこかへ飛んでいくような気さえする。風に吹かれて。いや、風に乗って。（傍点引用者）

読んでいたドキドキした。なずなが飛んでいく。ふわりと浮いて、飛んでいなくなる……。そんな想念に捉われた読者は私だけだろうか。なずなだけではない、赤ん坊の軽やかさについて堀江さんは書いている。このとき、堀江さんの脳裡にははっきりと飛んでいく赤ん坊の姿が浮かんでいたのではないか。なずながいなくなれば、どうなる？なずな＝天使で、話はおしまい。小説には強烈な変化の要素が持ち込まれ、『なずな』

は文字通り、飛躍するのか？

フランス文化に精通した堀江さんのことだから、このとき彼の脳裡に、青い目をした羽の生えた赤ん坊の姿が浮かんでいたとしても何ら不思議ではない。フランソワ・オゾンというフランスの映画監督に『リッキー』という作品がある。都市の郊外の団地で貧しい暮らしを営む母子家庭が舞台だ。母親はある日、職場を視察に訪れたスペイン系の移民の男に惹かれ、同居するようになる。母親は妊娠し、可愛い男の子を産むが、赤ん坊は夜泣きがひどい。のみならず、背中には赤黒い痣が目立つようになる。母親は男が虐待しているのではとの疑念を晴らすことができない。非難された男は出てゆき、赤ん坊（この子の名前がリッキー）には天使のごとき羽が生え始める。肩甲骨のあたりから血を流しながら、羽をはやす赤ん坊というイメージは、ややグロテスクだ。私たちは、完成品の天使ばかりを思い浮かべるから、リッキーの奇矯さに違和感を覚えるのだ。そう、私たちは、赤ん坊を眺め、その特異な羽に大きな心理的変容を強いられる。

リッキーは飛翔する。ネタバレになるので、飛んでいく赤ん坊のリッキーがどうなるのか、とりあえず私は口を噤むしかないが、この映画には、赤ん坊の軽さの極端な形象がある。突然ベッドからふわりと宙に浮いて、どこかへ飛んでいくのだ。この映画的事実を前にして、私たち観客は大きな変化にさらされるのだが、同じことが、ほかでもないなずなの身にも起こるのではないか、と予感させるような場面が、先のシーンなのである。「風に吹かれて」なずなは飛んでいくのか？

高まる動悸を感じつつ頁を捲ると、やはりなずなは眠っている。大きな変化など、なずなには相応しくない。天使の羽など不要だ。なずなには、微細な揺れこそが似つかわしいのだ。

（じんの・としふみ　文芸批評家）

この作品は二〇一一年五月、集英社より刊行されました。
初出誌「すばる」二〇〇八年九月号～二〇一〇年九月号

集英社文庫

なずな

2014年11月25日　第1刷
2020年6月15日　第2刷

定価はカバーに表示してあります。

著　者　堀江敏幸《ほりえとしゆき》

発行者　徳永　真

発行所　株式会社 集英社
東京都千代田区一ツ橋2-5-10　〒101-8050
電話　【編集部】03-3230-6095
【読者係】03-3230-6080
【販売部】03-3230-6393(書店専用)

印　刷　大日本印刷株式会社

製　本　大日本印刷株式会社

フォーマットデザイン　アリヤマデザインストア　　マークデザイン　居山浩二

ISBN978-4-08-745248-8 C0193